T0274859

LA CORTESANA
DE LEÓN

La cortesana de León

Francisco Sempere

Papel certificado por el Forest Stewardship Council®

Primera edición: mayo de 2023

© 2023, Francisco Sempere
Autor representado por Editabundo Agencia Literaria, S. L.
© 2023, Penguin Random House Grupo Editorial, S. A. U.
Travessera de Gràcia, 47-49. 08021 Barcelona

Printed in Spain – Impreso en España

ISBN: 978-84-666-7473-7
Depósito legal: B-5.828-2023

Compuesto en Llibresimes

Impreso en Rotoprint By Domingo, S. L.
Castellar del Vallès (Barcelona)

BS 7 4 7 3 A

A mi familia

1

Primeros días del año 1100, Sahagún

L a respiración entrecortada de Lisarda se confundía con la de Jimena. Ambas eran conscientes de que no podían, por nada del mundo, permitirse elevar la voz. Lisarda estaba situada detrás de la mayor de las primas y, mientras tiraba con fuerza de su larga melena y le hacía sentir la punta de su afilada daga en el cuello, le susurraba al oído lo que haría con ellas si osaban volver a desafiarla. La joven contaba con dieciocho inviernos y empezaba a ser una mujer de mediana edad. Ostentaba la jerarquía máxima en aquel lugar. Se la había ganado con la ayuda del hiriente metal de su daga, de manera que la que se atreviese a disputarle el puesto tendría que manejar el puñal con mucha destreza. Del sitio que se había ganado solo saldría con los pies por delante, así que a quien tuviese en mente arremeter contra ella más le valdría cavar dos tumbas.

Los pasillos del castillo eran fríos y oscuros, en el rellano frente a la puerta de la gran alcoba apenas se podía vislumbrar nada, pero esto no suponía un obstáculo para las jóvenes que rivalizaban por visitar aquella cama; conocían cada rincón de la torre como la palma de la mano. La estancia era estrecha y había sido construida con grandes sillares rectangulares entre los que se abrían pequeñas ventanas, que formaban corrientes de un aire tan helado que las cortesanas, mientras esperaban su turno, dejaban de sentir la nariz y las mejillas, que era lo único que el capuchón de sus sayos no cubría.

Lisarda estaba impaciente por deslizarse en el jergón que había al otro lado de la puerta que tenía frente a ella, pero esta permanecía cerrada con llave. Por debajo se veía con nitidez el movimiento de la luz que emitían las poderosas llamas de las dos chimeneas de la alcoba. La oscuridad del rellano que daba paso al dormitorio no era casual: ayudaba a que las cortesanas aguardasen con discreción. Sabía que si conseguía entrar allí ganaría unas cuantas monedas de plata, y en este momento no tenía otra cosa en la mente: deseaba que se abriera la puerta de madera maciza más que nada en el mundo.

La corte seguía de luto. El ambiente que se respiraba en el monasterio de Sahagún era tan gélido como el viento inclemente que barría los campos próximos a la ciudad. El día había estado plagado de actos solemnes, era el momento de aceptar algo que nadie parecía tener el valor de asumir: hacía dos meses y una semana que la reina había muerto. Los restos mortales de la monarca llevaban un mes en el monasterio, embalsamados en un ataúd de plomo soldado, esperando para recibir sepultura en el lugar donde reposarían eternamente.

El burgo de Sahagún se había convertido en un hervidero de gente a pesar del frío y las constantes nevadas. A los habituales peregrinos y miembros de la corte había que añadir los nobles y religiosos llegados desde todos los rincones del reino para las exequias. No acudir a un acto de esta importancia podía ser tenido por una falta de consideración hacia la corona con consecuencias difíciles de predecir, motivo por el cual los más poderosos linajes de la Hispania cristiana estaban representados allí.

El rey había llegado a la villa leonesa una semana antes, procedente de Santiago de Compostela, pero hasta este día, con las primeras luces del alba, su majestad no había tenido a bien reunirse con la plana mayor de la Iglesia para hacer una formidable donación al monasterio donde reposarían los restos de su esposa.

A última hora de la mañana se había oficiado la primera gran misa por el alma de la reina, después de infinidad de sencillos oficios celebrados casi en la intimidad durante los últimos dos meses. La ceremonia estaba preparada desde hacía cuatro semanas, durante las cuales las habladurías y chismorreos habían recorrido sin cesar los pasillos de palacio. Llegó a dudarse incluso de que el rey volviera a Sahagún para honrar la memoria de su difunta esposa.

Cuando llegó la hora de la cena la curia seguía reunida, pero las plegarias por el alma de la reina se habían detenido: era el momento de despachar los asuntos concernientes a las dádivas reales. La noche prometía ser larga: en cuanto terminasen de aclarar los repartos de las donaciones comenzarían de nuevo los salmos hasta que las primeras luces del alba los hiciesen enlazar con los maitines. La abadía de Sahagún seguía la estricta regla cluniacense, impuesta por la antigua reina Constanza de Borgoña, y no se escatimaría en oficios religiosos por el eterno descanso del alma de la difunta.

Para la inhumación del cadáver de la reina el abad había dispuesto un lugar preeminente en la cripta: su cuerpo descansaría junto al crucero, entre los restos de las dos primeras esposas del monarca. Esta situación en el templo conferiría al alma de doña Berta un gran auxilio para el perdón de las faltas que hubiera podido cometer en su vida terrenal. Enterrar su cuerpo en tan sacro lugar evitaría con seguridad que ardiera en los fuegos del averno; su alma iría directa al cielo o, en todo caso, al purgatorio hasta expiar sus pecados.

De hecho, era costumbre que los nobles del reino dejasen buena parte de su patrimonio en favor de la Iglesia a cambio de ser enterrados lo más cerca posible del crucero de los templos. La abadía de Sahagún era sin duda la más importante del reino de León, por lo que descansar eternamente bajo su crucero era algo que ansiaban todos los cristianos que habitaban estas tierras. De modo que, al ordenar la inhumación de la reina en este lugar, el abad de Sahagún demostraba al monarca su respeto y su adhesión a la corona.

Los prelados se aseguraron de que el rey estuviese al tanto del lugar que tenían reservado para el eterno descanso del cadáver de su esposa antes de que se realizaran las donaciones.

Todos los detalles eran importantes para animar la merced del monarca, que beneficiaría no solo a la abadía de Sahagún, sino que también supondría suculentas aportaciones al resto de las diócesis y congregaciones religiosas que se habían unido al rezo por el alma de la difunta reina.

Las negociaciones para el reparto de las dádivas reales eran duras y no estaban exentas de acusaciones entre los religiosos allí reunidos. Las diócesis más influyentes pretendían sacar tajada argumentando las enormes cargas financieras que soportaban para poder sufragar las obras que estaban acometiendo en sus templos. Pero eran conscientes de que les sería difícil salirse con la suya; ante ellos se interponía un poder que no podían comprar ni eliminar, un poder tan inmenso que ni los mismos obispos podían soslayar: la hermana del rey, la infanta Urraca de Zamora.

Doña Urraca presidía el encuentro y vigilaba que los poderosos obispos de Santiago de Compostela y León no dejasen para las demás diócesis y abadías las migajas del reparto. La infanta era parte en el asunto que allí se negociaba; aun así, su integridad era tal que no permitiría un atisbo de parcialidad en sus decisiones. Su situación era parecida a la que sufrían las diócesis del camino de Santiago. Las peregrinaciones eran cada vez más numerosas y las obras en las abadías y catedrales para dar cobijo a los caminantes se multiplicaban por todo el norte de la Península. Doña Urraca estaba volcada en cuerpo y alma en la construcción de la segunda catedral de León y necesitaba aquellas dádivas de su hermano tanto o más que ninguna diócesis, pero en la misma situación que ella se encontraban muchos otros, en especial el obispo Diego Gelmírez, que junto al maestro Esteban estaba acometiendo una colosal obra en la catedral de Santiago de Compostela, que llevaba décadas reclamando una ampliación.

En todo caso, el ambiente era tenso pero jubiloso. Los prelados estaban satisfechos con la tajada conseguida. Les había costado dos meses de negociaciones, en las que incluso había tenido que intervenir el Vaticano a través de una misiva, pero lo importante era que el botín había sido suculento. El rey había mostrado con generosidad el dolor por la pérdida de su esposa. Doña Berta había sido su tercera mujer y, a pesar de la moral distraída del monarca, la enfermedad que aquejó a la reina en sus últimos meses de vida le hizo acercarse a ella y llorar su pérdida de un modo que jamás hubiera imaginado. La reina no le dejó descendencia, pero en esos momentos finales él la respetó y la amó más que a ninguna otra mujer.

Mientras la curia continuaba enzarzada en sus disquisiciones a cuenta del reparto de las prebendas, el rey se había retirado a descansar y se encontraba encerrado a cal y canto en sus aposentos. Había abandonado los actos poco después de firmar las generosas donaciones, tras haberse sumado a las plegarias por el alma de su difunta esposa durante todo el día. Los rezos se habían prolongado desde antes del alba hasta el anochecer y solamente se interrumpieron para el oficio religioso y el besamanos posterior, por lo que el monarca estaba extenuado.

El ala del castillo donde se encontraban sus habitaciones era un lugar al que solo podía acceder la guardia más próxima al rey; incluso la reina había tenido prohibida su presencia en ella. Lo que sucedía en esa zona de la fortaleza concernía en exclusiva a su majestad. Sin embargo, era un secreto a voces en la corte que esa torre la frecuentaban las cortesanas más jóvenes y lozanas del reino. El deambular de estas por aquellos pasillos se intentaba llevar con tanta discreción que se decía que esas plebeyas eran ánimas invisibles que discurrían por los recovecos de la torre desde tiempos del hermano del monarca, el rey Sancho.

Esta zona de la corte era sin lugar a duda la más peligrosa y controvertida de cuantas había en todo el reino de León. Las plebeyas no eran elegidas por el rey ni por ninguno de sus súbditos: peleaban entre ellas voluntariamente y en riguroso silencio, daga en mano, por ocupar el lugar más próximo a la puerta de la alcoba de su majestad.

2

e pronto se oyeron unos pasos dentro del cuarto y un sirviente se acercó a la puerta a través de la antesala donde esperaban las cortesanas, desatrancó el portón, lo dejó entreabierto y se marchó. Lisarda, resguardada hasta entonces en la oscuridad, saltó de su escondite y se introdujo en la habitación sin contemplaciones.

Allí encontró al rey sentado junto a un escritorio al fondo del cuarto, dictándole a un escribiente, circunstancia que sorprendió a la chica, que lo esperaba absolutamente a solas y postrado en la cama. La joven se quedó mirándolo desde la entrada y cerró la puerta; el escribiente no levantó los ojos del pergamino en el que escribía y el rey no pareció apercibirse tampoco de su presencia.

Don Alfonso había decidido reducir a la mitad la donación para el monasterio de Sahagún y el resto de las diócesis. Estaba dándole forma al documento que haría llegar lo antes posible a la curia. Sabía que esto a los prelados les sabría a cuerno quemado, pero estaba convencido de lo que hacía. Su esposa, en el cielo, y el Altísimo sin duda coincidirían con él en la necesidad de emplear parte de ese dinero para luchar contra los infieles que asediaban el reino.

De su encuentro anterior, Lisarda recordaba que el rey era hombre de pocas palabras a pesar de su trato delicado en el catre; había conocido a muchos varones y sabía que no todos eran iguales. El monarca levantó la mirada y clavó sus ojos negros en la joven. Era ya un hombre de avanzada edad, tenía la barba gris, muy poblada, y el cabello del mismo color, era robusto, con las manos y los brazos enormes; un auténtico guerrero.

El rey reconoció los ojos verdes de la plebeya y se le aceleró el corazón. Se había olvidado por completo de esa chica, aunque había estado tan encaprichado de aquella mujer que casi perdió la cabeza; ahora lo recordaba y se le hizo un nudo en la garganta. Era demasiado delgada para su gusto, pero por alguna extraña razón se había quedado prendado de ella. Tenía los pechos generosos y las nalgas duras. Rememoró cada rincón de su cuerpo. Llevaba la melena rubia con tirabuzones y algo más larga que el día que estuvieron juntos, pero su mirada seguía siendo incisiva y desafiante. Era casi irreverente, eso fue lo primero que le sorprendió de ella. En dos ocasiones estuvo a punto de viajar de vuelta a Sahagún solo por estar con ella otra vez. La deseaba con toda su alma. Y de pronto, con la imagen de la joven plebeya junto al hogar que había en la parte superior de la alcoba, se sintió vivo de nuevo. Notó que la sangre volvía a fluir por su cuerpo.

Lisarda no se movió. Sabía todo lo que le hacía falta saber sobre los hombres y estaba absolutamente segura de que tenía al rey embelesado, pues había visto esa expresión en el rostro de muchos otros.

El rey dejó al escribiente lacrando el pergamino y se acercó a Lisarda con paso decidido. Habían pasado varios meses desde la única vez que estuvo con aquella mujer. Llegó hasta la altura de la chica y sin mediar una palabra retiró el sayo que llevaba puesto la joven. A continuación, comenzó a desabrocharle el blusón que cubría su voluptuoso cuerpo, sin ninguna otra prenda debajo. Lo hizo botón a botón para ir descubriendo la piel de su joven amante poco a poco. Había echado de menos la piel suave y blanca de esa doncella desde el mismo momento en que se separó de ella; no había conseguido quitársela de la cabeza hasta el día en que enfermó su esposa, circunstancia que le llevó a pensar que era un castigo divino motivado por su comportamiento indecente y desafiante con la ley de Dios.

Con el empeoramiento de la salud de doña Berta había dejado de lado estos encuentros extramatrimoniales y se había centrado en pasar todo el tiempo posible con su mujer. En ello influyó decisivamente su hermana Urraca, que llevaba años recriminándole su deshonesta actitud para con sus diferentes esposas y advirtiéndole que su alma padecería las consecuencias de tales actos, por lo que, a pesar de su debilidad por las doncellas, se refugió durante los últimos meses de vida de la reina en las oraciones y el recogimiento.

El monarca agarró a Lisarda y esta notó un escalofrío que

le recorrió todo el cuerpo al sentir el tacto frío en su cintura, pero no movió un músculo. Luego sintió como las manos grandes y ásperas de su amante subían por su cuerpo y la acariciaban. A pesar de la robustez de sus dedos, notaba que los movía con delicadeza. Después caminó hacia atrás conforme el soberano la iba dirigiendo con su movimiento y cayó en la cama bocarriba, y entonces unos brazos la rodearon con cuidado. Ella sintió el peso del fornido luchador sobre su cuerpo y le iba quitando con habilidad los ropajes mientras el monarca continuó acariciándola. La amó con calma: el encuentro duró más tiempo que la vez anterior. Le hizo el amor con lentitud, como queriendo llegar a saber lo que ella sentía. Deseaba con todas sus fuerzas llevarse a la cortesana consigo, pero esto sería muy peligroso para la chica, y el rey era consciente de ello. Resultaba absurdo fantasear con un romance entre ellos. Incluso antes de enviudar, en el reino todo el mundo sabía quién iba a ser la siguiente dama que adornaría su cabeza con la corona real.

Doña Berta no fue capaz de darle un heredero, por lo que la conversión de la amante del rey, Zaida, había dejado las cosas claras. Su amante musulmana había tenido un hijo varón que contaba con cinco veranos y crecía sano como un roble, de modo que ahora, convertida al catolicismo y con un nuevo nombre, Isabel era *de facto* la futura reina de León. De eso no había duda, como tampoco la había de la ferocidad de la nueva reina, así que más le valía despedir a la cortesana que tenía entre las pieles de su cama con la más absoluta indiferencia si no quería que el cuello de su preciosa visitante corriera peligro.

La plebeya salió de la alcoba real con dos monedas de plata y caminó sigilosa por los pasillos del palacio hasta la calle; era medianoche y nevaba con fuerza. Llegó al barrio que habitaban los cortesanos y entró en su casa, rauda. A esas horas proliferaban los maleantes que salían de las tabernas y la mancebía situada a poca distancia de la muralla. Conocía bien aquel tugurio: la vida no había sido bondadosa con ella, especialmente en los últimos siete inviernos, y había tenido que ganarse el pan en los peores lugares de la ciudad.

Su casa era más bien una celda formada por cuatro paredes de piedra, con una hoguera en mitad de la estancia que convertía en irrespirable el aire. Al entrar comprobó que la brasa había aguantado viva durante el tiempo que se había ausentado, por lo que hacía muy buena temperatura, pero el aire era tan denso que apenas se adivinaba su camastro al otro lado de las brasas. Echó un tronco a la mortecina lumbre y se metió en la cama.

El día había sido duro. Por la mañana había estado desde antes del amanecer haciendo guardia en la puerta de la alcoba real. Después, el resto de la jornada había sido un continuo ir y venir a palacio para comprobar si su majestad abandonaba la reunión con los prelados y volvía a sus aposentos. Lisarda despreciaba al monarca. Los últimos años de la vida de la cortesana habían sido horribles y le hacían odiar todavía más la comodidad con la que vivían los miembros de la familia real, a los que todo el mundo rendía pleitesía desde la cuna sin que ellos hubieran hecho mérito alguno para ganársela.

Había un chusco de pan sobre la única mesa de la covacha, pero no tenía hambre. Lisarda sabía hacerse valer entre el servicio de palacio y rara vez le faltaba algo que echarse a la boca. Se las había apañado para sobrevivir sin ninguna ayuda desde que apenas era una moza.

Estaba sola en el mundo desde los once años. Con esa edad ya había muchas jovenzuelas que se comportaban como adultas, pero ella había pasado la niñez entre algodones y entonces no estaba preparada, ni mucho menos, para vivir por su cuenta. En consecuencia, estaba traumatizada y resentida con todo lo que la rodeaba. Había sido una niña cariñosa, que supo arrimarse a la corte, y pasó gran parte de su infancia en las cocinas y cuartos de costura de palacio cual si fuese parte del mobiliario.

Lisarda creció colaborando en las labores de palacio a la sombra de las sirvientas. Fue a los seis años cuando empezó a frecuentar la corte. Al principio no pasaba de las cocinas, pero más adelante se ganó el cariño de las costureras reales, a las que ayudaba con los bordados. No tenía permitido ir con ellas a las salas en las que bordaban alrededor de la chimenea, pero aun así se convirtió en un gran apoyo. Hacía sus trabajos en un pequeño cuarto de costura y a veces incluso en las celdas de las propias costureras.

Había épocas, especialmente cuando la corte se instalaba en Sahagún, durante la temporada estival, en que las costureras no daban abasto y se llevaban los paños a sus habitaciones para acabarlos por la noche. A Lisarda, gracias a su habilidad y su vista de niña, se la rifaban las bordadoras, que la trataban como a una hija. Ella, a cambio, se pasaba las noches en vela terminando los trabajos en los que se iban retrasando.

Los inviernos eran largos y duros en Sahagún: la corte viajaba de vuelta a León o a Burgos, y la soledad y la violencia de los arrabales donde se vio obligada a sobrevivir la convirtieron en una adolescente agresiva y vengativa.

Lisarda se acurrucó bajo las pieles de su camastro, y notó que se le clavaban en la barriga las dos monedas que había ganado en la alcoba del monarca. El rey había estado tan generoso con ella como en la ocasión anterior. Hurgó con la mano, sin hacer ruido, entre las pieles del lecho y dio con la daga, la sacó con cuidado de la vaina y, con delicadeza, le hizo una raja a la piel que reposaba sobre su cuerpo. El crepitar de la chimenea se volvió ruidoso cuando las brasas prendieron el tronco que acababa de echarles encima, pero no fue lo suficientemente fuerte para que una superviviente como ella no notase la respiración de alguien junto a la puerta de entrada. No se había apercibido de la presencia de nadie al llegar, pero sin duda había una persona agazapada tras la nube de humo.

Lisarda sospechaba quién podía ser, no había tanta gente en Sahagún que supiese que la joven doncella tenía un par de monedas de plata junto a su pecho. Si quería ver amanecer, no tenía más remedio que luchar por su vida, algo a lo que lamentablemente estaba acostumbrada desde hacía muchos años. Emitió una especie de ronquido rítmico con una respiración entrecortada; sabía que no tardaría demasiado en salir de su escondrijo la rata que andaba detrás de las dos monedas que tenía bajo sus costillas. Advirtió un movimiento, y al ver, con la poca claridad que permitía la espesa atmósfera de su casa, que alguien se abalanzaba sobre ella, irguió la daga, agarrándola con fuerza con las dos manos, y notó como penetraba en la carne de la persona que se había arrojado sobre ella. No era la primera vez que clavaba un cuchillo a alguien, sabía que lo tenía que hacer con firmeza, ya que las costillas y el esternón eran huesos realmente difíciles de atravesar y requerían de una muñeca poderosa que pudiera hundir el puñal hasta el mango.

La muchacha que se había abalanzado sobre Lisarda lanzó un grito agónico y acto seguido otra mujer saltó sobre ella. A esas alturas, por los gritos que proferían, ya tenía la certeza de quiénes andaban tras su botín. Sacó el puñal del abdomen de Jimena y acuchilló sin piedad a su prima Juana en el cuello. La luz que emitía la llama del tronco nuevo que ardía en el hogar le permitió distinguir el lugar donde debía clavar el estilete. La salteadora cayó junto a su prima tratando de taponar la fuente de sangre que manaba de su yugular, pero Lisarda sabía que la ratera no se levantaría del suelo. Había presenciado más reyertas de las que le hubiera gustado y no tenía duda de ello. Las dos mujeres llevaban detrás de ella desde el verano. La anterior visita del rey había creado muchas envidias en la corte.

Cuando terminó con las primas se sentó en el borde del jergón para tomar aire. No sentía remordimiento alguno ni pesadumbre, dado que esa había sido su vida desde que tenía recuerdos, pero sí notaba que le faltaba el aliento, debido a que la pesada nube de humo y la lucha con las rateras le habían acelerado la respiración. No disponía de mucho tiempo, y además este tipo de cosas era mejor liquidarlas cuanto antes, así que necesitaba librarse de los cadáveres antes de que alguien echara de menos a las dos desgraciadas que ahora yacían en el suelo de su celda.

Tras vaciarles los bolsillos, sacó los pesados cuerpos a la calle. La nieve se había congelado con la bajada de la temperatura y no le costó demasiado arrastrarlos hasta la cuesta del río Cea para dejarlos caer al cauce. Lo más complicado fue no perder el equilibrio y acabar metida en las gélidas aguas del río. Se aseguró de que la corriente arrastrase los cuerpos y salió de allí a paso ligero. Limpió lo mejor que pudo el desaguisado que tenía en su casa y se volvió al catre. Estaba agotada y consiguió coger el sueño enseguida. La violencia de la corte la había obligado a empuñar aquella daga con demasiada frecuencia, y lo sucedido, a pesar de ser algo extraordinario, formaba parte de los gajes del oficio para una ramera de altos vuelos como ella.

Y es que la joven era conocida en la corte por sus artes amatorias, había compartido alcoba con la flor y nata de la nobleza leonesa y castellana, e incluso había hecho alguna incursión en la corte de Aragón. Varios nobles se habían encaprichado de ella por sus encantos y su juventud, pero había sabido zafarse de ellos. Ya podría ser la esposa de un noble si hubiese accedido a alguna de las propuestas que, con extrema dificultad e incluso arriesgando su vida, había rechazado. Se había criado en la corte y sabía que la vida de los condes estaba en manos de los monarcas, en el fondo no eran más que siervos de sus señores, y ella no había venido a este mundo para ser sierva de nadie, y menos de un rey. Era bochornoso presenciar el trato que les dispensaba la familia real a insignes caballeros que se hacían llamar «grandes de Hispania», y cuyo principal cometido en la corte consistía la mayoría de las veces en ayudar al monarca a ponerse sus uniformes o tomar sus baños.

A Lisarda la acompañaba una obsesión: no alumbraría un hijo hasta que pudiese criarlo como un señor con tierras propias. No tenía complejo alguno, se decía que ella había venido a este mundo provista de las mismas virtudes que el resto de los mortales, y no profesaba respeto divino a los reyes. Habían vivido tan cerca de ellos que conocía sus debilidades; sabía que eran personas iguales al resto de los mortales. Se repetía hasta la saciedad que, aunque su cuna hubiera sido la más humilde posible al llegar a este mundo, nada le impedía abandonar esta vida dejando a su descendencia en la posición que ella se había propuesto.

Tuvo que salir, a la carrera y en mitad de la noche, de más de un castillo en el que el señor de las tierras la quiso para sí. A los poderosos señores castellanos y leoneses les costaba asumir que una pordiosera como ella osara rechazarlos y prefiriese continuar con su simple existencia de fulana perdida por los caminos de Dios. Jamás daría su brazo a torcer: además de valiente y sagaz, Lisarda era una persona con una gran inteligencia y tenía claro lo que quería de la vida.

3

oña Urraca de Zamora era una anciana, sus sesenta y siete años le pesaban como una losa. Desde que murió su padre, el todopoderoso rey Fernando I de León, hacía ya casi treinta y cinco años, había dedicado su vida al cuidado de las abadías, conforme quedó dispuesto en el testamento de su progenitor. La infanta Urraca se había ocupado de llevar a los conventos que estaban bajo su supervisión la doctrina más estricta que le permitieron sus fuerzas. Apoyada en los nuevos aires procedentes de la Orden de Cluny, fue eliminando las relajadas formas de ejercer su sagrado oficio de muchos de los curas castellanos y leoneses, que en ocasiones incluso tenían a sus mancebas conviviendo con ellos en las casas abaciales.

A pesar de su avanzada edad, la hermana mayor del actual rey tenía vigor para seguir aventurándose por las veredas con su dueña de honor y cumplir con mano de hierro la encomienda que le dejó escrita su padre. Rara vez anunciaba a las congregaciones su visita, y esto hacía que la regla jamás se quebrantara en los monasterios que estaban bajo su jurisdicción. Sus rigurosas inspecciones abarcaban tanto los edificios de las abadías como a sus moradores, por lo que hasta los conversos que cuidaban de las huertas le guardaban un gran respeto, y le estaban, además, profundamente agradecidos: no permitía que hubiera abusos ni excesos amparados en la condición o el rango. Todos los siervos, ella la primera, estaban exclusivamente al servicio de Dios.

La infanta Urraca estaba tumbada bocabajo en el suelo, con la frente pegada a la fría piedra de la celda donde dormía cuando acudía a la corte de Sahagún. Los remordimientos le carcomían por dentro, y su fuerte convicción católica hacía que dedicara buena parte del día a mortificarse por la vida pecaminosa que había llevado. Se torturaba sin piedad por la debilidad que había sentido siempre por los hombres. No era capaz de contemplar su reflejo, y su implacable rectitud para con los religiosos que tenía bajo su tutela era en parte fruto de su arrepentimiento.

Sin embargo, ahora le rogaba a Dios que la perdonase por la nueva ofensa que estaba a punto de añadir a su larga lista. Notaba el frío del suelo a través de la túnica y sabía que el helor de la piedra no haría más que incrementar el dolor que sentía en las articulaciones. Padecía de las rodillas, los codos y las muñecas, y notaba unas agudas punzadas en el hombro izquierdo desde hacía tanto tiempo que ya se había acostumbrado a convivir con ellas. Estos padecimientos la ayudaban a pedir clemencia al Altísimo. Cuanto más penosa era su situación, más la colmaba la paz interior.

Apoyaba una mejilla y luego la otra en el suelo, no encontraba una forma más respetuosa de humillarse ante su Señor, avergonzada y arrepentida de sus actos. En realidad, no había yacido tantas veces con hombres, pero había tenido la mente ocupada en pensamientos libidinosos durante muchos años; incluso ahora que era una anciana tenía esos pensamientos con frecuencia. Hubo una época en la que fantaseaba constantemente con hombres, casi siempre casados.

Tiempo atrás, cuando su padre ordenó caballero a Rodrigo Díaz, el de Vivar, ella había sido su madrina de armas. La relación de los dos adolescentes venía de lejos, aunque nunca llegó a convertirse en otra cosa que no fuesen meros flirteos, propios de la pubertad. Pero aquel día, la infanta había querido cruzar una línea que no debía atravesar y tuvo un encuentro con Rodrigo en la capilla de la iglesia de Zamora, donde el joven iba a recibir los honores. Y gracias solo a la prudencia de este no llegaron a dar rienda suelta a sus deseos, que ardían pese al compromiso con Ximena. Este era uno de los muchos recuerdos que enturbiaban la mente de la infanta y apenas la dejaban dormir. El otro gran asunto que la turbaba era el único romance serio que había tenido y que no acabó en el altar. Aquel apasionado verano amó a ese hombre tantas veces que le costaba enumerarlas, pero no estaba dispuesta a arrepentirse de ello. Fueron sin duda los mejores meses de su vida. El frustrante y doloroso final de su amor la sumió en una profunda depresión, de la que tardó años en salir. Ahora, con la perspectiva del tiempo, se daba cuenta de que solo entonces había estado viva de verdad, por eso era incapaz de renunciar al recuerdo con el que había endulzado tantas veces su imaginación.

La noche había caído sobre Sahagún y en la corte apenas quedaba nadie despierto. La infanta estaba extenuada: la reunión con la curia el día anterior había sido larga y plagada de reproches entre los obispos de las distintas diócesis. La rebaja en la donación que el rey había anunciado después de la cena convirtió el reparto, difícil de por sí, en una gesta casi imposible, por lo que la infanta estuvo sometida a enormes presiones.

El intento de equilibrar las partes la había dejado agotada, y aun así, aunque había tratado de evitarlo con todas sus fuerzas, no había podido parar el ímpetu del obispo Gelmírez, que se había llevado la tajada más suculenta para su suntuosa catedral, para dar, según dijo, mayor brío si todavía era posible al camino de Santiago. El hábil obispo convenció a los allí presentes de los réditos que todos acabarían por obtener gracias al espaldarazo que recibiría el camino cuando estuviese culminada la fachada de las Platerías. El argumento era tan razonable que hasta la misma infanta tuvo que admitirlo. Sin embargo, el obispo de Santiago no se quedó satisfecho y terminó de vencer el escepticismo de los más reacios cuando se sacó literalmente de la manga del hábito una misiva papal que conminaba a los obispos a ayudar, en la medida de lo posible, a la culminación de las obras de la catedral de Santiago de Compostela.

La dueña de honor de doña Urraca, Montserrat, llamó a

la puerta e interrumpió sus oraciones. La infanta le había pedido que la avisara a medianoche porque tenía que hacer una visita sobre la que no le había dado pista alguna, y la sirvienta estaba realmente intrigada. Se daba cuenta de la preocupación de doña Urraca aunque no le hubiera dicho nada al respecto, pues tras cincuenta años a su servicio reconocía perfectamente cuándo había algo que la perturbaba de verdad.

La anciana llevaba horas tumbada en el suelo. La estratagema que había urdido le revolvía las entrañas, por eso, segura de que el Señor la castigaría, le había estado rogando clemencia de esta guisa para poder encontrar algo de paz. Se conocía bien y sabía que le pediría perdón, o al menos comprensión, al Señor durante meses. Llevaba desde el repiqueteo de campanas de la hora nona echada bocabajo y le dolía hasta el alma. Ni tan siquiera había cenado; una pecadora que iba a desafiar tan groseramente a Dios no merecía comer.

Así la encontró su dueña de honor, que se le acercó, se agachó y trató de ayudarla a levantarse, pero al ver que no consentía en darle la mano se tumbó junto a ella adoptando su misma posición. Se agarraron las manos y rezaron. La muerte del hermano de doña Urraca, el rey Sancho, en el asedio de Zamora era la primera de las penas que invadía el corazón de la infanta, y el primero de los motivos de sus rezos cada día. Ambas sabían que doña Urraca no había tenido más remedio que organizar el magnicidio, pues entre su hermano o la ciudad a la que había consagrado su existencia, eligió a su pueblo. Desde entonces se fustigaba por ello, a pesar de haber intentado por todos los medios que tenía a su alcance que su hermano entrase en razón y depusiese el asedio.

La relación con su hermano Sancho siempre había sido difícil. La infanta había pasado su adolescencia intercediendo entre Sancho y Alfonso. El primero era un niño aguerrido y tosco, mientras que el segundo era inteligente y sagaz pero menos bravo. Sancho trataba de someterlo, pero el pequeño sabía salir airoso gracias a su astucia y a la colaboración de su hermana. Con el paso de los años, estos manejos marcaron los reinados de ambos hermanos. Sancho fue un guerrero infatigable que jamás cejó en su empeño de hacerse con los reinos limítrofes, circunstancia que lo llevó a asediar Zamora, donde perdió la vida. Por el contrario, Alfonso VI, el actual rey, era un monarca que sabía equilibrar las campañas bélicas con el buen gobierno sobre sus súbditos, a lo que le ayudaba decisivamente su hermana, la infanta Urraca. La misma que yacía en el suelo de piedra de su celda rogando la clemencia del Señor.

—Ya es medianoche, mi señora, y hay una gran tormenta. ¿Estáis segura de que queréis salir de palacio?

—Montserrat, márchate a tus habitaciones, y ya nos veremos por la mañana. Quería hablar contigo solo para decirte que no te preocupases si venías de noche a mi celda y no me hallabas.

—De ninguna manera. Perdonadme, mi señora, pero si vais a salir de palacio, una servidora será vuestra sombra.

—Sé que lo dices de corazón, pero no permitiré que me acompañes. Lo que me dispongo a hacer solo debemos conocerlo la persona que va a recibir el encargo y yo.

Montserrat no dejaría que su señora la advirtiera dos veces: cuando daba una orden categórica, aunque fuese descabellada, había que cumplirla a pies juntillas.

Doña Urraca la despidió y rezó durante un buen rato. No era cierto que solo fuesen a estar al tanto de su estratagema la persona con quien iba a hablar y ella, pues contaba con la inestimable colaboración del joven obispo de la diócesis de Toro. Era de su más absoluta confianza y contaba con suficiente salud y años por delante para poder cumplir una encomienda a tan largo plazo. Si, por el contrario, Dios se lo llevaba antes de tiempo, solo esperaba que el buen clérigo tuviera a bien dejar en las mejores manos su parte del acuerdo. Más espinoso era el asunto de la tercera persona a la que tenía la intención de poner al tanto de su treta, de modo que no quería pensar en ello todavía.

No habían pasado más de dos inviernos desde que la infanta Urraca conociera al obispo de Toro. Fue durante la convalecencia de su hermana Elvira, que era quien ostentaba el señorío de aquellas tierras. Doña Elvira había caído enferma y el obispo se había ocupado de ella con el cariño con que lo hubiera hecho un padre, a pesar de su juventud. Cada vez que Urraca acudió a ver a su hermana lo encontró junto al lecho en el que moriría Elvira tras meses de enfermedad, sosteniéndole la mano y rezando con ella. En esta situación el religioso y la infanta fraguaron una relación que llegó a ser de plena complicidad, hasta tal punto que ella lo nombró su confesor personal.

El rey Alfonso VI, para agradecerle a su hermana mayor sus sabias recomendaciones y apoyo en los momentos más delicados de su reinado, le dio su nombre a la hija que tuvo con Constanza de Borgoña, su segunda mujer, circunstancia que unió a la infanta con su sobrina desde el mismo momento de su nacimiento. Además, la niña se crio bajo la tutela de su tía, para quien era casi una hija.

Ahora había llegado el momento de ocuparse de su futuro. Era consciente de que había tardado demasiado en admitir la necesidad de traspasar ciertos límites para garantizar que los planes que tenía para la joven infanta no se torcieran cuando ella faltase. La sociedad patriarcal y retrógrada invadía cada recodo de la corte, y eso acabaría por marchitar a su sobrina si no ponía remedio mientras todavía hubiera un hilo de esperanza.

Había educado a su sobrina para que fuera una mujer fuerte e independiente. Sabía lo difícil que era eso en los tiempos que corrían; desde niña, ella había tenido que luchar contra la incomprensión de muchos de sus preceptores, que la reprendían cuando quería montar a caballo, aprender a usar la espada o participar activamente en las conversaciones sobre política que proliferaban en su entorno. Con la ayuda de su madre se rebeló y consiguió estudiar las artes liberales, materias que luego utilizó en la educación de su hermano Alfonso, el actual rey. A pesar de su corta edad se había ocupado de la formación de su hermano, al igual que luego se encargaría de la de la pequeña infanta.

Sabía que cuando ella no estuviese para apoyarla su sobri-

na sería fuerte y aguantaría las embestidas de los rancios defensores de las costumbres más arcaicas, pero aun así quería
dejar lo mejor preparado posible el porvenir de la joven.

Doña Urraca salió de palacio tal y como le había anunciado a
su dueña de honor. No ignoraba que cometía una temeridad:
el invierno sahagunense era despiadado y una mala caída la
podía dejar abandonada a su suerte, en mitad de la calle, al
albur de los rigores de la tormenta. Con todo, eso no la detuvo: a pesar de ser una anciana seguía manteniendo aquel carácter rebelde del que siempre había hecho gala.

4

Doña Urraca llegó a la puerta de la casa con gran dificultad, la nevada era copiosa y el viento parecía querer castigarla por pretender mantener aquella intolerable conversación. No obstante, a pesar de su aire de mujer casta y exigente con los preceptos cristianos, tenía claro que era tan débil como la plebeya a la que iba a visitar.

El frío se le metía por la capucha del sayo y las orejas le dolían como si un demonio tratase de arrancárselas, pero aquella era su única opción para ayudar a su sobrina Urraca, la hija que nunca pudo tener.

Al fin sacó la mano del sayo y golpeó con rudeza la puerta. El contacto de la madera roída en sus nudillos, que se congelaron nada más dejarlos sin abrigo, le dolió como si hubiera metido los dedos en las ascuas de una chimenea. Nadie pareció darse por enterado en el interior de la vivienda. Doña Urraca no era ajena al peligro de aquellos callejones y sabía que una voz femenina sería lo más efectivo para conseguir que le abriesen la puerta. Se acercó a una pequeña brecha que consiguió ver ayudándose de la lámpara de aceite que portaba y pidió que le abriesen el portón, al tiempo que informaba de que venía de palacio con nuevas. La joven, que llevaba agazapada detrás de la puerta desde que había oído llamar, abrió con violencia y miró, severa, a la anciana, a la que apenas se le adivinaba el rostro bajo la capucha del sayo.

—¿Y cuáles son esas nuevas que no pueden esperar a la mañana? —arrancó, agresiva, la joven plebeya, sin dejar tiempo a la infanta para presentarse.

—Harás bien en echarte a un lado y dejarme entrar —dijo decidida doña Urraca, al tiempo que se quitaba la capucha y se descubría la cara.

—¡Ave María purísima! Pasad, señora, y sentaos, os lo ruego, a los pies de mi cama, que es el único lugar, junto con este taburete cojo, donde podéis tomar asiento. —No había cortesana en el reino que no hubiera hecho infinidad de genuflexiones ante doña Urraca, por lo que Lisarda no tenía duda alguna de quién era aquella señora.

—Vamos a dejarnos de monsergas. Tú eres una ramera indecente y una mujer pecaminosa que está arrastrando a nuestro querido rey al abismo del pecado mortal. Cuando abandone este mundo, para mi pobre y débil hermano no habrá otro lugar que el averno. —La infanta no podía soportar el dolor de esa realidad.

No pretendía soltarle semejante reprimenda a la cortesana, pero la mezcla del frío, el cansancio y la congoja que sentía por la oscura eternidad que esperaba a su hermano hizo que se le aflojase la lengua.

Lisarda era consciente de que la presencia de la señora que se acababa de plantar en la puerta de su covacha suponía un grave peligro para ella. Lo ocurrido la noche anterior, cuando se las tuvo que ver con las primas a las que había despachado con el puñal que llevaba oculto en la manga mientras hablaba con tan distinguida señora, no era nada al lado de lo que podía hacer con ella la mujer de rostro severo que la observaba desde el vano de la puerta de su chabola. No tenía la más remota idea de lo que hacía la hermana del rey en su casa, pero no parecía una visita de cortesía, y tampoco habría imaginado jamás que doña Urraca tuviese noticia de su existencia. A pesar de lo comprometido de la situación, le pareció un gran privilegio que tan poderosa mujer supiera quién era y dónde vivía.

—¿Queréis pasar? —insistió.

—Por supuesto que quiero pasar, soy una anciana y puedo morir congelada como no entre y acerque las manos a ese fuego.

—Pasad, señora, estáis en vuestra casa.

—Sé que además de ganarte la vida de la manera más ruin que existe —le descerrajó sin molestarse en corresponder a la cortesía de la joven—, eres una mujer muy informada.

—No soy más que una simple costurera que se ha pasado la vida bordando para la corte. —La joven no decía toda la verdad, pero tampoco mentía: era una de las mejores costureras de Sahagún.

—Eres una ramera y una asesina. Si te piensas que en la corte estamos tan ciegos que no nos damos cuenta de tus andanzas, es muy posible que acabes en el río, igual que tus amigas. O, mejor dicho, tus examigas.

—No sé a qué os referís.

—Me refiero a las dos primitas que vinieron a visitarte anoche.

La joven tragó saliva y se quedó callada. No había lugar en el reino que no alcanzasen los tentáculos de la señora que estaba sentada a los pies de su cama, con la cara ajada por los años y la mirada fija y altiva. Tenía la espalda recta y el rictus serio, la melena completamente blanca, y sus manos, que frotaba con delicadeza cerca de la tenue llama, eran huesudas, de dedos largos y uñas cuidadas. Lucía el gesto triste y la nariz prominente que caracterizaba también a su hermano. Lisarda sabía que no era la ocasión más idónea para especular sobre parecidos familiares, pero estaba tan nerviosa que le tranquilizó pensar que en definitiva se trataba de una familia como podía haber sido la suya.

No le sorprendió que la infanta llevase el pelo suelto debajo del capuchón. Era de sobra conocido que la poderosa hermana del rey utilizaba este tipo de detalles para desafiar las absurdas normas de aquella sociedad, que trataba de encorsetar a las mujeres y tenía en la toca una costumbre a la que ella siempre se había opuesto a pesar de su carácter recatado.

—Hay pocos nobles en Castilla a los que no hayas visitado, y tus dotes amatorias son célebres en todo el reino. Parece que no has perdido el tiempo, una mozalbeta como tú.

—Señora, desconozco quién os ha podido dar esa imagen de mí, pero os aseguro que no soy más que una cortesana que pasa los días ayudando en las cocinas de palacio y cosiendo por las tardes con el grupo del que vos sois patrona.

—Mentirosa, eso también me lo habían dicho. Llega un momento en el que te crees tus embustes de tal modo que piensas que son verdad.

—Dejadme insistiros.

—No digas una palabra más —la cortó, tajante, la infanta—. No he desafiado, a mi edad, semejante tormenta para venir a escuchar monsergas. Voy a ser clara: necesito vuestra ayuda. —Por primera vez la anciana no la tuteó; la cosa iba en serio.

Lisarda se quedó absolutamente descolocada al oír la última frase de la infanta, que no volvió a abrir la boca esperando la reacción de la joven. Esta, a pesar de su edad, era lo bastante experimentada para saber que la poderosa señora que tenía enfrente también estaba dispuesta a pecar, pues toda una infanta de la corte de León no se aventuraría a bajar al barrio de los pordioseros de la ciudad en una noche como aquella si no fuera por algo que no se atrevía a hacer a la luz del día.

Lisarda estaba al corriente de cuanto sucedía en la corte, pero si no lo hubiera estado, con el mero hecho de escuchar a los trovadores en las plazas se habría enterado de que la mujer que había irrumpido en su casa era una parricida que se había valido de algo tan ruin como matar a su propio hermano para medrar en la corte y convertirse en la consejera suprema del rey. O al menos así era como lo pintaban los cronistas de la calle.

En todo caso, debía reconocer que le gustaba aquella mujer; le gustaban las mujeres que eran capaces de luchar contra lo establecido e imponían su fuerza y su inteligencia para cambiar las cosas. Por eso, su visita en aquella noche de perros le hacía respetarla aún más.

5

Lisarda se sentó en el suelo apenas a tres codos de la cama y apoyó la espalda en la pared de cañas, barro y piedras, por lo que notó como se le clavaban dos cantos protuberantes en la espalda; luego dobló las rodillas hasta apoyar la barbilla sobre ellas y se abrazó las piernas. Le corroía la curiosidad por saber en qué podía ayudar una desgraciada como ella a la mujer más poderosa de León. La infanta no la miraba, parecía avergonzada de lo que se disponía a desvelarle, aunque en realidad no tenía reparo alguno en hacerle la propuesta que traía consigo. Lo que la mortificaba, ahora que el final de sus días se aproximaba, era no saber si sería capaz de ponerse a bien con Dios tras el nuevo desafío que iba a plantearle.

—Todos conocemos la desgracia que asola nuestro reino. Sin duda la actitud libidinosa de mi hermano, nuestro amado rey, está en el origen de estos males —expuso en tono derrotado la anciana.

—¿De qué males me habláis, señora?

—La reina nos ha dejado —contestó la infanta con gesto de dolor—, Dios la guarde. El Señor también se llevó a las dos anteriores. En apenas veinte años hemos visto morir a tres reinas.

—Una desgracia mayúscula, mi señora, tenéis razón. Sin embargo se dice que ya hay una sustituta para ocupar ese sillón vacío.

La infanta endureció el semblante y miró fijamente a los ojos a la cortesana. Parecía que quisiera atravesarla con la mirada, y en el fondo así era, pues estaba ante una de las situaciones más controvertidas de su larga vida y odiaba tener que ponerse en las manos de semejante pecadora, que para colmo se permitía mencionar lo que todo el reino sabía que le dolía en el alma.

Ciertamente era un secreto a voces en León que doña Urraca no aprobaba a la candidata del rey para ocupar el trono, hecho del que por supuesto Lisarda estaba al tanto. No había anuncio oficial ni pronunciamiento alguno al respecto por parte del monarca, pero los trovadores llevaban meses cantando la llegada de la nueva reina. No habían esperado siquiera que doña Berta falleciera para encontrarle una sustituta. Los juglares combinaban las noticias con los malos presagios. Sabían que el pueblo acudía en masa a las plazas para conocer las penurias que pudieran cernirse sobre los nobles y la realeza, por lo que trovaron, con muy mal gusto, el empeoramiento que había ido sufriendo día a día la reina hasta el fatal desenlace.

Que subiera al trono una conversa era algo que a doña Urraca se le clavaba en el alma como una daga, y el fuego de ese veneno flotaba en el espeso aire de la diminuta vivienda de Lisarda desde que esta había sacado a relucir el tema.

El asunto iba más allá del origen de la candidata a emperatriz, y la plebeya lo sabía. Lisarda pasaba por ser una de las personas mejor informadas del reino de León, pues lo que no llegaba a sus oídos en los salones lo escuchaba en las alcobas, y era difícil que se le escapase un detalle como ese. La verdadera preocupación de la infanta era la existencia de Sancho Alfónsez, hijo ilegítimo del rey y la mujer que estaba a punto de adornar su cabeza con la corona de León. Una vez que se desposaran, el hijo de ambos pasaría a ser el indiscutible heredero del trono.

Por esto doña Urraca estaba desolada. Su sobrina, la hija que nunca tuvo, la niña a la que había educado para ser reina, una reina que no necesitase a ningún rey a su lado para gobernar, acabaría relegada a ejercer de abadesa de conventos como ella o a regir un pequeño territorio periférico. Incluso cabía la posibilidad de que terminase desposada por el rey de algún lejano lugar, algo que nada tenía que ver con sus planes.

La infanta había sido una joven difícil de controlar por sus educadores. No se escabullía jamás de las horas de bordado con su madre y el resto de las cortesanas, y de hecho aprovechaba esos momentos para aprender de las ancianas, a las que siempre observaba con atención, pero tras cumplir con las obligaciones que le venían impuestas por su género, luchaba por ser una más entre sus hermanos, y lo consiguió. Montaba a caballo, cazaba y discutía con ellos de igual a igual, especialmente con Sancho, que era un joven tan hábil con la espada como tozudo y corto de entendederas en la diplomacia. Más tarde se propuso que su sobrina Urraca fuese la primera monarca del reino con mando y decisión propia, y para ello se pasó años inculcándole la confianza que necesitaba una mujer de la época para saltar por encima de las normas imperantes. No soportaba la idea de que su sobrina se convirtiese en una reina con el único cometido de criar a sus hijos y esperar a que el rey volviese de las campañas bélicas para darle más vástagos.

—Hija mía —doña Urraca eliminó las barreras que la separaban de la joven cortesana, tenía que hacerlo—, yo soy una anciana, como ya conoces, y el rey pronto lo será también.

—Mi señora, por favor, no hace falta que me imploréis, haré cuanto me mandéis —se anticipó Lisarda.

—Es inevitable que Zaida... Bueno, seamos justos y llamémosla Isabel. Debemos asumir que es católica y ese es su nuevo nombre, nos guste o no.

—Por supuesto, alteza.

—Isabel se casará con mi hermano, nuestro rey, y será la reina. Su hijo Sancho se convertirá en el heredero y quiera Dios que guíe a este reino con el acierto con el que lo hizo primero mi padre y posteriormente mi hermano.

—Quiera Dios.

—Nadie ignora que nuestro reino se encuentra amenazado por las taifas infieles, que nos hacen estar en guerra continuamente. Este joven heredero deberá buscar sus galones de rey en los campos de batalla, y tengo suficientes años para saber que no es descabellado pensar que podría perder la vida en estas lides.

—Que el Altísimo lo proteja. —Lisarda seguía con interés el hilo de la narración de doña Urraca.

—Si el joven heredero perdiese la vida, sería mi sobrina doña Urraca la heredera del trono. Además, es de todos conocido que su marido, don Raimundo de Borgoña, no goza de buena salud. No contamos con que viva demasiado tiempo, por desgracia.

Por supuesto, Lisarda estaba perfectamente enterada de todo lo que le detallaba la hermana del rey, y también era consciente de que una persona de la inteligencia de doña Urraca estaría al corriente de que para ella nada de lo que estaba escuchando era nuevo, así que sabía que lo mejor estaba por llegar. Sacó de debajo del camastro una pequeña barrica de madera, de no más de medio codo de alto por una cuarta de ancho, le quitó el tapón de corcho y vertió un chorro de un líquido viscoso de color amoratado en un recipiente de barro. Era el brebaje que destilaban en una bodega de las afueras de la zona fortificada de la ciudad. Le pasó la vasija a la señora advirtiéndole que la bebida era fuerte.

La anciana lo agradeció, estaba empezando a flojear y sentía un agotamiento mental que casi la mareaba. Por el olor que se desprendió cuando su anfitriona descorchó la barrica supo que el licor era lo que necesitaba para levantar el espíritu. Tosió, se aclaró la voz cuando superó el latigazo de la bebida en el gaznate y se dispuso a poner al tanto de su plan a la joven que la guarecía esa despiadada noche. La madrugada avanzaba y era obvio que vería las primeras luces del día a través del pequeño orificio del techo por el que escapaba el poco humo que no iba directo a sus pulmones. Poco a poco, la anciana había conseguido serenar su ánimo. La cortesana había resultado ser más educada de lo que se había imaginado y parecía dispuesta a colaborar con ella. Aun así, tenía sus reservas, por lo que la tutela del obispo de Toro era imprescindible para que su plan llegase a buen fin.

—Voy a hablarte con franqueza sobre mi hermano.

—Nuestro rey.

—Sí. Quiero que seas consciente de lo que corre por su cabeza y del peligro que eso entraña para nuestro futuro.

—Me asustáis, señora.

—Y no es para menos. La muerte de la reina llega en muy mal momento. Este reino todavía no ha superado la pérdida de nuestro caballero Rodrigo Díaz de Vivar. Pasamos por una situación de gran debilidad, y ante la falta de tan bravo y sagaz guerrero las taifas de levante están de enhorabuena, mientras nos tienen a merced de sus espadas.

—Eso se oye en las plazas, mi señora.

—Pues en este caso, y aunque sea por una vez, las habladurías son ciertas. Aquí viene la parte importante de lo que quiero que sepas y en lo que necesito que encomiendes el resto de tus días.

Lisarda sabía que la petición le exigía la generosidad de cumplir lo que doña Urraca estaba a punto de rogarle, una generosidad figurada, porque la monarquía leonesa, a la que conocía bien, lo que pedía de manera cordial con la mano izquierda lo exigía con una espada en la derecha.

—Llegado el caso de que el joven heredero, Sancho, muera antes de que mi hermano pase a mejor vida, estoy segura de que obligarán a mi sobrina a contraer matrimonio con el futuro rey de Pamplona y Aragón.

—Si no es molestia, alteza, ¿cómo estáis tan segura de ello?

—La mayor obsesión de mi hermano es que el nuevo rey sea un gran luchador y que pueda anexionar las dos coronas. Sé perfectamente lo que me digo.

La infanta conocía a su hermano a la perfección. El rey había cambiado mucho, y desde hacía unos años se parecía cada vez más a su difunto hermano Sancho. Rara vez permanecía más de una semana en la corte. Vivían en una guerra continua y su señor encabezaba las tropas del reino siempre que le era posible.

—Perdonad mi osadía, señora, pero estáis dando por hechas demasiadas cosas, ¿no creéis? Hasta el momento hemos previsto que don Sancho, el hijo de nuestro rey y su futura esposa, muera a temprana edad. También que el marido de su sobrina, don Raimundo de Borgoña, muera dentro de no demasiados años, y además no dudáis del consorte que elegirá entonces nuestro rey para su hija.

—Sé que a una joven dama sin experiencia en la vida todo esto le parecen monsergas de una anciana que empieza a desvariar, pero hazme caso, en los muchos años que he pasado en la corte he visto suceder cosas parecidas constantemente.

—Según yo lo veo, esto es más un deseo por vuestra parte que otra cosa —dijo la joven sin ser capaz de sostenerle la mirada a la infanta.

—Creo firmemente en que de este modo sucederán las cosas; no obstante, en caso contrario espero que sepas estar a la altura y, en la medida en que esté en tu mano, ayudes a que así sea.

Lisarda se quedó pasmada ante el comentario de la noble señora, que por primera vez había subido el tono de voz, algo que la abrumó.

—Señora, pero cómo voy yo, una insignificante doncella que no sabe nada de la vida, tal y como acabáis de decir, a influir en las decisiones que puedan cambiar el devenir del reino.

—Querida niña, estoy agotada y no tengo tiempo ni paciencia para oír más excusas ni lamentos. Utilizarás tus dotes, sobradamente probadas en este reino, para conseguir que los nobles de Castilla y León apoyen a mi sobrina.

—¿Para qué la deben apoyar?

—En primer lugar para luchar contra su marido en el caso de que este se haga con la corona de León, y después para que el más poderoso de los señores castellanos comparta con ella la alcoba real.

—No doy crédito a lo que oigo.

—Sí, hija mía. No debemos permitir que ningún miembro de una familia real se case con mi sobrina, pues esto la convertiría en reina consorte, con la sola encomienda de criar hijos, y esto no es lo que quiero para Urraca —afirmó la infanta sin rubor alguno.

—No sé si estará a mi alcance cuanto me pedís, pero creedme que lo intentaré con todo mi corazón —le aseguró la cortesana tomándole las manos entre las suyas en señal de acuerdo.

—Antes de morir, con el favor de los obispos que me son fieles, dejaré organizado lo necesario para llevar a Roma los lazos de consanguinidad que nos unen a la familia real aragonesa. Debemos batallar con todas nuestras fuerzas para impedir este matrimonio. —Al terminar la frase la infanta parecía agotada.

Lisarda, que no podía oponerse a doña Urraca, se limitó a asentir con la cabeza. Era consciente de que a pesar del gesto de cansancio, la anciana todavía no le había terminado de revelar la última parte del plan, la que se refería, obviamente, a su carcelero. Pero tenía suficiente experiencia en la corte para imaginar que de eso se enteraría más adelante. Era típico de la familia real dejar a sus súbditos con el corazón encogido y la duda en la mente.

Lo único realmente seguro de todo lo que le estaba aconteciendo aquella noche era que su vida había dejado de pertenecerle y que se había convertido en una posesión exclusiva de la familia del rey. Era un riesgo que había que asumir cuando se vivía en la corte.

Había dos tipos de cortesanos: los que ofrecían sus servicios a los reyes siempre que surgía la oportunidad y los que pasaban de puntillas por la corte intentando que su existencia fuese lo más desconocida posible. Lisarda prefería formar parte del segundo grupo, y hasta la fecha había conseguido su propósito, pero la afilada mirada de la infanta Urraca, que se acababa de posar sobre ella, le indicaba que en aquel preciso instante su vida estaba dando un giro por completo y que no podía hacer nada para evitarlo.

—Querida niña, te pido disculpas por asaltarte en tu morada de esta guisa, pero has de saber que cuanto dejo en tus manos es de suma importancia para nuestro reino. Tendrás noticias mías más adelante.

Sin permitir que saliera otra palabra de su boca, la anciana dejó sobre la mesa una pequeña bolsa de cuero con monedas y se dispuso a salir. A través de la puerta abierta se vislumbraba un amanecer plomizo, pero el viento y la nevada habían remitido. El frío era intenso, y la noble señora se envolvió la gruesa capa de lana sobre el sayo y se marchó con paso lento y cauteloso.

En definitiva, sabía que no tenía otra posibilidad. Sus intentos de convencer a su hermano y sus consejeros para que se replanteasen la idea de las nupcias con Isabel habían sido en vano, por lo que su querida sobrina Urraca iba a ser apartada de la línea sucesoria, algo que según los cálculos de la veterana infanta no pasaba de ser circunstancial. Estaba absolutamente convencida de que su sobrina acabaría por reinar. Había visto a sus tres hermanos en el trono, las coronas pasando de testuz en testuz, permaneciendo un largo periodo solo en la cabeza de los monarcas capaces de escuchar a una voz sosegada a su vera.

Su hermano Sancho pudo haber sido un buen rey, pero sus aptitudes para la batalla nunca estuvieron acompañadas de la

calma que se requiere para administrar las victorias consegui-
das con la espada. Tampoco fue un buen hermano, ya que dio
por hecho que sería el heredero universal de su padre y se
encontró con una desagradable sorpresa cuando el rey Fernando desveló sus planes. Sancho no dijo nada entonces y
aceptó la voluntad de su progenitor, pero solo de puertas para
afuera, porque en su interior montó en cólera y se hizo el firme propósito de apropiarse por su cuenta de aquello de lo que
su padre le había privado en sus últimas voluntades. Su hermana, la infanta Urraca, lo conocía de sobra y sabía que la
pose de Sancho no duraría demasiado.

El rey Fernando I de León había luchado toda su vida para
unir los reinos del norte de la Península y, como si hubiera
sufrido una enajenación mental, a la hora de redactar su testamento decidió separar aquellos territorios que tanta sangre
derramada le habían costado. Dejó una corona a cada uno de
sus hijos varones: la de Castilla para Sancho, la de León para
Alfonso y la de Galicia para García. Con sus hijas Urraca y
Elvira no se portó mejor y les legó los señoríos de Zamora
y Toro, respectivamente. Todavía resonaban en las plazas los
aberrantes repartos del anciano rey cuando los trovadores
auguraban a voz en grito las guerras que asolarían la Hispania
cristiana hasta que los reinos se volviesen a unir.

Sancho, como había intuido su hermana, esperó a que falleciera su madre para comenzar la conquista de las tierras que
consideraba suyas por derecho. Era un gran guerrero y estaba
muy bien acompañado por su lugarteniente Rodrigo Díaz.
A doña Urraca, que miró por última vez a Lisarda antes de

salir de su pobre vivienda, se le inundaron los ojos de lágrimas al recordar al Cid, el bravo caballero con el que tantas tardes de confusión disfrutó en su adolescencia. Sus juegos de niños en los salones y jardines del palacio de Zamora en el que se crio dieron paso a unos flirteos de adolescentes en los que nunca supieron muy bien en qué punto se hallaban.

Luego Rodrigo acompañó a su hermano Sancho en las siguientes maniobras militares, y, astuto, vio la necesidad de buscar una alianza que les asegurase la victoria en el comienzo de su ofensiva. El de Vivar le propuso a su rey que uniera sus fuerzas a las de su hermano Alfonso y que, juntos, los dos ejércitos atacaran el reino de Galicia. Alfonso aceptó, entre otras cosas porque temía que, de lo contrario, Sancho buscase el apoyo de su hermano García para atacar León. Conocía perfectamente a Sancho y sabía que consideraba una herencia insuficiente para él la corona de Castilla. Así, con el beneplácito de Alfonso, Sancho entró en Galicia, derrotó a su hermano García, lo apresó y lo mandó a una torre en Burgos y de allí, al exilio en Sevilla.

Después de derrotar a García, Sancho rompió el pacto con Alfonso y lo venció también, arrebatándole el reino de León. Doña Urraca recordaba aquellos días con pavor. Llegó a ponerse de rodillas frente a su hermano Sancho para rogarle que no acabase con la vida de Alfonso, y le juró que lo convencería para que lo reconociese como emperador y nunca más osara empuñar una espada en su contra.

La anciana oyó el golpe de la puerta de la covacha de Lisarda cuando esta la cerró al poco de despedirse de ella. La casa estaba en una cuesta empinada y el suelo era un auténtico pedregal. Doña Urraca subía la pendiente con tiento, apoyada en su cayado. Iba mirando con atención el suelo desigual para no tener un accidente al tiempo que rememoraba, como si no hubiesen pasado los años, el día en que clavó las rodillas en otro suelo pedregoso, el del patio de San Isidoro de León, para rogarle a Sancho que tuviera clemencia con Alfonso. Sancho se apiadó de su hermano, y este fue su gran error, pues dejó con vida a quien luego, de la mano de su hermana, la infanta Urraca, daría la vuelta a la situación y con ello a la historia de los reinos cristianos.

Después de esto, el rey Sancho asedió Zamora, ciudad de la que Urraca era señora. El monarca sabía que muchos de los nobles leales a Alfonso se habían afincado en aquella ciudad, lo cual amenazaba claramente su dominio sobre León, reino que nunca le había sido fiel, así que estaba decidido a tomar la ciudad. Zamora aguantó, y esos fueron sin duda los días más duros de la longeva vida de la infanta Urraca. Ni tan siquiera los remordimientos que sentía en este momento, mientras se alejaba de la casa de la ramera a la que había confiado la suerte de su sobrina, superaban lo que padeció en el sitio de Zamora y en su resolución. La infanta había urdido un plan para que uno de los nobles leoneses que la acompañaban en el asedio diera muerte a su hermano y librase a Zamora del asedio.

Tras la muerte del rey Sancho, Alfonso reclamó Galicia y Castilla para sí, pero su hermano García volvió a su antiguo reino para recuperar la corona, cosa que logró durante apenas un año, el tiempo que transcurrió hasta que Alfonso, en un encuentro con él, lo apresó y lo retuvo definitivamente hasta el fin de sus días. A partir de entonces, y con la ayuda de su hermana Urraca, que siempre fue su apoyo y su guía, consiguió poner de acuerdo a la nobleza y la cúpula de la Iglesia para aunar bajo su mando los reinos de Galicia, Castilla y León.

Por otro lado, la infanta Urraca, si bien había convencido al rey Alfonso VI de que escuchase sus sabios consejos políticos, no era capaz de hacerle rectificar en sus desvaríos carnales fuera del matrimonio. Su hermano le preocupaba enormemente y rezaba por la salvación de su alma cada día, y por eso vivía en un atolladero moral que la consumía por dentro.

En este momento, tras haber instado a la joven con la que se acababa de ver a intervenir en favor de su sobrina, pensaba que con ello de alguna forma perpetuaba ese modo de hacer política a base de traiciones y puñaladas por la espalda. Se dijo que, observándolo desde este punto de vista, quizá ella estaba en el origen de tanta traición y muerte; el asesinato de su hermano Sancho nunca lo podría borrar de su memoria. Sin duda había sido el capítulo más descabellado de cuantos sucedieron tras el fallecimiento de su padre. Por más que estuviese en contra de la obsesión de su hermano Sancho por arrebatar sus reinos a García y Alfonso, nunca nadie podría culparlo de haber hecho algo tan vil como lo que ella había planificado en Zamora. Eso era incuestionable.

Sancho había sido más noble que ella, pues mandó encerrar a sus hermanos en sendas torres para que pasasen allí el resto de sus días, cosa que para nada era un pecado mortal, mientras que ella había incitado a Vellido Dolfos a asesinar a sangre fría a su propio hermano.

Doña Urraca caminaba cabizbaja y con el alma encogida tras dejar atrás la celda de Lisarda. El peso de tantas traiciones y la sangre derramada en su familia horadaba su mente día y noche. Había ocasiones en que no era capaz de mirar a nadie a la cara. Los días en los que la culpa la torturaba con más intensidad le resultaba casi imposible levantarse del suelo y sentirse una persona.

Pese a todo lo que ya cargaba sobre su conciencia había tenido el descaro de dejar al cuidado de aquella fulana el porvenir de su sobrina y, por ende, del reino. Debía ser consciente de que, por mucho que el plan habría de llevarlo a efecto la cortesana, ella pecaría tanto como la pobre moza a la que acababa de complicar la vida para siempre. Había vuelto a desafiar a Dios y ya no tenía tan claro qué alma estaba más descarriada, si la de su hermano el rey Alfonso o la suya.

El frío de la mañana era atroz, pero la anciana apenas lo notaba, ensimismada en sus sentimientos encontrados. Por un lado esperaba que el Altísimo le perdonase el descabellado plan que había puesto en manos de la ramera con la que acababa de reunirse, y por otro no podía negarse que estaba contenta de cómo había ido el encuentro. Creía haber dejado el futuro de su sobrina en buenas manos. No existía la persona perfecta para ejecutar su plan, pero no encontraría a nadie que fuera más indicado. Lisarda, que parecía inteligente y dispuesta, lo tenía todo, incluida una belleza deslumbrante que le abriría muchas puertas en este mundo que ella estaba a punto de abandonar y que dominaban los hombres, la mayoría de los cuales eran más fáciles de convencer con una cara bonita que con mil razones.

6

ientras la claridad de la mañana le iba ganando la batalla a la noche, doña Urraca subía la cuesta camino de la corte, con la losa de los años aplastando su cuerpo y el peso de la mirada implacable de Dios sobre ella. Iba rezando y se persignaba a cada instante; su conversación con el Señor era respetuosa y sincera. Estaba totalmente convencida de que el paso que había dado ayudaría al reino a hacer frente a las amenazas de las taifas que lo asediaban, y en esto se amparaba para pedir con esperanza el perdón del Altísimo. Se lo repetía sin cesar mientras manoseaba con insistencia la cruz que llevaba agarrada con la mano izquierda y que volvía a hacer sangrar los callos en los que incrustaba sus afiladas esquinas.

La anciana le daba vueltas a un pensamiento que le rondaba la cabeza desde que había decidido acometer el plan con el que pretendía encumbrar a su sobrina al trono de

León. Se preguntaba si había una morbosa e impura razón en la idea o si era algo que de verdad podría beneficiar a su enrevesada estratagema. Notaba como se le encogía el estómago cuando pensaba en el paso que estaba decidida a dar. Este paso le reabriría una herida que nunca había llegado a cicatrizar del todo, fundamentalmente porque ella nunca lo había permitido.

Habían pasado más de treinta años desde el día en que conoció a Petro el Cartaginés. Aquella había sido la época más convulsa de su existencia. Su padre se había convertido en el hombre con mayor poder del mundo conocido y el reino de León dominaba el norte de la Península. La joven Urraca, cuyo fervor religioso era casi enfermizo, pasaba los días y las noches encerrada en la iglesia pidiendo a Dios que protegiese a su padre y al reino. A pesar de su juventud, ejercía una gran influencia sobre el rey Fernando, como luego haría con Alfonso. Gracias a ello no le fue muy difícil convencerlo de que trajera desde Sevilla los restos mortales de san Isidoro. Estaba convencida de que el amparo del Altísimo sería mayor si tenían con ellos los restos del que fuera arzobispo de aquella ciudad.

Pero la devoción de la infanta no se detuvo ahí. Las taifas que rodeaban el reino lo hostigaban de continuo, y Urraca comprendía que León era muy vulnerable espiritualmente y que esto debilitaba a sus ejércitos, los cuales no sentían el apoyo de Dios. Para ella todo tenía que ver con la fe. Además, sabía que su padre, a pesar de luchar a brazo partido con las taifas vecinas, se había convertido en un baluarte para otras más lejanas y que, por tanto, no suponían una amenaza. Eran frecuentes las disputas entre sultanatos colindantes, debido a que jamás se ponían de acuerdo en los límites de sus territorios, y no era raro que acudiesen a pedir ayuda al rey Fernando I el Magno, quien no desaprovechaba la oportunidad para hacer acuerdos de conveniencia.

Al mismo tiempo, doña Urraca era muy conocida entre los orfebres de León, pues coleccionaba piedras preciosas y frecuentaba los talleres en busca de piezas únicas, a los que también solía encargarles objetos religiosos o simples cruces de oro o plata fundidos.

Uno de los comerciantes más prestigiosos de la ciudad le habló un día de algo casi increíble: la posibilidad de transportar el santo grial a León. Al principio, la infanta no le dio crédito, pero el comerciante era un tipo honorable que merecía su confianza y tras su insistencia accedió a escucharlo. Por otra parte, contar con aquella pieza supondría cerrar el círculo, ya que no había sobre la tierra una reliquia de la fuerza de la vasija utilizada por Jesucristo en la última cena.

—Señora, creedme, hay una gran hambruna en Egipto.

—Lo sé, Benjamín. Ha llegado hasta palacio el eco de las sequías en el Nilo.

—Han hecho una llamada de socorro a todas las taifas del Mediterráneo pidiendo ayuda. Necesitan frutas, verduras y carnes en salazón. Tienen hambre. Me han dicho que poseen el santo grial y con él pagarán a quien les preste ayuda.

—El santo grial está en Jerusalén, Benjamín —le dijo la joven infanta, casi ofendida por el intento de engaño.

—No, señora, el santo grial ya no está allí. Está en Alejandría.

La joven Urraca cortó la conversación desairada y se marchó del taller. Sin embargo, las palabras del orfebre no abandonaron su mente, y unos días después se decidió a indagar sobre la información que le había dado el joyero. Le encontró visos de veracidad cuando algunos altos miembros de la curia le hablaron de las revueltas en Tierra Santa, por lo que era posible que el santo sepulcro hubiese sido asaltado.

Decidida, y puesto que conocía perfectamente la influencia de su padre sobre las taifas de la costa mediterránea, ya que el emperador llevaba años protegiendo al emir de Denia a cambio de que este le garantizase el acceso al comercio a través de su puerto, no cesó hasta convencerlo de que aprovechase su buena relación con el emir dianense, al que además siempre había apoyado militarmente en su eterna disputa con el sultán de Valencia. El plan resultó tal como lo había previsto. El sultán dianense mandó ayuda a Egipto y a cambio recibió la preciada vasija, que envió a León en pago por el amparo militar de Fernando I el Magno. De esta manera, la infanta Urraca consiguió que la reliquia más importante de la humanidad descansara en la basílica de San Isidoro de León.

Fue en ocasión del traslado de la preciada vasija hasta León cuando conoció a Petro el Cartaginés, un sicario afincado en Córdoba al que encargó que velara por la llegada de la copa sagrada hasta la corte. El Cartaginés no solo defendió con honor la reliquia, sino que además le robó el corazón a la infanta y fue su único verdadero amante. Ella, que no lamentaba nada de lo sucedido entre ellos, llegó incluso a pensar en casarse con él, pero el sicario desapareció sin darle explicaciones.

La infanta estaba muy nerviosa. Había tomado la firme decisión de volver a ponerse en contacto con Petro el Cartaginés después de más de treinta años. Le temblaba la voz cuando el obispo de Toro se sentó frente a ella en el salón aledaño al claustro de San Isidoro. Doña Urraca lo puso al tanto de la visita que había realizado a Lisarda en su casa de Sahagún. Hasta ese momento, el obispo desconocía las intenciones de la anciana y mucho menos el papel decisivo que debía desempeñar en la estratagema que esta había propuesto a la cortesana. Urraca fue franca y no se dejó nada en el tintero. Le describió a la muchacha y la profesión que ejercía, mientras el religioso meneaba la cabeza con resignación. La hermana del rey continuó su relato sin amilanarse, pues sabía de sobra que el joven obispo había empezado a descarriarse, como muchos otros de los jerarcas de la curia, y tenía incluso más cosas que ocultar que la ramera. Se aseguró de que el cura entendiese cuánto le preocupaba la situación de desamparo que le sobrevenía a su sobrina Urraca, y sobre todo argumentó con vehemencia la conveniencia de evitar que el hijo de una conversa reinara en León. Sabía que esta era una razón de peso para un servidor de Dios.

—Necesito que vigiléis y protejáis a la joven cortesana con la que me reuní en Sahagún.

—Señora, si me permitís decirlo, no creo que sea buena idea mezclar el porvenir de nuestro reino con una persona de semejante catadura.

—No, no os lo permito. Y no me hagáis hablar. —La infanta le sostuvo la mirada al religioso, que no tardó demasiado en bajar los ojos y aceptar la derrota. Era joven pero no iluso, e intuía que la anciana tenía una red de informadores lo suficientemente extensa para que la pusiera al tanto de sus correrías.

—Si esta es vuestra decisión, así se hará, señora.

—Hay un sicario.

—¿Un sicario? —preguntó el obispo con los ojos como platos.

—Padre, os pido que no me hagáis repetir todo lo que digo. Soy muy mayor y apenas me quedan fuerzas, me resulta penoso luchar contra tanto escepticismo.

—Perdonad, mi señora.

—Os presentaré a un sicario al que debéis encargar el cuidado de la moza que os he referido. Aceptaréis a este soldado en vuestro cuerpo de guardia y le ordenaréis que no deje ni a sol ni a sombra a la cortesana. Ella no debe saberlo, pero tenemos que velar por su seguridad, no nos podemos permitir que le suceda nada.

—Me parece una medida excelente. ¿Se puede saber el nombre de este sicario?

—Primero debo conocerlo yo. Voy a pedir consejo a un viejo amigo y pronto volveré con un nombre.

Había llegado a oídos de la infanta que Lisarda sabía defenderse sola, pero la esperanza de vida de una mujer que se ganaba las gachas de aquella manera era muy corta, y ella necesitaba asegurarse de que su plan no se iría al traste por culpa de una reyerta en alguno de los tugurios que frecuentaban las mujeres descarriadas.

Con todo, sabía que transitaba un camino delicado al volver a mezclarse con Petro el Cartaginés y que corría el riesgo de cometer el último error de su vida. Habían pasado muchos años y era consciente de que el Cartaginés no podría ocuparse personalmente de la seguridad de Lisarda, pero no había conocido en todo aquel tiempo a nadie que le transmitiera más confianza. Intentaría dar con él al precio que fuese; su paso por este mundo llegaba a su fin y debía dejar las cosas preparadas. Si no lo encontraba o lo hallaba en un estado en el que no pudiese proporcionarle ni tan siquiera el consejo que necesitaba, no tendría más remedio que dejar que el obispo de Toro eligiera al centinela de la cortesana, y eso era algo que quería evitar.

7

oña Urraca emprendió su último gran viaje una fría mañana de primavera. Sabía que su edad no le permitiría volver a realizar un periplo de semejante envergadura. El desplazamiento desde León hasta Córdoba le llevaría buena parte del tiempo que le quedaba sobre la tierra. Montserrat iba callada en el carruaje ocupada en un bordado que había deshecho tantas veces como lo había hecho; cada vez le costaba más dar por terminados los trabajos que se proponía. Se trataba de un paño con el que pretendía cubrir el cojín que ponía sobre su jergón y que no soportaba ver tan desvencijado. Se lo había contado siete veces a la infanta, que le había mostrado su contrariedad por tener que volver a oír la misma historia una vez tras otra. Ambas mujeres habían envejecido juntas y se permitían ciertos roces que por momentos les hacían olvidar que una era infanta del reino y la otra, su criada.

Montserrat no se había planteado disuadir a su señora del viaje que pretendía realizar. Sabía que doña Urraca quería dejarle a su sobrina el camino preparado para que llegase adonde ella no había conseguido llegar. La anciana servidora de la hermana del rey conocía la gran frustración que su señora sentía en lo más hondo del corazón, aunque jamás lo reconocería, por no haber podido reinar. Y la dueña de honor conocía algo más, algo de lo que ambas eran conscientes y que flotaba en el espeso aire intoxicado de humo del carruaje. Había pasado tanto tiempo desde la última escapada de su señora a Córdoba que casi ni se acordaba de aquella época, pero era evidente que doña Urraca pretendía despedirse del matón que le había robado la cordura hacía más de treinta años.

En efecto, doña Urraca había ido recibiendo periódicamente información sobre el sicario afincado en la capital de los omeyas. La infanta tenía contacto con un comerciante toledano al que sus colegas cordobeses ponían al día. En los últimos cuatro o cinco años no había sabido nada del Cartaginés, pero por lo que le habían contado hasta entonces, seguía en el oficio y ninguna mujer había conseguido darle caza. La anciana reconocía para sí, avergonzada, que hacía el viaje para conseguirle protección a Lisarda, pero sobre todo para saber qué había sido de Petro.

Como no tenía noticia cierta de que hubiera muerto, sospechaba que estaría vivito y coleando, y necesitaba hablar con él. Por la edad que tendría, iba a resultar totalmente inservible para velar por la seguridad de Lisarda, pero al menos sabría qué hacer. La infanta se había decantado por el obispo de

Toro para salvaguardar su plan porque no conocía a nadie mejor que pudiera hacerlo, pero estaba observando que era tan débil como cualquier otro ser humano, así que le resultaba crucial involucrar a alguien ajeno a él. Esperaba con todas sus fuerzas que Petro siguiera vivo y le pudiese proporcionar ese consejo que tanta falta le hacía. No tenía a nadie más en el mundo en quien poder apoyarse para algo así.

Lo cierto era que confiaba en aquel tipo de vida canalla y silencios desconcertantes, aquel tipo al que no había vuelto a ver en más de treinta años y del que todavía recordaba, como si no hubiese pasado el tiempo, la manera en que la desnudaba con sus ojos grises y cómo la frialdad de su mirada la hacía dudar hasta de su nombre.

De modo que le rogaba a Dios que si no se lo había llevado todavía, esperase al menos hasta que pudiese sentarse un rato a hablar con él y escuchar sus sabias palabras. Si esto hubiese sucedido veinte años atrás, se hubiera podido morir tranquila dejando su encargo en manos del Cartaginés, pero la vida había querido que ocurriese cuando sus fuerzas, y a buen seguro las de Petro, casi no servían ni para sostener una lámpara de aceite.

Había hecho tres viajes a Córdoba en su larga vida. En el primero, su única intención fue dar con el sicario que le habían recomendado para custodiar el cáliz. Entonces era una mujer joven, inteligente y respetada, que vivía rodeada de soldados, hija del hombre más poderoso del mundo conocido, pero aun así no disponía de ningún caballero, por muchos que hubiera en la corte, que le mereciera la confianza suficiente para custodiar el santo grial. Hasta que le hablaron de Petro, y no se lo pensó dos veces. Así era ella: nada la detenía, ni tan siquiera un viaje de casi treinta jornadas y que además incluía el riesgo de salir de las tierras cristianas.

Todavía recordaba las circunstancias en las que encontró al sicario al llegar a Córdoba, encerrado en su covacha con una jovenzuela. No entró para comprobarlo, pero las lenguas afiladas de los vecinos de la barriada donde vivía se encargaron de advertírselo a voces cuando, harta de llamar a su puerta sin encontrar respuesta, acabó por dejarle un pergamino clavado en el portón que lo citaba en un palacio de la zona alta de la ciudad. En el instante en que por fin se sentó frente a frente con Petro, lo odió con toda su alma; le pareció la persona más ufana, maleducada e irreverente que había visto en su vida. Le dieron ganas de darse la vuelta y regresar a León tal como había llegado, pero estaba tan necesitada de la ayuda de aquel hombre de modales rudos y actitud excesivamente chulesca que se comió su orgullo.

La infanta era muy joven entonces, pero ya tenía una certera intuición para calar a las personas, así que se tragó la rabia de verse tratada como si su posición en el reino de León no significase nada para aquel desconcertante individuo. Y en efecto, no se equivocó con él. El santo grial llegó a León de la mano del Cartaginés tras dejar en el camino un reguero de sangre. El padre Marcelo, religioso que acompañó la singladura del cáliz desde Alejandría, le dio buena cuenta a la infanta del arrojo con el que Petro había defendido la reliquia. Aunque el religioso no había congeniado con el matón, este le salvó la vida en dos ocasiones durante el trayecto y, como agradecimiento, no escatimó detalles al describir a la infanta lo acontecido en aquel venturoso viaje.

Finalmente, Urraca le propuso a Petro que se quedase en León sirviendo a su padre, pero él prefirió volver a Córdoba con la bolsa llena. Doña Urraca era joven y la sangre le fluía caliente. No se pudo contener demasiado tiempo y, cuando vio que las cosas en palacio se tranquilizaban con el final del invierno, decidió emprender su segundo viaje a Córdoba. Fue duro y penoso, se alargó casi dos meses. Los caminos estaban embarrados, cuando no bloqueados por las grandes nevadas de una primavera húmeda y fría que no dejó ver el sol en un mes, por lo que le llevó cuarenta y cinco jornadas alcanzar Toledo. Hubo un momento en el que pensó que jamás llegaría. Montserrat, que era una moza joven y fuerte como ella, enfermó y a punto estuvo de perder la vida por las altas fiebres que padeció montada en un carruaje que llegó a parecerles la celda de un presidio.

A decir verdad, el viaje y los padecimientos merecieron la pena. Los meses que pasó en el sur de la Península fueron inolvidables; jamás volvió a ser tan feliz. Perdió de vista a Montserrat al poco de llegar y tardó un tiempo en volver a tener noticias suyas. Estaba absolutamente enajenada, no quería saber nada de su anterior vida y dejó a la sirvienta en el palacio del Alcázar para perderse, literalmente, de la mano del Cartaginés. Recuperó el carácter libre y despreocupado de su adolescencia y borró de su cabeza los años de sufrimiento, encorsetada por las normas de palacio. Por fin era ella de nuevo. Olvidó su papel de infanta y disfrutó del anonimato junto al matón, en el que encontró un hombre apasionado y de carácter fácil, algo que nunca hubiera dicho cuando lo conoció en aquel salón sobre el río Guadalquivir.

Todos los tormentos sufridos en el viaje desde León se le olvidaron nada más llegar a la covacha en la que vivía Petro. Iba tan convencida de entregarse a él que no le dio opción. Con el paso de los años recordaba cada vez con mayor orgullo cómo se había colado en la chabola para esperar al sicario agazapada detrás de la puerta. Era una joven sin apenas experiencia con los hombres, pero tenía un carácter decidido y no dudó ni un instante. Cuando Petro cerró la puerta lo agarró por detrás y pegó su mejilla a la suya. Este la reconoció sin mirarla, la levantó en volandas y la llevó al catre del que nunca debió salir.

Petro no era un tipo al que fuese aconsejable agarrar por la espalda. Estaba vivo gracias a su ferocidad y a su destreza para desenvainar la daga y deshacerse de cualquiera que pretendiese atacarlo, pero ni siquiera eso detuvo a la impetuosa infanta. Días más tarde, el sicario le confesó que lo había sorprendido, por extraño que pareciese, pero que había sabido que era ella en el momento en que lo agarró y notó los brazos suaves y los labios carnosos con los que lo besó en el cuello, y sobre todo reconoció el aroma a mirra que desprendía la joven infanta.

Con la llegada del severo verano cordobés abandonaron la ciudad y, recorriendo al-Ándalus, fueron a Cartagena, donde Urraca conoció al hermano de Petro, a su sobrino y a su cuñada. Pasaron parte del verano en la ciudad portuaria, y cada día salían a pescar en la barca que Petro y su hermano habían comprado con los réditos de los servicios prestados por el primero en la custodia del santo grial.

En una ocasión, el Cartaginés la llevó a conocer una laguna de aguas saladas y cálidas, con vientos suaves y pesca tan abundante que capturaron solo con las manos decenas de pequeños peces. Durmieron en las dunas las cuatro noches en las que la luna de julio iluminaba con más fuerza, y fueron los días y las noches más felices de su vida. Incluso se convenció de que jamás volvería a la corte de León y se olvidó intencionadamente de su vida en palacio, pensando que había encontrado su lugar en el mundo. La manga de arena y arbustos salvajes que separaba el Mediterráneo de la albufera, a la que llamaban Mar Menor, era el paraíso en la tierra para la infanta. Aquel lugar se había convertido en su refugio, y su mente viajaba hasta allí cuando no podía soportar la realidad. A eso tenía que añadir que los mejores sueños que había tenido desde entonces sucedían todos en aquel rincón del sur de Hispania.

Ahora, mientras el tiempo transcurría lentamente en el carruaje en el que avanzaban por los empedrados caminos de Castilla, la anciana infanta se permitía hurgar en sus recuerdos y notaba como los ojos se le humedecían al revivir aquellos meses de felicidad plena. Jamás volvería a ser tan dichosa, lo podía decir con total seguridad.

Al terminar aquel verano inolvidable tuvo que regresar a León. Tras los gozosos tiempos de Cartagena, la realidad la golpeó con toda su crudeza el mismo día que llegaron a Córdoba, y dos días después iba montada en un carruaje, acompañada por su dueña de honor, rumbo al norte.

En Córdoba, Montserrat la esperaba junto a una delegación enviada por su madre para que regresase de inmediato, y decidió que lo mejor que podía hacer era afrontar la situación. No se planteó ni por un momento huir de sus padres, ella no era así; prefería mirarlos a la cara y explicarles lo que pretendía hacer con su vida, tratar de que entendieran su decisión. Se juró que volvería para quedarse, nada la ataba a León y en Córdoba tenía a la persona más maravillosa del mundo. Sabía que Petro no era hombre de una sola mujer, pero también que los años y los hijos le ayudarían a domar a aquel ser que en el fondo era dulce, leal y sorprendente.

La tercera vez que viajó hasta Córdoba su decepción fue tan grande que se dijo que nunca más repetiría semejante aventura. Llegó a la capital del califato cargada de baúles y cajas para instalarse por un tiempo indefinido, aunque no hubiera contado nada a sus padres, los reyes, antes de partir. Tampoco le habían preguntado nada cuando regresó de su larga estancia, cambió de opinión y dejó pasar el tiempo. Era más cómodo así: el reino estaba convulso y lo que menos le convenía al rey era un enfrentamiento con su primogénita. De ahí que se decidiera por la opción más cobarde, pues su idea era mandarles una misiva cuando se hubiera establecido, cosa que nunca sucedió. Solamente Montserrat sabía de sus intenciones, algo que agradeció inmensamente cuando tuvo que desandar el camino para volver a la corte. En Córdoba no halló a Petro ni rastro de él. Al despedirse en otoño, habían acordado reencontrarse al acabar el invierno para pasar el siguiente verano juntos. Urraca tenía la intención de no volver a separarse jamás del Cartaginés, pero no tuvo noticias suyas en casi una década.

El sicario dio señales de vida tras nueve años. Urraca le había encargado al orfebre toledano a través del que lo conoció que la avisara cuando se enterase de alguna novedad. El día que le llegó el mensaje sobre la vuelta de Petro a Córdoba casi no se lo podía creer: lo había dado por muerto. Desde entonces le siguió la pista, pero no contactó con él; simplemente le interesaba saber que seguía con vida.

—Señora. —Montserrat despertó con delicadeza a la infanta.

—¿Hemos llegado?

—En efecto.

—No permitas que abran la puerta de la cabina.

—Por supuesto, señora —le dijo Montserrat al tiempo que le acercaba los enseres para que revisara su tocado.

Cuando por fin se encontraron preparadas para bajar del carruaje, Montserrat golpeó la madera del marco de la puerta y un soldado abrió desde fuera. El sol era deslumbrante, y el gentío que pululaba por la plaza, lanzándoles miradas de curiosidad pero sin detener el ritmo apresurado de aquella urbe que nunca parecía descansar, le recordó a doña Urraca sus anteriores visitas a la ciudad. Se encontraban ante la puerta del embarcadero; el río estaba a apenas unos codos y el bochorno del final de la primavera mezclado con la humedad del Guadalquivir generaba un calor pegajoso que selló el reencuentro de la infanta con el lugar en el que fue feliz.

Una pequeña delegación del emir, compuesta por tres mujeres y dos hombres ataviados con ropajes musulmanes, se había acercado hasta el pie del carruaje. La infanta se bajó con dificultad y habló con la mayor de las mujeres tomándola de las manos. Era la tía del emir.

La infanta había anunciado, como era preceptivo cuando se viajaba fuera de los dominios cristianos, su llegada a la ciudad, y les habían concedido permiso para pernoctar allí durante una semana. El motivo oficial del viaje no era otro que llevar tierra de la tumba de san Isidoro a Sevilla, como compensación por la generosidad que había mostrado la ciudad mandando su cuerpo a León. Una deuda de casi medio siglo con la ciudad hispalense. La infanta no se anduvo por las ramas y en la primera toma de contacto con su anfitriona la informó de su intención de mandar a algunos de sus hombres a la calle de los mercaderes para comprarle unos encargos. Sabía que para poder manejarse a su aire en Córdoba era mejor poner al tanto a los gerifaltes; su benevolencia había que ganársela con el respeto y la consideración. Su experiencia en el trato con anfitriones musulmanes le aconsejaba la prudencia de informar de sus movimientos.

Doña Urraca mandó a Montserrat con un par de hombres a la calle de los mercaderes mientras ella acompañaba a sus anfitrionas hasta el palacio que les habían reservado. Era una construcción de una altura, rectangular, con ventanas rematadas con arcos y paredes de piedra. A pesar del gusto recargado que solía observarse en aquellos lares, el palacio era más bien sobrio. Tenía un patio central con una fuente que refrescaba el ambiente de los cuartos que daban a él. Estaba en la zona sur del Alcázar y desde el salón se divisaba el río. Las señoras que la condujeron a su morada cordobesa se marcharon pronto y la dejaron descansar. Estaba necesitada de un baño y una cama cómoda, era una mujer muy mayor y en su gesto se adivinaba el agotamiento que laceraba su cuerpo y su alma.

Cuando Montserrat llegó a los aposentos de la infanta la encontró sumida en un profundo sueño. La tarde había caído y decidió que esperaría al día siguiente para hablar con ella. La señora solía despertarse antes del amanecer, y ese sería un buen momento para ponerla al día de las indagaciones que había hecho. La sirvienta, a pesar de ser una mujer con una fuerza y una vitalidad sin fin, tenía casi tantos años como su señora y también deseaba un descanso. Doña Urraca no la despertaría por mucho que la curiosidad la corroyese por dentro, así que disponía de unas horas de reposo antes de continuar con la tarea que las había llevado hasta el sur de Hispania.

Las habitaciones de la infanta y de Montserrat estaban separadas solo por unas cortinas, por lo que la sirvienta oyó los susurros del rezo de su señora antes del alba. La dueña de honor se levantó de la cama, se echó sobre el camisón una manta de lana fina y entró en los aposentos de la infanta.

—Buenos días, señora —dijo interrumpiendo el rezo, consciente de que doña Urraca estaría deseando oír sus noticias.

—Buenos días, Montserrat —le respondió la infanta mirándola con los ojos muy abiertos y la barbilla levantada.

—Señora, es muy extraño. Nos han dado señas de Petro el Cartaginés, pero nos hablan de un hombre de unos treinta años.

—Imposible —respondió negando con la cabeza doña Urraca.

—Estuvimos indagando, pero no fuimos capaces de dar con otra pista.

—¿Y sabéis dónde vive ese Petro?

—Sí. Por las indicaciones que nos dieron debe de vivir en la misma casa donde vivía el señor al que hemos venido a buscar.

—Pues no creo que nos ayude en nada esperar a que salga el sol para hacerle una visita.

Montserrat entendió perfectamente las intenciones de su señora. Hizo una pequeña reverencia y salió presta de la habitación para preparar, con su pequeña guardia, el desplazamiento de la infanta hasta aquella barriada de chabolas abigarradas. Córdoba era una megalópolis que se extendía, abrazada al río, por un área tan descomunal que era casi imposible no sentirse abrumado en semejante urbe. No en vano, era la ciudad más grande del mundo conocido.

Con la salida del sol, Córdoba parecía empezar a desperezarse. Las atestadas calles durante el día no llegaban a vaciarse del todo por la noche. Era la ciudad que no dormía, pero a esa hora se notaba una tranquilidad que era de agradecer. Llegaron a la puerta de la casa del sicario con las primeras luces del día iluminando aquella calle que doña Urraca conocía desde hacía tantos años.

Montserrat se bajó del carruaje y ayudó a la infanta a descender. La señora se dirigió con calma a la sirvienta y la conminó a que la esperase junto al coche. La dueña de honor se revolvió con gesto contrariado, pero la señora no le permitió acompañarla: le gustaba manejar este tipo de conversaciones a su manera y sin soportar testigos que la pudiesen importunar.

Observó desde la distancia cómo la infanta llamaba con los nudillos. Tras un buen rato, la puerta se abrió y apareció un tipo de la edad que le habían dicho en la calle de los mercaderes. La infanta pareció presentarse y explicarse despacio, mientras el individuo la miraba callado y atento a sus palabras. Después de escucharla le contestó algo no muy largo, se dio la vuelta y se metió en la covacha. La infanta volvió sobre sus pasos y se reunió con Montserrat sin mirarla a la cara.

—Ya nos podemos marchar.

—¿Al Alcázar?

—No, a León.

—¿Y Petro el Cartaginés?

—A Petro el Cartaginés ya lo has visto: es el individuo con el que he hablado.

—Pero...

—No hay peros. El tipo con el que me has visto hablar es

el sobrino de Petro, del Petro que veníamos buscando. No se lo he dicho, pero lo conocí de niño en Cartagena.

—¿Y su tío dónde está?

—Su tío murió.

—Cuánto lo siento, señora.

—Y yo —dijo sin ocultar su decepción.

8

Cinco años antes. Otoño de 1095, Sahagún

Lisarda miraba con lágrimas en los ojos la interminable fila de carros tirados por bueyes, carruajes enganchados a jamelgos y siervos que se desplazaban a pie por la vereda que conducía a León. La caravana había arrancado con las primeras luces del día, y hasta media tarde no partiría el último de los miembros de la corte que, como cada año al fin del verano, abandonaban Sahagún.

La joven había estado tentada de sumarse a la caravana y dejar atrás su pueblo. Llevaba siete veranos trabajando de ayudante en la corte y las hilanderas de la reina le habían ofrecido un puesto de ayudante. Lo más fácil hubiera sido aceptar la propuesta sin pensárselo dos veces, le encantaba aquel oficio y sobre todo los talleres de la corte, en los que se entremezclaban las costureras, las bordadoras y las hilanderas, con sus ruidosas máquinas, en las que insertaban en sus grandes ruedas de madera los fajos de lana cardada y los convertían en finos hilos, con los que arreglar los maravillosos vestidos que les enviaban de los talleres de las hermanas clarisas.

Era un buen trato para ambas partes, porque tendría la seguridad de disponer de un jergón para dormir bajo techo y un plato de comida caliente todos los días y, a cambio, las hilanderas de mayor edad podrían descargar en ella las tareas más tediosas. Estuvo a punto de aceptar la propuesta y marcharse a León con la corte, lo que en su situación hubiera sido la decisión más apropiada, pero no podía hacerlo: antes debía ocuparse de un asunto que no pensaba dejar sin resolver, ya tendría tiempo de irse de Sahagún para no volver jamás.

Cuando salió el último cortesano el sol se ponía detrás de la colina por la que serpenteaba el camino. Por fin había llegado el momento. Estaba impaciente, la decisión la había tomado la primavera anterior, unos días antes de que la corte desembarcase en Sahagún para la temporada estival, y durante todo el verano había esperado, paciente, este día.

Lisarda había tenido una infancia muy feliz. Sus padres eran feriantes, iban de pueblo en pueblo vendiendo lana, frutas y verduras que compraban en los campos de Castilla y a los tratantes que venían de las prolíferas huertas de las taifas mediterráneas. De pequeña solía acompañarlos, salvo si viajaban con otros mercaderes y no había hueco para ella en el pescante del carro. En esas ocasiones se dedicaba a deambular por las calles con los demás niños, pero cuando la corte se instalaba en la villa iba a las cocinas y ayudaba en cualquier tarea a cambio de un plato de comida. Pronto se hizo con el cariño de las cocineras de la corte, que la esperaban cada mañana para que sacara las basuras y les llevase agua del río, haciendo infinidad de viajes con unos pesados cántaros. La vitalidad de aquella fornida niña les ahorraba muchos esfuerzos.

Pronto empezó a echar una mano también en la sala de las hilanderas. La costura se le dio bien desde el primer día. Tenía una gran habilidad; se había pasado la vida entre ovillos de lana, que arreglaba junto a su madre, y la costura era parte de su vida desde que nació. Las expertas bordadoras de la reina se dieron cuenta enseguida de la pericia de la niña y casi no la dejaban volver a las cocinas. Cada verano, Lisarda esperaba expectante a la caravana de la corte para reunirse con ellas, y durante los meses de calor apenas veía a sus padres.

En suma, esa había sido su vida hasta dos años atrás, cuando un día de otoño sus padres no volvieron con el resto de los feriantes. Lisarda se extrañó, pero no fue a hablar con nadie. No era la primera vez que decidían ir a otro pueblo a terminar de vender lo que les había quedado. Los esperó durante una semana, pero nunca regresaron.

Cuando se le terminaron las reservas de pan que tenía en casa se vio en la necesidad de acercarse a los puestos de la plaza a pedir algo de comer, y allí experimentó por primera vez en su vida una sensación de soledad que dos años después no había conseguido quitarse de encima. En el mercado, nadie la ayudó ni se interesó por ella, al contrario, los comerciantes la tacharon de pordiosera y pedigüeña y la echaron a empellones de la plaza, la plaza en la que se había criado. Y eso que eran gente que la había visto crecer junto a sus hijos.

Los mercaderes de los puestos fueron crueles y despiadados, se ensañaron con ella y le aseguraron que sus padres se habían marchado y la habían dejado sola porque no la querían y jamás la habían soportado. Lisarda no podía creer lo que estaba oyendo, pero a pesar de ello notó que se le resquebrajaba el alma, que el mundo se había hundido, que su vida acababa de terminar en medio de aquel tumulto, entre las caras desencajadas de aquellas gentes que le mostraban sus bocas desdentadas mientras le gritaban a menos de un codo de su rostro que desapareciera de allí y no se le ocurriera reclamar nada de lo que hubieran dejado sus padres.

Al volver a casa, destrozada, se encontró la pequeña covacha en la que había vivido toda su vida ocupada por una familia, y cuando quiso acercarse a la puerta, una señora oronda, con el pelo recogido en un moño y la cara sucia de hollín, le asestó un golpe en las costillas con la pala con que sacaba los restos de la leña quemada en el hogar. El golpe la sorprendió y la dejó doblada, retorciéndose de dolor en un charco. Los hijos de la mujer salieron de la casa, le escupieron y le propinaron patadas con sus pies descalzos en todo el cuerpo para que se marchase.

Durante el primer invierno que sobrevivió completamente sola en el mundo sufrió muchas agresiones y humillaciones como aquellas. Incapaz de reaccionar, cada día que pasaba se sentía más insegura y perdida. Durante los meses de frío vivió de la mendicidad, refugiándose confundida entre los peregrinos que dormían en los pórticos de las iglesias, en la parte reservada para los que iban camino de Santiago. Varias veces la descubrieron y la arrojaron fuera del pórtico en mitad de la noche, con temperaturas tan bajas que estuvo a punto de morir de frío. Fueron tantas las palizas y desaires que perdió la noción de ser una persona; se sentía como un rastrojo. Tenía once años y ya no la podían considerar una niña, pero hasta entonces había crecido tan alejada de la realidad de la calle que no sabía cómo defenderse en aquel ambiente sumamente agresivo. Hasta entonces para ella la calle no había sido más que un lugar para jugar, y de pronto los callejones que recordaba como lugares de diversión se transformaron en un sitio inseguro y hostil.

Cuando llegó el verano y la corte se instaló de nuevo en Sahagún se sintió a salvo. Entró en las cocinas y la recibieron con el cariño de cada año. Entonces volvió a su añorada rutina en la sala de costura sin contar sus desdichas. El verano pasó en un suspiro, pero la corte no se marchó. El rey había enviudado por segunda vez y quiso quedarse donde reposaban los restos de sus dos esposas. Lisarda agradeció enormemente la decisión del monarca.

Al fin, pasada la Navidad, el rey abandonó Sahagún. Lisarda vio marcharse a la corte y comprendió que de nuevo había quedado abandonada a su suerte en el infierno. Pero el verano y el otoño le habían servido para serenarse y pensar en los atropellos que había sufrido el invierno anterior.

Ahora conocía mejor la calle, y mientras esperaba pacientemente el verano para unirse de nuevo al cuerpo de hilanderas no pasó tan mal invierno. Administró el dinero que había ganado cosiendo y consiguió dormir casi todas las noches bajo techo, bien en casas de familias necesitadas que a cambio de pan le daban cobijo, bien mezclada con los peregrinos en el zaguán de alguna de las iglesias que había en los alrededores de la ciudad. Había aprendido a confundirse con ellos y rara vez la descubrían. En las largas y frías noches del invierno fue fraguando su idea, y cuando la caravana desembarcó de nuevo en Sahagún estaba completamente decidida a solucionar sus asuntos pendientes.

Así, había esperado sin prisa los tres meses de verano, hasta que la corte se marchó a León, para sentirse libre y acabar con sus fantasmas. La mañana siguiente a la partida de la caravana fue hasta la chabola de sus padres. El portón estaba abierto y vio a la señora oronda y sus hijos chillando como animales mientras daban cuenta de una hogaza de pan y un trozo de carne que habían requemado en la hoguera que ardía en el centro de la estancia. Se plantó en el vano de la puerta mirando hacia dentro hasta que el mayor de los niños advirtió su presencia.

—¡Mamá! —gritó—. Ahí está la pordiosera esa que tuvimos que echar a patadas.

—¿Qué haces ahí mirando, desgraciada? ¿No tuviste bastante?

—Cuando terminéis de comer os marcháis de mi casa —le dijo Lisarda en tono sosegado.

—¡Mátala, mamá! —gruñó el niño mayor.

—Sí, eso, mátala —lo secundaron los otros dos.

Encolerizada, la mujer se levantó con el cuchillo que tenía en la mano por delante y fue a clavárselo en la barriga, pero Lisarda se lo esperaba y la esquivó. A esa altura de la trifulca, advertidos por el griterío de los niños, los vecinos ya habían formado un corro en la puerta de la chabola. No le tenían simpatía a la mujer, pues arengaban a Lisarda para que se deshiciera de ella. La joven, espoleada por el odio y la frustración que acumulaba, no se lo pensó dos veces y, cuando la mujer erró la puñalada y trastabilló frente a ella, levantó la piedra que agarraba con la mano derecha y se la estrelló contra la sien. La mujer se desplomó y Lisarda cogió la daga que se le había caído de la mano y se la clavó con todas sus ganas en el pecho. A continuación la retorció con saña.

Entró en la casa, con la hoja del cuchillo goteando sangre, y les dio un grito a los niños, que salieron como alma que lleva el diablo, llorando y maldiciendo a la asesina de su madre. Lisarda estaba fuera de sí. Solo tenía trece años, pero estaba encolerizada y dispuesta a hundirle el cuchillo en el pecho a todo aquel que se interpusiese en su camino. En adelante, quien quisiera aprovecharse de ella iba a pagarlo con la vida; no aguantaría ni una ofensa más. Estaba ebria de dolor y por la barrica de vino barato que se había tomado casi de un trago antes de presentarse en la chabola para impartir la única justicia que le había enseñado la calle en los dos años que llevaba abandonada a su suerte.

Nadie se atrevió a decirle nada. En Sahagún se aplicaba la ley real, pero era obvio que en este caso no había nada que juzgar, ya que los vecinos del barrio habían visto claramente como la señora que estaba tirada bocarriba en medio de un gran charco de sangre había intentado clavarle el puñal a Lisarda y la joven se había defendido como lo habría hecho cualquiera. Los hijos de la señora corrían calle abajo y volvían sobre sus pasos, incrédulos ante lo que había sucedido. Aturdidos y desorientados, no sabían qué hacer. Parecían querer abrazar a su madre, pero no se atrevían, recelosos de la chica que los vigilaba desde la puerta de la casa con los ojos inyectados en sangre y la melena rubia revuelta sobre la cara, sosteniendo todavía el puñal en la mano derecha.

Dos mujeres que hablaban entre dientes junto a la chabola contigua a la de Lisarda se acercaron a los niños, los abrazaron y, entre sollozos, los intentaron convencer para que las acompañasen al convento que había en la parte alta del pueblo. Era la única solución que se les había ocurrido. Al principio, los niños se negaron, pero el grupo de vecinos que se arremolinaba en torno a ellos se fue haciendo cada vez más numeroso y al final no tuvieron otra opción que marcharse con las mujeres.

Lisarda entró en la casa y sacó todas las pertenencias de la mujer y sus tres hijos a la calle. No quiso quedarse con nada que le pudiera recordar a aquella familia, aunque sí conservó el puñal con que había matado a la desgraciada que seguía inerte sobre el barro y las piedras frente a la puerta de su covacha. No era fácil conseguir una daga como esa, y le iba a ser de gran ayuda ahora que había decidido no dejarse avasallar nunca más.

No hacía falta ser muy lista para imaginar lo que les había sucedido a sus padres. Lo sospechó el mismo día que fue al mercado a preguntar por ellos. Con su actitud, los mercaderes le dejaron claro que no querían que volviese a asomar la nariz por allí, pero necesitaba saber qué había pasado exactamente. Ni siquiera estaba del todo segura de si sus padres habían muerto, ya que nadie le había dicho nada a ese respecto ni había visto tumba alguna. Aunque en ocasiones se fustigaba pensando que podía ser verdad que sus padres la hubieran abandonado porque no la querían ni la habían querido jamás, en realidad no lo creía. Los recordaba a menudo y repasaba constantemente la vida que había compartido con ellos. Si bien era cierto que se había distanciado porque pasaba mucho tiempo cosiendo en la corte, sobre todo en verano, siempre que estaban juntos eran muy cariñosos con ella, conque le parecía inconcebible que la hubieran dejado sin más.

En fin, le dolía la cabeza por el efecto del vino y la tensión, así que una vez vaciada la casa se tumbó en el jergón y se durmió; estaba agotada. El mercado debería esperar al día siguiente. Ese día ya había tenido suficientes emociones y, además, prefería que la trifulca calase entre los comerciantes de la plaza antes de subir a hacerles una visita; le serviría como declaración de intenciones.

Se desveló en mitad de la noche. No se oía ningún ruido y se quedó desorientada. Hacía meses que no dormía sola y estaba acostumbrada a los ronquidos y las voces de la gente con la que había compartido estancias más pequeñas que su casa, pero el olor a humo que lo impregnaba todo le recordó dónde se encontraba. La luz de la luna entraba por una pequeña ranura que había en el techo de la covacha. Se puso en pie y abrió la puerta para ver si el cadáver de la mujer que había matado permanecía allí. Cuanto antes se librase de aquella carga antes se olvidarían del altercado los vecinos. Dejarlo en mitad de la calle era una provocación que podía terminar acarreándole problemas.

En efecto, enseguida lo vio. La luna iluminaba la calzada y los labios amoratados y la cara descolorida de la mujer. Un par de perros famélicos merodeaban a su alrededor. Estaba bocarriba, en el charco de sangre ya seco, con los brazos estirados y las piernas dobladas, y le habían quitado todo lo que llevaba encima. Se hallaba completamente desnuda y en el pecho izquierdo se veía la herida de la puñalada que le había robado la vida. Tenía la cabeza ladeada hacia la derecha, y en la sien contraria se apreciaba el golpe que le había propinado con la piedra que había recogido en la calle. Era la primera vez que mataba a una persona, pero no sentía remordimiento alguno y estaba convencida de que llegado el caso lo volvería a hacer.

Apartó a los perros con cierta dificultad, agarró el cadáver por los brazos y lo arrastró calle abajo en dirección al río. Ni por un momento se hubiera imaginado que pudiese pesar tanto. Tirando como una mula consiguió llegar a la orilla, sin resuello, después de casi darse por vencida un par de veces. Acto seguido lanzó a la mujer a las rápidas aguas del Cea y, cuando la perdió de vista corriente abajo, se volvió a casa.

9

Por la mañana se levantó decidida a acabar con sus dudas, y para eso debía ir al mercado. Nadie parecía recordar a la ruidosa familia que había habitado su casa durante dos inviernos, pues en la calle la saludaron los vecinos con los que se cruzó de camino a la plaza como si nada hubiera sucedido. Estaba muy resentida con ellos y no podía olvidar su indiferencia cuando la mujer, de la que no llegó a saber cómo se llamaba, la echó a patadas de su casa y la humilló delante de la barriada entera. Aun así, creyó que sería más inteligente devolverles el saludo a todos, parándose incluso a hablar con alguno de ellos. Una chica sola no podía pretender vivir aislada y sin que nadie supiese de ella en aquel barrio, que cambiaba radicalmente de cara cuando se ponía el sol; habría sido una temeridad.

Pensaba tratar con respeto e hipocresía a quien se le acercase. La crudeza de la calle la había vuelto despiadada pero también astuta, y aunque estaba tentada de arremeter contra aquella gente que le hablaba en tono cariñoso, debía contenerse y sacarle partido a su encantadora sonrisa. Por mucho que respondiera con su mejor cara, era tarde para la cordialidad y el afecto, y no pensaba perdonar a nadie. Cuando la echaron de su casa a patadas sí que le habría servido de consuelo que alguien se hubiera apiadado de ella y al menos le hubiera dedicado unas palabras amables, pues tan solo era una niña asustada que acababa de darse cuenta de que nunca volvería a ver a sus padres. Sin embargo, nadie se le acercó ni tan siquiera para ayudarla a limpiarse de la ropa el barro en el que la había revolcado aquella mujer.

Ahora bien, tras dos inviernos valiéndose por sí misma había adquirido sabiduría suficiente para no mostrar un ápice de sus sentimientos. Su pelo rubio y sus preciosos ojos verdes le conferían una belleza y un aspecto ingenuo que debía utilizar en su favor. Estaba segura de que algunos tomarían la trifulca del día anterior como un ataque de rabia más que como una señal de que la niña de los mercaderes de lanas y verduras se había convertido en una mujer peligrosa, pero también tenía la certeza de que otros habrían tomado nota.

Cuando llegó a la plaza observó que los comerciantes la miraban con recelo. No había pasado por allí en dos años y, después del ajuste de cuentas que había perpetrado frente a su casa, su presencia les resultaba incómoda a la mayoría de ellos. El barrio en el que se ubicaba su destartalada y minúscula morada estaba íntimamente vinculado a ese mercado. Cortesanos de medio pelo, truhanes y los mismos comerciantes eran los vecinos de aquellas calles pedregosas y empinadas de las afueras de la ciudad, por lo que en la plaza todo el mundo conocía la noticia.

Pocos eran los vendedores que se atrevían a mirarla a la cara. Los comentarios entre dientes y las barbillas pegadas al pecho se sucedían en los puestos. Los tenderos atendían a los clientes mirando de reojo en dirección a Lisarda, mientras advertían a los compradores de su presencia. La joven no esperaba menos. Conocía perfectamente el ambiente del mercado y sabía que su aparición removería algunas conciencias. No alteró sus planes y se fue directa al negocio del mercader que había sido íntimo amigo de su padre. Sin duda, era la persona que más la había decepcionado de cuantas ocupaban los puestos del mercado. Aquel hombre había sido parte de su familia y, de pronto, tras la desaparición de sus padres, no le volvió a dirigir la palabra, de tal suerte que Lisarda prefirió olvidarse de él. La reprimenda que recibió cuando subió al mercado en busca de comida la había traumatizado tanto que no quiso volver a pensar en los comerciantes con los que se había criado hasta que el invierno anterior tomó la decisión de cerrar sus heridas.

Al verla, el amigo de su padre se puso muy nervioso. Lisarda había planificado muy bien su estrategia. Por algunos comentarios de su madre sabía que aquel hombre de familia tenía una debilidad, y la joven no pensaba desaprovecharla. En verano, lo había seguido durante varias noches, después de que recogiera el puesto, y lo había saludado dos veces en un lugar muy comprometido para un hombre casado.

Así que cuando Lisarda se plantó frente a su puesto en la

plaza, con su mujer y sus clientes presentes, la cara del comerciante reflejó el pánico que sentía.

—Lorenzo, ¡cuánto tiempo sin vernos! —le lanzó sin miramientos, situada entre los compradores.

—Buenos días. Casi no os reconozco. —El hombre quiso poner distancia tratándola de vos.

—Ya —le dijo, seria, Lisarda.

—He oído que bordas en la corte —intervino Inés, la mujer del mercader.

—Hace tiempo que quería hablar con vosotros.

Los demás tenderos miraban con cara circunspecta hacia el puesto de los carniceros. Era obvio que la moza había ido a pedir explicaciones. Los carniceros eran los íntimos amigos de sus padres, y todo el mundo estaba al tanto de que no se habían puesto en contacto con la niña. En realidad, en la plaza nadie quiso saber nada de ella cuando apareció por allí buscando a sus padres. La mayoría de los comerciantes ignoraban qué les había sucedido, pero celebraban que no volvieran a aparecer por el mercado, ya que todos ganaban si había un mercader menos con el que repartirse los clientes.

Era la hora de más movimiento y el mercado estaba saturado de peregrinos y de los mancebos de los señores de la zona, que se proveían en aquellos puestos, pero a pesar de ello, la presencia de la joven parecía haber dejado a los comerciantes paralizados. Lisarda había visto dos veces a Lorenzo salir de la mancebía que había junto a la muralla de la ciudad, y se preocupó de acercarse a él para saludarlo, por lo que la tensión del hombre era evidente.

—Nos coges en mal momento.

—No te preocupes, Inés, volveré otro día.

—Muy bien, me alegro de verte, Lisardilla. Qué grande estás, moza.

—Yo también me alegro de veros.

Dio media vuelta y desanduvo sus pasos entre el gentío de la plaza. Luego bajó hasta la calle de los cuchilleros y le dejó su daga a un mercader judío que tenía fama de buen afilador. El tipo miró el puñal y asintió: era un arma muy cara y, sin duda, había pertenecido a algún noble, pero el comerciante no le preguntó cómo había llegado a estar en manos de una pordiosera como ella y se la afiló con esmero.

Mientras el judío se afanaba en el trabajo, Lisarda vio un pequeño puñal metido en una vaina de cuero apropiada para llevarla escondida en la pantorrilla bajo el sayo. Todavía le quedaban algunas de las monedas que había ganado en la corte y negoció con el comerciante un buen precio por el afilado de la daga y la compra del estilete. No quería dar un paso atrás: tenía pensado su plan y lo iba a llevar hasta el final. Hacía dos años que había dejado de vivir y no estaba dispuesta a sepultar el resto de su vida bajo el manto de duda y recelo que la sofocaba cada noche.

Después de todo, en la visita al mercado se había cumplido lo que imaginaba. Al ver las caras de los comerciantes había sospechado de todos, por eso necesitaba saber quiénes habían intervenido en la muerte de sus padres. Su padre había sido un hombre ambicioso que además de comerciar con lanas vendía frutas y verduras. Con el paso del tiempo se había quedado con varios puestos en el mercado y cada vez tenía más enemigos. La pena fue que no llegó a disfrutar de su esfuerzo, pues desapareció poco después de terminar de pagar los préstamos que le habían concedido unos usureros de León que lo visitaban todos los meses.

Al fin llegó la noche y se encerró en su casa. Estaba contenta de haberla recuperado, pero los recuerdos de los momentos felices que había vivido entre aquellas cuatro paredes le hacían sentir con desgarro el peso de la soledad y la pérdida de sus padres. Introdujo la daga en una funda que le había regalado el afilador y la metió entre las pieles de su jergón. Si quería seguir respirando, debería defenderse ella misma. No tenía a nadie y la vida ya le había mostrado sus cartas. Cuando se disponía a meterse en la cama, alguien llamó a su puerta. Cogió el puñal y se acercó al portón, pegó la oreja y pidió a su visitante que se identificase. Era Lorenzo. Sabía que no iba a tardar mucho en ir a buscarla; por nada del mundo querría verla aparecer otra vez por el puesto.

—Pasa, no te quedes ahí.

—Prefiero que vayamos a otro sitio, no me gustaría que me viesen saliendo de esta casa.

—Baja donde las lavanderas y ahora iré yo —le dijo Lisarda con convicción.

—Vale, pero no tardes. Inés se huele algo.

—No sé a qué te refieres.

—Mejor así —dijo, por fin, el mercader con una sonrisa mellada en la boca.

Lisarda se puso el sayo, una manta de lana y las sandalias y salió con paso ligero hacia el río. Llevaba la daga en la manga izquierda del sayo y el estilete en la pantorrilla. Casi estaba deseando que la abordase un salteador, tenía unas ganas tremendas de usar su armamento. Los dos horribles inviernos que había vivido le despertaban una gran sed de venganza.

—Pensaba que ya no aparecerías —le dijo Lorenzo con gesto inquieto.

—¿Qué te pasa? ¿Por qué estás tan nervioso?

—¿Se puede saber a qué has venido, precisamente a mi puesto, esta mañana? Me has señalado, es como si me hubieses acusado de matar a tus padres.

—He acudido a ti porque eres el único al que conozco.

—Eso es mentira, conoces a muchos de los tenderos. Lo has hecho porque me viste en la mancebía y me quieres chantajear.

—Puede que tengas razón.

—Dios, que sepas que era la primera vez que iba.

—Pero si nos vimos dos veces, ¿o es que ya no te acuerdas? No te esfuerces, por favor. Simplemente dime quién mató a mis padres y me iré. —Al decir aquello se le encogió el corazón. Era la primera vez que lo admitía.

—¿Cómo voy a saber yo eso?

—De lo que sucedió estáis al tanto todos en el mercado. Entre los puestos no hay paredes y se acaba por enterar uno de cualquier noticia. No olvides que me crie allí.

—Te juro que no sé nada. Tus padres se fueron a Burgos y no volvieron, es lo único que te puedo decir.

—Estoy muy cansada de todo esto. No tengo nada que perder y hasta que no conozca la verdad no voy a parar. Dímela antes de que le vaya a Inés con el cuento de la ramera esa con la que pasas las noches, que bien lo sé —mintió.

Lorenzo se quedó mirándola fijamente. Era un hombre bajo, con las espaldas anchas, risa perenne y bigote negro. Tenía los ojos oscuros y el pelo rizado. Parecía calibrar con cuidado sus siguientes palabras, pues el silencio ya no era una opción. Apretaba los labios bajo el espeso bigote y afirmaba con la cabeza levemente, mirando al suelo.

—¿Te acuerdas de Vicente?

—Me suena ese nombre.

—Era un tipo tuerto que traía fruta de las taifas del Mediterráneo. Tenía muy buenos contactos en Denia y Valencia.

—¿Qué pasa con él?

—Quizá sepa algo.

—¿Dónde lo puedo encontrar?

—Prueba en el serrallo que hay en la chopera que verás antes de entrar a Burgos. Tu padre lo frecuentaba mucho —le dijo a modo de venganza a la moza.

La joven le dio las gracias y se marchó cabizbaja por el sendero de vuelta a Sahagún.

10

isarda llegó a Burgos en los últimos días del mes de octubre. Era la primera vez que se alejaba tanto de su ciudad desde que sus padres desaparecieron de la faz de la tierra. Los caminos seguían llenos de salteadores, motivo por el que las gentes se volvían ariscas y distantes cuando estaban fuera de las murallas de la ciudad.

Por suerte para la joven, la ruta entre Sahagún y Burgos formaba parte del camino que seguían los franceses al volver de su peregrinación a Santiago, y esto le sirvió para llegar a la capital de Castilla sin necesidad de andar preguntando a los transeúntes. Durmió en las iglesias que daban cobijo a los peregrinos y comió lo que fue capaz de conseguir con los pocos ahorros que le quedaban. Estuvo una semana ayudando en una hospedería que se encontraba en mitad de su trayecto y en la que andaban buscando mozos para la cocina. No sabía muy bien dónde estaba, pero los viajeros que por allí paraban la informaron del trecho que le quedaba para arribar a su destino.

Tardó un mes en llegar al bosque de chopos que le había descrito Lorenzo, el carnicero del mercado de Sahagún, la noche antes de emprender su viaje. Estaba agotada y hambrienta. El pan y la carne en salazón con que le pagó la señora de la hospedería se le había terminado la noche anterior, y llevaba demasiadas horas sin probar bocado. Era mediodía y hacía frío; el sol apenas se veía a través de una tenue capa de nubes. Se introdujo en la espesa masa de chopos y adivinó una construcción de piedra al final de un sendero que serpenteaba entre los árboles.

Cuando llegó a la casa de piedra encontró el portón cerrado. Era una construcción de dos alturas con ventanas en la fachada del piso superior. Las ventanas estaban abiertas a pesar del frío, y se oían voces de mujeres que hablaban a gritos profiriendo ordinarieces y risotadas dentro del casón. No se lo pensó dos veces y llamó a la puerta con la aldaba de hierro.

—¿Se puede saber qué haces ahí, chiquilla? —le gritó desde una ventana una mujer con el pelo recogido y un blusón de color crudo.

—Estoy buscando a un hombre.

—A este sitio no se viene a eso, a los hombres no les gusta que los busquen por aquí. Márchate antes de que te pille y te dé una buena tunda.

Otra mujer asomó la cabeza por la misma ventana. Era mayor que la primera y llevaba el pelo blanco peinado en un moño. Miró a Lisarda y despachó de malos modos a la más joven. Era evidente que tenía autoridad sobre ella porque desapareció con gesto contrariado pero sin rechistar. La mujer del pelo blanco le indicó con la mano a Lisarda que no se moviese de donde estaba.

Al poco se abrió el portón y una mujer metida en carnes y con una sonrisa acogedora se hizo a un lado y le franqueó el paso. El recibidor de la casa era muy grande, ocupaba gran parte de la planta baja, y tenía un banco de piedra adosado a la pared que recorría casi toda la estancia. En el centro había una gran chimenea encendida que proporcionaba calidez y luz. Las ventanas eran estrechas y apenas permitían que se colase un poco de la claridad del exterior. Había candelabros en las paredes, pero con la mayoría de las velas apagadas.

Al fondo de la sala, varias chicas hablaban ajenas a la presencia de Lisarda. La mujer que la había recibido le pidió que la siguiese escaleras arriba. Lisarda subió tras ella y entró en una habitación, donde la esperaba la mujer del pelo blanco. La recibió recostada en un banco corrido de madera sobre el que había varios cojines de color crema. No se levantó al verla entrar: la miró de arriba abajo y asintió con un gesto casi imperceptible de la cabeza. Le lanzó una mirada seria a la mujer de aire bonachón que había acompañado a Lisarda, y esta salió y cerró la puerta tras de sí.

—¿Cuántos años tienes, ricura?

—Tengo trece años, señora —respondió Lisarda, que estaba hambrienta y muy incómoda en aquel cuarto.

—¿Y cómo has dicho que te llamas?

—No os lo he dicho, señora. Me llamo Lisarda.

—Muy bien. Yo me llamo Inés. Aquí me tienes para lo que quieras.

—Muchas gracias, no quisiera ser un incordio.

—No te preocupes. ¿Vienes buscando a tu padre? ¿Se ha perdido y te han dicho que puede estar aquí?

—No, señora. Vengo buscando información. Mis padres murieron, y un hombre que frecuenta este lugar quizá sepa qué pasó.

—Ya no eres tan joven como para no saber ciertas cosas. A los hombres que vienen a estos sitios no les gusta que les pregunten, vienen a otros menesteres.

—Lo sé, señora. —De pronto se dio cuenta de que no había sido tan buena idea plantarse en aquel lugar haciendo preguntas—. Me iré por donde he venido.

—Eso ni lo sueñes. Una moza como tú no debe andar sola por el mundo.

Acto seguido llamó a Ramona, que era el nombre de la mujer sonriente, y esta apareció al instante. La informó de que Lisarda se quedaba a vivir con ellas y que la ponía bajo su tutela. Lisarda sabía que ganaría más haciendo el papel de niña indefensa y siguió a Ramona, que la llevó a la cocina.

Pasó en aquella casa varios días. Se comía bien y la trataban con indiferencia. Por las mañanas acompañaba a Ramona y a otras dos mujeres al río a lavar las ropas y los recipientes y cubiertos que usaban para comer, y por las tardes la vestían con un blusón de seda y se dedicaba a recibir a los hombres que llegaban al serrallo. Oía que todos preguntaban por ella a Inés, la señora del pelo blanco que daba las órdenes en la casa, y esta les respondía que tuviesen paciencia. Lo decía delante de Lisarda, y la chica se limitaba a sonreír.

En una de las salidas al río a lavar, Ramona le confesó que la madama la estaba reservando para un conde que frecuentaba la casa y que no tardaría en aparecer por allí. Lisarda sabía perfectamente lo que la despiadada proxeneta esperaba de ella.

Así pues, aprovechó que Ramona le había cogido mucho cariño para ganarse su confianza. Desde que se había enterado de su destino con el conde, le habían entrado unas prisas horribles por abandonar el serrallo, así que aceleró su plan y, la misma noche que Ramona le contó los planes de Inés, se metió en su cama.

—¿Puedo dormir contigo? No consigo pegar ojo y tengo unos presentimientos horrorosos.

—Anda, vente, chiquilla.

—¿Cuánto tiempo llevas aquí, Ramona? —le susurró para no despertar al resto de las mujeres que compartían el cuarto con ellas.

—Uf, ni me acuerdo.

—Un tío mío viene mucho por aquí. Yo no lo conocí, pero es la única familia que tengo.

—¿Ese es el hombre al que vienes buscando?

—Sí, no tengo a nadie más en el mundo.

—¿Y sabes cómo se llama?

—No. Solo sé que es tuerto, mi padre lo decía siempre que hablaba de él.

—No me digas que el Vicente es tu tío —le susurró, sorprendida, la mujer.

—Sí, eso, Vicente —susurró a su vez, haciéndose de nuevas—. Pero ya te digo que no lo conozco.

—Ese ya no viene por aquí. Acabó peleado con la Inés. —Ramona bajó más el tono y dijo—: Eran amantes.

—¿Y sabes dónde podría encontrarlo?

—Se marchó a Aranda de Duero, eso me dijo la Juani. Por lo visto se lo encontró en el mercado.

Lisarda esperó a que Ramona hubo cogido un sueño profundo, acompañado por un leve ronquido, y salió a hurtadillas del cuarto, bajó las escaleras y fue a la puerta de las cocinas. Estaba atrancada con un pesado tronco de madera, pero se las apañó para quitarlo sin apenas hacer ruido y abandonó la casa.

La noche era fría, aunque al menos no llovía, así que, bien pertrechada con un manto de lana sobre el sayo, se adentró a paso rápido en la chopera. Llegó dando un rodeo hasta el camino y en la tercera curva a la derecha, contando desde la casa, se introdujo en el bosque y desenterró la daga y el estilete que había escondido junto al décimo árbol contando desde el que estaba pegado al borde del sendero.

11

Aranda de Duero resultó estar más lejos de lo que Lisarda había previsto y le llevó más de una semana llegar. La ruta entre Burgos y Aranda era muy frecuentada, pero aun así anduvo con muchas dudas todo el trayecto y tuvo que valerse de las indicaciones de los viajeros que se fue encontrando por las veredas para no errar el rumbo. Vacilaba en cada bifurcación. Durmió en el pórtico de las iglesias, como hacían muchas de las gentes que se aventuraban a los caminos, y comió de la beneficencia de algunas parroquias. Pasó dos noches en Lerma, donde ayudó en la limpieza de una casona que encontró en la entrada del pueblo: había varias mozas arremangadas y se puso a trabajar con ellas a cambio de un plato de gachas y una cama.

Al poco de salir de Lerma se perdió y anduvo medio día en dirección a Roa. Por culpa de aquella equivocación acabó por perder un día entero, ya que cuando unos labriegos a los que encontró bebiendo en un arroyo cerca de La Horra la informaron de su equivocación echó otro medio día desandando el camino. Esa fue la única vez que se decidió a seguir marchando con la noche echada sobre ella y los senderos solitarios. Estaba tan frustrada por su equivocación que se negó a parar hasta llegar de nuevo al cruce con la ruta correcta. La diosa de la fortuna se alió con ella y apenas se cruzó con un par de grupos de transeúntes durante la noche. En ambos grupos había varias mujeres, lo que sin duda influyó en que la saludasen brazo en alto y cada cual continuase por su lado.

No tuvo que sortear muchos peligros en todo el trayecto: anduvo mezclada entre la gente y no se arriesgó a avanzar cuando las veredas se quedaban vacías, a excepción del día que confundió el camino. En un par de ocasiones se le acercaron salteadores que iban tanteando a los transeúntes para sacar unas monedas, pero eran rateros de poca monta a los que se ocuparon de ahuyentar los viajeros que caminaban haciendo piña con ella. Era la forma más segura de viajar; los grupos se formaban de manera espontánea y se expulsaba sin remilgos a los garbanzos negros en cuanto se los detectaba.

Cuando por fin llegó a Aranda se fue directa al mercado en busca del tuerto. Dio con él enseguida. No le hizo falta preguntar por el tipo, ya que era el único del mercado que llevaba un parche en el ojo. Lo observó oculta entre el bullicio de la plaza. Su puesto le resultó muy familiar: vendía las mismas cosas que sus padres, y quizá esto había ayudado a fraguar la relación tan estrecha que habían mantenido. Las frutas procedentes de las huertas levantinas ocupaban la parte frontal del puesto, y en la parte posterior el tuerto tenía ovillos de lana de la tierra: era exactamente el mismo negocio que regentaban sus padres en el mercado de Sahagún.

El mercado era un auténtico hervidero, pues Aranda, como todas las ciudades importantes que quedaban al norte de la nueva frontera del reino, trasladada hasta el Tajo tras la conquista de Toledo por parte de Alfonso VI, se había desarrollado enormemente al despejarse por completo la amenaza musulmana. El puesto del tuerto era el más grande de cuantos había en la plaza, y el mercader tenía la ayuda de varios niños que no paraban de hacer viajes repartiendo frutas y verduras por toda la ciudad.

El tuerto parecía un hombre de buen trato. Era habitual que los mercaderes gritasen y tuvieran amedrentados a los niños que trabajaban en los puestos, pero ese no era el caso de aquel individuo. Les daba los encargos con buenos modales y sin ordenarles a gritos y con empujones que no perdieran el tiempo, como estaba acostumbrada a ver Lisarda en el mercado de Sahagún desde muy pequeña. Esto la desconcertó porque esperaba a un tipo violento y distante, pues desde que Lorenzo la había puesto en la pista del tuerto pensaba que quizá estaba involucrado en la muerte de sus padres; sin embargo, parecía extraño que un tipo como el que veía pudiese hacer algo tan despiadado. En todo caso, era pronto para adelantar acontecimientos; cuando llegase el momento y no estuviese a la vista de sus clientes, sabría si realmente aquel individuo era tan cordial como parecía.

La sospecha de que hubiese un móvil económico en la desaparición de sus padres también se disipaba, al menos si el mercader al que estaba observando tenía algo que ver. El tuerto regentaba un negocio con tan buena salud que no veía para qué iba a tener que librarse de ellos. Por lo que sabía eran muy buenos clientes del tipo y nunca oyó a su padre hablar mal de él. Además, poca competencia podían hacerle desde un mercado que estaba a tres semanas de camino de Aranda.

Al caer la tarde, el frío hizo que el mercado se quedase desierto, ocasión que Lisarda aprovechó para acercarse hasta el tratante. El hombre estaba de espaldas recogiendo los ovillos de lana, pero, como el buen comerciante que era, no perdía de vista las mandarinas que todavía tenía en el borde del carro. Ya no rondaba por allí ninguno de los chavales que le habían estado ayudando durante las horas de más bullicio en la plaza. Los puestos vecinos habían desaparecido, y solo quedaban dos por cerrar al final de la plaza. Sus dueños estaban recogiendo los últimos enseres y los productos que no habían vendido para marcharse a su casa. El día en la plaza había terminado.

—¿Qué se te ofrece? —preguntó sin darse la vuelta.

—Quiero hablar con vos.

—Te lo has pensado bien —le dijo, revelándole con su comentario que la había visto merodeando.

—Quería esperar a que estuvierais solo para que nadie nos oyera.

—Pues habla, moza, pero ya te advierto que no necesito ayudantes.

—Soy la hija de Petronila y Nicolás.

El tipo se dio la vuelta lentamente, con el ojo que conservaba como un plato, y la miró sorprendido.

—¿Lisarda?

—¿Os acordáis de mí?

—Cómo no me iba a acordar. Mi señora y yo fuimos a buscarte a Sahagún el invierno pasado, pero no dimos contigo. Había una mujer violenta y mal encarada en vuestra casa. Déjame que termine de recoger y luego me acompañas a mi casa, debes de estar helada. Toma una mandarina.

Lisarda se quedó pasmada. Existía la posibilidad de que el hombre fuese cordial, pero jamás habría esperado aquello. Eran las primeras palabras cálidas que oía en muchísimo tiempo y casi no supo reaccionar. Intentó sonreír, aunque no sabía a ciencia cierta si era lo que procedía o si debía mantener el rictus de sospecha con el que había comenzado la conversación. Se le había hecho un nudo en la garganta. No terminaba de fiarse de aquel hombre, pero era cierto que en su casa había una mujer antipática y mal encarada, muy cierto, tan cierto como que ahora mismo dicha mujer descansaba en los lodos del río Cea precisamente por sus malas formas, entre otras cosas. Era indudable que el hombre que recogía con mimo los ovillos de lana se había desplazado a Sahagún para buscarla, y ese gesto la había trastocado por dentro. Pero el nudo que tenía en la garganta era por otra cosa. Estaba segura de que aquel hombre le iba a contar qué había sido de sus padres, y estar tan cerca de corroborar por fin sus sospechas la hacía temblar como si estuviese a punto de morir congelada.

Tomó la mandarina que le ofrecía el tendero y esperó a que el tipo recogiese el puesto. Era rechoncho y de espaldas anchas, tenía unas grandes patillas, apenas conservaba un poco de pelo moreno en la parte trasera de la cabeza y sobre las orejas y mantenía la mitad de la dentadura de un color amarillento tirando a negro. Vestía un sayo marrón con infinidad de manchas y calzaba unas sandalias de cuero que dejaban ver unos pies descuidados y sucios.

No le dirigió la palabra ni la miró a la cara en el rato que tardó en desmontar su pequeño comercio, y tampoco le habló durante el trayecto hasta su casa. Tiraba del pesado carro sin mediar palabra y con la barbilla pegada al pecho. Era evidente que no tenía buenas noticias para ella.

Dejó el carro en un patio cerrado que había al final de una calle estrecha, por donde apenas cabía el hombre con su negocio a cuestas, y abrió la puerta de una casa de piedra, que era, de largo, la de más lustre de toda la calle. Tenía una sola altura y salía un humo denso por algún lugar del tejado.

—Josefa, esta niña es Lisarda, la de la Petronila —dijo Vicente nada más cruzar el umbral acompañado de la joven.

—¡Válgame Dios! —exclamó la mujer, sacando el trozo de carne que calentaba en la chimenea.

—Buenas noches, señora.

—Anda, hija, pasa y siéntate.

—Muchas gracias, no os molestéis, señora.

—¿Cómo que no me moleste? Pero ¿dónde te has metido todo este tiempo? Estábamos muy preocupados, fuimos a buscarte y parecía que te había tragado la tierra. Ni siquiera en el mercado supieron decirnos dónde andabas.

—No os preocupéis, he estado bien —dijo la joven intentando cortar la conversación.

Lisarda la miraba asustada. Le pesaba saber que estaban a punto de confirmarle la muerte de sus padres y notaba un manto que ensombrecía su alma. Durante los dos días que pasó con aquella familia le hablaron de las fiebres que sufrieron sus padres en el último viaje a esas tierras. Debieron de beber agua en mal estado o comer algún animal enfermo, no había otra cosa que pudiese explicar la repentina enfermedad que se los llevó en un abrir y cerrar de ojos. A pesar de tener una muerte rápida, los últimos días padecieron unos fuertes dolores. La joven intentó no llorar, pero Josefa no se ahorró ningún detalle y Lisarda acabó hundida cuando aquella mujer de cara rechoncha y gesto cariñoso terminó su relato. Josefa la llevó a ver el lugar donde los habían enterrado, y Lisarda sintió una inmensa pena, pero la alivió que reposaran en un cementerio y hubieran recibido la unción de enfermos poco antes de morir. Tenía muchas dudas con respecto a su fe, pero de alguna manera aquello la consolaba. Significaba que habían muerto entre gente que se preocupó por ellos hasta que dejaron este mundo.

—Me queda una duda —les dijo Lisarda a sus anfitriones cuando se sentaron a cenar la segunda noche.

—Cuéntame, Lisardilla —se ofreció Josefa.

—Mis padres nada me dijeron de que fuesen a emprender un viaje tan largo, y estas tierras están bien lejos de Sahagún.

—Tu madre no cesó hasta que no le quedaron fuerzas de repetirnos que teníamos que ir a verte. Reconocía entre lamentos que había sido una osadía aventurarse tan lejos dejándote en casa sola. Pero ni ellos mismos sabían que surgiría la oportunidad de comprar aquella partida de lana cuando salieron de Sahagún.

Lisarda se quedó un tanto desconcertada ante las palabras de la mujer. Sus padres jamás habían hecho algo así, pero no le serviría de nada pedir más explicaciones, era consciente de que lo sucedido no se podía arreglar y no quiso ahondar en aquello. Había visto la tumba de sus padres y nadie se los devolvería, así que era el momento de asumir la situación y comenzar con su vida. Estaba absolutamente hundida, pero al menos había dado con lo que andaba buscando.

La certeza de que estaba sola en la vida con trece años le dio vértigo. En el tiempo que había vivido a su suerte había albergado un hilo de esperanza que muchas noches, en la oscuridad de los pórticos y los zaguanes de las iglesias donde dormía, le hacía fantasear con el reencuentro con sus padres. Ahora esto ya era imposible, y odió todavía más el mundo que la rodeaba.

Se alegró de no haberla emprendido a puñaladas con la familia que regentaba, desde que faltaban sus padres, el que había sido su puesto. Había llegado a tener la tentación de seguirlos a la caída de la noche, tras el cierre del mercado, y acuchillarlos sin pedirles explicaciones. Estaba tan sumamente dolida por lo que le había sucedido que le faltó muy poco para hacerlo. Solo la frenó saber que la justicia no le perdonaría un crimen como ese, y no le apetecía acabar ahorcada en la plaza como una vulgar delincuente. Fue entonces cuando habló con Lorenzo, que la puso en la pista del tuerto, y gracias a eso conoció la verdad, una verdad tan cruda como imprevisible. Nunca había pensado en la enfermedad, a pesar de estar casi convencida de que sus padres habían muerto.

Con todo, había una cosa que la reconfortaba, que al menos le quitaba la espina que tenía clavada en el corazón: la desazón de pensar que sus padres no la habían querido. Le había dado muchas vueltas al poco apego que le mostraban. Estaban volcados en su negocio y nunca se opusieron a que pasase largas temporadas sin aparecer por casa. En verano dormía más noches en la corte que en su hogar, aun cuando era una niña de apenas ocho o nueve inviernos. Se arrepentía enormemente de haber perdido tanto tiempo con las hilanderas de la corte, tiempo que ya nunca tendría para estar con sus padres, pero la tranquilizaba que no la hubiesen abandonado y que no hubiese prueba alguna de que no la habían querido. Lo sucedido era algo que tristemente pasaba todos los días: las personas enfermaban y morían.

12

Primavera de 1101, Gradefes, León

L a armonía en los monasterios y las abadías había llegado a León y Castilla de la mano de las infantas Elvira y Urraca. Las hijas del rey Fernando cumplieron, sin mácula, el cometido que su progenitor les había asignado antes de morir. No necesitaron esperar a ver su testamento para saber cuál iba a ser el propósito de lo que les quedaba de vida. Ambas hermanas tuvieron que trabajar duramente para poner orden en las distintas congregaciones que les fueron adjudicadas.

Al comenzar su enorme labor se encontraron, intramuros de los lugares donde debía reinar la paz y la bondad del Señor, verdaderas organizaciones regidas por cabecillas que favorecían a los hermanos que los ayudaban a perpetuarse como abades y priores y aplastaban a los que no entraban en el juego. Los conversos, que en su mayoría estaban destinados a las labores de los huertos, eran tratados como esclavos y en muchas ocasiones, vejados y humillados delante del resto de los hermanos. Cuando un abad moría, el prior heredaba el cargo como si se tratase de una dinastía que manejaba la abadía a su antojo, sin control alguno. Según rezaba la norma, si no había oposición dentro del convento, se notificaba el nombramiento del nuevo abad a la diócesis o al Vaticano y la ratificación venía casi de oficio, un uso que perpetuaba los privilegios de los prelados que dominaban las congregaciones.

En los conventos de monjas la situación era parecida, pero no llegaba a la nauseabunda circunstancia en la que se hallaban los monasterios de monjes, donde era muy habitual que las concubinas viviesen en la casa abacial ejerciendo de señoras del convento. La llegada de las infantas a los monasterios y la exigencia de acabar con los desmanes que se estaban produciendo en los lugares supuestamente más sagrados de la Iglesia originaron muchos recelos y grandes discrepancias. Aun así, doña Urraca no se amedrentó y tuvo duros enfrentamientos con todo el que osó oponerse a sus dictados.

La mayor de las hermanas sabía que Elvira no tenía ni su carácter ni su determinación, así que la acompañó en sus primeros años de singladura por los conventos que estaban a su cargo y se ocupó personalmente de que la norma se cumpliera hasta en el último y recóndito lugar del compás de cada abadía. Entre las dos consiguieron que sus monasterios y abadías se convirtiesen en lugares justos y ejemplares.

En aquellos tiempos, el monasterio de San Pedro de Eslonza se levantaba poderoso en mitad de la ladera de la montaña, sobre una gran planicie recortada en el paisaje que permitía su ubicación y la de las huertas aledañas. El veterano viajero se quedó impactado al ver el convento iluminado por la luna llena y el incipiente amanecer que se vislumbraba por el este. Llevaba semanas de viaje y con solo aquella visión ya se podía considerar pagado.

La primavera había llegado y los rigores del severo invierno de aquella zona empezaban a quedar en el olvido. La nieve había dado paso a prados verdes salpicados de ríos y ramblas con sus cauces llenos e incluso desbordados por las aguas del deshielo. En los días despejados apenas se divisaba el blanco de la nieve en los picos más altos de las cordilleras y los campos se empezaban a poblar de labriegos que aprovechaban la subida de la temperatura para trabajar la tierra y sacar el ganado a pastar.

A pesar de la temprana hora a la que el anciano llegó al convento en los huertos cercanos ya se afanaban los conversos. La jornada empezaba antes del amanecer y debían aprovechar los días en que las lluvias no hacían acto de presencia para avanzar con los trabajos. En aquellas tierras, cuando las nubes se presentaban descargaban agua durante semanas, y entonces las huertas quedaban anegadas y totalmente impracticables para la labor, de manera que era preciso sembrar toda la cosecha durante las pocas jornadas secas de que disponían.

En el monasterio, con vistas al curso serpenteante del río Eslonza, la paz era absoluta. La abadesa del convento acompañó al anciano, que había esperado, paciente, en el zaguán contiguo al refectorio mientras las hermanas desayunaban, hasta la sala que se abría al final de un corredor largo y oscuro.

El hombre había llegado en solitario montando un penco que dejó atado al castaño que había junto a la entrada principal. La última parte de su interminable viaje la había hecho cabalgando día y noche, aprovechando la claridad de la luna creciente, que se convirtió en llena en el trecho final. Hacía años que no se aventuraba por los caminos, pero no había encontrado muchos cambios. Las gentes seguían mostrándose recelosas con los desconocidos y apenas había intercambiado cuatro palabras en su largo recorrido. Los salteadores abundaban y no había persona que se fiara de un viajante solitario como él, a pesar de ser un anciano que a nadie debería inquietar.

Había llegado al convento justo antes de que los primeros rayos del sol descubrieran un día despejado y fresco. Conocía perfectamente la regla que imperaba en las abadías y esperó a que finalizasen las oraciones de maitines antes de llamar al portón de la entrada con la enorme aldaba de bronce. Mientras tanto se había refugiado en el pórtico del edificio junto a otros tres peregrinos que hacían noche allí resguardados bajo sus mantas. El anciano estaba muy familiarizado con la vida de los peregrinos y los viajeros de los caminos de Hispania, no había tenido una existencia precisamente sedentaria.

En el convento, doña Urraca, apenas un amasijo de huesos, aguardaba su hora envuelta en una frazada de lana junto al brasero, en el que resplandecían unas ascuas, en una celda de la planta baja, ya que le resultaba imposible subir una escalera. Los últimos días de su existencia los guiaba el ritmo del tañer de las campanas, que marcaban las horas de sus oraciones y sus comidas. Su vida había quedado reducida a eso y a los pocos despachos que todavía dictaba, mientras aguardaba en el lugar que había elegido para su encuentro con el Altísimo. El día que entró en la abadía tomó conciencia de que no saldría de ella con vida. Había dado las órdenes necesarias para que trasladasen sus restos a la cripta de San Isidoro de León, junto a sus padres. La vida de aquella mujer vigorosa e indomable que había sido determinante para Castilla y León el último medio siglo acabaría allí.

Su cuerpo estaba consumido, pero sus ojos conservaban aún parte del brillo chispeante que siempre habían tenido. Su mirada denotaba la inteligencia propia de una mujer a la que rara vez se podía sorprender. En su aposento solía recibir visitas, y no era extraño que acudieran a verla desde la corte caballeros y señoras de toda condición. Además, un escribiente acudía a menudo al lugar de retiro de la anciana para que esta le dictase sus mandatos, que salían en pergaminos enrollados y lacrados con el sello de la casa de la infanta.

La abadesa, acompañada por el anciano recién llegado, entró en la sala donde descansaba doña Urraca. Esta le hizo un leve gesto y ambos se acercaron a su sillón. La encontraron concentrada en sus oraciones con la mirada perdida en el infinito, a pesar del gesto instintivo con que los había hecho pasar. La abadesa conocía bien esa actitud: la infanta la adoptaba cuando estaba hablando con el Altísimo. Doña Urraca le había confiado, en alguna de las muchas charlas que habían mantenido en las oscuras tardes de invierno a la vera de la chimenea, que rezando disfrutaba, pero que gozaba mucho más con aquellas conversaciones con el Señor en las que le explicaba lo débil que había sido y lo arrepentida que estaba, y en las que había notado la comprensión y la generosidad de Dios. Tenía asumido que iría al purgatorio y que tras expiar sus pecados conocería al creador de todo. Es más, le parecía conocerlo ya.

La mujer, de casi setenta años, tenía la vista muy deteriorada, pero le alcanzaba para distinguir a las personas cuando estaban a dos codos de distancia. En cuanto se fijó en quien acompañaba a la abadesa abrió unos ojos como platos y se quedó petrificada por un momento. Miró a la abadesa, que observaba la escena sin saber muy bien cómo reaccionar, y volvió la vista hacia el anciano, que permanecía de pie apoyado en un cayado con gesto inexpresivo. El individuo tenía la espalda arqueada por el peso de los años, pero debía de haber sido alto, pensó la abadesa. Le quedaba bastante pelo para su edad, aunque le clareaba en la coronilla y las entradas. Era cano, como la barba descuidada que sin duda le había crecido durante el viaje hasta el convento. Tenía el blanco de los ojos grises un poco amarillento, como la dentadura, en la que conservaba casi todos los dientes de la fila inferior y tres de la fila superior, como pudieron comprobar ambas mujeres cuando finalmente el tipo le sonrió a la infanta.

—¡Sabía que no me dejarías sola, tú no! —dijo la infanta mostrando a su vez la sonrisa más amplia que le permitieron sus menguadas fuerzas.

—A vuestros pies, doña Urraca.

—¡Petro! Por el amor de Dios, me dijeron que habías

muerto —le confesó mientras despachaba a la abadesa con un gesto de la mano.

—A veces es mejor no dar explicaciones, pero mi sobrino me puso al tanto de tu visita. No debiste ir hasta Córdoba, es un viaje agotador. —Petro dejó las rigideces en el trato, agarró a la infanta por las muñecas y se le aproximó hasta quedar casi pegado a ella.

—Hay ocasiones en la vida en las que es preciso anteponer las obligaciones a la salud. Gracias por venir. No sabes cuánto deseaba verte.

—No lo pensé, vine en cuanto supe que me andabas buscando.

—¿Por qué no viniste a por mí cuando de verdad te busqué? —le preguntó la infanta sin poder reprimir el reproche que llevaba más de treinta años conteniendo en sus entrañas.

—Sé que viniste —le confesó el anciano mirando al suelo—. Me lo dijeron cuando volví.

—¿Cuando volviste? —preguntó doña Urraca confundida.

—Estuve preso.

La infanta se quedó callada. Ahora lo entendía. Había pasado todos aquellos años, hasta este momento en que la muerte le estaba abriendo la puerta al final del camino, pensando que Petro había huido para no comprometerse con ella, pero tendría que haberlo buscado; había sido una estúpida por no mover cielo y tierra hasta dar con él. Se estaba dando cuenta cuando ya no servía para nada. Era consciente de que la vida que había vivido, entre conventos, castillos y palacios, había sido la cárcel de oro en la que se refugió cuando perdió a Petro. Tenía ante sí, al fin, a la persona por la que nunca había dejado de suspirar, la causa de sus desvelos, por la que estuvo encerrada en su habitación sin atender a nadie y sin casi probar bocado durante meses a la vuelta de su fatídico viaje a Córdoba, cuando quiso morir.

Este descubrimiento removía los mismos cimientos de su existencia, pero no quiso dedicar más tiempo a pensarlo, no se lo podía permitir. Le agarró la mano y se la llevó a los labios. El anciano agachó la cabeza y besó también la mano de la infanta. Era un beso de despedida, de reconocimiento y de amor, probablemente el último beso que ambos darían desde el fondo de su ser en el tiempo que les quedaba sobre la faz de la tierra. Apenas había sabido nada del hombre al que tenía sujeto por la mano, todavía fuerte pero más delgada y huesuda que cuando acariciaba su cuerpo y estrechaba sus nalgas al hacer el amor. Había tenido noticias de que seguía con vida y poco más. El comerciante toledano que la había estado poniendo al día solo le supo decir que Petro no se había casado ni había tenido hijos.

Desde luego, al Cartaginés tenía que agradecerle los mejores recuerdos de su vida. El verano en que se perdieron en las dunas de la albufera que la dejó enamorada, su lugar favorito en el mundo, al que no había querido volver para no modificar la imagen que guardaba en su memoria, aquellos lejanos días habían sido los más plenos que había vivido. La laguna era tan cálida que por las noches se sumergían en sus saladas aguas para abrigarse de la suave brisa del Mediterráneo. Recordaba que el fondo apenas tenía inclinación y debían caminar durante largo rato hacia el interior de las aguas iluminadas por la luna para conseguir que el mar los cubriese hasta el cuello. Cuando el agua les quedaba por encima de los hombros hacían el amor ajenos al mundo, como si nada se pudiera interponer entre ellos, como si aquel lugar no estuviese al alcance de nadie más. Apretó la mano del anciano, que permanecía de rodillas frente al sillón donde ella esperaba con paciencia a que el Señor fuera a recogerla. Aquellos recuerdos le dolían como alfileres clavados en el corazón. La mezcla de nostalgia, culpa y felicidad le provocaba una sensación indescriptible.

—¿Y por qué no fuiste a por mí a León si sabías que había ido a buscarte? —le preguntó casi sin pensarlo.

—Ya era tarde. ¿Qué podía ofrecerte un presidiario, un hombre acabado como yo?

—Siempre serás el único hombre que hubo en mi vida, quiero que lo sepas.

—Me vas a hacer llorar —le dijo el Cartaginés con un nudo en la garganta.

—Necesito que me ayudes, Petro —le anunció entonces doña Urraca, adoptando un gesto de preocupación.

—Tú dirás.

Se sobrepuso a la cascada de emociones que le encogían el alma y le contó sin ahorrarse un solo detalle la estratagema que le había encargado a la joven Lisarda. Le habló del obispo de Toro y de la desconfianza que le inspiraba el prelado. Le explicó que el joven obispo era un buen hombre, pero que el asunto que debía manejar se iba a demorar en el tiempo y necesitaba a alguien que no dependiese directamente del religioso. La experiencia le decía que no era buena idea ponerlo todo en manos de una sola persona, ya que no hay nadie infalible.

Petro solo recordaba haber tenido el alma tan encogida como en ese momento el día que cruzó la muralla y se adentró en su ciudad sobre un penco, con la duda de lo que se encontraría en el barrio de los pescadores tras quince años sin volver por allí.

Llegó a Cartagena un día muy caluroso con viento del norte. En al-Ándalus, muy fragmentada tras la caída del califato, las revueltas se habían calmado y por eso se había decidido a hacer el viaje. Parecía que salía fuego de las piedras de la muralla; era la última hora de la tarde y el sol lanzaba sus destellos finales, severos y descarnados. Si bien la ciudad portuaria no podía compararse con la calurosa Córdoba, los días en que soplaba el poniente del norte eran más duros que los peores de la capital de los omeyas. Parecía que el penco de Petro iba a caer desplomado.

Bajó al puerto y encontró a su hermano en el barrio de los pescadores, ya con la noche echada sobre la ciudad. La taberna que solía frecuentar había cambiado y ahora era una especie de mancebía cuyos clientes no tenían pinta de ser lugareños. Preguntó por los pescadores a la mujer que regentaba el tugurio, y esta lo mandó a un lugar, tras los montones de redes de pesca, que no era exactamente una taberna, sino una especie de covacha construida con troncos desiguales y rematada con un tejado hecho de tablones y paja. El dueño era un hombre barbudo con cara de pocos amigos y el párpado del ojo izquierdo cerrado. Había unos bancos tras el quiosco y, en uno de ellos, prestando atención a la conversación de los tipos sentados en el banco adyacente, distinguió a su hermano. Tenía tan mal aspecto como la última vez que lo había visto, pero al menos no había empeorado, a pesar del paso de los años. Su vestimenta era de buen paño y parecía estar de mejor humor. Se le acercó por la espalda, y el resto de los tertulianos dejó de hablar; los tipos que estaban en aquella especie de taberna sin techar conocían a Petro.

—Alfonso —le dijo desde atrás.

—¿Petro?

—El mismo.

El mayor de los hermanos, el hombre que le había enseñado a pescar y a matar como simples herramientas para sobrevivir, se giró sobre sus posaderas, se puso en pie y lo abrazó con todas sus fuerzas. Petro lloró sobre su hombro. Lo hizo en silencio y con los labios apretados, no quería que el reencuentro empezara con una sonora reprimenda de Alfonso. Cuando se separaron, ambos tenían los ojos humedecidos.

En la sala del convento, Petro se quedó mirando los ojos brillantes de la anciana que agonizaba junto a la chimenea y le habló con el tono de voz templado y firme que había utiliza-

do en sus años de sicario para calmar a los atribulados mercaderes cordobeses cuando se encontraban con el agua al cuello.

—¿Viste a mi sobrino?

—Sí, lo vi. Lo reconocí al instante, es clavado a ti cuando
tenías su edad. Lo recordaba de los días que pasamos en Cartagena cuando apenas era un mocoso.

—Él es ahora Petro el Cartaginés.

—En efecto, eso me dijo.

—Me lo llevé a Córdoba y lo metí en la profesión. Sé que
debería haberlo alejado de ese mundo lleno de traiciones y
sangre, pero nunca supe hacer otra cosa.

—No me des explicaciones, por favor, cada uno hemos
seguido el camino que la vida nos ha enseñado.

—Le diré que se encargue del asunto.

—¿Lo hará?

—No te quepa duda —le aseguró el Cartaginés, con aquel
gesto pétreo que la había dejado prendada más de tres décadas
atrás.

—Petro, no sabes cómo te lo agradezco. Ahora me puedo
morir tranquila —le confesó mirándolo a los ojos mientras le
agarraba ambas manos.

13

etro emprendió el camino esa misma noche. Era un hombre mayor, casi un anciano, pero seguía siendo el tipo de siempre, perfeccionista y leal, que no contemplaba dejar un cabo sin atar ni en el más nimio de los asuntos. Sabía de sobra que las cosas que no se remataban solían volver el día que menos lo esperaba uno para pillarlo desprevenido. Se lo habían enseñado los largos años de profesión, en los que había vivido constantemente al borde del abismo.

Cuando, hacía ya más de cinco inviernos, dejó a su sobrino en Córdoba y se marchó a Cartagena para no volver a poner los pies nunca más en la capital de los califas, fingió su muerte. Después de tantos años trabajando como matón a sueldo, la lista de cadáveres que dejaba tras de sí era tan larga que temía que su sobrino tuviera que cargar con alguno de esos finados. Con su muerte le dejaba el camino despejado para que no se viera obligado a apechugar con la pesada rémora que suponía guardarle las espaldas.

Su sobrino había trabajado a las órdenes de Petro durante un buen número de inviernos. Tenía que reconocer que era un chico dispuesto y valiente, quizá incluso más que él, lo cual no le extrañaba: era hijo de su hermano mayor, Alfonso, la persona que le había enseñado a valerse por sí mismo en el mundo. Su hermano nada tenía que ver con la vida que había elegido Petro: se había dedicado a la pesca y se había quedado a vivir en Cartagena, ganándose las gachas en el mar. Aun así, Petro lo vio empuñar su daga en más de una ocasión. Las ciudades portuarias eran peligrosas, y a Petro se le quedó grabada en la mente la primera vez que vio a su hermano matar a sangre fría a un hombre.

Al principio no lo comprendió y dejó de hablarle durante una semana. Este no se molestó en explicarle nada y esperó, paciente, hasta que un día Petro se abalanzó sobre él lleno de rabia reprochándole la barbaridad que había cometido. Alfonso, lejos de darle la razón, le hizo comprender lo equivocado que estaba con respecto a lo que era el mundo. Le contó que aquel tipo que se les había acercado de buenas maneras no era más que la avanzadilla del grupo de salteadores que estaban escondidos en unas zarzas a pocos codos del camino y que no se lo hubieran pensado dos veces antes de rajarlos con sus cuchillos para robarles cuanto llevaban en las alforjas. Esa fue la primera de tantas lecciones que aprendió de su hermano.

Sin ir más lejos, Alfonso le había regalado su primera daga, un puñal tan afilado que era capaz de cortar un blusón fino dejándolo sobre el filo. Le explicó que un buen puñal muchas veces suponía la diferencia entre volver con vida o no hacerlo. Le enseñó a tirar con arco y a manejar el cuchillo con ambas manos; de hecho, no le dejaba utilizarlo con la derecha y le obligaba a hacer todas las labores de pesca con la izquierda. «Si manejas las dos manos, valdrás por dos hombres, y si solo manejas una, valdrás por medio». Solo se lo dijo una vez, pero Petro no lo olvidó.

Con todo, el sicario sintió que le hacía un flaco favor a su sobrino arrancándolo del lado de su padre para llevárselo a Córdoba con el fin de convertirlo en un asesino, porque reconocía que en realidad él no era otra cosa. Le gustaba decir que se ganaba la vida ayudando a los adinerados señores de Córdoba a solucionar sus problemas, pero la verdad era que de él solo se acordaba el mundo cuando había que darle uso a su afilado estilete. No obstante, no tuvo otra opción: su sobrino, que tenía el mismo nombre que él, andaba perdido en las tabernas del puerto de Cartagena buscando problemas y sin mostrar ningún interés por ayudar a su padre con la barca comprada a medias con Petro. Su hermano Alfonso le había rogado que lo tornase un hombre de provecho.

—¿Estás seguro de lo que me pides? —le había preguntado en tono serio Petro.

—Totalmente, no he estado más seguro de nada en mi vida.

—Ya sabes el único provecho que puedo sacarle a tu hijo. No nos engañemos, en Córdoba están los mejores médicos, filósofos y mercaderes del mundo conocido, pero yo no soy uno de ellos.

—Hermano, mi hijo es una gran persona, pero lleva tu profesión grabada en la piel —le había confesado Alfonso con resignación y gesto sombrío.

—Espero que tu hijo sepa los riesgos que va a asumir si me sigue a Córdoba.

—Los jóvenes no saben nada. La vida nos enseña su cara más cruel poco a poco, es su forma de domarnos cuando nos creemos que las cosas van bien. —Su hermano hablaba con la sabiduría y el temple de los hombres de la mar.

Petro había ido a Cartagena a ver a su hermano tras doce veranos sin aparecer por su ciudad. Lo sorprendió en una taberna del puerto conversando con otros marineros, tal y como lo había encontrado tres lustros atrás, la primera vez que volvió a buscarlo desde la capital de los califas. El encuentro, ante la expectante mirada de los compañeros de charla de Alfonso, fue emocionante pero marcado por la frialdad de carácter del mayor de los hermanos.

No había vuelto a Cartagena desde el año después de finalizar el trabajo que hizo para la corte de León, cuando custodió el traslado del santo grial hasta San Isidoro por encargo de la infanta Urraca en persona, la misma mujer a la que acababa de dejar moribunda en el monasterio de la sierra leonesa y por la que se dirigía a la ciudad que había jurado no volver a pisar.

Con los réditos de aquel trabajo había comprado una barca. Acordó con Alfonso que volvería cada año, con la llegada del verano, para ver a su familia y repartirse las ganancias de la pesca con él, que era el encargado de faenar. Sin embargo, solo acudió a su cita anual una vez, precisamente acompañado por la infanta.

Doce veranos más tarde, Alfonso no le preguntó a su hermano por su larga ausencia. Se había dado cuenta del motivo nada más verlo: tenía la barba más larga que antes y, a pesar de eso, se le distinguía tras la tupida masa de vello gris la cicatriz dejada por un hierro incandescente en la mejilla derecha, marca característica de muchos reos.

—No siempre salen bien las cosas —le dijo Petro señalándose la mejilla.

—Son los riesgos del oficio, imagino.

—Me equivoqué al ajustarle las cuentas a un amante —le informó Petro a modo de explicación—. Pensé que era otro desgraciado más que se había encaprichado de la mujer del amo, y resultó tener un padrino.

—¿Cuánto tiempo estuviste?

—Nueve años, pensé que se habían olvidado de mí. Me pudrí remando en una galera. No sé qué mares surqué en aquel barco ni cómo salí vivo.

Petro se quedó callado. Sabía perfectamente cómo había sobrevivido. Se olvidó del mundo, se olvidó hasta de quién era. Dormía atado a un banco de madera que le dejó el culo tan plano como la superficie de aquella tabla medio podrida y con las aristas redondeadas por el roce de sus muslos. En aquella ratonera con el techo tan bajo que no podía ni ponerse de rodillas estuvo más de cinco años. Contó todas las noches que pasó allí. Con la uña del pulgar hacía una minúscula señal en el remo que entre sus manos casi se había convertido en parte de su cuerpo; era como otra extremidad más.

No se podía quitar de la cabeza el olor de la galera. Él se había criado en el mar y tenía metidos en la piel el salitre y la humedad del Mediterráneo, soportaba el frío que se le incrustaba en los huesos y le corroía por dentro con la misma naturalidad con la que se había acostumbrado a los veranos cordobeses y, además, no le afectaba la mala mar ni las olas tendidas que balanceaban la embarcación cuando navegaban por aguas abiertas. En cambio, por aquella cloaca pasaron cientos de compañeros, en su mayoría hombres de campo y de tierras alejadas del mar, que vomitaban sin parar, de modo que en los cinco años que Petro pasó agarrado a aquel remo jamás olieron sus fosas nasales otra cosa que no fuesen los vómitos y excrementos que se amontonaban en la sentina.

La galera era un infierno en el que abundaban las enfermedades, epidemias e intoxicaciones debidas a la comida podrida y las aguas pestilentes que les ofrecían sus carceleros. Petro lo aguantó todo, pero, sin duda, lo más difícil de soportar en aquel encierro cruel fue el saberse olvidado por el mundo, tener la certeza de que nadie preguntaría por él ni se preocuparía por saber cuándo se pudrirían su cuerpo y su mente y de que acabaría como tantos dando espasmos en una fría noche, amarrado al remo y con las argollas alrededor de los tobillos. También existía la posibilidad de que el barco se fuese al fondo del mar con todos ellos atados a las entrañas de la nave.

Petro apenas hablaba con sus compañeros de banca, aunque trataba de consolarlos con monosílabos y con algún consejo, del que pocas veces hacían caso. Los tipos que acababan allí no eran los más inteligentes de Hispania.

El barco estaba lleno de ratas, había más que tripulantes. Petro se entretenía poniéndoles nombres y tratando de reconocerlas. Hubo dos de ellas que lo acompañaron durante más de dos años. Hablaba con las ratas, les explicaba el número de paladas que había dado ese día, pues las contaba una a una y se enorgullecía cuando superaba las del día anterior. Se decía que hicieras lo que hicieras en la vida, tenías que hacerlo con dignidad, y remar era su cometido por entonces. Consciente de que con su esfuerzo ayudaba a su compañero de banca, se sentía satisfecho. Era un tipo inteligente que sabía que en cuanto considerase que su situación era un castigo tardaría poco en morir, pues un castigo como aquel no lo podía soportar nadie. Sufrió más por la desaparición de sus dos ratas que por la de alguno de los compañeros de banca.

Un buen día, en el puerto de Motril, el mismo donde había embarcado después de más de tres años atado a un molino al que daba vueltas para hacer subir agua a una acequia, un tipo alto y grueso bajó a las entrañas de la galera con el mazo que se utilizaba para romper las argollas de los muertos. Petro nunca había visto salir de allí a nadie con vida. El tipo se agachó y fue arrastrándose hasta el banco donde estaba él sentado.

—Petro el Cartaginés —dijo con voz ronca.

—El mismo.

—Aparta el pie de ahí, que no quiero desgraciarlo.

Petro retiró el pie cuanto pudo para que se tensasen los dos eslabones de la oxidada cadena, y el tipo le asestó un certero mazazo al hierro que lo hizo saltar en pedazos. Gateó tras el fornido individuo sin mirar a ninguno de los desgraciados que dejaba atados a las bancas de remo, aunque se le resquebrajaba el alma por dentro pensando en cuánta desdicha quedaba allí. Cuando llegó a la pequeña escalinata que daba a la cubierta se giró.

—Nunca os deis por vencidos, por favor —les dijo, mirando la cara de desesperación de los que habían sido sus compañeros hasta un momento antes.

—Sígueme y no te busques más problemas —le exhortó el hombre que había ido a buscarlo.

—¿Qué sucede? ¿Soy libre?

—Como un pájaro —le respondió el tipo con una sonrisa mellada que a Petro le pareció la más resplandeciente del mundo.

Durante su interminable condena a menudo se había dicho que habría sido mejor que lo hubiesen pasado a cuchillo, como dictaminó el individuo que se arrogó la facultad de juzgarlo en Almería. Lo condenaron a muerte por meter la cabeza de un joven que frecuentaba a la mujer de un tratante de hortalizas en un pozo hasta casi ahogarlo para que no se le ocurriese volver a deshonrar a aquel hombre. Estuvo a punto de rebanarle el pescuezo, pero el comerciante le había rogado que lo dejase con vida para que su mujer no supiese que él había estado detrás del ajuste de cuentas.

El caso es que el joven estaba emparentado con el emir de Baza y prendieron a Petro cuando apenas había salido de Almería para regresar a Córdoba. Lo condenaron a muerte, pero sus espaldas anchas y sus brazos poderosos llamaron la atención de un traficante que pululaba por la plaza donde se dictaban las sentencias, buscando mano de obra a precio convenido, y pujó fuerte por el condenado. Por nada del mundo dejaría pasar la oportunidad de contar con aquel hombre, fuerte como un mulo, al que podía sacar partido en un molino hasta que consiguiera embarcarlo en una coca. Era una ganga, sin duda.

Así pues, Petro desembarcó en Motril y volvió a Córdoba, recuperó su covacha, donde encontró a dos rateros de poca monta resguardados, y se puso al día. No le faltaban clientes: para lo suyo siempre había. Un matón, en la ciudad más grande del mundo conocido, una urbe donde se comerciaba a un ritmo tan vertiginoso que a los mercaderes apenas les daba tiempo a parpadear entre un trato y otro, era más útil incluso que los artículos que se compraban y vendían. Los problemas surgían a raudales: atrasos en las entregas de materiales, pagos que no llegaban, discusiones por la calidad de las mercancías y una infinidad de conflictos que, para resolverlos, los mercaderes recurrían muchas veces a la daga de un sicario. Y en eso él era el mejor.

Sus clientes habituales, los que todavía seguían con vida, lo recibieron asombrados de verlo de nuevo en sus comercios.

Incrédulos, le tocaban la cara, los hombros y el pecho, intentando verificar lo que veían sus ojos. Le narraron las miserias y calamidades que habían pasado para sacar adelante sus negocios. Todos sin excepción le dieron a entender que sin él se habían sentido desprotegidos, y se les iluminaba la cara como si estuvieran delante del mismo Dios.

Enseguida arregló unos cuantos asuntos para hacerse con unas monedas mientras la primavera daba los últimos coletazos, y no tardó demasiado en estabilizar de nuevo su vida. Pero pasaron tres años hasta que se decidió a volver a Cartagena a ver a su hermano. Era una de las dos únicas personas en el mundo en las que había pensado estando en galeras, donde además había recuperado una especie de fe en algo que no sabía muy bien qué era pero que podía ser Dios, aunque un dios que no tenía mucho que ver con el de las iglesias. A ese dios le rezó con el fervor con que lo haría un cura de vocación para que su hermano estuviese con vida y él pudiera abrazarlo y darle las gracias por haberle enseñado a sobrevivir. Porque en nueve años había tenido tiempo suficiente para comprender que, si había desembarcado vivo, había sido por las lecciones de Alfonso.

Cuando dio con su hermano en una tasca del puerto, una especie de chamizo con varios bancos de madera alrededor, notó que se le aflojaban las piernas y tuvo que apoyarse en una de las mesas para no ir de bruces al suelo. No se podía creer que estuviese viendo a Alfonso, y se abrazó a él con toda su alma, pensando que no merecía tanta dicha. Pasó los meses del estío ayudando a su hermano en la barca y descansando en las dunas de la albufera donde había sido feliz junto a su amante el último verano que había estado en su tierra. Dos noches después de la luna llena de agosto emprendió el viaje de vuelta a Córdoba acompañado por su sobrino, como había prometido a su hermano.

Su sobrino se comportó como un discípulo muy aplicado desde el primer día. Petro lo llevó a conocer a todos sus clientes, a quienes les dijo que estaban de enhorabuena porque los servicios de Petro el Cartaginés quedaban garantizados para una generación más: su sobrino heredaría hasta su nombre.

Petro compartía con el joven la covacha donde vivía mientras lo iba introduciendo con cautela en asuntos en los que no era necesario hacer uso de la daga, como las advertencias a morosos o los cobros de deudas, que fueron los primeros encargos que realizaron juntos. Sin embargo, pronto se dio cuenta de que el muchacho tenía maneras y que las precauciones que tomaba para no espantarlo estaban de más.

Cualquier aprendiz que hubiera buscado por los arrabales de la ciudad le habría servido para ayudarle a amedrentar a comerciantes que se retrasaban en sus obligaciones, pero lo que no resultaba tan fácil de conseguir era alguien que tuviese la sangre fría de dar el siguiente paso. Y una tarde de pleno invierno, en una huerta anegada de agua junto al Guadalquivir, no muy lejos de Córdoba, su sobrino le demostró tenerla.

Habían llegado a la chabola que había junto al huerto y

Petro llamó a la puerta. La lluvia caía con fuerza y estaban calados hasta los huesos. Era la tercera vez que iban a visitar a Cesario, un agricultor rudo y con los aires típicos de los terratenientes de la zona. Tenía tierras de cultivo muy productivas, como solían serlo los terrenos del sur de Córdoba. Le compraba las semillas que sembraba a un comerciante de Córdoba, al que luego le vendía la cosecha, pero entre tanto debía pagarle las semillas al tratante. Según le había explicado su cliente a Petro, ese año el agricultor había decidido que no le pagaría las semillas hasta tener la cosecha crecida y que le descontaría su coste del precio de venta de sus productos.

—No venga más a verme, ya le he dicho al avaro ese que le descontaré las semillas del precio de las berenjenas cuando se las venda.

—Parece que no lo entiende, el acuerdo no era así —le dijo Petro en tono respetuoso.

—Estas son las condiciones. Le dice al señorito ese, que no se ha manchado las sandalias de barro en su vida, que se espere.

El sobrino de Petro apartó a su tío, sacó la daga de la vaina y le asestó una puñalada en el corazón al agricultor con tal ímpetu que Petro tuvo que retirarse aún más para evitar la bocanada de sangre que el tipo escupió al desplomarse hacia delante con los ojos en blanco y la barbilla levantada. El joven se dio la vuelta y desanduvo sus pasos por el carril embarrado hasta los pencos que tenían amarrados a un olivo en la entrada del huerto.

Petro lo siguió sin mediar palabra. Su destino en Córdoba

había terminado: había un nuevo Petro el Cartaginés en la capital de los califas.

Se marchó a Cartagena sin despedirse, y a los pocos meses el sobrino informó a sus conocidos de la repentina muerte de Petro en su ciudad natal.

14

A pesar de ser casi un anciano, Petro no llevaba bien despedirse de las personas con las que había compartido la vida. Era ley natural que a su edad apenas le quedase nadie: tenía sesenta inviernos, y las gentes con las que había convivido rara vez llegaban a cumplir los cuarenta. El breve rato que pasó con la infanta Urraca en el monasterio de la sierra lo dejó completamente destrozado, aunque era consciente de que debía estar contento de haberle podido decir adiós al único amor de verdad que había tenido. Hacía decenios que solo pensaba en ella como algo increíble que le había pasado en otra vida.

De alguna manera, todo lo que había venido tras los años de condena lo consideraba una vida aparte de la vivida hasta el día en que lo apresaron. Le parecía haber estado muerto durante casi dos lustros y haber resucitado en un universo que nunca había sido capaz de sentir como real. Volvió a Córdoba y recuperó lo que había sido su existencia antes de que lo arrancaran de la faz de la tierra, pero ni él ni su relación con las personas que lo rodeaban eran los mismos.

Llegó a la capital del Guadalquivir con los ojos humedecidos. Apenas había podido evitar las lágrimas durante los treinta días que había tardado en hacer el camino desde las montañas leonesas hasta la ciudad de Córdoba; los recuerdos y su alma enternecida por los años habían conseguido hacerle un nudo en la garganta que no era capaz de deshacer. No podía borrar de su mente la imagen de la infanta, a la que había dejado consumiéndose junto a las brasas su habitación del convento. Al ver cómo el paso del tiempo le había robado la energía y la vitalidad a aquella poderosa mujer, a la que nunca nadie había podido doblegar, se vio reflejado en ella como en un espejo y descubrió que la vida estaba terminando con él también, por mucho que le costase admitirlo.

Esa reflexión, que le vino a la cabeza nada más verla hecha un ovillo en su sillón, le había dado la fuerza que necesitaba para cambiar de planes y emprender el viaje rumbo a Córdoba, la ciudad que lo había enterrado años atrás, para prestarle su último servicio a la mujer que viviría en su corazón hasta el día que diera su último estertor.

Era uno de los últimos días de primavera, a media tarde, y el calor empezaba a notarse. Encontró a su sobrino en casa y le expuso el motivo de su vuelta. No le hizo falta darle demasiadas explicaciones: el joven, que era precisamente quien le había transmitido la petición de ayuda de la infanta, intuía que su tío no iba a tardar demasiado en aparecer por Córdoba para solicitarle su apoyo.

Sin embargo, su sobrino no le dio la respuesta que esperaba, pese a que de alguna manera estaba en deuda con el viejo maestro. Envuelto en una situación muy complicada, se cerró en banda y no quiso saber nada de la corte de León, del obispo de Toro ni de la infanta Urraca. A Petro le pareció extraño porque las condiciones eran muy ventajosas, y le recordó que en su profesión, como en cualquier otra, se estaba por el vil metal y nada más. El joven trató de salir del paso con una excusa y adujo que estaba enfermo y que quizá no había sido el mejor momento para recibir aquella visita. Le agradeció a su tío la oferta y poco más o menos lo invitó a que volviese a Cartagena para seguir con su retiro.

Petro aguardó a que su sobrino se quedase dormido, tras compartir con él una barrica de vino y un pedazo de pan con tocino de cerdo, y salió de la chabola con la complicidad de la noche, oculto bajo el capuchón del sayo. Se fue a la taberna, en la que todavía quedaban parroquianos, y se sentó fuera, junto a la puerta, a esperar a que se marchase el último de los clientes. Sabía que la taberna tardaba en vaciarse, pues él mismo se había apalancado en aquel lugar durante horas, dormido de bruces en alguna de las mesas.

Cuando salió el último feligrés, apartó la cortina de esparto y entró.

—Aquí no entra nadie más —dijo con voz cazallera Mada, de espaldas a la puerta.

—Vengo a ayudarte a recoger las mesas.

A Mada se le cayeron las vasijas que había cogido de la mesa del fondo y se tapó la boca con la mano. Seguía teniendo la mirada culpable y las mejillas coloradas. Su pelo rubio se había tornado blanco y lo llevaba recogido en un moño. Bajo la tela de sus ropas anchas se adivinaba un cuerpo orondo, que en otro tiempo había sido la envidia de aquella parte de Córdoba. Petro recordaba la fogosidad de aquella joven perdida entre las pieles de su jergón cuando ella apenas era una mujercita y Petro era ya un hombre bien maduro. Por aquel entonces la joven trabajaba en esa misma taberna para su padre, y el viejo se la tenía jurada al sicario.

No hacía ni cinco inviernos que Petro faltaba de Córdoba, pero Mada había discutido con su padre y se había marchado de la casa de comidas hacía tres lustros. El viejo sicario supo de la reconciliación de la tabernera con su padre por su sobrino, y volver a ver a aquella mujer fue otro de los alicientes que lo había animado a regresar a la ciudad del Guadalquivir. La vida le estaba dando la oportunidad de despedirse de las mujeres a las que nunca había olvidado.

—Pero ¿tú no estabas muerto?

—¿Quién te dijo semejante cosa?

—Te lloré, desgraciado, te lloré mucho. Todavía hoy te he llorado, y no sé ni por qué.

—No te preocupes, eso que llevas. No creo que me quede demasiado.

—No digas barbaridades. Ahora que has resucitado no se te ocurra morirte otra vez.

Se sentaron a la mesa que había junto a la cocina y Petro le contó lo que pudo de su vida en Cartagena y su viaje a León. El Cartaginés no estaba allí para hablar de los viejos tiempos, sino para indagar sobre su sobrino. No parecía el mismo hombre que había dejado a cargo del negocio, y no había nadie en Córdoba mejor informado que la tabernera.

—Yo no veo tan complicado el asunto —sostuvo Petro cuando la tabernera lo puso al día de los problemas de su sobrino.

—Petro, tú hace muchos años que te fuiste. Saulo es el banquero de la ciudad y no hay hombre más poderoso en todo al-Ándalus. Manda más que los mismos emires.

—No exageres.

—No exagero. En el barrio conocemos a tu sobrino tanto como tú, y me atrevería a decir que es más valiente que tú a su edad. Pues bien, lleva encerrado en su casa un mes y se niega a aparecer por aquí o a subir al centro.

—Eso es lo que menos le conviene. A Saulo lo debe de odiar media Córdoba, así que lo tiene fácil.

—Qué va, eso ya no es así. No puedes matar a alguien como Saulo y salir indemne.

Mada le contó las habladurías acerca del romance de su sobrino y la joven mujer del prestamista. Petro no sabía qué había pasado exactamente, pero sí cómo resolvería él la disputa: a los individuos de aquella clase había que matarlos sin pensarlo dos veces; para un sicario a sueldo de los mercaderes no existía mejor negocio que eliminar a un usurero. Al final no había enseñado tan bien como él creía a su sobrino.

Se despidió de Mada y regresó a su covacha. Despertó a su sobrino y le habló claro. No había tiempo que perder. No es que tuviese prisa por acabar con aquello, Saulo podía esperar, pero la infanta no. Necesitaba los servicios de su sobrino de inmediato, eso era lo que de verdad le apremiaba, o mejor dicho, eso era lo único que le apremiaba.

La imagen de su antigua amante, que era probable que hubiese muerto sin haber podido tener noticias, lo había dejado tan impactado que cada día que pasaba veía con más nitidez lo cerca que estaba del descanso eterno. Se le agotaba el tiempo y no había lugar a paños calientes. Necesitaba mandar a su sobrino al norte cuanto antes.

—Petro —le dijo en tono seco a su sobrino—, en la argolla de la puerta he dejado una jaca, la que me ha traído de León. No la hagas trotar a paso rápido y procura que beba mucha agua. Respetando esas dos cosas te llevará sin complicaciones hasta Toro.

—Ya te he dicho que no iré a ningún sitio. No me encuentro con fuerzas y no pienso salir de aquí.

—Toro —continuó su tío— es una ciudad que no dista demasiado de Zamora. Coge el camino de Toledo, y cuando llegues allí te sabrán indicar.

—Ese no es el problema.

—Yo sé cuál es tu problema. Me han contado de la mujer de Saulo y de las habladurías que corren por Córdoba. No te preocupes por eso.

—Todavía no sé cómo no han venido aún para pasarme a cuchillo —explotó el sobrino con cara de pánico—. No me asusta un hombre, ni dos, pero ese Saulo es el nuevo dueño de la ciudad, y jamás podré escapar de sus garras.

—Ten este pergamino y preséntate como te digo al obispo de Toro. De Saulo se ocupa tu tío.

—Eso no te lo dejaré a ti, antes prefiero ir yo y zanjar el asunto con esta —dijo, sosteniendo la daga en la mano.

—Permíteme que te cuente una cosa. Doña Urraca de Zamora es el motivo por el que sigo con vida —reveló en tono de confesión—. Es la luz que iluminó mi mente en los nueve años durante los que me tragó la tierra. Ahora mismo está agonizando o muerta, no lo sé, en un monasterio de la sierra de León. Le he dado mi palabra de que mi sobrino, es decir, tú, se ocupará de ayudar a su sobrina a ser la emperatriz de Hispania.

—¿Cómo?

—Si consideras que merezco tu gratitud y tu cariño, ve a Toro y ponte a las órdenes del obispo. Así la auxiliarás y harás que tu tío muera dichoso.

—Por ti haré cualquier cosa, lo que me pidas. —Se le adivinaba un brillo en los ojos que llenó de alegría a Petro.

—Nunca te lo agradeceré bastante.

—Mañana iré a la calle de los mercaderes y terminaré con el asunto que nunca debí dejar que se pudriera de esta manera. Después marcharé a Toro.

—No. A Toro te marchas ahora mismo. El asunto de Saulo es mío. Quiero despedirme a lo grande de esta ciudad, es la que me lo dio todo. Les voy a hacer el favor de su vida a muchos amigos.

l sobrino de Petro partió hacia Toro esa misma noche. Tío y sobrino se abrazaron, sabedores de algo
tan doloroso como inevitable: era la última vez que
se veían. Cuando el jamelgo giró sobre su grupa y comenzó
su perezosa singladura hacia Toledo, Petro se quedó mirándolo desde la puerta de la covacha hasta que la silueta se perdió en la oscuridad de la calle. Las lágrimas le caían por las
mejillas y no sabía si era por la emoción de la despedida o
porque al menos en el final de su existencia podría darle a la
mujer de su vida lo que le había pedido en la desesperación de
su lecho de muerte.

Petro durmió poco esa noche. Se levantó antes del amanecer, cuando no transitaba nadie por el barrio, se puso el sayo
y las sandalias y salió. Anduvo por las empinadas calles que
llevaban al centro de la urbe y antes de que el sol empezara a
iluminar la mañana se halló en la calle de los mercaderes.

Fue a visitar a sus viejos clientes. Los encontró a todos con vida y en bastante mejor estado de lo que esperaba. Algunos se persignaron al verlo entrar, otros se pusieron a reír a carcajadas y casi le echaron en cara que hubiese resucitado por segunda vez, e incluso hubo quienes se hicieron los ofendidos y lo arrojaron a patadas fuera de su tienda para luego salir a la calle a buscarlo.

Dedicó un buen rato a cada uno de los comerciantes a los que se paró a saludar. Había empezado la ronda bien temprano para poder sondear cómo era la relación entre los mercaderes y sus prestamistas. Consciente de que nunca era buena, quería saber hasta qué punto estaban comprometidos con Saulo. Cuando dio por concluida su etapa de sicario, Saulo era un incipiente prestamista que estaba incrementando su presencia entre los comerciantes cordobeses con mucho brío, pero todavía no era el poderoso usurero que le había descrito Mada. Aquel paseo mañanero por las tiendas de sus viejos clientes le serviría para ponerse al tanto.

Y en efecto, corroboró cuanto le había dicho la noche anterior su vieja amiga con respecto al poder de Saulo y la animadversión que había levantado entre los comerciantes, a los que estrujaba sin piedad. A continuación se fue a la taberna de Luis y estuvo charlando con el dueño hasta que empezaron a aparecer uno a uno, como una letanía, los comerciantes con los que había estado departiendo por la mañana. Se sentó con ellos y aguardó a que llegara el momento que estaba esperando.

La taberna se llenó hasta los topes, y el ruido de voces

entremezclado con el repiqueteo de cubiertos y vasijas hacía prácticamente imposible oír a los comensales que estaban dos sitios más allá en los bancos corridos de piedra donde se sentaban.

Algunos comerciantes a los que aún no había visto se acercaron a saludarlo con tantos aspavientos que más de uno parecía haber perdido la cabeza por la emoción. Petro era un hombre mayor y se enterneció con aquellas bienvenidas. Le hablaron muy bien de su sobrino y le agradecieron que los hubiera dejado en tan buenas manos. Nadie mencionó el incómodo asunto del joven con la mujer de Saulo, pero Petro notaba que flotaba en el ambiente.

De pronto, un silencio súbito corroboró sus sospechas. Quienes lo rodeaban bajaron la mirada hacia sus platos. Petro se dio la vuelta y vio entrar en la taberna a Saulo con dos de sus secuaces. Era obvio que ya le habían hablado de su presencia en Córdoba; las noticias volaban entre los gremios. El barrio de los comerciantes era el lugar más informado de la ciudad y probablemente de todo al-Ándalus; el que quisiera averiguar algo solo tenía que dar un paseo por sus calles de albero para que se lo contaran con pelos y señales.

—¿Tú no estabas muerto y enterrado allí en Almería?

—En Cartagena —repuso Petro—. Buenas tardes.

—¿Se puede saber qué diablos haces aquí?

—Comer, ¿y tú?

En el comedor, el silencio era absoluto. Petro seguía sentado, con el cuello girado y dándole la espalda al prestamista, que estaba flanqueado por sus dos secuaces. Al sicario le interesaba atraer todas las miradas, pues no le apetecía pasar lo poco que le quedase de vida en la cárcel esperando a ser ajusticiado, y quería que aquel tipo, bocazas e imprudente, diera rienda suelta a su lengua antes de asestarle una puñalada en el corazón tan rápida que lo tumbase al suelo de piedra de la taberna sin darle tiempo siquiera a comprender lo que le había pasado. Nada más despertarse había afilado la daga que llevaba bajo el sayo tan obsesivamente que atravesaría la carne del ufano prestamista con solo acercársela al pecho. Pensaba clavarle el puñal hasta la empuñadura a aquel hombre al que había empezar a odiar el mismo día que puso un pie en Córdoba.

—Y tu sobrino, ¿dónde te lo has dejado? ¿Sigue metido en su madriguera?

—¿Y a ti quién te ha dicho que está en una madriguera?

—Eso he oído.

—Saulo, me han contado que tienes una mujer muy guapa, pero no sé qué ha visto en ti. Lleva cuidado, no se te vaya a ir con alguno más joven y apuesto, cosa que, sinceramente, no me extrañaría.

—¡Hijo de satanás, te voy a matar!

El tipo metió las manos en el sayo y sacó una daga. Petro observó el movimiento nervioso del usurero y, cuando este blandió el cuchillo y cargó el brazo, Petro lanzó el suyo con fuerza y le clavó la daga en el pecho, levantándose para, con el impulso, atravesarle el torso hasta sacar la punta del puñal por su omoplato. Arrancó el cuchillo del pecho del usurero y se apartó, y el tipo cayó de bruces sobre el plato de Petro. Los secuaces no acertaron ni a moverse antes de que su amo se desplomara sin vida. Petro sacó otra daga y se echó hacia atrás con ambas en ristre, retando a los matones. Los tipos lo miraron y luego se miraron el uno al otro. Nadie les iba a pagar que se batieran con él, y la pelea del sicario y su jefe había sido limpia, así que se dieron la vuelta y salieron del tugurio. Todo el mundo se había quedado de piedra.

Petro, ayudado por Luis, sacó el cadáver de Saulo a la calle y volvió adentro. Se disculpó con los parroquianos, pero nadie supo muy bien qué decirle. Aunque en ese momento el pavor inundase la taberna, con el tiempo casi todos los presentes le agradecerían en el alma que les hubiera quitado de en medio a semejante sanguijuela. Entonces su sobrino tendría el camino expedito para volver a Córdoba en cuanto terminase con el encargo del obispo de Toro.

Pagó su comida, dio unas monedas a Luis a modo de disculpa y se fue a por una montura para emprender el regreso, que esta vez sí esperaba definitivo, a su querida Cartagena.

16

El joven Petro se marchó de Córdoba dudando si hacía lo correcto, pero con la seguridad de que su tío sabría dar cuenta de Saulo. Eso no le preocupaba en absoluto. En realidad, debería haberse ocupado del asunto él mismo, sin darle tantas vueltas; no le sorprendía que su tío estuviera decepcionado con él.

La cabalgada hasta Toro, con una parada de dos días en Toledo, le llevó hasta el final del verano; en poco más de veinte días pasó del calor descarnado de Córdoba a las noches frías de finales de agosto en la meseta. Había oído hablar de los fríos del norte, pero nunca había viajado a esa parte de la Península y le cogió desprevenido que hubiesen empezado incluso sin haber terminado el estío.

—Así que tú eres Petro el Cartaginés —le espetó el obispo de Toro al verlo en el salón donde lo había conducido la abadesa del convento de las clarisas de la ciudad, fiel sierva del obispo.

El obispo se quedó mirándolo. Petro era un tipo alto y fuerte, rubio, con abundante pelo y una barba cerrada, y tenía la mirada fría y desafiante, circunstancia que no le gustó al prelado, que era un hombre algo más bajo, con ojos pequeños y mirada esquiva. El sicario se había presentado al obispo nada más llegar a la ciudad, sin ni siquiera refrescarse la cara y comer algo. Estaba cansado del largo trayecto, pero así era su vida, con largas jornadas a lomos de un jamelgo visitando las taifas del sur, y se había acostumbrado a la fatiga.

—Eminencia —le contestó Petro, haciendo una genuflexión, sin saber muy bien cómo actuar ante un jerarca de la Iglesia.

—¿Sabes por qué estás aquí?

—Eso creo.

—Eso creo, eminencia —lo reprendió el religioso con gesto paciente.

—Eso creo, eminencia.

—Bien, veo que aprendes rápido. Doña Casilda te acompañará al patio de armas del convento y allí te pondrás a las órdenes del alférez de mi guardia.

—Así lo haré, eminencia.

Las primeras semanas en tierras de Toro el Cartaginés las pasó acompañando con otros dos centinelas al obispo en sus desplazamientos por la diócesis. Dormía en una celda cerca de las cuadras del convento y se ocupaba de alimentar a los caballos y lavarlos a diario. Además, ayudado por los centinelas, de menos rango, daba lustre al carruaje en el que se desplazaba el prelado.

Cuando llevaba un mes allí, el obispo lo informó de su traslado a la villa de Sahagún: se instalaría en una choza del convento de las monjas clarisas donde se guardaban los aperos de labranza. El prelado le dio a entender que en aquel convento, aun estando a casi una semana de viaje de la ciudad de Toro, la máxima autoridad era él.

Poco después Petro fue a Sahagún con el obispo y comprobó la incomodidad de los tortuosos caminos de aquellas tierras para viajar; llovió de manera ininterrumpida y no pudo quitarse en ningún momento la sensación de helor de los huesos.

El prelado se instaló durante tres días en la pequeña casa abacial, mientras que Petro tomó posesión de su covacha junto a la huerta del convento. La choza tenía el tamaño aproximado de la casa que había recibido de su tío en Córdoba. Estaba provista de una chimenea, en la que había restos de troncos a medio quemar, y además disponía de un jergón, una pequeña mesa y un taburete. Allí se acomodó con sus pocas pertenencias, que no eran más que una manta, una vasija y un plato, ambos de madera. Le daban de comer en una fría sala del sótano del convento, donde compartía mesa con algunos ancianos recogidos por las monjas y dos tipos de su edad, que jamás hablaban y se hallaban siempre entregados a la lectura y la oración.

La segunda noche, el obispo lo sorprendió llamando a su puerta bien entrada la madrugada. Le pidió que se apremiara a seguirlo, y se encaminaron hacia la muralla de la ciudad sin intercambiar palabra alguna. Cuando estuvieron frente a la puerta de una casa pequeña, con las paredes de piedra y un hilo de humo saliendo por el tejado, el obispo lo informó de que era la morada de Lisarda, la cortesana a la que debía proteger.

El obispo se marchó el tercer día, y Petro se organizó para trabajar por la mañana y seguir a la cortesana cuando caía la tarde. La cortesana no solo frecuentaba la corte, sino que también salía de la ciudad a menudo para ir a los castillos de los nobles de la zona. Solía desplazarse en un carruaje, y Petro la seguía a la carrera, escondido entre la vegetación. A veces perdía de vista el carro, pero al final siempre acababa dando con él.

La joven llevaba invariablemente una túnica marrón que la cubría desde el cuello hasta los tobillos y la cabeza oculta bajo el capuchón del sayo. Vestía casi de la misma guisa que Petro, salvo por el color del sayo, que era negro. El sicario apenas había visto la piel blanquecina de la cara de la joven y algún mechón de su melena rubia que asomaba por la capucha, y menos todavía los ojos de la misteriosa mujer, que siempre miraba al suelo y jamás intercambiaba una palabra con nadie. Observaba a los diferentes cocheros que paraban sus carros junto a la muralla de la ciudad, donde aguardaban hasta que aparecía la joven. Entonces saltaban del pescante y le abrían la puerta de la cabina sin que ella les dedicara ni una mirada.

Una mañana, avanzado el mes de noviembre, dejó las huertas abandonadas y se fue a vigilar a Lisarda; llevaba dos meses tras ella y todavía no había conseguido verle el rostro. Se apostó junto a su covacha y cuando la vio salir, ataviada como siempre, la siguió a distancia. Las precauciones no eran del todo necesarias, pues era día de mercado y, a pesar del frío, había mucha gente en el barrio. La joven subió hasta la plaza y se quitó el capuchón cuando llegó al puesto de frutas. Al ver los tirabuzones rubios de la cortesana mecidos por la brisa de la mañana, Petro se quedó sin respiración. Las demás mujeres que había en el mercado llevaban tocado, pero aquella chica parecía no seguir las normas. Era obvio que conocía a los tenderos, habló con varios de ellos durante largo rato. Por un instante se giró y pareció fijarse en Petro, pero luego siguió paseando de puesto en puesto.

El sicario estaba extasiado con la joven. Le había clavado durante un segundo sus ojos verdes, y comprendía que nunca los podría olvidar. Informado por su tío, sabía que Lisarda era la mujer más deseada de la corte, pero jamás había imaginado que una mujer pudiera poseer tal belleza. Se había quedado prendado de ella.

Escarmentado por lo que le había pasado en Córdoba, se dijo que bajo ningún concepto osaría acercarse a aquella mujer si no era por nada relacionado con la labor que le habían encomendado. Sin embargo, la veía casi a diario, y conforme fueron pasando los meses su fijación por ella se fue tornando enfermiza. La observaba andar, subirse al carro, bajarse; la seguía al mercado y la espiaba en su casa y en la sala de la corte donde cosía, con tres o cuatro costureras más, durante los meses del invierno para las monjas.

Por las mañanas, en la huerta del convento Petro coincidía con las hermanas más jóvenes, que se encargaban de subir a las cocinas los frutos que él recolectaba en los bancales.

—¿Esto es todo? —le preguntó la más habladora de las hermanas.

—Ya sabéis, hermana, que el invierno no es amigo de las cosechas.

—¿Y de qué es amigo el invierno? —le preguntó con cierto descaro la joven.

—El invierno es para estar calentito bajo las pieles del lecho y con la lumbre bien cargada de troncos.

La monja recogió el cesto de boniatos que le tendía Petro y se marchó de vuelta a las cocinas con una sonrisa. Al caer la noche, cuando Petro regresó de hacer la ronda tras los pasos de Lisarda, puso un par de leños en la chimenea y se acostó. Había estado nevando toda la tarde y el cielo se había despejado al caer la noche, por lo que el frío era realmente insoportable. Fuera, el suelo estaba helado, incluso los montones de nieve acumulados en los rincones se habían congelado. De repente, entre el crepitar de los troncos, Petro adivinó el sonido de unos pasos que se aproximaban a su covacha; tenía un mazo junto a la cama, así que lo palpó con la mano para asegurarse de que seguía allí y permaneció inmóvil, expectante.

Alguien llamó a la puerta con suma discreción; estaba claro que no quería que nadie más que él lo oyera. Con el mazo en la mano por precaución, Petro abrió y vio a la joven monja a la que había entregado los boniatos a primera hora.

—He visto el humo de la chimenea y me he acordado de lo que me dijisteis esta mañana.

—Marchaos, por favor.

—¿Estáis seguro? —le preguntó, abriéndose la parte superior del sayo y dejando a la vista un escote que insinuaba unos pechos jóvenes y generosos.

—De nada he estado más seguro en mi vida.

Sin embargo, la joven no se dejó arredrar y empujó la puerta para llevarse al sicario, sin encontrar mucha oposición, hasta el jergón, donde entre las pieles le mostró un talento que dejó sin palabras a aquel tipo que llevaba tres meses de vida monacal, algo difícil de concebir para el alma descarriada que se había dejado media vida en las tabernas y mancebías de Córdoba.

Desde entonces, Mencía visitó al sicario cada noche, y Petro fue incapaz de oponerse a tan suculento regalo de los dioses. Durante el día ambos se comportaban con absoluta normalidad y se trataban como si apenas se conocieran, pero las noches las pasaban pegados el uno al otro, tan distraídos que una madrugada la novicia estuvo cerca de que le dieran las campanas que llamaban a maitines en la chabola del huerto.

—¡Buenas noches!

El obispo había irrumpido en la covacha de los aperos de labranza en plena madrugada. Petro y Mencía estaban completamente desnudos, amándose en el catre, con la chimenea encendida, cargada de leña hasta los topes. La luz que daban los troncos de la lumbre era tan viva que se les veía perfectamente.

Petro yacía bocarriba y la joven estaba sentada sobre él a horcajadas, sollozando de placer, mientras se movía arriba y abajo con la barbilla apuntando al techo y los ojos cerrados con fuerza. La novicia saltó a un lado y se tapó con las pieles; Petro se incorporó y se quedó sentado en el jergón, mirando al obispo, que lo observaba desde el vano de la puerta, al tiempo que su erección iba remitiendo. La chica cogió sus hábitos y fue a escapar por el hueco que quedaba entre el religioso y el marco de la puerta; este se apartó, pasó dentro y cerró.

—Créeme si te digo que la abadesa del convento está al corriente de esta situación tan deplorable.

—Si lo deseáis, eminencia, me marcharé ahora mismo de vuelta a Córdoba.

—Pero ¿por quién me tomas? No vas a marcharte a ningún sitio. Esto que hacías, con una religiosa, está penado con la horca.

—Lo dudo mucho, eminencia. —El obispo no había conseguido amedrentar al sicario—. No es tan extraño que estas cosas sucedan, y yo nunca he visto ahorcar a nadie por algo así.

—Eso será en las tierras de infieles en las que te has criado, pero aquí yo sé con quién tengo que hablar para que te cuelguen en la plaza de la ciudad. Aunque eso no va a pasar.

—¿Qué me queréis decir?

—Hay unas tierras a las afueras de la ciudad, ya te las enseñaré mañana. Me vas a hacer de recaudador si no quieres que este desagradable incidente se sepa. Y prepara esa daga, pues no son siervos fáciles a los que voy a encomendarte cobrarles.

Al llegar el verano, Petro se encontraba en una situación bien comprometida. El obispo lo había mandado a extorsionar a un buen número de aldeas de labriegos y había dejado medio de lado la vigilancia de Lisarda. El Cartaginés odiaba la tarea encomendada, pero el religioso, al que, según se había informado, no le costaría demasiado hacerlo colgar en plaza pública, lo chantajeaba de manera constante. Petro no encontraba la forma de quitárselo de encima; se había convertido en una especie de esclavo del que el obispo se aprovechaba sin miramientos.

A la cortesana la vigilaba sobre todo cuando se iba a celebrar alguna fiesta en los feudos próximos a Sahagún. Entonces, la abadesa lo avisaba, y él se desplazaba hasta el barrio para seguir a la joven. La observaba casi como si fuera una persona de otro mundo, con la que jamás podría intercambiar una frase. Cada día se enamoraba más perdidamente de aquella mujer, y el hecho de no poder más que observarla no hacía sino que acrecentar su pasión.

En los veranos, la actividad de la cortesana se volvía endiablada, por lo que Petro se pasaba las noches en vela recorriendo tras ella los diferentes eventos que se sucedían en la ciudad. Con la llegada del invierno y la partida de la corte, las ocupaciones nocturnas de la hilandera se reducían y el obispo aprovechaba para mandar al sicario a cobrar las rentas de sus propiedades a lugares cada vez más lejanos y conflictivos.

Pasaron tres años y de pronto la cortesana se marchó a vivir a León. Esto cogió por sorpresa a Petro, que un buen día llegó a su covacha y no la halló. Mandó avisar al obispo a través de la abadesa, y el religioso movió sus hilos y la localizó. En la capital, se había instalado en un barrio muy parecido al que había habitado en Sahagún, en la zona baja de la ciudad, junto al río, rodeada de cortesanos y gentes de baja estofa.

Transcurrió un mes horrible, hasta que un día el obispo se presentó en el convento de Sahagún en persona para acompañarlo a su nueva residencia leonesa, una casa deshabitada al otro lado del río, a las afueras de la ciudad, más grande que la choza del convento pero más vieja y fría. Allí se instaló el Cartaginés para continuar sus seguimientos.

En todo ese tiempo, Petro siempre había albergado la misma duda, pero nunca se la había planteado al obispo, entre otras cosas porque nunca había confiado en aquel tipo frío e inescrutable, y mucho menos tras convertirse en su rehén. El caso es que no comprendía por qué la diócesis de Toro tenía tanto interés por aquella mujer, una simple fulana como tantas otras que habitaban los arrabales de las ciudades, por mucho que se ganara la vida en las alcobas de los castillos más rancios del reino. La explicación que le había dado su tío en Córdoba se le hacía un tanto complicada de entender. Según le dijo, el encargo procedía de la difunta infanta Urraca, pero tras cuatro años pisando los talones de Lisarda no había tenido ni un solo contacto con la familia real y la cortesana se limitaba a ejercer su profesión con todo aquel que le venía en gana. No veía la relación con los reyes por ningún lado.

17

Otoño de 1109, León

Lisarda se encerró en su casa cuando cayó la noche. En el barrio bajo, a la vera del Bernesga, los días se acortaban con rapidez y las noches eran frías y húmedas. Con el descenso de la temperatura se levantaba una espesa niebla que apenas permitía ver a tres codos de distancia.

El verano había sido escaso en operaciones bélicas y la corte estaba repleta de caballeros refugiados en sus cuarteles. Lisarda disfrutaba de la compañía de muchos de estos caballeros, pero seguía fiel a su propósito de no acabar encerrada en una fortaleza de oro. Prefería continuar con su vida insegura y libidinosa antes que convertirse en la señora de un noble que solo esperase de ella una madre para sus hijos y una viuda cuando cayese en la batalla.

La muerte del soberano en pleno verano había dejado al reino desconcertado. Este era el motivo por el que la campaña estival, habitualmente repleta de ofensivas contra las taifas limítrofes, había sido tan discreta, apenas unos escarceos al principio del verano. Pero nadie era ajeno a que aquello significaba que con el final del estío las guerras proliferarían en todos los frentes que tenía abierto el reino. Las fronteras con las taifas estaban siendo profanadas sin piedad desde que se había sabido de la debilidad de las tropas tras la muerte del rey. Nadie se atrevía a tomar el mando y se respiraba un ambiente prebélico desordenado y perturbador.

Ciertamente, se aunaban todas las razones para que la próxima primavera, cuando los campos de batalla dejasen de estar enfangados, fuera realmente sangrienta. Los diferentes bandos creados por los nobles de Castilla y León conspiraban en Burgos y en León para hacerse con el mando de las tropas del reino. Mientras, los enemigos de las taifas vecinas se aprovechaban de estas guerras intestinas: cuanto más durasen, más avanzarían los infieles por el territorio del reino. En las zonas periféricas la situación era insostenible. Los señores de los feudos fronterizos, ante el abandono por parte de las tropas reales, se daban por vencidos sin oponer resistencia, y el avance de los musulmanes tenía desesperado al pueblo, que además no pasaba por su mejor momento. Muchas de las tierras estaban desatendidas y yermas por falta de labradores, que tras caer presos habían sido vendidos como esclavos en Córdoba o Toledo, cuando no habían muerto en batalla.

A todo esto había que añadir que el consorte elegido por el rey Alfonso antes de morir para la infanta Urraca era enemigo confeso del bando más poderoso de la nobleza castellana, por lo que se avecinaba una guerra civil en mitad del asedio de las taifas. La situación no podía ser más funesta. El principal motivo de las campañas de guerra que estaban por venir tenía más que ver con el yerno elegido por el rey, Alfonso I de Aragón, que con los asaltos a las fronteras. El reino era un polvorín.

De hecho, Lisarda comprendía que el matrimonio de doña Urraca con el rey de Pamplona y Aragón venía a corroborar lo que le había contado la difunta infanta, tía de la nueva reina, la noche que se había presentado por sorpresa en su casa de Sahagún, hacía nueve años. Todo había ido sucediendo según lo había previsto la anciana. Lo único que cogió por sorpresa a la plebeya fue la muerte de la propia infanta, que apenas sobrevivió un año después de visitarla. El marido de la joven reina, Raimundo de Borgoña, había muerto tras una larga enfermedad. Su hermanastro, el pequeño Sancho Alfónsez, había caído en la batalla de Uclés, luchando por ganarse el respeto de su padre y del pueblo sobre el que debía reinar con el paso de los años, circunstancia también vaticinada por su tía. El día que esta noticia llegó a oídos de Lisarda un escalofrío le recorrió el cuerpo. Le vino a la mente la advertencia que le hizo la difunta infanta la noche de la gran tormenta, con el cazo de licor en la mano: que estuviera a la altura de lo que se esperaba de ella e hiciera lo posible para que las cosas salieran como había vaticinado. Era obvio que la infanta no había estado en Uclés, pero Lisarda llegó a pensar que bien podría haber mandado a alguien al campo de batalla para que se ocupara del adolescente heredero al trono. Pese a haberla visto solo aquella noche, consideraba a doña Urraca de Zamora capaz de hacer cualquier cosa por su sobrina.

La muerte del heredero varón supuso un trauma tan insuperable para el rey que este cayó en una depresión tan profunda que los físicos que velaban por su salud no pudieron hacer nada por él. Aquel día su mundo se había desmoronado, y él se dejó ir hasta que en el verano de 1109 murió. Entonces su hija heredó el trono.

La corte estaba cada vez más dispersa, y esto tenía desconcertados a los leoneses. Hacía mucho tiempo que la corte se desplazaba de León a Sahagún y de Sahagún a Burgos según los cambios de estación, y ahora, con la anexión del nuevo reino, entraba en juego Aragón, cuna del rey. Lisarda no vivía ajena a las intrigas reales. Como cualquier cortesana que bebía de las fuentes próximas a la familia real estaba al día, aunque no tuviese el menor interés por el asunto; los reyes eran la comidilla de los chismorreos en la ciudad, pero ella bastante tenía con ganarse el pan en aquel ambiente enrarecido alrededor de la corte.

Además, la noche en León era peligrosa. Los maleantes abundaban por las calles, especialmente con la llegada del frío y las neblinas nocturnas, que les servían de ayuda para huir sin ser vistos. La puerta de la casa de Lisarda estaba cerrada y atrancada con un tronco que la cruzaba de parte a parte. La cortesana trataba de ser discreta, pero era difícil no estar en boca de los vecinos de la barriada. Más de una vez se había sentido observada cuando acudía a paso ligero al encuentro de algún noble señor en la parte alta de la ciudad, por lo que regresaba al barrio dando un rodeo con paso firme y sin pararse hasta que entraba en su casa y atrancaba la puerta.

A pesar de sus miedos, sabía que era una mujer respetada. La gente de la barriada era consciente de que manejaba el puñal con destreza, y cualquiera se lo pensaría dos veces antes de tratar de atacarla. El invierno anterior había despachado a otra cortesana, en plena calle y a la luz del día, tras una discusión por los favores de un noble castellano que recaló un tiempo en León. Aun así, toda precaución era poca, y por eso dormía con las monedas que poseía pegadas a las entrañas y su afilada daga metida en la vaina junto a ella, bajo las pieles que la cubrían en el camastro.

Entrada la madrugada se levantó del jergón para poner un par de troncos en la chimenea. El frío de principios de otoño era el más traicionero. Cada año le pasaba lo mismo: un día estaba bañándose con otras cortesanas en el río y al día siguiente no se atrevía a salir a la calle sin ponerse toda la ropa que poseía.

Al volver a la cama tras avivar las llamas deslizó la mano bajo las pieles para agarrar la daga y poder conciliar el sueño. Pero en vez de encontrar la daga encontró una mano que le agarró la muñeca con fuerza. Se giró con la velocidad de una serpiente venenosa dispuesta a atacar con la mano derecha al ratero que se había metido en su cama. Lanzó el puño a tientas y le dio al ladrón en la cabeza, pero no se paró ahí y fue a propinarle un cabezazo para deshacerse de él cuanto antes.

Sin embargo, el tipo era rápido y agachó la cabeza, de modo que la frente de Lisarda chocó contra la suya. El tipo saltó sobre ella, le dio la vuelta encima del catre, le ató las manos a la espalda y se levantó. Aunque estaba un tanto aturdida, la joven no se dio por vencida y, aprovechando que tenía los pies libres y la llama de la chimenea iluminaba con fuerza la estancia, consiguió darle una patada en las costillas. El hombre se dobló y Lisarda se apuró a lanzarle un puntapié en la cabeza, pero el ratero no era nuevo y la agarró del tobillo, se lo torció y la tiró al suelo de piedra. Al instante se agachó hasta poner la cara frente a la de aquella mujer a la que deseaba con toda su alma, la miró con sus ojos pétreos y la besó en los labios impulsivamente. El beso pilló desprevenida a la cortesana, que no supo cómo reaccionar. A continuación, el hombre le ató las piernas y se marchó.

Lisarda se quedó tendida en el frío suelo, sorprendida de que el ratero se marchara sin aspavientos y sin haber hecho nada por arrebatarle las monedas que llevaba escondidas bajo la ropa. Además, no entendía qué significaba el beso que le había robado al final de la trifulca, pero le había gustado. Le dolían la frente y la cara, pues al caer con las manos atadas a la espalda se había dado directamente de bruces contra la piedra dura y fría del piso, pero estaba consciente y trataba de desatarse los tobillos y las muñecas. En su difícil existencia no había tiempo para lamentaciones; mientras tuviera un hilo de vida lucharía por soltarse.

El tipo no había cerrado la puerta y la plebeya vio una figura que entraba en su humilde chabola. Su gesto serio y el boato de su vestimenta dejaban claro su alto rango en la Iglesia. El religioso sostenía una lámpara de aceite en la mano, cuya llama, avivada por la bocanada de aire procedente de la puerta, había cogido gran vigor y daba a la pequeña vivienda la claridad de la plena luz del día. Lisarda no sabía quién era el prelado, pero tardaría poco en enterarse.

—No sé qué os habrán dicho de mí, pero quien esté libre de pecado que arroje la primera piedra. ¿No es eso lo que soléis decir? —exclamó desde el suelo, aterrorizada.

El hombre no parecía disponer de demasiado tiempo y fue directo al grano.

—Ten paciencia y permite que me presente.

—Si me encierran como a una vulgar ramera, creedme que van a caer muchos de los nobles que os pagan las rentas.

—Por el amor de Dios, estate callada al menos un instante, o haré que te amordacen esa boca pecaminosa.

—También hay muchos religiosos de los que puedo hablar. Yo que vos me volvería por donde habéis venido y me olvidaría de la Lisarda, y os juro que haré una buena aportación a vuestra diócesis.

La joven no desconocía la suerte que habían corrido muchas compañeras suyas, que de pronto desaparecían una mañana para acabar siendo escarmentadas en plaza pública por los mismos que la noche anterior habían compartido camastro con ellas. Había oído hablar de las batidas que estaba realizando la Iglesia para ponerse a bien con las estrictas reglas de la Orden de Cluny, que se expandía a toda velocidad por el reino. Para tapar las vergüenzas de los curas más relajados en la observación de la norma castigaban a cualquier mujer que considerasen de vida libidinosa.

—¿No sois muy joven para ser obispo? —Lisarda se decidió a probar otra vía para salir del atolladero.

—¿A qué viene eso?

—Imagino que debajo de esa sotana habrá un hombre, sois muy apuesto. ¿Estáis seguro de que quiere hablar con una mujer atada como si fuera una proscrita?

—Te voy a decir una cosa: ni lo intentes.

—Pero ¿a qué os referís, padre?

—Te conocemos perfectamente, sabemos quién eres y de lo que eres capaz. Llevamos años siendo tu sombra, aunque ni siquiera lo hayas sospechado.

Lisarda seguía tumbada en el suelo, dolorida por los golpes recibidos en el forcejeo y sin llegar a comprender lo que estaba sucediendo. Las últimas palabras del religioso la dejaron atónita.

—¿Me conocéis? —preguntó sorprendida la cortesana, mirando al obispo—. ¿Y qué es lo que sabéis de mí?

—Sé que eres una de las últimas personas con las que me gustaría hablar en la vida, que eres un alma descarriada a la que la difunta infanta Urraca, la tía carnal de nuestra amada reina, visitó una fría noche del primer año de este siglo para hacerle una encomienda.

—No tengo ni idea de qué me habláis.

—Si vuelves a decirme eso, haré que te quemen en plaza pública por tu conducta libidinosa. Me salen sarpullidos por el mero hecho de estar en esta casa, pero contraje un compromiso, ratificado en el lecho de muerte de la infanta, y juro que lo llevaré a la práctica hasta las últimas consecuencias.

—¿Y qué se supone que debo hacer?

—No te hagas de nuevas. La infanta me informó de que te puso al tanto de cuál era la tarea que debías llevar a efecto cuando llegara el día, y ese día ha llegado.

—También me dijo que habría una recompensa.

Doña Urraca no le había hablado de pagarle el encargo, pero tenía que aprovechar la oportunidad. El individuo que estaba plantado junto al fuego, que ni se había molestado en sentarla en el camastro, parecía observarla desde el púlpito, y con agrado, mientras ella continuaba en el suelo de lado como un reptil.

—Conservarás la cabeza sobre los hombros si cumples con diligencia.

—¿Os estáis riendo de mí?

—Aquí te dejo un pergamino con el que debes ir a palacio. Entrarás directamente en el servicio de la reina, en su círculo más íntimo.

—Demasiado fácil.

—La infanta doña Urraca fue la confidente del rey hasta su muerte, y la persona más próxima a la nueva reina hasta que el Altísimo se la llevó de este mundo. Hace una semana me reuní con la reina y le hablé de los planes de su difunta tía y del papel que tú representarías.

—Demasiado importante para estar tirada en el suelo como una pordiosera.

—Tú lo has dicho. Si por mí fuera, no te levantarías en

tu vida, pero atiendo órdenes que están por encima de mi voluntad.

Petro oyó la conversación tras el portón de la covacha con el pulso acelerado. Después de ocho años había conseguido tocar la piel de aquella mujer en la que pensaba tanto que creía que acabaría loco de atar. La cortesana había peleado con la ferocidad con la que la había visto salir de más de una mientras había sido su sombra, pero su piel era tan suave y su cuerpo tan firme como siempre había imaginado. Escuchando al obispo obtuvo la respuesta que le daba vueltas en la mente casi desde que empezó a seguir a la cortesana. Hubo un tiempo en el que estuvo absolutamente desconcertado, sin comprender a qué jugaba el obispo de Toro, pero ahora ya no tenía dudas y sabía exactamente cuál era su función.

Por su parte, a Lisarda la encomienda del obispo le pareció una pesadilla. No podía ser verdad lo que le estaba pasando, pero, a pesar de lo que se le venía encima, lo que más la impresionó fue que un hombre llevase años siguiéndola. Ahora entendía algunas cosas. En ocasiones le había parecido haber visto a la misma persona con más frecuencia de lo normal. Unos años atrás incluso llegó a sospechar algo cuando creyó ver al mismo tipo en Sahagún y luego en León. Sin embargo, el hombre iba siempre oculto bajo la capucha del sayo, y ella se convenció de que eran imaginaciones suyas. Ahora comprendía que debía de ser el tipo con el que acababa de batirse el cobre.

18

isarda sabía que esa mañana había emprendido un viaje sin retorno. Estaba sentada en una sala junto al claustro del palacio de San Isidoro esperando a que la reina le diese audiencia. Hasta allí la había conducido una señora de avanzada edad que la miraba con desconfianza y la vigilaba con el rabillo del ojo mientras recorrían los pasillos de palacio. La joven estaba acostumbrada a ese trato, pues era como si llevase su profesión escrita en la cara. Solo la trataban como una persona algunos nobles en la intimidad, y de hecho varios de ellos se habían prendado de sus encantos hasta tal punto que estaban dispuestos a ignorar las rigideces de aquella sociedad arcaica para convertirla en su esposa; sin embargo, ella siempre se había opuesto.

Estaba segura de que nunca volvería a su casa, del sitio en el que acababa de entrar solo se salía hacia el cementerio o hacia al altar, así que su futuro estaba en manos de la corte.

Mientras iba camino de San Isidoro había fantaseado con la idea de marcharse a Córdoba y perderse en la gran ciudad para que nunca dieran con ella, pero era consciente de que cualquier intento sería en vano: el obispo de Toro la había informado de que tenía los ojos del individuo encapuchado clavados en su nuca, de modo que lo único que podía hacer era cumplir con lo acordado y acudir a su cita con la reina, como había hecho.

La última semana la había pasado encerrada en su casa, saliendo apenas para lo indispensable. La vida que había vivido hasta ese momento había llegado a su fin y ya no podía ni decidir su futuro. Tras la visita del obispo, cuando el tipo de manos fuertes y ásperas le soltó las cuerdas mascullando una disculpa entre dientes, se había quedado tan hundida que pensó en huir, a pesar de su centinela. De pronto, ella, que había rechazado todas las ofertas de llevar una cómoda existencia como consorte de un grande de Hispania, iba a convertirse en sirvienta de la reina. Odiaba a la soberana y todo lo que tuviese que ver con la familia real. Su repulsión era tan grande que se le hacía insoportable.

A decir verdad, durante años había tratado de olvidar la traumática visita de la tía de la reina, pero ahora que aquella pesadilla se había convertido en realidad, conforme fueron pasando los días se fue dando cuenta de la oportunidad que se abría ante ella.

Sabía de sobra a qué familias se había referido la infanta en aquella lejana noche de tormenta cuando le habló de conseguir los favores de los nobles castellanos. Se había pasado media vida asistiendo a cacerías, y a las fiestas con que terminaban, en las tierras de los Salvadórez y los Lara. No le costaría llegar hasta ellos. El paso de los años era un impedimento en su profesión, pero aún se consideraba una de las favoritas de la nobleza del reino. Atrás quedaban los años en que los grandes señores se la disputaban y le mandaban sus carruajes, pero todavía era muy bien recibida cuando se dejaba caer en alguna cacería. Durante un tiempo había sido la mujer más odiada por las esposas de los nobles y la más codiciada por sus maridos.

Ahora le tocaba volver por aquellos fueros a conseguir la protección de los nobles, pero no para ella, sino para la reina. Y además debía convencer a su majestad de que abandonase a su marido por uno de estos nobles. La tarea que tenía encomendada era ciertamente delicada.

Con todo, había una cosa que jugaba en su favor: Alfonso I no iba a ser un buen esposo para la reina, Lisarda lo sabía de buena tinta. Era un gran guerrero, sin duda, muy parecido al tío de su esposa, el rey Sancho, un hombre de pocas palabras y trato imposible. Sin embargo, su matrimonio estaba condenado al fracaso. La cortesana no tenía pruebas de que fuese desviado en su inclinación sexual, pero sí de otra cosa: era un buen rey para la guerra pero no para la paz, ya que no solo no quería saber nada de mujeres, sino tampoco de actos sociales en los que confraternizar con sus súbditos, y de esta manera le resultaría muy difícil llegar a saber lo que su pueblo necesitaba de él. Las fiestas no eran para el rey de Aragón, y las mujeres tampoco.

Era obvio que la presión de los obispos para anular ese

matrimonio alegando consanguinidad, según le había anunciado la infanta en Sahagún, y la mala relación que a buen seguro tendrían los esposos de puertas adentro de su alcoba le iban a facilitar la labor a Lisarda, y ella estaba dispuesta a utilizar estas armas primero en su propio beneficio, y después, si era posible, en el de la reina y, de paso, el del reino.

La puerta de la sala se abrió y doña Urraca entró con paso decidido. Tenía poco tiempo, esa misma mañana salía de viaje rumbo a Aragón con su nuevo marido, el rey. Lisarda dio un respingo al verla y se puso de rodillas. La monarca se sentó en una silla de madera maciza frente a ella y la observó arrodillada en el suelo con la cabeza inclinada hacia sus pies. La reina la envidió por un momento porque, a pesar de ser viuda, todavía era una mujer joven y la sangre fluía con ardor por sus venas. Por un instante se preguntó con cuántos hombres habría yacido la cortesana, famosa en el reino. En su séquito la habían informado de que sus artes amatorias habían seducido a buena parte de la nobleza. Estaba deseando intimar con la pecadora que tenía a sus pies para que le enseñara esos trucos que tanto gustaban a los hombres y que, según se decía, solo conocía ella.

—Levántate, por favor.

—Gracias, mi señora.

—No soy partidaria de jugar escondiendo las cartas. Mi tía rara vez se equivocaba. Creo que lo único que la sorprendió fue su propio fallecimiento, a pesar de que era una anciana y yacía en un convento esperando su final. Hasta el último momento no asumió de verdad que la muerte era inevitable.

—Una gran desgracia, mi señora.

—Sin duda —coincidió la reina con gesto serio—. Bien, sabes que mi padre eligió para mí un marido guerrero y con su propio reino, como ella predijo, y ahora soy la esposa de un rey en vez de reina. No me gusta, pero aceptaría ese papel en el caso de que dicho rey fuese diferente.

Ambas se miraron. La reina apenas llevaba dos semanas casada con Alfonso I de Aragón y ya parecía haberse dado cuenta de algo que era evidente para toda la corte. El rey pasaba las noches rezando junto a sus fieles hombres de armas, prelados, astrólogos e incluso hechiceros; era un hombre muy religioso y lleno de supersticiones. Durante el día planificaba en el salón principal del castillo las campañas contra los infieles, y el poco tiempo que le quedaba lo dedicaba a la caza. Doña Urraca no necesitaba explicar con más detalle a qué se refería cuando pedía un marido distinto.

—No os preocupéis, mi señora, me hago cargo.

—¿Sabes lo que debes hacer?

—No tengáis duda de que cuando regrese a este reino estará todo preparado como dispuso vuestra señora tía, que Dios la guarde.

La reina salió de la estancia y Lisarda no volvería a verla en mucho tiempo, el que precisaba para ejecutar los movimientos planeados entre los nobles castellanos. La cortesana había cambiado por completo su actitud con respecto a lo que ahora, tras meditarlo, consideraba una gran suerte. Se le había presentado la oportunidad de su vida sin mover un dedo, como llovida del cielo. Ya nada la movería de su empeño: lucharía por tener unas tierras propias, y se veía más cerca que nunca de cumplir su sueño. Era prácticamente la encargada de elegir al futuro consorte de la reina, y eso no lo iba a hacer gratis, por mucho que se empeñase el obispo de Toro. Ahora bien, le costaba aceptar la situación en la que el destino la había colocado, así que decidió seguir adelante y no pararse a pensar.

Lo tenía todo decidido. A partir del cuarto día de encierro en su chabola tras la visita del obispo había visto sus circunstancias de otra forma, diciéndose que había sido una idiota por no darse cuenta de la oportunidad que tenía ante ella. Su misión la apostaba junto a la mujer más poderosa del mundo. Si lo que quería era poseer tierras y un señorío, no podía haber tenido mejor suerte.

Al poco de marcharse la reina de la estancia entró la señora que la había acompañado hasta el claustro y le pidió que la siguiera. Cruzaron el patio y llegaron a una construcción rectangular de dos alturas, en la que se encontraban las celdas de los miembros de la corte más cercanos a los monarcas. La señora, de nombre Adolfina y jefa suprema del séquito de la reina, le enseñó la que le correspondía y le explicó las normas que debían respetarse en el palacio.

—No os preocupéis, no tendréis ningún problema conmigo.

—Eso espero. Tu fama no es, desde luego, algo de lo que debas estar orgullosa —le espetó en tono seco y con gesto serio.

—Simples habladurías; soy una sirvienta dócil y aplicada.

—Empezarás a bordar con las demás cortesanas después de las oraciones de la tarde.

Lisarda ignoraba hasta qué punto conocía Adolfina su verdadera ocupación en la corte, pero por el momento mantendría las distancias y la discreción. No le quedaba otra, aunque le dieron ganas de dejarle claro que le rebanaría el cuello si se extralimitaba con ella; una cosa era la lealtad a la reina y otra muy distinta permitir que abusaran de ella por haber llegado la última y con fama de ser una ramera indecente. Aun así, algo le decía que no era necesario advertir a nadie: en la ciudad, la gente estaba de sobra enterada de su habilidad con la daga, y el palacio de San Isidoro tenía pinta de ser un nido de cotilleos, muchos de cuyos habitantes estarían al corriente de su poca paciencia con quien trataba de aprovecharse de ella.

Las tardes de costura le vinieron mucho mejor de lo que había imaginado para ponerse al tanto de las últimas noticias. Conocía la facilidad con que se hacían correr los chismorreos por el palacio, pero ignoraba el descaro con que se hablaba de las intimidades de los monarcas, un descaro que no tenían las hilanderas de la corte a las que frecuentaba de niña. Se limitó a zurcir sin buscar demasiado protagonismo en las charlas; de todos modos, no estaba allí para perder el tiempo, así que intentaba ir dando pie a que se iniciaran las conversaciones que más le interesaban para corroborar cuanto sospechaba.

Por las mañanas iban al río a lavar. En el palacio había mucho trabajo a pesar de la ausencia de los monarcas. Tenían que aprovechar las horas matinales, ya que los días eran cortos y el sol apenas aguantaba un rato tras las oraciones de la tarde. El agua del río bajaba helada, y eso les dejaba paralizada la lengua a sus compañeras, que se soltaban con más facilidad por la tarde, al calor de las chimeneas y las agujas de bordar.

Adolfina, que seguía mirando a Lisarda con resentimiento, no tardó, sin embargo, en caer rendida a aquellos de sus encantos que más le interesaban: su habilidad para los bordados. Hacía años que no encontraba una bordadora con tan buena mano e inteligencia. Solo hacía falta explicarle las cosas una vez, e incluso iba por delante de la gobernanta. El tercer día se la había encontrado arreglando los desaguisados que perpetraban sus compañeras. Como de costumbre, le había dado al grupo con el que cosía Lisarda las tareas más fáciles de las piezas que provenían del taller de las hermanas clarisas, y que solían ser trajes y túnicas en los que solo quedaban dobladillos y algún encaje por coser para estar completamente terminados, pero las jóvenes cortesanas jamás lo hacían con el esmero y el cuidado que exigía la insaciable gobernanta. Esta había tratado de aislar a Lisarda desde el día que llegó, por la animadversión que le profesaba, pero apurada por la infinidad de trajes que debía dejar listos para la reina y sus cortesanos más próximos antes del verano, no tuvo más remedio que reconocer la destreza de la sahagunense.

Lisarda no le tenía en cuenta los desaires de Adolfina, pues sabía que su actitud era la que adoptaría cualquier mujer religiosa y conservadora con alguien como ella. Además, la gobernanta tenía la libertad de decirle cuanto le viniera en gana por mor de su posición de dominio sobre todas las cortesanas que habitaban el palacio. No solamente era drástica y feroz con Lisarda, sino que también tenía asustadas a gran parte de sus compañeras, que temían sus arranques de autoritarismo injustificados. A pesar de todo, Lisarda amaba la costura, le gustaba tanto que desde el primer día la tuvieron que sacar a empellones del cuarto donde trabajaban para que acudiera a los oficios previos a la cena; se quedaba ensimismada en sus labores. Su misión en la corte era otra, pero mientras no llegaba el momento de entrar en acción se decidió a relajarse y disfrutar de aquello que tanto le gustaba y que parecía abrirle puertas. Doña Adolfina solo tenía ojos para ella, aunque la odiaba por la vida de «ramera indecente» que había llevado, según le dijo, y en solo una semana Lisarda se había convertido en una pieza fundamental del engranaje que era el taller de costura de la corte.

—¡No me puedo creer lo que ven mis ojos! —exclamó de pronto la gobernanta, ofendida, mirando por la ventana del taller.

Ninguna de las costureras se atrevió a levantar la vista de la pieza en la que trabajaba. El miedo se percibía en cada una de las cerca de cuarenta mujeres que se afanaban con la cabeza gacha y el peso de los ojos de doña Adolfina en el cogote.

No tardó mucho en abrirse la puerta. Una monja del convento de las hermanas clarisas entró sin llamar seguida de cuatro hombres que portaban dos pesados baúles de madera, largos como un ataúd pero más anchos. La monja, que parecía no tenerle ningún miedo a la gobernanta del palacio, dirigió la maniobra para que los porteadores dejaran las pesadas cajas sobre unos soportes que había en la entrada de la estancia. A continuación, sin esperar un instante, los hombres salieron y cerraron la puerta.

—¿Se puede saber qué es esto?

—Buenas tardes, Adolfina. Me alegro de verte.

—¿No me has oído?

—Sí, te he oído. Estos son los trajes que faltaban.

—No lo entiendo, ya trajiste un cargamento hace un mes y todavía estamos terminando los últimos detalles.

—No te preocupes, que estos están casi listos, solo tendréis que arreglarles cuatro cosas.

—Eso lo dices siempre.

—Bueno, está anocheciendo y no quiero llegar muy tarde. Ha llovido y los caminos están imposibles. A ver si otro día vengo con más tiempo.

La monja no esperó a que la gobernanta le abriese la puerta, lo hizo ella misma y se marchó sin despedirse; era evidente que disfrutaba. Las hilanderas también disfrutaban viendo a doña Adolfina rabiando, aunque sabían que pronto descargaría su ira en ellas. No obstante, nadie les quitaría esa pequeña venganza anticipada.

Lisarda no se lo pensó. Se levantó de su taburete, se acercó a los baúles y los abrió. Separó con cuidado el lienzo de lino que cubría el primero de los trajes y levantó el vestido. Era de un exquisito tejido verde, con un bordado a la altura del pecho y un ribete con el mismo motivo en el bajo de la falda. Era un traje de verano, tenía el escote cuadrado y unas mangas que se abrían a partir de los codos con un vuelo parecido al de la falda. La cortesana se quedó mirándolo mientras lo sostenía en alto con las dos manos, y se imaginó a la reina vistiéndolo, pero enseguida apartó esa imagen de su mente: no soportaba la altanería de doña Urraca. Pero en lo más hondo de su ser era consciente de que admiraba a la reina, odiaba a su estirpe y sus privilegios, pero hubiera cometido los mismos errores que ella si hubiera estado en su lugar. Estaban cortadas por un patrón muy parecido, eran mujeres a las que los hombres no entendían ni sabían tratarlas, jamás se dejarían dominar por ellos y mucho menos convertirse en meros objetos de contemplación para adornar sus fiestas y recepciones; le costaba reconocerlo, pero era así.

Se volvió y vio que todas las mujeres, Adolfina entre ellas, la miraban con atención. Agarró una percha y puso el vestido en ella con cuidado, alisó los pliegues con la mano y observó la pieza dando una vuelta a su alrededor. Luego comenzó a ceñirle la espalda cogiendo una pinza. Necesitaría tener allí a la reina para ajustarle el busto, pero era obvio que sobraba un buen trozo de tela si quería que su majestad luciera el traje como era debido.

Entonces, las compañeras se levantaron y empezaron a sacar el resto de los trajes y a colgarlos en las perchas. Lisarda fue revisándolos uno a uno, hasta que quedaron todos con los trabajos señalados. Cuando sonó el aviso para las oraciones y el oficio de la tarde, Adolfina se acercó a Lisarda y acto seguido se formó un corro en torno a ellas. La tensión se podía cortar con un cuchillo. La anciana la agarró por los antebrazos, la miró a los ojos fijamente y asintió con la cabeza. Estaba rendida por completo a la cortesana. En solo una semana Lisarda le había dado la vuelta a su relación con aquella mujer de mirada severa y gesto de hierro.

19

Cuando Lisarda llevaba dos semanas en la corte, llegó al palacio de San Isidoro el obispo de Toro. Lo vio de lejos cuando volvía del río con las compañeras y lo reconoció al instante. En el momento en que su carreta giró para coger la calle pedregosa que conducía al patio trasero de San Isidoro, distinguió los ropajes del religioso, que lo hacían destacar entre los mancebos que se afanaban en sus tareas en el patio de carruajes. El prelado estaba hablando con Adolfina en actitud relajada junto a las caballerizas.

En cuanto Lisarda bajó de la carreta, el obispo se le acercó de inmediato, la miró con gesto serio y siguió andando. Ella lo siguió al otro lado de las cuadras, donde encontraron un lugar discreto en el que hablar a salvo de las miradas de la gente.

—Buenos días. ¿Va todo bien?

—Buenos días, padre. Sí, muchas gracias.

—He hablado con la gobernanta para que te mande a vivir a una celda con salida directa a la calle. Debes empezar a mover los hilos en las altas esferas, ¿me entiendes?

—Perfectamente, pero voy a necesitar un cochero y ropa.

—Lisarda sabía de lo que hablaba.

—Está todo previsto. Sigue con tus ocupaciones, especialmente por las tardes, y el resto del tiempo dedícalo a la tarea que tienes encomendada.

—Como mandéis.

—Sabed, hija mía, que nunca es tarde para recuperar la fe.

La meretriz se dio la vuelta y regresó con las cortesanas, ignorando el último comentario del obispo.

Por la tarde se arremolinó con sus compañeras en torno a la chimenea para guardarse del frío y aprovechar la luz que emitían las llamas para coser. Al estar más cerca unas de otras, los chismorreos entre susurros abordaban temas cada vez más comprometidos.

El caso era que en la corte circulaban rumores más que fundados sobre el distanciamiento entre los monarcas. Hacía semanas que no yacían juntos, y a los problemas conyugales había que sumar las tensiones que provenían de Galicia, donde el obispo de Santiago de Compostela había conseguido unir a los nobles gallegos para oponerse al fuero del matrimonio real. El obispo Gelmírez estaba dispuesto a dar la batalla por Alfonso Raimúndez, hijo varón de la reina y su anterior marido, Raimundo de Borgoña, que quedaría sin posibilidad de reinar en el caso de que la reina diera a luz un hijo del rey aragonés. El obispo compostelano iba a transitar un camino peligroso e incierto, pues ante la reina aparentaba mantenerle intacta su fidelidad, pero era más que evidente que el prelado había decantado sus apoyos hacia el hijo de esta.

Asimismo, corría la voz de que la reina había vuelto con su amante, e incluso se decía que en realidad nunca lo había dejado, ni tan siquiera en su noche de bodas. Dicho amante era Gómez González, el todopoderoso noble castellano de la familia de los Salvadórez. La corte hablaba de él sin tapujos, y ese era otro asunto que ayudaba a incrementar la tensión en el nuevo matrimonio real.

Entre los nobles castellanos que capitaneaba Gómez González soplaban vientos de guerra, y Lisarda estaba convencida de que eso le daría la oportunidad de empezar a luchar por su trozo de tierra. Cuanto más se acercase a los ricos más posibilidades tendría de sacar tajada, y sabía que el obispo de Toro la empujaría a la alcoba del conde Gómez para que averiguara sus verdaderos intereses. El prelado querría asegurarse de que el poderoso noble no utilizaba a la reina para desbancar primero al rey de Aragón y luego a ella misma. Necesitaba saber si su lealtad era sincera.

Con la noche cerrada sobre la corte, a la hora acordada, el cochero recogió a Lisarda en el lugar convenido. El día había estado plagado de novedades: tras la inesperada aparición del obispo, a media tarde la joven había recibido la visita de una señora a la que no conocía, la cual la informó de que el conde Gómez González estaba de vuelta en sus fueros y había llegado la hora de visitar sus tierras. Era, por tanto, el momento de dar comienzo al plan que trazó la difunta tía de la reina Urraca. A Lisarda le extrañó que se presentara aquella mujer en su celda, porque pensaba que solo estaban al corriente de la intriga el obispo, la reina y ella, pero se limitó a recoger el vestido que le daba y la dejó marchar casi sin mediar palabra.

Era una situación llena de esperanza y a la vez peligrosa para ella. Iba a compartir amante con la reina, algo que sin duda la ayudaría a hacer realidad sus anhelos de convertirse en terrateniente, pero, por otro lado, se embarcaba en una aventura muy arriesgada al acercarse al hombre de otra mujer, por muy experta que fuera en ello. Además, que esta mujer fuera la reina volvía su tarea aún más comprometida. Ignoraba si el obispo de Toro había puesto a la reina al día de todos los detalles de la maniobra urdida por su tía antes de morir, pero ella estaba allí para dar respuestas; las preguntas las hacía el prelado.

Como era de esperar, el cochero no permitió que le viera la cara, bien oculta tras la capucha del sayo; no obstante, Lisarda estaba segura de que era el mismo tipo que llevaba años siguiéndola y probablemente protegiéndola. Sentía una gran curiosidad por aquel intrigante individuo. Cuando el obispo le desveló su existencia, lo odió, y a la difunta infanta Urraca también, por haberle robado su privacidad todo aquel tiempo, pero después, con el paso de los días, se dio cuenta de que nunca la había amenazado hombre alguno pese a haberse movido por tantos lugares, sobre todo los barrios más peligrosos de Burgos, León e incluso Sahagún, casi siempre a altas horas de la noche. Las veces que había desenvainado su daga lo había hecho por iniciativa propia, para ajustar alguna afrenta, pero jamás la habían asaltado en su casa. Ahora sabía que el misterioso tipo que conducía el carruaje había velado por ella.

Notaba algo raro: jamás había sentido nada por un hombre, su modo de vida no se lo había permitido, pero aquel tipo que le daba la espalda y se había revolcado con ella en su cama entre golpes y agarrones le intrigaba. La dejó maniatada en el suelo a los pies del obispo, pero no le hizo daño gratuitamente. Lo estuvo pensando durante días: él se defendió y la ató para evitar sus ataques; después, cuando el obispo se lo mandó, la liberó con delicadeza y le masculló una disculpa. Aquello la sorprendió, tanto como el beso robado en mitad del forcejeo, y desde entonces deseaba conocer a aquel hombre. Era evidente que aquel tipo misterioso le interesaba.

Cuando vislumbraron la luz que emitían las antorchas de la muralla alrededor del castillo de los Salvadórez, el cochero paró la diligencia. Lisarda se quedó sentada dentro, observando al individuo, pero este no se movió ni se dirigió a ella. Al momento, una mujer abrió la portezuela sosteniendo una lámpara de sebo en la mano, subió al estribo y la introdujo en el habitáculo para ver el rostro de Lisarda. La escrutó en silencio y volvió a pisar el barro sin alterar su gesto serio. No se cruzaron palabra alguna, por lo que la plebeya entendió que le daba su conformidad y bajó tras ella. Miró al cochero, pero este no se giró, permaneció con la vista al frente oculto en la noche y bajo el capuchón del sayo. La cortesana entendió que si el matón del obispo no le indicaba nada, el plan iba según lo previsto.

La situación era nueva para ella. Se había pasado la vida intentando que nadie le dijese lo que tenía que hacer, y de pronto estaba tan perdida que no sabía siquiera si esa noche dormiría en el castillo de los Salvadórez o volvería a la nueva celda que le habían asignado en la corte.

Siguió a la mujer. El viento soplaba con fuerza y el frío era severo. Ambas llevaban la capucha del sayo casi hasta la nariz para protegerse de los rigores de la noche castellana, de modo que veían a duras penas. Lisarda echó en falta su daga. Hasta el último momento había dudado si llevarla consigo, pero en el castillo esperaban a una amante y no a una cuchillera, y no había querido estropear el encuentro antes de empezar, pues el señor al que iba a visitar era tan poderoso como un rey y tenía un ejército tan grande como el del reino de León. Además, la red de nobles terratenientes que le rendían pleitesía cual si fuera un monarca se extendía por todo el territorio cristiano.

La mujer, a la que no consiguió oír hablar, la acompañó hasta el interior del castillo. Una vez dentro subieron a la planta superior y fueron directamente a la alcoba del conde Gómez. Lisarda lo encontró despachando con otros dos nobles, que llevaban en sus elegantes ropajes escudos de otros feudos, y los tres se giraron al oírla entrar. Lo que allí se discutía no era de su incumbencia, y actuó demostrando que así lo entendía. En la parte derecha de la gran habitación estaba la cama del conde, frente a una chimenea donde ardía un fuego poderoso. Se sentó en un taburete de madera maciza que había al lado y se quedó traspuesta mirando las hipnóticas llamas mientras los nobles seguían su conversación ignorando la presencia de la cortesana.

El debate parecía no acabar jamás. Departían en torno a la conveniencia de atacar al rey durante el invierno o esperar a la siguiente primavera. Los apoyaba toda la nobleza de Castilla y de León, pues enumeraron los feudos con los que contaban y los ejércitos de los que disponían. Se trataba de una conspiración en toda regla. Una cortesana como ella no tenía ninguna posibilidad de probar en un juicio lo que estaba oyendo, pero aquella conversación les habría podido costar sus nobles cabezas a los tres conjurados.

Lisarda conocía a dos de ellos: el conde Gómez y don Diego López de Haro, un noble alavés con el que había coincidido en varias cacerías, en los castillos cercanos a Burgos. Supo quién era el tercer hombre por su voz. Tenía el acento marcado de las gentes de Galicia, pista suficiente para ella, que estaba al tanto de cuanto rodeaba a las intrigas palaciegas. Se trataba de Pedro Froilaz, el conde de Traba, con toda seguridad; por tanto, la reina podía estar tranquila.

La presencia del tutor de su hijo Alfonso, venido desde Santiago de Compostela para participar en esta reunión secreta, tan secreta que no se celebraba en los salones del castillo, sino en la alcoba del amante de doña Urraca, significaba que el obispo Gelmírez, valedor de Alfonso, apoyaba este levantamiento, sin duda en favor de la reina.

—Señor conde, permitidme que insista: sin la participación de vuestro primo, el conde Pedro González, todo esfuerzo será inútil.

—Eso me parece una señal de debilidad y cobardía. Tenemos fuerzas suficientes para derrotar al rey sin necesidad de contar con más apoyos.

—Debo admitir que comparto la idea del conde de Traba. Creo que vuestro primo nos es imprescindible —apuntó con prudencia don Diego López de Haro.

—¿Podríais darme algún argumento para sustentar tales afirmaciones? —El conde Gómez parecía molesto.

—En primer lugar, debemos calibrar al ejército al que nos enfrentamos. No hace falta que recordemos que el rey Alfonso, por mucho que nos desagrade como monarca, es un gran guerrero. Diría incluso, sin ánimo de ofenderos, que es el mejor guerrero de nuestro reino.

—Veo que lo tenéis en gran estima.

—No me malinterpretéis, por favor, no le tengo estima alguna, pero aun siendo un auténtico desastre para la paz, es un caballero poderoso para la guerra, de ello no cabe duda.

—Conde Gómez, permitidme coincidir con el conde de Traba. Necesitamos a los hombres de vuestro primo.

A Lisarda no le costó demasiado seguir el hilo de la conversación, conocía la leyenda del primo del conde Gómez y sabía de su poderío para la contienda. Estaba completamente de acuerdo con los contertulios que trataban de convencer al conde Gómez para que abandonase su cerrazón. Su primo, el conde Pedro González de Lara, no solo poseía un gran número de efectivos preparados para el combate, sino que, además, era un gran guerrero. De hecho, el mejor del reino desde la muerte de Rodrigo Díaz. Era sabio en la estrategia y experto en el campo de batalla, pero el conde Gómez sabía que no era la mejor compañía para esta lucha, ya que su ansia por ser el comandante de las tropas quedaría contrarrestada por la presencia del titular de los Lara.

No hacía tantos años que el rey Alfonso, el enemigo al que trataban de derrocar, y el conde Pedro González habían luchado codo con codo en las cruzadas bajo el mando de Raimundo IV de Tolosa. Tanto el rey como el conde se habían ganado sus galones batallando a pecho descubierto contra el infiel en Tierra Santa. Eran dos guerreros legendarios de los que se conocían gestas heroicas, que habían antepuesto el fervor religioso a su propia vida y habían pasado años en los confines del mundo blandiendo sus espadas. El conde castellano, Pedro González, estuvo desaparecido de Castilla durante diez inviernos, en los que se ofrecieron oficios religiosos por su alma, pues en más de una ocasión llegaron noticias de su muerte a manos de las tropas musulmanas. Cuando regresó a Castilla, la nueva recorrió el reino de punta a punta en apenas una semana. No solo Lisarda, sino prácticamente todos los habitantes de la Hispania cristiana conocían la leyenda que acompañaba al caballero castellano.

Los tres nobles que conspiraban mientras Lisarda hilaba sus voces eran grandes estrategas, dos de ellos incluso habían sido, en sus años de juventud, cruzados que demostraron su valía luchando contra el imperio infiel, pero no estaban a la altura del Romero, que era como conocían al primo del conde

Gómez González, ni a la del rey al que pensaban enfrentarse, al que no por casualidad llamaban el Batallador.

Cuando sus acompañantes abandonaron la alcoba, el conde no se quedó de muy buen talante. Lisarda se daba cuenta. Finalmente, los intrigantes, tras darle muchas vueltas al asunto, habían acordado que contarían con la participación de su primo, y la joven, que conocía a los hombres, veía que su orgullo estaba herido. El conde Gómez no desempeñaría ante la reina, su amante, el papel que se esperaba de él, pues iba a tener que acudir a su primo para poder derrotar al marido de la soberana, circunstancia que desvirtuaría la doble victoria que ansiaba. Quería derrocar a Alfonso de Aragón y ganarse el mando de las tropas del reino, hecho que quedaría en el aire si las tropas de los Lara determinaban la victoria en la batalla.

Lisarda se acercó al conde, que todavía estaba en el mismo sillón donde había mantenido la acalorada conversación con los otros nobles, y se sentó en su regazo. Lo besó en el cuello y lo abrazó intentando levantarle el ánimo. Al principio, el conde permaneció rígido y distante, pero conforme ella le iba desabrochando las vestiduras y acariciándole el pecho empezó a prestarle atención.

Era un hombre alto y grueso, con las espaldas anchas y los brazos fuertes, pues había pasado media vida luchando y eso se notaba en su cuerpo recio. Tenía el pelo claro muy abundante, igual que la barba. Por fin comenzó a acariciarla, la levantó en brazos y la llevó a la cama. Lisarda había yacido una vez con él, hacía años. El conde no se acordaba de ella, pero a Lisarda no se le olvidaban los hombres.

El conde era muy buen amante, como bien suponía todo el mundo. La reina, que podía elegir entre todos los nobles del reino, no se iba a fijar precisamente en uno de esos hombres toscos en el catre con los que Lisarda se había tenido que ganar la vida. Cuando don Gómez se quedó dormido, la cortesana, que no sabía exactamente qué se esperaba de ella, permaneció en la cama, desnuda y adormilada, hasta que la mujer que la había acompañado a la alcoba la despertó y la invitó a abandonar el castillo.

Faltaba poco para el alba cuando la recogió el cochero. Seguía sin dirigirle la palabra ni permitirle ver su cara. Lo único que Lisarda le había oído decir fue su disculpa cuando le liberó los tobillos y las muñecas tras el encuentro con el obispo. No dejaba de darle vueltas a la situación en la que se hallaba. Debía jugar bien sus cartas si no quería, en el mejor de los casos, verse abandonada después de que la utilizaran, sin conseguir el futuro que deseaba, por mucho que la reina hubiera conseguido la ansiada victoria sobre su marido, que era el propósito final de la encomienda que había asumido.

Tenía que hacerse valer y lograr ser imprescindible en el levantamiento; si quedaba como una pieza inútil, correría un serio peligro. Para la familia real, la vida de una cortesana no valía absolutamente nada, y ella ya sabía suficientes cosas como para valer más muerta que viva. No debía perder de vista que era una moza por la que nadie estaría dispuesto a interceder, así que ya era un milagro que mantuviera la cabeza sobre los hombros. Necesitaba que aquella estrategia llegase a su fin lo antes posible, ya que el rey tenía fieles en cada rincón de la corte y le podían llegar ecos de la conspiración en cualquier momento.

Por fin, el cochero se detuvo en la entrada a la ciudad de León, junto a la muralla. El sol ya se vislumbraba tras las nubes y a pesar del frío se veía gente en los huertos y transitando por los caminos. Lisarda no se movió, aunque la carreta llevaba un rato parada.

—¿Aquí me vais a dejar, con este frío? —dijo para intentar romper el hielo.

El tipo se bajó del carruaje y, agarrando al jamelgo del bocado, acercó el carro a los abrevaderos que había a un lado. Lisarda siguió sentada y esperó a que el cochero tomara la iniciativa de ayudarla a bajar. Necesitaba hablar con él, y como ignoraba si el próximo día aparecería el mismo cochero, no quería desaprovechar la oportunidad de entablar conversación.

Sin embargo, tenía un nudo en el estómago que no podía deshacer. Le gustaba aquel tipo: era callado, diligente, respetuoso y muy fuerte. Esto último era lo que más valoraba en un hombre. Su vida no le permitía anteponer otras virtudes a las que servían para conservar el pellejo. La fuerza de sus brazos y sus manos la conoció luchando con él en su alcoba, y no conseguía olvidarla, como tampoco olvidaba las disculpas que le pidió entre dientes, a sabiendas de que el obispo no lo aprobaría. Para el prelado ella no era más que una ramera pecadora que no merecía piedad ni respeto; en cambio, el secuaz, sin dejar de cumplir con su obligación, la había tratado con respeto y educación.

Parecía muy reticente a abrirse con ella, pero Lisarda lo vigiló con disimulo y vio que le lanzaba miradas furtivas. Conocía esas miradas: rara vez les pasaba inadvertida a los hombres, y en esta incipiente mañana no era diferente. En ocasiones las cosas vienen todas a la vez, y aquella noche se le había presentado la ocasión de entrar en la alcoba del amante de la reina, circunstancia que debía aprovechar para asegurarse su futuro, y también la de hablar con el único hombre que la había dejado prendada en cuanto lo había conocido.

Se sentía un tanto torpe. Se le daba muy bien quitarse de encima a los nobles que pretendían convertirla en la madre de su prole, pero ahora debía ir con pies de plomo si no quería espantar al tipo que le tendía la mano para que descendiera del carruaje. Le temblaban las piernas y daba gracias al frío de la mañana porque le hacía llevar la mayor parte del cuerpo cubierto por los ropajes. Se notaba las mejillas sonrosadas y una sonrisa que no conseguía borrar de su cara.

—¿No os permiten hablarme? —le preguntó al poner un pie en el suelo.

—En mi oficio es mejor ser prudente.

—Por fin. Os agradezco que me acompañéis, no se sabe quién puede estar a la vuelta de la esquina.

—No creo que os haga falta que os defienda nadie, peleáis muy bien, señora.

—¿Señora? No nos engañemos —le dijo Lisarda en tono casi de reproche—, tanto vos como yo sabemos quién soy y a lo que me dedico. A partir de ahora vamos a dejarnos de formalismos. Somos dos siervos que vivimos a merced de nuestros señores y debemos ayudarnos en todo lo que podamos.

—Estoy a vuestra disposición para cuanto deseéis.

—Ah, ¿sí? ¿Sabéis lo que deseo? Ver vuestra cara.

El tipo se detuvo, la miró escondido bajo la capa y se quedó plantado frente a ella. Lisarda le quitó el capuchón y se recreó observando a aquel hombre de ojos grises, mirada afilada, pelo y barba rubios y pómulos prominentes. La cortesana le acarició la cara, se acercó a él y lo besó en los labios sin saber por qué lo hacía, siguiendo un impulso. Pensó que probablemente era la misma fuerza que lo había llevado a él a besarla aquella noche en su casa. Notó que él se quedaba rígido, pero al poco le pasó la mano por la espalda y la atrajo hacia sí con ímpetu. Cuando se separaron, el matón del obispo se volvió a poner el capuchón y continuaron caminando hacia la corte sin volver a dirigirse la palabra. No estaba segura, pero creía que aquel era el primer beso que le daba a un hombre *motu proprio*, y le temblaba hasta el último resquicio de su organismo.

Llegaron en silencio a la puerta de la celda que tenía la cortesana a su disposición, al borde del compás de San Isidoro, y su acompañante se marchó sin despedirse.

Lisarda no durmió en el poco rato que le quedaba hasta la hora de las oraciones de la mañana. Estaba muy nerviosa. No podía dejar de pensar en el cochero, pero había algo más que le impedía dormir, un asunto al que había estado dando vueltas en el camino de regreso del castillo de los Salvadórez a la ciudad, una treta que le serviría para conservar el pellejo y salir con ventaja de todo aquello. Era un plan arriesgado y demasiado ambicioso para una donnadie como ella, pero si no jugaba fuerte acabaría ajusticiada. La noche había sido muy fructífera y gracias a la información obtenida lograría sus propósitos.

20

C on el transcurso de los meses y el regreso de la reina a la corte en solitario, el rumor de las espadas era cada vez más fuerte. Los reyes vivían prácticamente separados. Alfonso I era un guerrero empedernido, y con la llegada de la primavera se ausentaba a menudo del palacio para atender las campañas contra las taifas. Esto, unido a la presión de la Iglesia para anular el casamiento por razones de consanguinidad y a la incompatibilidad de los caracteres de los monarcas, hizo que el matrimonio estuviera roto *de facto*, a pesar de que los reyes seguían firmando los tratados como emperadores de Hispania.

Una noche, Lisarda oyó ruidos en la puerta del habitáculo donde dormía: alguien trataba de abrirla. Era evidente que quien pretendía entrar conocía las peculiaridades del portón y le había sorprendido el tranco con que la plebeya lo bloqueaba por dentro. Lisarda, por su larga experiencia entre maleantes y pordioseros, sabía que de quienes menos se podía fiar una mujer sola y lozana como ella era de los siervos de la corte.

—¿Quién vive?

—Abrid la puerta.

—Por encima de mi cadáver.

—Nuestra señora la reina quiere entrar en vuestra morada.

Lisarda se asomó por una ranura y el siervo que había al otro lado de la puerta acercó una tea para iluminar el carro que estaba parado a unos dos pasos de distancia. En efecto, era sin duda el carro de doña Urraca. La cortesana se atusó el pelo y se planchó el blusón instintivamente con la mano, presa del nerviosismo, desatrancó la puerta, la abrió, dio un paso atrás y realizó una exagerada genuflexión mirando al suelo. Hacer esperar a la emperatriz de Hispania en la puerta de su celda, en su propia corte, estaba muy cerca de suponer una falta de respeto que podía hacer que diera con sus huesos en un calabozo, como poco.

La reina entró y el lacayo cerró la puerta. La plebeya seguía inclinada, incapaz de levantar sus habitualmente desafiantes ojos verdes, por lo que solo veía los faldones del sayo de la reina, que arrastraban hasta el piso y le impedían ver su calzado. No podía mirarla a la cara, era obvio que había un gran resentimiento entre ambas. Doña Urraca, una mujer no solo adelantada a su tiempo, sino también muy inteligente, sabía de sobra que la sierva que tenía enfrente era de las que siempre aspiraban a más. Se había puesto en las manos de la única persona de la corte que le llegaba al menos a la suela de sus sandalias. La odiaba, y la mataría si no fuera porque su reino dependía de esa plebeya. Lisarda la temía porque la reina tenía acólitos en todos los rincones de Castilla y León, y estaba segura de que sus visitas a la alcoba del conde Gómez habrían llegado a sus oídos.

La reina miraba a la cortesana postrada frente a ella con la cabeza agachada y el cabello sin cubrir. Aborrecía los tirabuzones rubios que le caían hasta el suelo y que le imprimían, en combinación con sus grandes ojos verdes, una belleza casi hipnótica. Finalmente, Lisarda se irguió y la miró. Doña Urraca, llena de rencor, la abofeteó. Lisarda aguantó los tres tortazos sin inmutarse. Pegaba fuerte la reina, mucho más de lo que ella habría imaginado. La cortesana notó como se le encendían las mejillas, más por la sorpresa que por el dolor, aunque aquello era muy poca cosa para alguien acostumbrado a pelear por su vida con más frecuencia de la deseada.

—¡Desnúdate!

—¿Señora?

—¡Que te quites la ropa ahora mismo! ¡Toda!

La cortesana se quitó el blusón y se desabrochó el cordón con el que se ataba el camisón blanco, que dejó caer a sus pies. No llevaba puesta más ropa. Tenía los pechos todavía firmes y turgentes, y de un tamaño mayor al que la reina esperaba; esta observó que a duras penas los podría rodear con la mano. Era al menos cuatro o cinco dedos más alta que ella, según calculó. A pesar de que ya había cumplido los veintisiete años, seguía siendo una mujer delgada. La reina sabía que, aunque siempre se había dicho que la delgadez era señal de enfermedad, los hombres preferían mozas jóvenes, y estas solían ser delgadas. Envidiaba a aquella chica. Tenía la tez blanca y la nariz respingona. La rodeó y vio su trasero de carnes firmes.

—Perdonadme, señora, por favor os lo pido.

—¿Cómo osaste hacer algo así?

—El obispo me dijo...

—¿Qué te dijo el obispo, que te metieras en la cama del conde?

—Señora, sabéis que todo lo que hago es por buscar el favor de los nobles, como acordamos.

—Hay muchos nobles.

Lisarda bajó la mirada al suelo y vio su cuerpo desnudo y tembloroso. Olía el peligro en cuanto aparecía, y se sentía absolutamente indefensa. En cualquier otra situación no tendría miedo, cogería su daga de debajo de las pieles de la cama en menos de un suspiro y rajaría a la despechada señora que tenía enfrente como si fuera un cochino. Pero tenía delante a la única persona del reino a la que no podía despachar con su puñal.

La reina se acercó a Lisarda y le recogió la melena, que le caía por la parte izquierda de la cara, pasándosela con delicadeza por detrás de la oreja. Después le bajó la mano por la espalda, acariciando su piel suave, llegó hasta la nalga y se la agarró con firmeza, se le aproximó hasta pegarse a ella y la besó en la boca. Lisarda cerró los ojos y se dejó llevar. Notó primero la punta afilada de la lengua de doña Urraca en sus labios y luego cómo le rozaba la lengua. La reina le subió las manos por el torso y la cogió con cuidado por detrás del cuello; tenía las manos finas y delicadas, las más delicadas que había sentido nunca sobre su piel. A continuación se agachó y le lamió los pezones; primero los rodeó con la lengua y luego se los metió en la boca y los apretó con los labios, que eran carnosos y suaves como el resto de su piel. Parecía disfrutar con aquel juego, y estuvo un largo rato masajeándole los pechos con su boca mientras le acercaba la mano a los muslos, que la cortesana empezaba a contraer en absoluto silencio. Lisarda había estado con otras mujeres, y sabía que ellas eran amantes mucho más expertas que los hombres, pues conocían los secretos de los cuerpos femeninos y no los sometían a la brusquedad como hacían la mayoría de los varones.

Se fueron hasta la cama y Lisarda se deshizo de la ropa de la reina. Esta, que seguía ensimismada en su juego de roces, pasó la mano entre los muslos de la plebeya y le acarició el sexo; consiguió arrancarle un gemido a la cortesana que le hizo olvidarse del mundo. Lisarda recorrió el cuerpo de doña Urraca con sus cálidas manos y su lengua carnosa. Parecía un pulpo, a la reina le costaba diferenciar cuándo eran sus manos y cuándo era su lengua la que le recorría todos los rincones del cuerpo, e incluso con su propio sexo logró llevarla a un estado de gozo tan absoluto que casi perdió la consciencia. Lisarda gozó como hacía años que no disfrutaba. La reina disfrutó asimismo de las artes amatorias de la afamada cortesana, que no había querido perderse, y sus gritos pudieron oírse en la otra punta de León.

Ambas terminaron extenuadas y con la respiración acelerada, como si el corazón se les fuese a salir por la boca. La reina se dio la vuelta, como si no quisiera saber más de Lisarda, y se quedó dormida. Entonces la joven se levantó del camastro y metió un par de troncos en la chimenea. Después observó a la reina unos momentos, hasta que cayó en un profundo sueño también. Al cabo de un rato largo doña Urraca la despertó. Seguía metida en la cama, ahora girada hacia ella. Lisarda abrió los ojos, se le acercó y la besó en los labios. Esta le correspondió y luego se separó lentamente.

—Lisarda —la cortesana se ruborizó al oír su nombre de boca de la emperatriz—, ¿conoces a mi marido?

—Lo conozco, señora.

—¿Crees que no soy capaz de complacerlo?

—No, señora. No sois vos.

—Hemos consumado el matrimonio. Nuestro rey no es desviado, pero en los últimos tiempos me ha resultado imposible despertar el mínimo interés en él.

—Hace años, mi señora, estuve en la corte de Aragón. Vuestro esposo todavía no era el rey de aquellas tierras, por entonces reinaba el hermano, Pedro. Hubo una grandiosa cacería en las tierras de Barbastro, y luego se celebró una espléndida cena. Corrían los últimos años del pasado siglo, lo recuerdo bien porque fue la última vez que vi al Campeador, don Rodrigo Díaz estaba allí. En aquella velada se congregaron los grandes batalladores de la época, muy orgullosos de haber vencido hacía poco en la batalla de Bairén, y se festejaba que las tropas cristianas por fin habían llegado hasta el Mediterráneo sometiendo a los infieles.

—Sigue, por favor, Lisarda. No pares. Eres tan buena narradora como amante.

La reina era una mujer deseosa de vivir experiencias y rodearse de personas difíciles de manejar, además de gozar con la lujuria que tanto le habían querido prohibir con su estricta educación. Cuanto más le hacían ver lo peligroso que era para su alma acercarse a los placeres de la carne, más le atraían y le intrigaban. Había un instinto dentro de ella que la empujaba hacia el sexo, y desde el mismo momento en que conoció a Lisarda, en aquel salón junto al claustro, sintió un deseo irrefrenable de perderse bajo las pieles de un lecho con ella y comprobar de primera mano si era verdad cuanto se decía de la amante más afamada del reino. Disfrutaba escuchando las murmuraciones y cotilleos de sus damas de compañía, que gastaban saliva sin parar deleitándose en los pecados con los que manchaba su alma la cortesana. Mientras la escuchaba, recorría el vientre de la plebeya con los dedos y circundaba sus pechos, que se desparramaban carnosos sobre el catre.

No pudo evitarlo. Se giró hacia ella y la besó, bajó la mano entre las pieles, volvió a agarrar con fuerza sus muslos y se puso encima de la cortesana, introdujo las piernas entre las suyas y ambas se dejaron ir de nuevo hasta donde las llevó su instinto.

Cuando se saciaron, Lisarda siguió con su explicación como si la interrupción no se hubiese producido.

—Pues bien, señora, como os decía, llegamos a la corte de Aragón algunas plebeyas, y tras la abundante cena nos acercamos a los hombres que estaban en la mesa del rey. Habían bebido cerveza y vino en cantidad. Os diré que ninguno de ellos se fijó en nosotras. No mostraron el más mínimo interés, hablaban de las batallas pasadas y futuras y nos tuvimos que conformar con los infanzones y dueños de pequeños feudos que ocupaban las mesas de alrededor para ser agasajadas en aquella velada.

—¿Qué me quieres decir?

—Los guerreros como vuestro esposo, hombres de armas que han servido a Dios en las cruzadas y a su escudo en las taifas y reinos hispanos, están más volcados en las conquistas que en las mujeres. Vos sois una mujer atractiva y deseable, y vuestro marido, nuestro querido emperador, es un luchador que rara vez tendrá tiempo para atenderos como os merecéis. Pero no es culpa vuestra. Eso nunca.

Mientras tanto, Petro veía todo cuanto sucedía en la covacha de Lisarda a través del hueco por donde salía el humo. La choza no tenía una chimenea propiamente dicha, sino cuatro sillares en el suelo, en mitad de la estancia, donde se colocaban los troncos y se hacía la lumbre. El humo escapaba a duras penas por un orificio que había en el tejado, por el que entraba el agua los días de lluvia. No era difícil subir allí por la parte posterior de la casa.

Se quedó atónito. La mujer que había conseguido subyugarlo era enigmática y misteriosa, pero no estaba preparado para lo que sucedía ante sus ojos. A decir verdad, ver a la mismísima reina de León entre las pieles de aquel jergón era algo para lo que nadie podía estar preparado.

Tras presenciar la escena, y a pesar del beso que le había dado la cortesana la noche que la acompañó a su casa, Petro notó que la fascinación que sentía por aquella chica que le había hecho perder el norte se apaciguaba; era como si bajara los brazos tras haber cumplido con el encargo que le habían encomendado. Ya no se consideraba tan imprescindible para el devenir de los acontecimientos; su participación, una vez que la cortesana estaba completamente integrada en la corte, carecía de importancia. Tendría que seguir vigilándola, eso sí, pero ya no era la mujer anónima que pululaba por los solitarios caminos de Castilla. Aquello quedaba atrás, y Petro sentía que el lazo que lo unía a la cortesana era cada vez más débil, aunque no estaba realmente seguro de si la atracción que sentía por ella se estaba difuminando o el problema era que no veía el modo de llegar hasta ella ahora que se mezclaba con la más alta nobleza del reino y con la propia reina. Estaba hecho un auténtico lío y decidió que sería mejor que intentara olvidarse de aquella mujer.

21

En el verano del año 1110 la reina, definitivamente distanciada del rey, se marchó con buena parte de su séquito a Galicia. Había tomado una decisión: su hijo Alfonso Raimúndez sería su heredero. No consentiría que ningún descendiente de la corte de Aragón se pusiera la corona de Castilla y León en la cabeza.

La suerte del reino de Galicia estaba perfectamente encarrilada. El conde de Traba y el obispo Gelmírez se iban a encargar de que su corona reposara sobre la cabeza de su hijo Alfonso «antes de lo que nadie puede imaginar», tales fueron las palabras textuales del poderoso prelado compostelano. Los nobles gallegos no estaban dispuestos a permitir que esa cuestión dependiese de una batalla disputada a cientos de kilómetros de sus dominios.

La reina sabía que su hijo estaba en muy buenas manos. Dejarlo bajo la tutela del conde de Traba, con el apoyo del obispo de Santiago de Compostela, había sido sin duda la decisión más acertada que había tomado en su vida. No quería ni pensar en las presiones a las que hubiera estado sometido, siendo un niño de apenas cinco años, de haber permanecido en mitad de las disputas entre el reino de León y el aragonés.

Ese verano, la reina llegó a Galicia para quedarse. Pasaría allí un largo periodo de tiempo, quería conquistar a la nobleza y, sobre todo, a su hijo, lo cual necesitaba por encima de todas las cosas. Desde ese momento iba a hacer lo posible para no alejarse nunca más de su niño. A su otra hija, Sancha Raimúndez, la veía con asiduidad. Su hermana Elvira, tía de la niña, cuidaba de su bienestar, y ella estaba cerca para abrazar y besar a Sancha siempre que lo deseaba, y había podido disfrutar de su infancia y adolescencia. Ahora que era toda una mujer de casi dieciséis primaveras, lo que le pedía su instinto era acercarse a su hijo, exiliado en Galicia desde que era todavía un bebé.

Mientras tanto, Lisarda seguía en la corte de León fiel a sus labores. Los días eran largos y la temperatura invitaba a pasar las tardes en el río. Los trabajos de costura se hacían en un prado junto a una ensenada del Bernesga, a la salida de la ciudad. Las mujeres cosían vigiladas por los alguaciles de la corte, que se ocupaban de alejar a los curiosos y maleantes que pululaban por los alrededores.

En cuanto a los ejércitos, era evidente que se iban a batir ese mismo verano o, a más tardar, en el otoño. La tensión con el reino de Aragón era enorme, y a eso había que añadir la facilidad con que el rey Alfonso I empuñaba las armas. Tampoco ayudaba a calmar las aguas el despecho del monarca vecino por la actitud pública de su mujer con el conde Gómez González. Así, el rey Alfonso quería despachar cuanto antes a los nobles castellanos, pues estaba absolutamente seguro de su victoria. Era el mejor guerrero del reino y tenía un ejército formado por hombres entrenados y experimentados en la batalla. Además, él se ocupaba en persona de preparar hasta el último detalle.

Su fama como batallador no era una invención de trovadores a sueldo de la corte, pagados para conseguirle el respeto de sus súbditos. Alfonso era un hombre muy poderoso físicamente que se había criado en el Pirineo y había adquirido la fortaleza de un buey. En Jaca, no resultaba raro verlo con el pecho descubierto en pleno invierno, cuando el intenso frío de las montañas congelaba la superficie de las lagunas. Podía recorrer kilómetros a pie por los picos más altos de la cordillera sin que le faltase el aire, ni que decir tiene el valor y el coraje que mostraba en la lucha. En los asedios con que había obtenido las principales conquistas de su reino siempre estuvo en la vanguardia, espada en mano. Había luchado con el Cid codo con codo, y junto a él había ganado grandes batallas contra los infieles. Para Alfonso I de Aragón, el día que empezara la contienda con los nobles castellanos y leoneses no era sino una fecha más en su calendario de guerras, solo necesitaba que se concretase. Entonces, su esposa y los traidores que la acompañaban solo tendrían que molestarse en dos cosas: cavar tumbas y rezar por las almas de sus seres queridos.

Por otro lado, Alfonso I era un hombre instruido, algo

que sorprendía debido a su trato tosco e impaciente, un talante que hacía que muchos de sus enemigos lo subestimaran como estratega. Pero en eso erraban, ya que era concienzudo y detallista hasta el extremo. Conocía las tropas del reino de Castilla y León y sabía que entre los nobles de esas tierras tenía un enemigo de cuidado, que no era otro que el primo del amante de la reina, el conde Pedro González, también un guerrero experimentado y valeroso como pocos. Alfonso había tenido la suerte de combatir a su lado en más de una batalla contra los infieles en las cruzadas. Ese era el único escollo que debía salvar para hacerse con una victoria que prácticamente daba por hecha.

Lisarda no ignoraba lo delicado de su posición. Sospechaba que la reina no llevaba bien los encuentros que ella seguía teniendo con su amante, y desde que desapareció de León con rumbo a Galicia no había sabido nada de doña Urraca. No sería de extrañar que tras la inminente batalla contra las tropas aragonesas, comandadas por su marido, volviera a León y se deshiciera de ella. La reina estaba enterada de que su amante, el conde Gómez, se desvivía por la cortesana. Lo sabía de buena tinta. Además, sus doncellas de más confianza se encargaban de insinuarle con disimulo, pero sin rubor alguno, que la cortesana hacía demasiadas visitas a las tierras del conde. Lisarda no podía oponerse a visitar al noble, su posición en la corte era tan precaria que un mal gesto por su parte podía suponer que su cabeza acabase rodando por el suelo. Había visto morir a muchas cortesanas por un mero malentendido.

Si el conde ganaba la batalla, la reina posiblemente se acabaría casando con él. Al contraer matrimonio con un noble no tendría a su lado un rey que le hiciese sombra. Doña Urraca deseaba ser una reina con mando en plaza, eso lo sabía todo el mundo en la corte, especialmente Lisarda, a quien se lo había transmitido años atrás la difunta tía de la reina. Desde el momento en que consiguiese deshacerse de don Alfonso de Aragón, dejaría de necesitar las conspiraciones de la cortesana entre los nobles con el fin de orquestar el ataque, y la vida de Lisarda pendería de un hilo.

En los meses de invierno y primavera, Lisarda había acudido a casi todos los feudos del reino para intrigar en contra de la corona de Aragón entre las pieles de los camastros de cuantos señores feudales pudo visitar. Había hecho un trabajo enorme en pos de la unión de todos los ejércitos, por modestos que fueran. Cualquier aportación de hombres y armas a la causa era bienvenida. Cada semana recibía la visita del obispo de Toro, al que informaba de los adeptos que iba consiguiendo. Posteriormente, el prelado comunicaba los avances al conde Gómez González y a la misma reina. La cortesana era una de las piezas más importantes en el levantamiento contra el rey y, por tanto, su cabeza corría peligro por ambos lados.

Lisarda sabía que estaba acorralada. Si ganaban la batalla las huestes de los nobles fieles a la reina, esta viajaría a la corte para librarse de ella y así tener vía libre con su amante, el conde Gómez; si, por el contrario, era el rey el que ganaba la guerra, la ajusticiaría en la plaza pública por traición. Cada vez veía con más claridad que debía ejecutar el plan que había trazado para salvar el pellejo. Seguía pensando que era un plan arriesgado y demasiado ambicioso para una pordiosera como ella, pero era su única escapatoria.

Los siervos del reino pagaban tributos que iban subiendo más y más para atender las guerras en las fronteras y las batallas que se avecinaban con la corte de Aragón. El verano había llegado a su fin y la reina seguía sin volver a la corte. La justicia real no se aplicaba y los ciudadanos estaban cada día más descontentos con ella; muchos consideraban incluso que los había abandonado. Las protestas y las habladurías en contra de la monarquía se hacían más ruidosas, y se daba por hecho que la familia real, lejos de dedicarse a las tareas diarias y los problemas del pueblo, solo se ocupaba de sus asuntos, practicando además una moral reprochable. Los deslices de la reina estaban en boca de todo el mundo. Los trovadores, mejor informados incluso que los cortesanos, habían hecho llegar hasta las plazas de las urbes del reino que doña Urraca no solo tenía amantes, sino que también compartía el lecho con mujeres, algo que escandalizaba al pueblo.

Ese era el ambiente que se respiraba, pero Lisarda tenía que aprovechar el hueco que dejaba la emperatriz en la corte para llevar a efecto su propio plan. Sabía que, a pesar del rencor que le guardaba la reina por calentarle la cama a su amante, continuaba siendo una pieza crucial y, por tanto, su vida todavía no corría peligro. Si quería lograr su objetivo, debía darse prisa. Casi todas sus visitas las planificaba el obispo, las únicas que no organizaba el prelado eran las visitas al conde

Gómez en las que era el propio noble el que mandaba su carruaje a recoger a la cortesana. Lisarda sabía que estas escaramuzas llegaban a oídos del religioso, pero esto no le preocupaba en absoluto: el obispo era un tipo sagaz y no se atrevería a toserle a tan poderoso noble.

A todo esto, Lisarda echaba de menos al matón del prelado. No se podía creer que pendiendo su cabeza de un hilo, como era el caso, siguiera pensando en el sicario. Por alguna razón, el religioso había cambiado de cochero, y la plebeya no había vuelto a ver al tipo de los ojos grises desde antes del verano. Lo extrañaba, se acordaba de él cada noche. Además, sabía dónde vivía y los sitios que frecuentaba, había pocos detalles en la corte que se le escapasen a la bordadora. Pasaba las noches en vela fantaseando con tener a aquel hombre de brazos fuertes y gesto misterioso solo para ella. Fabulaba con ser la señora de unas tierras y tener un hijo con la persona más sorprendente que había conocido en su vida. Le daba vueltas constantemente al forcejeo con él cuando conoció al obispo de Toro. Recordaba cómo la había agarrado por los brazos y se los había atado a la espalda, y sobre todo el cuidado con que la desató y se disculpó con ella. También dedicaba largo tiempo a rememorar el beso que le había robado en el suelo de su covacha tras arrojarla de su jergón. No podía soportar más su ausencia, pero era como si el obispo hubiera sospechado algo y la castigara mandándole a otros cocheros, que la miraban con ojos lascivos y aprovechaban para manosearla cuando hacían por ayudarla a bajar del carruaje.

22

ué hace la Lisarda en un sitio tan asqueroso como este? —le masculló la Teresina.

—¿Y tú que haces que no te has muerto todavía? —Lisarda conocía el lenguaje del arrabal y no iba a perder ni un ápice de la fama que se había ganado con sangre.

—Tranquila.

—Teresina, el cuerpo me pide rajarte como a un cochino. No se me olvida lo rápido que diste mi nombre cuando vinieron a lo de la Prado.

—A mí no me mires, te vio toda la barriada. Solamente te faltó trovarlo en la plaza.

Teresina sabía de la poca paciencia de Lisarda y se puso a la defensiva. Era plena tarde y se protegía del sol bajo una pequeña techumbre, hecha de cañas y barro, que había sobre la puerta de la mancebía. Hacía calor y todavía no era hora de que los hombres visitasen aquella casa, pero pronto el sol se escondería tras la muralla de la ciudad y empezaría el lento goteo de clientes. Al atardecer acudían los más pudientes, y conforme se iba cerrando la noche aparecían los trabajadores de los campos y los delincuentes de los caminos, unos con el jornal de la semana y los otros con la bolsa llena de monedas manchadas de sangre. Los segundos gastaban con alegría, pero a menudo acababan dando problemas debido a las grandes cantidades de vino que ingerían, mientras que los primeros salían del lupanar con discreción, tras dejarse el jornal una parte en lo que les cobraban y la otra en lo que las chicas les sustraían del forro del sayo cuando ellos se afanaban con alguna de las rameras mayores y expertas, que los manejaban a su antojo.

—Hay un tipo de ojos grises que se hace llamar Petro el Cartaginés. —Lisarda sabía que paraba en aquel lugar porque lo había seguido un par de veces.

—Lisarda, por favor. —Teresina la miró con cara de reproche; tenían una regla no escrita: no mencionar jamás los nombres de los clientes.

—No vengo a que me informes de si viene por aquí o no.

—Entonces ¿qué quieres?

—Cuando aparezca me avisas. Quiero atenderlo yo.

—¿Tú?

—¿Algún problema?

—Anda, si tú ahora te dedicas a la nobleza, ¿cómo es eso?

—No pienso darte explicaciones, pero te pagaré.

—En ese caso cuenta con ello.

La cortesana no se equivocaba. La noche siguiente oyó a

alguien tocar a su puerta. Estaba claro que se trataba de la Teresina: tres golpes, dos y tres otra vez. Abrió a su compañera de oficio y le pidió que esperase mientras se preparaba para salir. Anduvieron a paso rápido hasta el barrio.

Lisarda entró en el serrallo y se encontró a Petro bebiendo cerveza y conversando con Asensia, como le había pedido a Teresina que lo dispusiera. El sicario, al oír la puerta, se dio la vuelta y se quedó mirando a Lisarda, que llevaba su habitual sayo marrón con el capuchón echado para atrás. Su melena de tirabuzones le caía sobre la túnica, y el contraste de la tela oscura y el pelo rubio realzaba más si cabe la belleza de aquella mujer, que lo atravesó con sus poderosos ojos verdes. El Cartaginés se quedó literalmente mudo, y Lisarda lo agarró de la mano y se lo llevó a un cuartucho iluminado por la luz mortecina de una pequeña lámpara de sebo, en el que había un jergón junto a la pared. Petro, por mucho que se hubiese propuesto olvidarse de ella, fue incapaz de soltarse de su mano, absolutamente subyugado.

La cortesana sabía de hombres todo lo que se podía saber, y no hacía falta que nadie le dijera que aquel tipo que la miraba con gesto serio y que no acertaba a reaccionar estaba perdidamente enamorado de ella. Se deshizo del sayo y el blusón que llevaba debajo y permitió que Petro la observara con toda la tranquilidad del mundo; si él estaba enamorado de ella, ella lo estaba mucho más de él. Desde que era una niña nunca nadie había velado por ella, pero ahora aquel hombre que tenía delante, con unos cautivadores ojos grises y una poblada barba rubia, era el tipo al que había elegido para pasar el resto de su vida. Aún le quedaba mucho que hacer antes de poder darse un capricho como el que en ese momento tenía en la cabeza, pero se proponía conseguirlo aunque le fuera la vida en ello. No podía parar de pensar en aquellos ojos, los ojos que la habían observado durante tantos años y que recordaba perfectamente de las veces que se habían cruzado con su mirada. Ese hombre fuerte, enigmático y distante tenía que ser suyo, no soportaría que no fuese así.

Hicieron el amor en silencio, sabedores de que entre ellos había algo más que un apetito meramente carnal. Cada uno dio vueltas a sus propios pensamientos, y cuando terminaron de amarse, el sicario se levantó y salió del serrallo sin volver la vista atrás.

Al día siguiente, Lisarda volvió a ver al cochero del conde en la colina que se divisaba desde la puerta de su celda, al borde del compás de San Isidoro. La mayoría de las veces que visitaba el castillo de los Salvadórez no utilizaba los servicios del cochero del obispo. La noche no había caído del todo, pero estaba casi oscuro. Aunque los días seguían siendo largos, no aguantaban tanto como a primeros de verano. Faltaba poco para que comenzara el otoño y las tardes eran frescas. Caminó hasta el coche que la llevaría al amante de la reina. Cada vez le ponían más nerviosa estas visitas, pero no podía dejar de acudir, de tanto en tanto obtenía información muy valiosa para ella.

Al llegar al castillo encontró al conde de muy buen humor.

Departía a voces con otros dos nobles en la sala contigua a su alcoba y se regodeaba de que finalmente su primo, el conde Pedro González, se había decidido a apoyarlo en la batalla contra el rey de Aragón. Los gritos se podían oír en toda la torre. Habían elegido hasta el lugar donde se batirían los dos ejércitos: el campo de batalla estaría cerca de Sepúlveda. Su primo había accedido a participar en la sublevación que trataba de salvaguardar la tierra de Castilla y León para los castellanoleoneses; había que impedir que la corte de Aragón se hiciera con ella. Con todo, lo que más excitaba al conde era el hecho de que su primo le había permitido comandar el ataque. Sería él quien dirigiría la operación y el que iría en vanguardia, y por tanto recogería las mieles del triunfo. Brindaron por el conde Pedro González, que no había asistido a la reunión, aunque era evidente que suponía la más firme garantía de victoria.

Pedro González y su poderoso ejército eran la sorpresa que el conde Gómez González tenía reservada para el marido de su amante. Estaba ansioso como un niño por que llegase el día de la batalla. Se veía como rey y señor de las tierras de Castilla, León, Aragón, Navarra y, por qué no, de Galicia también, todo sería cuestión de negociarlo con su amada reina. El conde siguió bebiendo y planificando con sus compañeros de terna, hasta que finalmente Lisarda volvió a la corte sin siquiera haberlo saludado. Sin embargo, se llevaba una información muy interesante que debía manejar con inteligencia y premura. Tenía claro el plan que se había trazado, pero todavía no había nada para ponerlo en práctica. De hecho, la persona en la que se sustentaría toda su argucia y que terminaría siendo el hombre fuerte del reino si su empresa llegaba a término ni siquiera conocía sus intenciones.

El cochero del conde la dejó en la colina frente a San Isidoro en las primeras horas de la madrugada. Quiso acompañarla hasta su puerta, pero Lisarda declinó el ofrecimiento. Llevaba el puñal en la manga del sayo y se sentía segura; además, el camino era corto y sin recovecos en los que pudiera ocultarse un salteador. Lo que no imaginaba era que al llegar se encontraría al matón y cochero del obispo de Toro esperándola en la puerta, y se le hizo un nudo en la garganta. No había tardado demasiado en acudir a su encuentro. La cortesana, acostumbrada a dejar a sus amantes embelesados, había empezado a sospechar que se había equivocado abordándolo de una manera tan burda, pero no se le había ocurrido nada mejor. Habían transcurrido dos noches desde que estuvo con él en la mancebía y ya pensaba que lo había perdido para siempre. Aquel hombre se había convertido en una obsesión. Lo deseaba con todo su ser, y era consciente de que estaba empezando a precipitarse dejando en evidencia su desesperación.

—Poco has tardado en venir. ¿Acaso piensas que no te voy a cobrar? —Se arrepintió de lo dicho nada más dejarlo salir de sus labios.

—No.

—¿Entonces?

—Vengo a deciros que no os equivoquéis conmigo, que no estoy en venta.

—¿Y quién ha dicho eso?

—Una cortesana que trabaja en la corte y en los castillos feudales no se acercaría a un lupanar como aquel en el que estuvisteis anteanoche salvo que necesitase algo más que dinero.

Lisarda se acercó al sicario y le tanteó el sayo. El tipo se dejó hacer y la cortesana llegó con la mano a su entrepierna, le agarró el miembro con cierta firmeza y se acercó a su oreja izquierda.

—Yo diría que te alegras mucho de verme.

—Por favor, no sigáis. He venido para terminar con algo que no debió empezar y que sin duda empezó sin yo conocerlo. No sabía que estaríais en aquella casa y no supe oponerme a lo que allí sucedió.

—Y eso ¿cómo se lo vas a explicar al obispo? —le preguntó sin soltarle la verga.

—Eso no se lo vamos a explicar a nadie porque nadie puede saberlo.

Lisarda lo puso contra la pared y el matón bajó la guardia y la besó sin importarle las consecuencias. No podía evitarlo, se había quedado absolutamente prendado de la meretriz el primer día que la vio, hacía diez inviernos. A pesar de que se había propuesto alejarse de ella, seguía soñando con Lisarda cada noche, pensaba en ella a cada rato. La noche que la ató en su celda fue la más feliz en muchos años, el contacto con su piel lo llenó de alegría. Ahora sabía que por alguna razón era la cortesana la que lo buscaba a él, pero estaba seguro de que se trataba de una estratagema para acercarse al obispo. Ni en el más feliz de sus pensamientos habría imaginado que la mujer con la que llevaba obsesionado diez años estuviera interesada en él. Además, después de yacer con ella en el camastro del pestilente lupanar, la cosa había ido a peor: cada segundo que pasaba alejado de ella era un suplicio, aunque sospechaba que la mujer que en este momento lo tenía atrapado contra la puerta de su casa le podía costar la vida.

Había ido a verla en su celda con el firme propósito de impedirle que volviera a dirigirle la palabra. Quería mantener la cabeza sobre los hombros y sabía que estaba jugando con fuego. Era la amante del conde Gómez, de la reina y de los más poderosos hombres de León, de ninguna manera era alguien con quien él pudiera soñar.

El Cartaginés había sido uno de los sicarios más peligrosos de Córdoba, pero nada podría hacer contra la fuerza de una corte si descuidaba sus obligaciones, así que más le valía olvidarse de la mujer de la que se había encaprichado la realeza leonesa.

Tiempo atrás, en Córdoba, había trabajado para muchos mercaderes y nobles, grandes hombres de todas las religiones, y le hicieron ofrecimientos de muchos tipos. En ocasiones, algunas mujeres guapas e influyentes trataron de conquistarlo y de que se rindiese a sus encantos, pero nunca traspasó ese umbral. Era un hombre débil: bebía, iba con mujeres de dudosa reputación, pagaba por obtener sexo y vendía su daga al mejor postor; no obstante, se consideraba capaz de respetar su trabajo, y era por ello por lo que este no le faltaba. De hecho, sabía que el mundo estaba lleno de mujeres y no se perdonaría perder su bien ganada fama por un desliz que correría de boca en boca más rápido que su prestigio como sicario discreto y eficaz. Solamente faltó a su regla sagrada una vez, con la esposa del hombre al que no debía molestar, y casi le costó el exilio de Córdoba.

Con todo, no tuvo valor para negarse a entrar en la casa de la cortesana. Cerraron la puerta, y esperó mientras Lisarda atrancaba el portón antes del saltar al catre, donde se dejaron llevar como dos jóvenes hambrientos el uno del otro. Petro estaba enamorado hasta los huesos de aquella mujer, no podía remediarlo, y tampoco quería, así que se dejó ir, olvidándose de las normas que se había impuesto para ser apreciado en su gremio.

Lisarda se notó rara mientras besaba al cochero y retozaba con él bajo las pieles. Se dio cuenta de que aquel tipo misterioso que se había plantado en la puerta de su morada para cortar su relación con ella y había cambiado de opinión en cuanto ella lo había acorralado, era el hombre de su vida. Había yacido con más hombres de los que podía recordar, pero aquella vez era diferente. Desde el día en que lo conoció y luchó a brazo partido con él en su cama la llevaba de cabeza, y ahora que lo tenía en sus brazos, ahora que nada se interponía entre ellos, no podía evitar sentirse la mujer más feliz del mundo.

La noche que había peleado con él lo había hecho con todas sus fuerzas. El hogar, en el suelo, tenía una piedra suelta, y no por accidente, sino porque ella la había soltado: era su arma secreta. Cuando le había dado el cabezazo pretendía tumbarlo aunque fuera un segundo, tiempo suficiente para girarse, coger la piedra y golpearlo hasta reventarle la cabeza, hasta que su sangre y sus sesos se esparcieran por todo el catre. En cambio, la rapidez y la destreza con que el matón contraatacó la dejaron obnubilada, y mientras el hombre le ataba los tobillos, deseó que la besara y se abrazara a ella. Y cuando este se agachó y la besó en los labios sintió algo en el fondo de su ser que no había sentido nunca. Luego, las siguientes veces que lo había visto conduciendo el carro, había intentado pensar que nada de eso había pasado, pero se notaba atraída por una fuerza capaz de torcer cualquier voluntad.

Petro se marchó en plena madrugada, tras una despedida tan fría que ambos se quedaron preguntándose qué serían el uno para el otro. Ninguno de los dos parecía querer mostrar sus verdaderos sentimientos, era como si temieran abrir su corazón por miedo a romper la pequeña conexión que los unía o tuvieran pavor a ser rechazados, pero los dos habían sufrido lo suficiente en la vida para no darse cuenta de lo que allí había sucedido. Y por mucho que quisieran ocultarlo estaba claro que era el comienzo de algo.

23

Petro se marchó con un nudo en la garganta. Algo le decía que acababa de firmar su sentencia de muerte, como aquella vez que cayó en las garras de la esposa de un fiador judío de Córdoba para el que trabajaba de manera habitual. El usurero lo había mandado a cobrar la deuda de un mercader que se dedicaba a la importación de especias. Este había perdido un buen cargamento en un barco que naufragó volviendo de las Indias y no podía atender los pagos. El mercader, aunque ruin y aprovechado, siempre había sido buen pagador. Era un tipo criado en la calle que había conseguido situar su negocio en la mejor zona de Córdoba gracias a su inteligencia y sagacidad. El usurero no lo sabía, pero el comerciante se guardaba un as en la manga por si un día las cosas no le salían como él quería.

Samara, que así se llamaba la abrumadora mujer del usurero, no le permitió a Petro acercarse al mercader. Usó sus encantos para impedir que amedrentase al comerciante, y lo hizo porque el as que este se guardaba era un inconfesable secreto sobre ella, tan inconfesable que el sicario nunca llegó a saber de qué se trataba. Petro se vio envuelto en una situación de la que le era imposible salir. Estuvo a punto de hacer caso a Samara y acabar con la vida de su esposo, y de hecho, tras una noche de lujuria y vino con la mujer y una moza lozana que servía en su casa, acabó convencido de ir por la mañana a rebanarle el cuello al tipo que le pagaba los honorarios.

Por fortuna, al amanecer entró en razón y rompió con Samara, que lo había envuelto en su tela de araña y lo tenía atrapado. Se retiró un tiempo de la circulación para ordenar sus ideas, y se encontraba en mitad de sus cavilaciones cuando apareció su tío Petro para acabar con aquello de la única forma que sabía.

Su tío y mentor no le permitió declinar el ofrecimiento que traía del obispo de Toro, así que Petro dejó Córdoba, a la que no había vuelto todavía, pero a la que pensaba regresar en cuanto terminase el servicio en la diócesis toresana. Según las noticias que le habían llegado de la capital de los califas, su tío, a pesar de ser un anciano que moriría un año después, se había ocupado de solventar el asunto del prestamista.

Petro el Cartaginés se negaba a pasar de nuevo por algo parecido. Había dejado atrás la celda de Lisarda, pero notaba que se le alteraba el pulso y no era capaz de serenarse, así que decidió no volver a casa. Con la noche ya avanzada entró en una taberna frecuentada por maleantes de los caminos, cerca de la vereda que bajaba al río, a las afueras de la ciudad. Los cuchilleros y forajidos que estaban allí lo miraron con gesto desafiante. Varios hombres dormían en el suelo o retorcidos sobre los bancos de piedra. Otros cuatro que hablaban en voz alta alrededor de una mesa de madera maciza se callaron nada más verlo y, al descender el ruido en el tugurio, el tabernero se despertó. Había estado echando una cabezada con el cuello torcido, sentado detrás de ellos en un banco de piedra adosado a la pared.

Petro se sentó en solitario a una mesa que había en la esquina y bebió vino barato. Vació una vasija y luego pidió otra. Al terminar la segunda se quedó dormido. Los tipos no tardaron en acercarse a él, con la aquiescencia del tabernero. Petro jamás, ni siquiera en ese estado de embriaguez, bajaba la guardia, no se lo podía permitir. Cuando notó que la mano de uno de los maleantes rozaba su sayo sacó el puñal, agarró al hombre por la muñeca y le clavó la mano en la mesa de madera atravesándole el dorso con la daga, a la vez que se sacaba otro cuchillo de la pantorrilla izquierda. El maleante empezó a chillar como un cochino, y los demás salieron a la carrera. Petro levantó el puñal y dejó que el ratero corriera detrás de los otros gritando soflamas. Al tabernero le cambió seguir respirando por las dos barricas de vino ingeridas, y luego salió de allí derecho a su casa.

Aquella mujer le iba a destrozar la vida. Estaba seguro de ello, pero no podía hacer nada al respecto. Notaba como la sangre le corría con fuerza por el organismo. La imagen de Lisarda con sus cautivadores ojos verdes y la melena cayéndole sobre los hombros ocupaba su mente, y por mucho que le pesara se dijo mil veces mientras caminaba dando tumbos hacia su covacha que esa aventura debía acabar. Estaba sumido en un mar de contradicciones que no lo podía llevar a nada bueno.

Cuando llegó a su casa había tomado la determinación de no volver a caer en el mismo error, por lo que no regresaría a la covacha de la cortesana, salvo para cumplir con las obligaciones que le impusiera su amo. Sabía que le resultaría muy difícil cumplirlo, así que se dijo que si iba a ver a Lisarda sin una orden expresa del obispo, emprendería el viaje de vuelta a Córdoba y recuperaría su vida en la ciudad de la que nunca debió salir.

La noche siguiente, Petro recibió el encargo de llevar a la meretriz a tierras del conde Gómez. No era habitual que se lo mandaran a él, pero el cochero se limitaba a cumplir órdenes. Paró el carro en el promontorio, frente a su celda, y Lisarda no se hizo esperar. El sol emitía sus últimos rayos. La cortesana subió al carro sin saludar al cochero y se sentó en la parte de atrás como había hecho siempre. El cochero arengó al caballo y se encaminaron hacia el castillo del conde. De pronto, Lisarda se acercó a Petro y, sin que este la viera, lo agarró por la cintura y fue subiendo la mano acariciándole el pecho. Sin embargo, este la agarró por la muñeca, sin apretársela, y la apartó. Lisarda acusó el golpe y se fue a la parte posterior del carro.

No tenía claro cómo reaccionar ante la nueva situación,

jamás se le había dado el caso de que sus encantos fueran rechazados como moneda de cambio, y menos en una ocasión como esta, en la que estaba absolutamente segura de que el matón del obispo sentía algo por ella que iba más allá del mero deseo lujurioso. Quizá ahí estaba el problema, aunque era pronto para saberlo. O tal vez Petro era un hombre casado que tenía una familia esperándolo en Córdoba o en Cartagena. Llegaron al castillo y Lisarda aguardó a que el cochero la ayudase a bajar del carro. Lo miró tratando de buscar explicaciones en sus ojos, pero él no los levantó del suelo. Era evidente que rehuía la mirada de la meretriz para no caer de nuevo en un juego en el que no tenía nada que ganar.

—Crees que te utilizo y que acabarás ajusticiado por el obispo.

—No sé de qué me habláis, señora.

—No me hables de vos, ya has visto suficiente de mi cuerpo para empezar a tutearme.

—Mi obligación es hacer de cochero y a eso me debo limitar. Si ha habido un malentendido, os ruego que me disculpéis y lo olvidéis completamente.

—No seas ingenuo. Es posible que te maten en cualquier caso, porque estamos en medio de una conspiración para derrocar al rey, por si no te has dado cuenta.

—Esto no es cosa mía.

—Tu señor, el obispo de Toro, está al servicio del conde Gómez González. ¿Esto sí lo sabes? ¿O tampoco?

—Mi señor, el obispo, es un fiel servidor de Dios y, en todo caso, de la emperatriz.

—A ver si piensas en lo que está pasando aquí. En caso de que haya una batalla, y la habrá, la emperatriz luchará contra su marido, nuestro rey. Y no podemos olvidar que, por mucho que nos duela, el rey es el marido de la reina ante Dios, mientras no se dictamine lo contrario, por lo que este levantamiento es una conspiración para derrocar al rey. ¿Sabes lo que significa esto?

—Por favor, no sigáis. Prefiero cumplir con mis obligaciones y no saber nada más.

—Pues entérate de que si el rey gana, nos colgará al obispo y a todos nosotros en la plaza mayor de Jaca. Solo te pido que lo pienses y, si cambias de opinión, me ayudes a salvar el pellejo; el mío y de paso el tuyo.

Lisarda dio media vuelta y se marchó hacia el interior del castillo. Ya era casi completamente de noche y se oía el ruido de las gruesas telas de los pendones de las distintas casas, que ondeaban en la entrada de la fortificación. Era una noche memorable, en la que se esperaba llegar al ansiado acuerdo de los feudos de Castilla y León para desafiar al rey de los aragoneses y los navarros. En la puerta del castillo había decenas de carros y casi un centenar de caballos, a los que trataban de tranquilizar los cocheros y los campesinos que se ocupaban de estos menesteres en los días grandes del feudo. Esos mismos campesinos serían los primeros que se dejarían la vida si finalmente sus señores se levantaban en armas.

Por los salones del castillo, los grupos de nobles departían en distintos corros. Sus esposas no habían acudido, y las únicas mujeres presentes eran las sirvientas y las cortesanas que chismorreaban sentadas alrededor de una mesa en una esquina del salón principal. A Lisarda no dejaba de resultarle ridículo que fuesen solo los hombres quienes llegaran a una resolución, cuando estaba claro que las decisiones más lúcidas del reino las tomaba precisamente una mujer: la reina, que era por quien se iban a batir las dos facciones.

En la mesa principal, sentados uno junto al otro, estaban los dos primos. Era la primera vez que Lisarda veía al Romero, el conde Pedro González, el hombre en el que ella tenía puestas todas sus esperanzas. Su aspecto no la decepcionó. No era muy inteligente juzgar a las personas por su físico, pero a ella siempre le había funcionado. Vio en el conde a un tipo sereno, de mirada profunda y aspecto frío. Rezumaba tranquilidad y respeto, mientras su primo, el conde Gómez, aparentaba lo que realmente era: un conspirador más interesado en las ventajas que le daba ser el amante de la reina que en amarla de verdad. Lo conocía bien, había estado al menos diez veces en aquel castillo y siempre lo había encontrado rodeado de nobles, maquinando contra el rey. Jamás lo había visto en otros quehaceres, así que para ella no era un hombre de fiar.

El conde Gómez hablaba sin parar y su primo lo escuchaba con atención. El Romero asentía con la cabeza, pero no parecía convencido de las explicaciones, aunque si se había convocado aquel cónclave era para que ambos nobles se dieran la mano. Sagaz y experto, sabía que, a pesar de las buenas intenciones y el entusiasmo de su primo, la contienda en la que pretendía embarcarse podía resultar muy comprometida.

La idea del conde Gómez era citar al rey en Castilla y que los ejércitos se batieran en campo abierto. Contaba con todos los hombres disponibles en el reino y con el apoyo unánime de los nobles. Su primo, el conde Pedro González, conocía muy bien al rey, ya que había luchado a su lado durante muchos años, y sabía de su pericia en combate. Y sobre todo sabía que era un gran adiestrador de tropas que no dejaba un detalle a la improvisación. Estudiaría el campo de batalla y se informaría sobre el ejército rival. De hecho, no sería de extrañar que entre los invitados del castillo hubiera al menos una docena de hombres fieles al rey que le darían cuenta paso a paso de los movimientos planeados por el ejército castellanoleonés.

El conde Pedro González continuaba escuchando a su primo, que cada vez se movía más nervioso en el sillón. Su inquietud era visible desde cualquier lugar del salón. Estaban allí para escenificar el apretón de manos, pero el asunto parecía complicarse. Ambos sabían que sus cabezas corrían peligro si no ganaban en el campo de batalla, pero el conde invitado era más realista con respecto a las posibilidades de un ejército formado por hordas de campesinos procedentes de los feudos castellanoleoneses que lucharían bajo el mando del conde sin un adiestramiento previo.

Desde la esquina del salón, Lisarda lanzó una mirada al conde Gómez y logró captar la atención de sus ojos, que echaban chispas. Luego miró a su primo y volvió la cabeza en dirección a los aposentos del conde. El señor del castillo asintió levemente con la cabeza, y la cortesana se levantó con discreción. Rodeó la mesa de los condes por detrás y se acercó al Romero.

—¿Me recordáis, señor conde? —le dijo tras sentarse en la silla que había a su derecha.

—No —respondió sin más el Romero.

—¿Estáis seguro de ello?

—No olvidaría unos ojos como los vuestros, así que os equivocáis.

—La verdad es que yo tampoco os conozco, pero me han hablado tanto de vos que casi me parecía conoceros.

—¿Y os han hablado bien o mal?

—Podríamos ir a un sitio más tranquilo, así os lo contaría con calma. Este salón es asfixiante, y no soporto ni un segundo más las miradas de toda esa gente.

—Vos diréis dónde.

—Estoy segura de que vuestro primo sabrá indicaros el lugar. —Los primos cruzaron una mirada cómplice y por fin pareció fluir la sintonía entre ellos.

El Romero se levantó, solemne y con la vista clavada en su primo. El conde Gómez González se puso de pie también y lo miró fijamente. Ambos vieron la duda en los ojos del otro, una sombra que no iba a trascender más allá del codo de distancia que los separaba, de manera que se dieron la mano y un abrazo.

En los breves instantes que transcurrieron mientras se sostenían la mirada, todos los asistentes al encuentro dejaron sus conversaciones, se giraron hacia ellos y aguantaron la respiración. Esperaban el acuerdo desde hacía meses, y por un momento muchos de los nobles pensaron que el apretón de manos jamás se produciría. Tras el abrazo de los condes el salón rugió de júbilo y comenzaron las soflamas y vítores a favor del ejército leal a la emperatriz de Hispania.

isarda abandonó el salón y el conde siguió sus pasos sin importarle demasiado que los presentes se dieran cuenta de lo que estaba sucediendo. Don Pedro González no era hombre de guardar las apariencias, pero su primo sí lo era, y su salida con la cortesana constituiría una auténtica afrenta para el anfitrión. La predilección del amante de la reina por esta cortesana era la comidilla de la alta nobleza castellana, circunstancia que había provocado el altercado de Lisarda con la emperatriz.

La monarquía dejaba que el pueblo disfrutara con estos chismorreos, por lo que a nadie se le escapaba que el conde Gómez le estaba consintiendo un desaire a su primo. La ofensa tardaría poco en llegar a las plazas de las ciudades, cantada por los juglares, y nadie haría nada por evitarlo. La nobleza estaba casi en la obligación de someterse a estos escarnios públicos, utilizados para que el pueblo, asfixiado por los altos tributos, olvidase su descontento. En una época plagada de conflictos bélicos, eran los más pobres los que ponían el dinero y, además, se jugaban la vida en los campos de batalla, así que disfrutar con las intrigas palaciegas les servía para no mirar, al menos durante un rato, a sus propias desgracias.

Una vez fuera del salón, el conde cogió a la cortesana de la mano y la sacó del castillo ante los atónitos ojos de cuantos los vieron salir. El apretón de manos del Romero no le iba a salir barato al conde Gómez. Don Pedro González montó a Lisarda en un coche y ambos se marcharon al castillo de los Lara. En el camino hasta las tierras de don Pedro no hubo ningún intercambio de palabras, aunque el conde estaba contento por cómo se iban desarrollando los acontecimientos. No le gustaban ni le importaban los chismes, pero llevarse a la cortesana favorita de su primo delante de sus narices le daba al menos la tranquilidad de que la primera victoria era suya.

Lisarda estaba tensa. Llevaba mucho tiempo esperando una oportunidad, y sabía que no se le presentaría mejor ocasión que aquella para por fin dar comienzo a su estratagema. Era consciente de lo mucho que se arriesgaba: en cuanto contara sus intenciones al conde no solo habría traicionado al rey, sino también al conde Gómez y a su adlátere, el obispo de Toro, y mientras no se conociera el final de su maniobra, también figuraría como traidora a la reina.

Le daba igual que ese fuera el panorama que tenía por delante, lo que no quería era seguir como estaba. Pronto se le pasaría el apetito de la maternidad, que le había sobrevenido con fuerza tras conocer a Petro, y empezaba a tener la sensación de que la vida se le escapaba como el agua entre los dedos. Le parecía que su cuerpo se hubiera revolucionado y sus entrañas la empujasen a acelerar los acontecimientos para acabar con todo aquello y caer en los brazos del hombre sin el que no podía pasar un segundo más.

En otras palabras: tenía que hablar con el conde y explicarle sus planes, aun cuando no pudiese predecir su reacción, pues era casi seguro que aquella oportunidad no se repetiría. Le hubiera gustado mantener un par de encuentros con el conde para ir tanteándolo, pero eso no iba a ser posible, así que era esa noche o nunca. Intuía que estaba a escasas horas de resolver su futuro, aunque su osadía le podía costar incluso su vida.

Al llegar al castillo subieron a paso rápido a la planta superior y entraron en una alcoba grande, iluminada por un enorme candelabro de ocho brazos. Tenía el suelo de piedra y una chimenea enorme en el centro, acorde con el desmesurado tamaño del cuarto. Sin embargo, el fuego estaba apagado, y corría un aire helado entre las pequeñas ventanas abiertas, pero el conde no permitió a Lisarda que las cerrara.

Se puso frente a ella, la rodeó con sus brazos y le soltó los botones que le ataban el traje por la espalda. Luego le sacó las mangas despacio, deshizo el nudo del cordón que le ceñía el traje a la cintura y dejó caer el vestido a sus pies. Lisarda lo miraba, sin hacerle reproche alguno, con sus enormes ojos verdes. El conde siguió desabrochándole los dos botones del blusón que llevaba debajo, y este cayó al suelo, junto al traje de seda verde oliva.

Cuando hubo desnudado a la chica la observó como el que mira un cuadro. El frío que entraba por la ventana le erizaba la piel, y sus pezones se irguieron. El conde le agarró los pechos con delicadeza, los acarició, y luego siguió con las manos hacia las nalgas de la plebeya mientras la besaba en el cuello y los hombros. Después la abrazó, se sentó en el camastro y la puso sobre él. Era un hombre muy fuerte y la movía como si no pesara más que una hogaza de pan. Cuando terminaron de amarse, Lisarda se quedó dormida bajo las suaves pieles de la cama del conde.

A medianoche, cuando los ronquidos del enorme luchador que tenía tumbado junto a ella se hicieron insoportables, se despertó. Una hora después, él también abrió los ojos. El cuarto estaba apenas iluminado por el haz de luz de luna que se colaba por uno de los ventanucos, pero tras tanto rato sumida en la oscuridad de la noche, Lisarda veía con claridad la cara de su amante. El conde le clavó una mirada escrutadora, como si quisiera adivinar sus intenciones en los ojos verdes que habían cautivado a medio reino.

El conde sabía que aquella chica ocultaba algo, no era normal que se hubiese prestado a desairar a su primo de aquella manera. Sabía asimismo que era una mujer inteligente, que conocía la corte de Aragón y a su rey, y que no debía albergar ninguna esperanza de ganar la batalla que se avecinaba. Estaba deseando escuchar su plan, porque si se había ido con él era por algo y para algo. La sagacidad de aquella mujer era perfectamente conocida entre los cortesanos, por lo que debía ir con pies de plomo con ella.

—Muchas mujeres me habían hablado de vuestras dotes en el campo de batalla, pero ninguna me había dicho lo buen amante que sois. Está claro que no os querían compartir.

—No me vengáis con monsergas, quitaos la careta de una vez.

—¿Estáis seguro del pacto que habéis firmado con vuestro primo? —Lisarda sabía que andarse por las ramas era perder el tiempo.

—¿Ahora vais a traicionar a mi primo?

—No sería tan extraño —dijo Lisarda, y tragó saliva antes de seguir—, ambos planeáis traicionar al emperador.

—Eso es cierto, pero nuestra traición es pública.

—Y la mía también, si no ¿qué hago en esta cama?

Sin embargo, el conde no quiso escuchar la propuesta que le traía la cortesana. A Lisarda le empezó a temblar todo el cuerpo; le había confesado gratuitamente al conde su intención de traicionar a su primo y se había quedado a merced de ambos nobles. El Romero se levantó del catre y salió de la habitación. Lisarda notaba una soga alrededor del cuello, se lo había jugado todo a una carta y la cosa no había salido demasiado bien. El noble, a pesar de no querer encumbrar a su primo en la cabecera del reino, parecía dispuesto a secundar su plan. Tenía que haber supuesto que un hombre de armas como él sería fiel al pacto que había formalizado en presencia de las fuerzas vivas del reino.

Lisarda salió de la habitación dispuesta a abandonar el castillo antes de que su situación empeorara. Una vez fuera de aquellos muros ya encontraría la manera de ponerse a salvo, pero de momento lo más prudente era marcharse de allí, no fuera a ser que el conde pensara dos veces lo que le acababa de decir y la mandase detener.

—No corráis, joven —le dijo con voz seca el conde desde lo alto de las escaleras.

—Esto no es lo que parece, señor. Me encuentro indispuesta y busco la forma de salir a que me dé el aire.

—No os preocupéis, vuestras intenciones están a salvo conmigo. He ordenado a mi cochero que os lleve de vuelta a la corte.

—Por favor, no me malinterpretéis. Quiera Dios que salgamos victoriosos en el campo de batalla.

El conde se dio la vuelta y se perdió por un pasillo. Al momento apareció el ama de llaves del castillo, que acompañó a la cortesana hasta el patio donde la esperaba el coche.

Llegaron a León con las primeras luces del alba. El cochero dejó a Lisarda donde esta le indicó y ella se encaminó a su casa con premura y con la sensación de que a cada paso que daba se acercaba un poco más a su muerte.

Había jugado con fuego y se había quemado, pero ella era la única responsable de haber puesto en marcha su plan, así que ahora le tocaba apechugar con las consecuencias y, en el caso de conservar la vida el tiempo suficiente para ver la batalla de los condes contra el rey, tendría que adaptarse a la situación una vez que se conociera el vencedor. No le quedaba otra.

Al entrar en su casa se encontró al obispo de Toro sentado en la mesa con los pies apoyados en el taburete. Lisarda se quedó en el vano de la puerta observando al religioso, que la miraba condescendientemente haciendo un casi imperceptible gesto de asentimiento con la cabeza.

—Así que te crees tan importante y poderosa que no solo te metes en la cama con el difunto rey Alfonso, la reina y el conde Gómez, sino que además ahora te marchas con don Pedro González de Lara en las narices de todo el reino y humillas al conde en su propia casa.

—Padre, yo solo he hecho lo que se me ha ordenado.

—¿Lo que te ha ordenado quién?

—Vos en primer lugar, y el conde Gómez después.

—¿Y se puede saber en qué momento el conde te instó a que lo pusieras en evidencia delante del reino entero?

—Vos no habéis hablado con él, ¿verdad?

—No me ha hecho falta.

Lisarda respiró aliviada. Por un momento había pensado que el conde había mandado al obispo a hacer el trabajo sucio. Cuando el prelado hablase con el conde, este le aclararía la situación, ya que ella simplemente había seguido las órdenes que el conde le dio con la mirada, de eso no tenía duda. Tanto ella como el conde Gómez sabían que el desaire de don Pedro González era el pago por el apretón de manos en público. Para la cortesana, el verdadero problema era que llegasen a oídos del amante de la reina las intenciones que esta le había confesado a su primo hacía tan solo unas horas.

—Marchad, señor obispo, hasta el castillo del conde y preguntadle. Yo que vos no me tomaría la justicia por mi mano, porque podría perder esa mano.

—¿Qué dices, moza? ¿Cómo te atreves a hablarme en ese tono?

—Os digo que el conde me mandó a terminar de convencer a su primo de que uniese sus tropas a las del resto de los nobles. Tanto vos como yo sabemos que el conde Pedro González andaba dubitativo.

—Mírame a los ojos y recuerda lo que te voy a decir. Si me has mentido, vas a conocer a Lucifer antes de que se ponga este sol que está naciendo por encima de la colina.

Lisarda se apartó de la puerta y le franqueó el paso al obispo, que salió como una exhalación de aquel cuarto en el que parecía que habitaba el mismísimo diablo.

Lisarda no tuvo noticias del obispo ese día ni los que siguieron. Era obvio que el conde había corroborado su versión. El otoño avanzaba con paso lento y la latente guerra entre los reinos se tornaba cada vez más inevitable. Las costureras de palacio espaciaron sus salidas al río por la bajada de las temperaturas, pero sobre todo porque en la corte cundía el pánico a causa de las pequeñas revueltas que se iban sucediendo. Había ajustes de cuentas todos los días, mientras los partidarios del rey, pocos pero muy ruidosos, y los nobles leales a la reina se acusaban unos a otros de traidores.

Por otro lado, en León no existía un sentimiento patrio demasiado hondo. Gran parte de los habitantes de la ciudad provenían de otros territorios, pues en ella se habían instalado muchos comerciantes atraídos por la corte y el ajetreo del camino de Santiago, de modo que la mayoría de los ciudadanos estaban de acuerdo con la situación que vivían los reinos unidos. Preferían que los reinos de Castilla, León, Aragón y Navarra continuasen juntos, era más atractivo para sus comercios.

Lisarda pasaba los días y las noches devanándose los sesos. No encontraba su lugar en el más que probable caso de que el rey Alfonso I ganase la batalla. Ella había sido amante, a la vista de todo el reino, de los condes leoneses, la reina y el difunto padre de esta. Era fácil que el rey no supiera nada de ella, pero poco tardaría en saberlo, ya se ocuparían las afiladas lenguas de la corte de ponerlo al día.

Solo faltaba que su papel en la conspiración lo trovasen en las plazas, si es que no lo estaban trovando ya. Era una conspiradora en toda regla, una conspiradora por la que nadie arriesgaría ni un pelo. En el caso de que el rey ganase la batalla, los condes de Lara y Salvadórez habrían caído en el combate, y el único valedor que le quedaría sería el obispo de Toro, que, según había podido comprobar recientemente, estaba deseando verla cometer un desliz para mandarla a conocer al demonio en persona.

En el caso de que los condes y los demás nobles castellanos consiguieran vencer al todopoderoso rey de Aragón, su situación sería algo mejor, siempre y cuando uno de los primos muriese en la batalla, porque si ambos acababan por entenderse, sin duda el conde Pedro González le contaría al conde Gómez la traición que tenía en la cabeza la noche que compartió su lecho con él.

Aunque no le había contado su treta al Romero, este advirtió sus intenciones, y la reprendió por querer traicionar a su primo. La pretensión de la cortesana era que las tropas del conde Pedro fueran por libre en la batalla. Tenía bastantes pistas de cómo se iba a desarrollar el combate, y en eso radicaba su estratagema, aunque necesitaba conocer más pormenores del plan de ataque. La noche que durmió con el conde de los Lara quiso ofrecerse como informadora para ponerlo al corriente de la disposición en la batalla, pues su primo pretendía no darle detalles hasta el mismo día del combate, con el fin de que pudiera decidir lo que más le conviniera. Lisarda tenía acceso a muchas conversaciones de alcoba que le podían ser de gran utilidad.

El Romero era consciente de que el conde Gómez lo mantendría al margen mientras se planificara la estrategia, pues cada uno tenía su propio objetivo. A él le preocupaban las tácticas guerreras, y a su primo, figurar como héroe en el derrocamiento. Lisarda todavía podía conseguir que el Romero la escuchase, pero debía moverse antes de que fuera tarde. Caminaba al borde del abismo; sin embargo, en las circunstancias del momento la información no corría con la misma fluidez que en tiempos de paz, y eso jugaba a su favor. Los primos desconfiaban el uno del otro y seguirían adelante juntos como mal menor para luego dirimir sus diferencias, una vez eliminado el obstáculo que suponía en sus planes el rey de Aragón. Ninguno de los dos pasaba por alto que, mientras no se anulase el matrimonio real o no consiguieran dar muerte al rey en el campo de batalla, don Alfonso seguiría siendo el emperador de Hispania por la gracia de Dios.

Así, Lisarda sabía que antes del verano del año siguiente su vida estaría encarrilada: o descansaría bajo tierra o tendría recorrida la parte más farragosa del camino que le quedaba por transitar. La guerra no tardaría mucho en desatarse y del resultado de la contienda dependería su futuro, pero solo en parte, porque algo le decía que el conde Gómez, a pesar de haberla arrojado a los brazos de su primo, le guardaba un profundo rencor por la forma en la que había salido de su salón, a la vista de todo el mundo y dejando tras de sí un reguero de comentarios. Esto, para un noble poderoso como él, a buen seguro habría sido complicado de digerir sin acusar la deshonra. El conde Gómez se aguantaría las ganas de ajustarle las cuentas a Lisarda hasta después de la batalla, pero tras la contienda esta tendría al conde en su contra, y a la reina también, por similar motivo. Las camas de los nobles eran muy peligrosas, condición que nadie tenía que descubrirle a una profesional del gremio como ella. Estaba claro que los tres bofetones de la reina solo eran la avanzadilla de lo que tenía pensado para ella cuando las circunstancias lo permitiesen.

Con todo, la cortesana necesitaba dejar de dar vueltas a los malos augurios, que posiblemente eran meras suposiciones suyas y nadie tenía previsto ajusticiarla, y centrar sus esfuerzos en posicionarse antes de la batalla.

Las palabras de la infanta Urraca de Zamora, la tía de la emperatriz, resonaban en su cabeza. El día que, diez años atrás, le había expuesto su pronóstico para el reino, pronóstico que se había ido cumpliendo paso a paso, le dijo que debía utilizar las dotes que tan bien manejaba para influir sobre el destino del reino. En aquel momento sus palabras le parecieron un desvarío: cómo iba a mediar en la suerte de Hispania una plebeya que jamás había hecho otra cosa que bordar por el día e ir de alcoba en alcoba por la noche.

Había llevado una vida tan ignominiosa que no se sentía capaz de mirarse en un espejo, en uno de esos que había en los castillos de los nobles a los que visitaba. Prefería bajar la cabeza y seguir adelante, hacia el averno que le esperaba tras una vida en la que ni tan siquiera se había preocupado de acudir al templo a oír misa. No recordaba la última vez que había pisado una iglesia; de niña iba los domingos para pedir limosna, y durante el oficio permanecía de rodillas en un lugar apartado, mirando de reojo a las esposas de los nobles que acudían a la corte, táctica que no fallaba jamás para conseguir alguna moneda. Por si eso fuera poco, había asesinado al menos a veinte personas y había acudido dos veces a un físico hebreo para que le limpiase el vientre cuando había sospechado que podía estar embarazada. Se negaba a traer al mundo a un ser que tuviese que llevar su vida; el día que diese a luz un hijo sería para que su vida no se pareciese ni un poco al repugnante existir de su madre. Le daba igual que fuese un niño o una niña: tendría sus tierras y sus vasallos, no sería siervo de nadie.

Al final, la anciana tía de la reina no estaba tan equivocada: en las alcobas era donde se dirimían los asuntos del reino, y en este momento Lisarda tenía la sensación de que ciertamente podía influir en ellos. Por extraño que pudiera parecer, tenía acceso a todos los poderosos señores que iban a decantar el futuro de Hispania, así que era preciso apartar la oscura nube que enturbiaba su mente y pasar a la acción. Acurrucada en su camastro como un perro asustado solo iba a conseguir que el mundo se le viniese encima. Todavía no había llegado la hora de darse por vencida, así que se levantó de la cama, agarró la daga, se puso el sayo, se anudó las sandalias y salió a luchar por su vida y por la de su descendencia.

25

La noche caía sobre León cuando Lisarda se encaminó al arrabal donde vivía el cochero del obispo de Toro. Hacía unos días que no sabía nada de él, concretamente desde la noche que estuvo en el castillo del conde don Pedro. Esperaba que las últimas palabras que le dijo al cochero le hicieran recapacitar sobre sus lealtades, porque lo que en este momento parecía seguro y acertado podía convertirse en alta traición dependiendo de cómo acabase la batalla que estaba por librarse.

Más allá de eso, sin embargo, Lisarda tenía claro que Petro el Cartaginés era el hombre al que había elegido para que le diera un hijo y compartiera con ella los réditos de la peligrosa encomienda en la que estaba embarcada. Necesitaba estar con él, era la razón de su vida, aunque por algún motivo no era capaz de terminar de conquistarlo. Odiaba la situación en la que se habían conocido, pues le había impedido acercarse a él como le hubiera gustado. Su relación había empezado con una violenta pelea en su casa y había continuado en la cama de una mancebía, cosa que le parecía horrible. Quizá nunca superarían ese comienzo, pero estaba perdidamente enamorada y sabía que él también.

Lisarda golpeó con fuerza el portón de la casa de Petro. Entre las muchas chabolas que había en aquella zona, la del cartaginés era inconfundible, ya que tenía el jamelgo atado en una argolla junto a la puerta y el carro con las lanzas hacia arriba apoyado en el suelo detrás del animal. Nadie dio señales de vida al otro lado de la puerta, y la cortesana siguió llamando cada vez más fuerte y más desesperada. No había un alma por los alrededores, y en las otras covachas tampoco se veía movimiento.

Al poco, alertado por los golpes, apareció un tipo andrajoso.

—¿Se puede saber qué ruido es ese?

—Estoy buscando a Petro, ¿sabes dónde para?

—No sé de quién me hablas. ¿No tendrás unas monedas debajo de ese sayo?

—No tengo ninguna moneda, pero sí una daga para los tipos asquerosos que andan asaltando los caminos.

Mientras pronunciaba estas palabras aparecieron de entre las sombras otro individuo y una mujer. Él era delgaducho y alto, no tendría más de quince años, y a la mujer, también delgada y con aspecto de estar enferma, le faltaba casi toda la dentadura; llevaba el pelo cubierto por un pañuelo oscuro. La luna iluminaba, poderosa, la puerta de la covacha del Cartaginés, y no parecía haber nadie más.

Lisarda sabía cuándo sobraban las palabras, así que se lanzó a por la mujer y la agarró por detrás, le puso el puñal en la garganta y miró fijamente a los dos tipos, que se quedaron inmóviles. De pronto oyó un ruido: había un cuarto individuo al que no había visto, y cuando se giró este la golpeó con un garrote desde la oscuridad. El golpe fue tremendo, y Lisarda perdió el conocimiento momentáneamente. Cayó al suelo y soltó el cuchillo, pero se rehízo con rapidez, y cuando el individuo la aferró por la espalda confiado en que seguía inconsciente, le lanzó un violento cabezazo. El tipo le dejó un par de dientes clavados en la coronilla y se desplomó hacia atrás, momento en que la mujer delgada reaccionó y se echó encima de Lisarda, le apresó el cuello con ambas manos y se lo apretó con fuerza. Lisarda notó sus dedos huesudos y sus uñas largas clavándosele en la yugular. Le faltaba el aire, pero seguía luchando, así había sido toda su vida, y el que quisiera acabar con ella iba a tener que pelear hasta su último aliento. Daba enérgicas patadas al aire para mantener alejados de ella al chico delgaducho y al primero que se le había presentado, que pretendían lanzarse también sobre ella, mientras trataba de quitarse de encima a la mujer, una auténtica gata. Cuando consiguió apartarle las manos de su cuello, la ratera le arañó la cara y las vestiduras, y hasta le arrancó un buen trozo de piel y carne del brazo izquierdo. Lisarda por fin logró extraer el pequeño estilete, que llevaba en la pantorrilla derecha, y se deshizo de la ratera clavándoselo en el cuello. El tipo desdentado y los otros dos, al ver a Lisarda levantarse, impetuosa, apuntándolos con el puñal, salieron a la carrera, y la mujer acuchillada se puso de rodillas y se echó la mano al cuello tratando de taponar la herida por la que le manaba sangre a borbotones.

Lisarda cogió su otro cuchillo del suelo, desnudó lo más rápido que pudo a la moribunda mujer, que le pedía auxilio con la poca voz que le quedaba, agarró el jamelgo, que permanecía atado a la argolla de la chabola, y salió de allí sin perder un segundo. Estaba magullada y sangrando por la cabeza y el brazo, pero no tenía tiempo que perder en lamentos. Los días pasaban, y si quería mantener la cabeza sobre los hombros, no podía perder un segundo.

Se fue hasta el río y se limpió las heridas con el agua fría, que le cortó las hemorragias, especialmente la de la cabeza, que por momentos le había sangrado con abundancia, tanto que tenía el sayo empapado e incluso había temido desangrarse. Se limpió la herida con el pañuelo de la mujer, a la que había dejado dando sus últimos estertores frente a la covacha de Petro, y se arregló lo más dignamente que pudo con lo que logró salvar de su ropa y lo que robó a su víctima. Afortunadamente, aquella mujer era delgada como ella, y pudo aprovechar el capuchón y la parte superior del sayo, que le venía como un guante.

A continuación, emprendió camino hacia las tierras de los Salvadórez. Tenía que ir al castillo del conde Gómez. No sabía de qué guisa la iban a recibir, pero no tenía más remedio que ir a por información, porque sentada en el camastro de su celda no iba a conseguir nada.

Por primera vez en su vida se sentía agotada y con la moral

por los suelos. Se había quedado sola. Se culpaba por ello, quizá era la osadía de una lunática pensar tal como lo había hecho toda su vida. Sus ideas eran la energía que la motivaba para seguir adelante, pero aspirar a tener un hijo y unas tierras llenas de siervos que se inclinasen ante él le parecía en ese momento poco menos que una locura.

Mientras cabalgaba a paso lento sobre el lomo del jamelgo reflexionó acerca de su realidad: no era más que una fulana; le dolía horrores reconocerlo, pero así era, se ganaba la vida y los favores de la forma que mejor sabía. Estaba en la corte por esa única razón. La difunta infanta Urraca la había elegido por sus habilidades en la alcoba, no por otra virtud. Le había dicho textualmente que usara sus dotes amatorias.

Mientras repasaba la crudeza de su vida se le escapaban las lágrimas de los ojos. Hubiera podido casarse o convertirse en la manceba de algún noble, pero no era esto lo que deseaba. Más que nada le dolía que por el hecho de no querer esa vida se había visto obligada a optar por la que estaba viviendo, sin otra posibilidad. Las señoras con una posición en la sociedad lo tenían muy fácil para mirarla por encima del hombro y cuchichear a sus espaldas, e incluso en su cara. Lisarda ignoraba sus comentarios y no les daba importancia. Siempre se había dicho que no había tanta diferencia entre las dignas señoras de los castillos y ella, pero por mucho que se quisiera consolar así, sabía que esto no era verdad, que se lo repetía como una cantinela cuando no podía soportar su existencia. Su miseria le dolía en el alma.

Siempre había sido una mujer independiente que no quería ningún lazo sentimental. La vida la había apartado de sus padres lo suficientemente pronto para enseñarle que hacerse ilusiones con las personas solo servía para acabar sufriendo el resto de tu existencia cuando estas personas desaparecían. Esto en parte también influía en su poco interés por el matrimonio y los hijos, pero ahora la situación había cambiado. Necesitaba saber qué había sido de Petro. El Cartaginés ocupaba toda su mente, y no podía dejar de pensar en él. Esperaba con ansiedad que siguiera con vida y pudieran encontrarse de nuevo.

Mientras tanto, estaba hecha un auténtico lío. En apariencia se la disputaban los condes de Lara y Salvadórez e incluso la reina, quienes parecían querer una relación lujuriosa en exclusiva con ella. Por su parte, Lisarda solo aspiraba a sacar réditos de todos ellos. A Petro, en cambio, lo quería para estar con él, pero no encontraba la manera de acercársele sin hacerle salir huyendo. Necesitaba volver a estar en sus brazos, necesitaba buscar aquella mirada esquiva y desconcertante que la había cautivado y casi no le dejaba pensar en otra cosa.

El sicario del obispo le había robado el corazón. De pequeña ya le gustaban los niños con los que se podía pelear sin piedad; los que se iban corriendo asustados cuando la veían soltar la mano no le interesaban. Y el cochero era un tipo duro y avezado, quería a alguien fuerte a su lado, alguien que la ayudase a sobrevivir en un mundo cruel y que cada día lo parecía más.

Finalmente, Lisarda llegó al castillo del conde Gómez y dejó el jamelgo de Petro atado a un árbol a la distancia de un tiro de ballesta de la puerta trasera de la muralla. El portón estaba abierto y los siervos entraban y salían constantemente. Como había previsto, había cena en los salones. La proximidad de la contienda bélica obligaba a los nobles a reunirse cada noche para perfilar la sublevación.

Bajó al arroyo y cuando una de las sirvientas se quedó a solas rellenando una tinaja se arrojó sobre ella y le rebanó el cuello. Le dolía que muriesen personas que nada tenían que ver con lo que estaba pasando, pero no había tiempo para idear otra estrategia. Su cabeza también corría peligro. Se puso las ropas de la chica y entró en las cocinas con el pesado cántaro en los brazos. Nadie reparó en ella, cada uno iba a lo suyo. En las veladas que se alargaban hasta la madrugada era muy común que los nobles cenaran varias veces, por lo que los fuegos de las cocinas ardían vivamente y había un ajetreado movimiento en las zonas de servicio de los Salvadórez.

Desde las cocinas, la cortesana fue con discreción a la zona noble, llegó al salón principal y rellenó algunos recipientes con vino y agua. Llevaba el cabello tocado y apenas se le veía la cara, pues permanecía con el mentón pegado al pecho, de manera que estaba completamente segura de que nadie se fijaría en ella, y así fue. Rellenó de sebo los faroles y recogió platos de las mesas. Después se puso detrás del conde y los principales nobles y esperó a que le mandasen algún encargo. Nadie requirió sus servicios, así que pudo escuchar con tranquilidad la conversación de los contertulios.

Don Pedro González no estaba en la mesa, cosa que le extrañó, más aún cuando fue descubriendo los pormenores de la contienda que había preparado el conde Gómez. Contaba con que su primo comandase su ejército en la vanguardia del ataque y fuera el estilete que chocara contra las tropas aragonesas, un plan que apoyaban todos los presentes.

—¿No sería conveniente hablar antes con vuestro primo? —espetó, desde el fondo de la mesa, un noble al que la cortesana no conocía.

—No os preocupéis, señor marqués, el conde don Pedro dejó claro que acataría las decisiones que yo mismo tuviera a bien tomar para el desarrollo de la batalla —dijo con voz firme y segura el conde Gómez.

—Eso lo sabemos todos, pero estamos hablando de mandarlo a una muerte casi segura.

—De peores ha salido airoso el Romero —apuntó otro noble—. Además, ya vimos la determinación de don Pedro González en el castillo de Castelar. De no ser por él hubiera sido imposible liberar a nuestra amada reina.

—Así es —apuntó el conde Gómez—. Por otro lado, cuantos vamos a esa batalla luchamos por nuestra reina. Pagar con la vida será un honor, y sin duda mi primo estará de acuerdo en eso.

Se hizo el silencio en el salón tras el pequeño cambio de impresiones, y el resto de los comensales parecieron estar de acuerdo con lo hablado. El conde entendió que era el momento y levantó su copa, gesto que no dudaron en secundar todos los invitados sentados alrededor de aquella mesa. Brindaron y vitorearon sonoramente a la reina, saboreando las mieles de una victoria que no se les podía escapar.

Poco después, Lisarda, tras asegurarse de que en efecto, y como ya sabía, la batalla tendría lugar en las tierras de Sepúlveda y las hostilidades se desatarían antes de que llegase el mes de noviembre, se marchó del castillo. No quería arriesgarse a ser descubierta. Conocía bien aquella mansión en la que trabajaban infinidad de siervos, circunstancia que la ayudaba a pasar inadvertida. Salió por la puerta por la que había entrado, con un cántaro vacío en las manos, y se dirigió al río sin cruzar palabra con nadie. A continuación desapareció con la misma discreción con la que había llegado, esta vez sin dejar ningún cadáver tras de sí. Odiaba haber tenido que matar a aquella muchacha, pero no se permitía dejar cabos sueltos. Si la hubiese amordazado para luego soltarla, el conde habría acabado por saber de su visita, lo cual estropearía sus planes. Ahora debía darse prisa; no quedaba ni un mes para la batalla.

26

La vereda de vuelta a la ciudad se estrechaba en una zona llena de arroyos donde la vegetación era muy abundante. Se trataba de la parte más peligrosa del camino, ya que invitaba a los maleantes a esconderse en la espesura y así poder asaltar casi con total impunidad a los viajeros. El jamelgo parecía saberlo y movía el cuello de manera impulsiva mostrando su nerviosismo. En efecto, entre la maleza se oía movimiento de zarzas. Lisarda no era una mujer asustadiza, pero notó como se le aceleraban los latidos del corazón. Las zarzas del lado derecho de la vereda zozobraron y acto seguido saltaron de ellas los tres tipos con los que había tenido el encuentro en la puerta de la casa de Petro. Lisarda apretó al jamelgo, pero el animal no era de los que cambiaban el paso con facilidad: se movió, inquieto, aunque no aceleró el ritmo, incluso lo bajó un poco.

Al verse atrapada, la cortesana desenvainó el puñal y lo

blandió contra el chico alto y desgarbado, que fue a por ella. Logró rasgarle la manga derecha del sayo y llegarle hasta el brazo, pero el cuchillazo no fue suficiente para librarse del ratero, y el joven consiguió asirla y tirarla del penco. Al caer vio como el animal salía al trote, tarde para ella. Se revolvió en el suelo para luchar por su vida, pero el chico la empujó hacia atrás. Los otros dos hombres llegaron al momento, apartaron al chaval, la agarraron con violencia y le ataron las manos a la espalda. Era la segunda vez que le ataban las muñecas en poco tiempo, pero esta vez no trató de patear a sus rivales; prefirió no recordarles su capacidad para defenderse de esta guisa.

La llevaron a empellones por el bosque hasta la vera del río, donde había una pequeña explanada en la que aquellas alimañas tenían una fogata y algunos enseres: vasijas, platos, restos de comida y las pieles que usaban para protegerse del frío. Parecía más una guarida que un campamento improvisado. La empujaron junto al fuego, y el tipo que había perdido los dientes en la trifulca anterior la ató a un árbol. El chaval alto se había quedado rezagado y llegó al poco con comida. Arrastraba una gran pieza de carne desde la maleza, evidentemente robada durante el día a algún matarife que iba de camino a León para venderla en el mercado. Por el tamaño, la pieza, que estaba recubierta de sal, debía de ser de vaca o de buey. Sin decir nada, el chico le fue rascando la sal con un cuchillo mientras avivaba las moribundas llamas de la hoguera.

Los otros tipos se dedicaron a vaciar una pequeña barrica

de vino en dos vasijas. Parecían haberse olvidado de Lisarda, ocupados como estaban regándose el gaznate mientras el chico cocinaba para ellos. Ella, suponiendo que el chaval no debía de estar muy de acuerdo en el reparto de las tareas, más aún después de percibir el buen ambiente que reinaba en el grupo, pensó en utilizarlo en su beneficio.

—¡Desgraciado! ¿Se puede saber cuánto piensas tardar en limpiar esa carne? —le gritó el más tosco de los tipos.

—Ya va, no os apuréis.

—A ti sí que te vamos a apurar, desgraciado —siguió el tipo que había quedado desdentado.

—Si queréis, ya podéis hincarle el diente, pero todavía está dura.

—Dura está la estaca con la que te voy a romper la cara como no espabiles.

El chaval bajó la cabeza y siguió con su labor mientras los tipos iban rebajando el barrilete. La cortesana sabía que la disputa jugaba en su favor: el chico parecía estar al límite, y los otros dos infelices pronto no sabrían distinguir la mano izquierda de la derecha.

—¿Qué dijo el cojo? —preguntó el tipo desdentado al otro, que era el que mandaba en el grupo.

—Que no le toquemos un pelo a la mala pécora esa. Quiere ocuparse él mismo de darle su merecido.

—¿Qué merecido? Un cuchillo en el cuello como el que le clavó a la Ronca y al río, que se pudra ahí. Esta hija de Satanás es peligrosa.

—El cojo ha dicho que la quiere para él y no se hable más.

La Ronca era su hermana, y tiene derecho a hacer con esta lo que le venga en gana.

—Pero si llevaba al menos dos inviernos que no veía a la hermana.

—Cierra la boca ya o te la cierro yo.

—Te digo que yo también tengo cuentas pendientes con esta miserable. Ya has visto los dos dientes que me faltan, alguien va a pagar por esto.

Se levantó sin hacer caso al cabecilla de la terna y se lanzó a por Lisarda. Llevaba en la mano un estilete y, lleno de ira, fue directo a clavárselo en el cuello ahora que estaba atada e indefensa. La cortesana lo vio venir y le lanzó con todas sus fuerzas una patada en la entrepierna que lo tumbó. El tipo cayó de espaldas, casi inconsciente; el otro forajido soltó una carcajada y el.chaval, que veía la escena con el rabillo del ojo, sonrió con discreción. El tipo se retorció en el suelo y se incorporó con los ojos inyectados en sangre. Se hizo un breve silencio, y el individuo se acercó con tiento a la plebeya, se puso junto a ella, alejado del peligro de sus piernas, y le agarró el cuello con fuerza. Lisarda notó que la presión de los dedos gruesos y fuertes del forajido la empezaba a dejar sin aire. El individuo que ejercía de jefe de la tropa se levantó para evitar que su compañero estrangulara a la mujer, mientras el chico miraba la cara de Lisarda, que acusaba la falta de aliento y empezaba a tener arcadas. Lisarda pateó en todas direcciones, mientras aún tenía resuello, pero el tipo que la agarraba había aprendido la lección y no conseguía alcanzarlo. El otro delincuente se abalanzó sobre él, golpeándolo con los puños, y lo separó de ella. El chaval, mientras, se ocupaba de la fogata y parecía ajeno a la trifulca, aunque seguía vigilando sin tomar parte por ninguno de sus compañeros. Sabía que era quien se llevaría los palos cuando terminasen las hostilidades.

Lisarda miraba a los tipos revolcarse en la tierra peleando a brazo partido. La luz de la hoguera, alimentada con la grasa que caía de la carne, era poderosa y le permitía no perder ripio. Intentaba aprovechar el motín para salir airosa de su captura, pero no lograba captar la atención del mozo. Un tipo con la fogosidad del joven espigado que guardaba las brasas iba a ser muy fácil de enredar, y ella sabía utilizar mejor que nadie sus armas de seducción. Aquel chaval era pan comido; sin embargo, el problema era que los otros dos desgraciados no terminaban de matarse, y eso le impedía comunicarse con el mancebo.

Los maleantes se cansaron de golpearse el uno al otro y quedaron tendidos en el suelo. Tenían un poco de sangre en el rostro, pero las heridas eran leves. Parecían más cansados y vencidos por el alcohol que lastimados.

Entonces, un tipo salió de repente de la maleza y le rebanó la garganta por detrás al chaval con una rapidez que sorprendió a todos. Antes de que el joven cayera de espaldas en el barro con los ojos abiertos de par en par y las manos en el cuello tratando de evitar, en vano, que la vida se le fuera a borbotones, el tipo se lanzó sobre los otros dos malhechores. Apuñaló al jefe en el cuello con un cuchillo que portaba en la mano izquierda y lo dejó seco casi en el momento, y al tercer forajido le clavó en el vientre una daga que empuñaba en la derecha. Después le asestó otras dos puñaladas en el estómago, y en menos de un minuto los tres bandidos estaban en el infierno acompañando a su amiga la Ronca.

—Te creí muerto —le dijo con aplomo Lisarda a Petro cuando este la desató.

—¿Y por qué lo iba a estar? Que yo sepa no he desafiado a nadie. Más me extraña que vos sigáis con vida.

—¿Cómo supiste encontrarme?

—Había un gran revuelo. Dejasteis a una mujer sin vida y desnuda frente a mi casa, y no lo hicisteis con demasiada discreción.

—Me atacaron estos desgraciados. Había ido en tu búsqueda para pedirte ayuda. —Lisarda seguía tuteándolo con la esperanza de que él se relajase y también lo hiciera.

—En el barrio se habló de que vengarían la muerte de la Ronca. Esa mujer a la que matasteis era la jefa de los cuatreros de León.

—Algo de eso dijeron estos desgraciados. Su hermano quería ajustarme las cuentas, por lo visto.

—A su hermano le habéis hecho un favor, ya que se ha quedado con el puesto de la Ronca, algo que buscaba desde hace mucho, pero imagino que quería lavarse las manos.

—¿Y qué hago ahora?

—Volved a la corte. Aquí no ha pasado nada, estos infelices eran carne de cuchillo. Demasiado han durado, son de lo peor que había en el reino. Unas alimañas.

—Necesito que me ayudes. Hoy he conseguido información en el castillo del conde Gómez y tengo que ver a su primo.

—Id a la corte y olvidaos de esto por un tiempo.

—Estás loco, pronto empezará la guerra y debemos tomar partido. Mi cabeza corre peligro, y la tuya también, pues estás demasiado cerca del obispo. Caerá el conde Gómez y con él, el obispo.

—Para eso debe ganar la batalla el rey.

—¿Y lo dudas? ¿Es que no has visto a nuestros generales? Los condes de esta tierra no son más que bebedores empedernidos que planifican el ataque como si hablaran de una cacería de ciervos. Y permíteme recordarte las sobradas aptitudes del rey de los aragoneses. Nuestro emperador es un gran guerrero que posee un ejército acostumbrado a batirse con la turba musulmana casi a diario.

—El conde Gómez González y su primo no solo fueron insignes alféreces de don Alfonso VI, que Dios lo tenga en su gloria, sino que además lucharon como cruzados defendiendo al cristianismo. —Petro parecía querer aferrarse a la victoria de las huestes de la reina.

—No te lo niego. —Lisarda insistía en tutearlo, quería derribar todas las barreras que la separaban de él—. Sé que el conde Pedro González era conocido como el Romero y estuvo diez años luchando contra el infiel. De él te quiero hablar, pero solo lo haré si confías ciegamente en mí.

Acto seguido la cortesana se dio la vuelta y se marchó hacia la corte. Ya había hablado demasiado, si se le iba la lengua, tendría problemas, y no quería cavarse su fosa ella sola. Estaban a unas cuatro misas andando de León, pero no accedió a que Petro la acompañase. Llevaba su daga en la manga y el pequeño estilete en la pantorrilla. Se sentía segura y sobre todo dichosa de haber salvado la vida; era consciente de que en su situación cada día que viviese era un regalo. Y por encima de todo no pensaba mendigarle más su amor a Petro, era la mejor forma de espantarlo. Esta vez sería paciente, al menos para esto todavía tenía tiempo.

Petro no insistió y la dejó ir. No parecía una mujer a la que fuera fácil hacer cambiar de opinión. Se quedó devorando la carne que había dejado como botín la chusma. La cortesana probablemente tenía razón: hasta entonces la fortuna le había sonreído, pero la sociedad estaba muy revuelta y cualquiera que estuviese cerca de la corte y sus intrigas mantendría la cabeza sobre los hombros solo mientras el aire soplase a su favor.

El cartaginés permaneció en la explanada, rodeado de cadáveres. El río se embalsaba en aquella zona y discurría lentamente. La luna se reflejaba en el agua como en un espejo, y la calma de la noche invitaba a tomarse unos minutos de respiro. Se mojó el gaznate con el vino que había en la barrica tras haberse llenado el buche. Era importante meditar su próximo paso: si volvía a Córdoba, controlaría su vida, al contrario que en Castilla y León, donde el panorama pintaba cada vez peor y su destino dependía de los acontecimientos que estaban por venir. Poco podría hacer para salvar el pellejo si las cosas les venían mal dadas en el campo de batalla a los condes de Lara y Salvadórez. En Córdoba, sin embargo, subsistir sería más sencillo, ya que su tío se había ocupado a su manera, como le gustaba decir, de que todo volviese a su lugar, y habría muchos comerciantes deseosos de contar con sus servicios de nuevo y de brindar por el favor que les hizo como despedida su difunto tío. En sus años cordobeses, él también había quitado de en medio a un par de usureros como aquel, y no había mejor manera que esa de ganarse los agasajos de decenas de mercaderes, especialmente de los que liquidaban su préstamo con la extinción del prestamista. La mayoría de los usureros eran tipos tan desconfiados que nadie más que ellos conocía los pormenores de sus negocios, de manera que la deuda moría con ellos.

De hecho, el verdadero motivo que lo retenía en León era Lisarda. Se negaba a admitirlo, pero estaba perdidamente enamorado de la cortesana. Había otras cosas que lo ataban a aquellas tierras, y la amenaza del obispo era una de ellas. Aun así, y pese a que no quería acabar colgado como un vulgar delincuente en la plaza mayor de Toro, se había pasado toda la vida huyendo y era más que capaz de salir de las tierras cristianas antes de que le dieran caza. Por tanto, Lisarda se había convertido en la razón de su presencia en el norte de la Península. Quería alejarse de ella, pero la plebeya no se lo estaba poniendo fácil. Mirando el panorama con frialdad, lo más lógico sería coger un jamelgo y emprender el viaje de vuelta a Córdoba para no entregarles su destino a unos nobles a los que, por mucho que hubiese tratado de defenderlos ante Lisarda, desdeñaba tanto como ella. Eran unos aficionados a los que el rey arrancaría sus nobles cabezas sin darles tiempo siquiera a poner un pie en el campo de batalla.

Dejó los cadáveres para los buitres y fue entre la maleza a por su rucio, al que había dejado atado a un arbusto. Lo había recuperado antes de liberar a la cortesana, tras encontrárselo en la vereda trotando con tranco alegre camino de su morada para huir de la trifulca de Lisarda con los forajidos.

La cortesana le había dicho que el tiempo apremiaba, y tenía razón. La situación prebélica se palpaba en cada rincón del reino. Hasta esa noche, y a pesar de las advertencias recibidas, no había tomado plena conciencia de que la batalla iba a repercutir directamente en sus huesos. Mientras cabalgaba al paso en su vieja montura notaba todo el peso del mundo sobre sus hombros. Se ganaba el cocido arrebatando vidas, algo que hacía con la misma asiduidad con la que la gente corriente va al río a por agua, pero ahora que era su pescuezo el que corría peligro, además, un peligro que no dependía de él, la zozobra apenas le dejaba centrarse para decidir qué hacer. Lo que sí sabía era que no encontraba la manera de quitarse a Lisarda de la cabeza. Aquella mujer lo había atrapado; durante unos días había creído que se había liberado de ese yugo, pero se daba cuenta de que era absurdo fingir que no sentía nada por ella. Hasta un ciego lo vería.

Al llegar a su casa el cadáver de la Ronca ya no estaba frente a su puerta. Solo había una gran mancha de sangre en el barro y restos de ropa. En el barrio había un nuevo jefe, y las cosas estarían revueltas un tiempo. El hombre de la Ronca también estaba muerto. Petro había dejado su cadáver junto al de los otros dos maleantes en la explanada a la orilla del río. Más de un mal bicho se estaría frotando las manos: el puesto del salteador despiadado que sembraba el terror por las veredas también quedaba libre, y no tardaría demasiado en llegar quien ocuparía su sitio.

27

isarda aguardó en su celda la visita de Petro. Le había expuesto sus intenciones y el sicario había mirado para otro lado, pero confiaba en que le diera vueltas a sus advertencias y con el paso de las horas acabase por unirse a ella.

Con la llegada del alba empezó a pesarle su soledad. Petro no había aparecido, con lo cual dejaba clara su postura. Era obvio que prefería la seguridad de la todopoderosa familia de los Salvadórez a la aventura que le había propuesto en el bosque tras la escabechina. Lisarda estaba convencida de que el mercenario erraba: la batalla caería del lado del rey y la situación de los omnipotentes nobles castellanos se iba a tornar muy delicada. Además, sabía que Petro no era un ingenuo y en realidad opinaba como ella, pero por alguna razón le seguía guardando fidelidad al obispo.

Corrían los primeros días de octubre del año 1110 y la

batalla estaba a punto de tener lugar. En el reino, nadie lo ignoraba.

Lisarda pasó el día en la corte atendiendo sus quehaceres habituales. El agua para lavar la traían, en toneles tirados por bestias, algunos siervos de la reina. Estaba completamente prohibido salir de la corte, y la situación en la ciudad era tan tensa que se había doblado la guardia en las puertas de palacio. Se respiraba la proximidad de la guerra en cada rincón de San Isidoro. Un silencio de sepulcro presidía todo el compás de la corte, en las caras se adivinaba el nerviosismo y los cortesanos deambulaban con la barbilla pegada al pecho y el paso ligero.

Las hilanderas siguieron con su rutina. Por las tardes bajaban a bordar junto a la chimenea, y ese día no fue diferente. El frío había hecho acto de presencia de manera temprana y se agradecía el calor de las ascuas. Aun bordando arremolinadas en pequeños grupos junto al fuego, los chismes quedaron reducidos a cuatro frases, ya que, como todo el mundo, las cortesanas se andaban con mucho tiento esos días, pues una frase desafortunada o un comentario fuera de lugar podía tener consecuencias muy serias. Las caras de angustia y las miradas esquivas configuraban un panorama sombrío.

Cuando languidecía el día, Lisarda abandonó el palacio, fue hasta el barrio bajo de la ciudad, alquiló un percherón y salió de la urbe. El tratante de jamelgos era un conocido de la época en la que la plebeya se ganaba la vida fuera de la corte, y sabía que esta no daba demasiadas explicaciones, por lo que Lisarda se ahorró unas cuantas mentiras.

Cabalgaba a ritmo lento. La noche había caído y los caminos, a pesar de la luna, no invitaban a llevar un trote más alegre. Las primeras lluvias del otoño hacían estragos en el firme, y no quería arriesgarse a perder el potro por una pisada inoportuna. Cuando llegó a la cima de la colina desde donde se divisaba la muralla del castillo del conde Pedro González, dejó el caballo y continuó a pie. Prefería llegar con discreción, no estaba segura de cómo sería recibida en el castillo. Solo había estado una vez en aquel feudo y no tenía la certeza de que el conde se mostrara dispuesto a traicionar al resto de los nobles de Castilla y León. La noche en que se lo propuso, aunque no entró en detalles, por un momento pensó que acabaría ahorcada, pero el conde pareció no tomársela muy en serio y la mandó de vuelta a la corte, proporcionándole incluso un coche para el desplazamiento. Aquello la desconcertó y le dio esperanzas, aunque no conocía lo suficiente a ese hombre para saber si solo había tratado de ser cortés o le había enviado una señal de principio de acuerdo. En todo caso, había llegado la hora de comprobarlo.

No tenía otra opción; el tiempo se había terminado y debía aprovechar la última oportunidad para convencer al Romero. Iría a por todas, y de nada le valdría regresar con vida y una palmada en la espalda a San Isidoro. Esta vez no le pensaba dar opción al noble para acabar el encuentro de manera amistosa y complaciente. Si las cosas no sucedían como ella quería, posiblemente no sobreviviría, así que le pensaba desgranar hasta el último detalle de su plan.

En la explanada junto a la fortaleza había un gran tumulto, del que ya se había apercibido poco antes de llegar. Seguramente los nobles traidores celebraban un cónclave para ultimar la sublevación. Entre los cocheros que aguardaban a sus señores a las afueras de la muralla estaba Petro. Sin duda el obispo había sido invitado a la reunión, lo que constituía otra señal que apuntaba a la inminencia del encuentro bélico. El Cartaginés hablaba distendidamente con sus compañeros. Por el número de enganches que se contaban era posible que hubiese casi un centenar de invitados en el castillo.

Lisarda rodeó la fortaleza buscando la salida de los siervos. No conocía el castillo del conde Pedro González tanto como el de su primo, pero tenía que haber un paso hacia el arroyo para que los sirvientes se lavaran y se proveyeran de agua. No tardó en dar con la entrada trasera. Sabía que disponía de tiempo, ya que todavía era primera hora de la noche y aquellas cenas se prolongaban hasta bien entrada la madrugada. Observó durante un buen rato el ir y venir de sirvientes hacia el arroyo, e incluso vio a una pareja perderse en la otra orilla y volver al cabo de un rato ajustándose los ropajes. Parecía que en el castillo las normas eran bastante relajadas, algo que no le venía mal a la cortesana.

Se aproximó a la puerta. Dentro había un gran ajetreo: era la hora de la cena. Se coló hasta las cocinas sin levantar sospechas, pues en los castillos los días de las grandes solemnidades se reclutaban mozas por todo el feudo para que ayudasen en el servicio. Vio que los camareros corrían con platos hacia los salones y aparecían de vuelta a la carrera a por más. Por su parte, los cocineros, con las hogueras bien encendidas bajo los calderos, parecían no dar abasto. Había sopas, verduras, patatas y varias piezas grandes de carne en el fuego. La temperatura era muy alta, y los cocineros sudaban a chorros mientras se gritaban los unos a los otros tratando de aclarar qué platos correspondía sacar antes.

La gobernanta de la casa miraba desde la puerta que daba acceso al salón y revisaba cada plato que salía hacia el comedor. En la cocina del castillo de los Lara, la tensión se podía cortar con un cuchillo. Lisarda aprovechó para dirigirse a una zona apartada, donde estaban las doncellas más jóvenes, unas limpiando platos y doblando manteles y otras pelando y disponiendo las frutas para el postre. Salió por una puerta lateral, esquivando a la gobernanta, y se encontró en un salón vacío. El contraste con la zozobra de la cocina era enorme. No conocía aquella sala, pero vio que había una puerta en la pared opuesta, así que la traspasó y llegó al corredor principal. Se oían gritos procedentes del gran salón, que era la estancia contigua. La puerta estaba abierta y se percibía el alboroto del acontecimiento.

Lisarda reconoció una voz que trataba de hacerse escuchar por encima de las demás: era el conde Gómez, que pedía la palabra para explicar los planes que habían pergeñado tras meses de sesudas deliberaciones. La cortesana estaba muy interesada en averiguar hasta dónde le desvelaría el verdadero plan el conde a su primo, pero no se podía permitir quedarse parada; era preciso moverse. El conde Gómez atraía la atención de todo el mundo, siervos incluidos, que arrimaban el oído sabedores de que serían ellos los que pondrían sus pellejos en liza. Ahora nadie repararía en ella.

Subió a la alcoba del conde, decidida a esperar allí. El fuego ardía en la gran chimenea del centro de la habitación con llamas generosas, señal de que algún siervo aparecería en cualquier momento para avivarlo; una hoguera como esa requería mimo. Se apostó tras el escritorio del conde, al fondo de la habitación, ocultándose a la vista de los mancebos.

Una vez que dio con sus posaderas en la fría piedra del suelo, apoyó la espalda en el faldón de la mesa y se relajó. Le quedaba un largo rato de espera en su escondrijo. El primer pensamiento que le vino a la mente fue que Petro se había decantado definitivamente por el obispo y no quería saber nada de ella. No se lo podía reprochar. Si hasta entonces había albergado alguna duda, ahora que lo había visto junto a los demás cocheros tenía claro que la lealtad del Cartaginés hacia el religioso, y por consiguiente hacia el clan de los Salvadórez, era inquebrantable.

Varias horas después, bien avanzada la madrugada, el conde entró en la alcoba. Iba acompañado de una mujer a la que Lisarda no pudo ver, pero cuya voz sí oyó. El conde se acostó y empezó a roncar al poco de caer en la cama. La mujer se durmió también, emitiendo un ronquido más leve. Poco antes del amanecer, el conde se despertó súbitamente, con un ronquido entrecortado y un gran suspiro.

Lisarda no se lo pensó, salió de su escondite y se le acercó. El conde la miró con unos ojos como platos, igual que la vez que se había despertado en la misma cama que ella, pero no dijo nada. Parecía como si la hubiese estado esperando.

—Tenemos que hablar —le susurró la cortesana, de rodillas junto al lecho.

—Hablad.

—Es sobre la batalla contra el rey.

—Estaba completamente seguro de ello. ¿Y bien?

—¿Podríamos conversar a solas?

El conde zarandeó con delicadeza a la joven que dormía a pierna suelta a su lado, y esta se levantó y abandonó la estancia sin mediar palabra.

—¿Sabéis que os habéis jugado el cuello entrando aquí sin invitación?

—Sí, y no lo habría hecho de no considerarlo de vital importancia.

—A ver.

—Señor conde, ¿habéis visto que vuestro primo os manda a una muerte segura?

—La verdad es que no lo he visto yo ni lo ha visto nadie.

—¿No habéis hablado de la batalla?

—Moza, esto no es de vuestra incumbencia.

—Por favor, no me ignoréis. Vuestro primo tiene planes para vos y vuestros hombres. Sé que sois un guerrero valiente que no teme morir en la batalla, pero pensad al menos en los siervos que os confían su vida.

—La vida nos la jugaremos todos por igual en defensa de nuestra reina y nuestro reino, no veo dónde está el problema.

—No, no es así. No arriesgarán todos la vida de la misma manera. ¿Os ha explicado vuestro primo la estrategia que ha preparado para la contienda?

—¿Pretendéis decirme que vos sabéis más que yo sobre la táctica del día de armas?

Lisarda comprendía que sus palabras herían al conde: una moza andrajosa, a ojos del poderoso señor de aquellas tierras, no debía hablarle en esos términos. Intuía que don Pedro González era un hombre inteligente y podía aguantar sus insinuaciones, pero todo tenía un límite. Debía desembuchar sin más y confiar en que el noble la creyera; en caso contrario, podía incluso matarla allí mismo.

—Vuestro primo, el conde Gómez, ha planificado que llegado el día de la batalla seáis vos y vuestros hombres los que vayáis en vanguardia. Atacarán en solitario a las hordas aragonesas, pues el resto de los ejércitos reducirán la marcha para que quedéis a merced del enemigo. Una vez que los aragoneses se hayan desgastado masacrándoos, entrarán ellos para intentar dar el golpe de gracia y recoger las mieles del triunfo.

—¿Se puede saber de dónde habéis sacado esa idea descabellada?

—Tengo pruebas.

—¿Qué pruebas? —El conde no subía en exceso el tono de su voz, pero estaba visiblemente enfadado.

—La batalla será el 26 de octubre en Fresno de Cantespino, y la táctica que os habrá contado el conde Gómez consiste en un ataque brusco de todas las fuerzas en bloque. Vuestro primo y vos comandaréis los ejércitos, las tropas de los Salvadórez entrarán por el este salvando una pequeña colina.

El Romero tuvo que reconocer que lo que le estaba confesando la cortesana era demasiado exacto para ser pura coincidencia. Según le había dicho su primo, esta información solo la conocían ellos dos, y no mantendrían una reunión con los demás feudos para ponerlos al día hasta dos jornadas antes de la batalla. En el discurso que había ofrecido en el salón durante la cena, su primo apenas había hablado de los pormenores de la batalla para no dar pistas a las huestes enemigas, que a buen seguro tendrían oídos en el castillo.

—No voy a revelaros nada de lo que me acabáis de decir a nadie. Tampoco os voy a mandar ejecutar por traidora, aunque tendría gracia, porque sería la traición a unos traidores, pues eso es lo que somos ahora mismo.

—No tanto. El rey de los aragoneses nunca fue bien visto en estas tierras, y el levantamiento se veía venir —replicó la cortesana para intentar tranquilizar al conde, al que veía desconcertado.

—Dejadlo. Os podéis marchar. Igual que habéis entrado sin que nadie os vea, salid sin levantar sospechas.

—Entonces ¿qué vais a hacer?

—No es cosa vuestra. Lo más inteligente que habéis dicho hoy es que todos esos siervos me confían su vida, así que debo meditar bien mis pasos. No habléis tampoco de esta conversación con nadie.

Por fin, Lisarda tenía un acuerdo con el Romero. Lo consideraba leal y fiable, y no solía equivocarse juzgando a las personas, la vida que había vivido no se lo permitía. Acababa de dejar su futuro en manos de aquel guerrero de ojos serenos y gesto serio. Ya no podía hacer más, ahora solo le quedaba esperar a que se desarrollasen las hostilidades; luego cada cual tendría que volver a buscar su sitio en el reino.

Salió de la alcoba del conde de puntillas y recorrió los pasillos como una ladrona, escondiéndose en las sombras. Se cruzó con algunos nobles, que, borrachos y acompañados por meretrices, subían a la parte noble del castillo. Para algunos, la noche había sido verdaderamente larga. Encontró la puerta principal despejada, salió aprovechando que no había nadie al acecho y corrió hacia el bosque a por su montura.

—No os creáis que sois invisible.

—¡Petro! ¿Cómo sabíais dónde estaba?

Esta vez decidió no tutearlo. Hasta entonces, su actitud directa solo había conseguido alejar al sicario de ella. Se había confundido con él en todo, pero estaba dispuesta a intentar aprovechar cualquier oportunidad que se le presentara para hacer las cosas como las haría una mujer decente. Aunque quizá fuera tarde, no perdía nada intentándolo.

—Os vi llegar.

—¿Por qué no os acercasteis a mí?

—Por eso precisamente. No quiero veros cerca de mí nunca más, os mataría al instante. Sois venenosa como una serpiente. —Petro trató de hablar en tono firme y convincente.

—No os preocupéis, no me gustan los cobardes.

—Pues ya sabéis, ahí tenéis la vereda.

El tipo dio media vuelta y regresó hacia donde estaban aparcados los carruajes. Debía permanecer el menor tiempo posible cerca de la cortesana, cada momento que pasaba junto a ella era una invitación a caer en un abismo del que no estaba seguro de poder salir.

Petro sabía que Lisarda no era tonta, ni mucho menos, y

admitía la posibilidad de que los acontecimientos se desarrollasen tal y como ella le había contado, pero había cambiado de opinión y ya no consideraba que una batalla fuera a modificar tanto las cosas en el reino. En efecto, la batalla que se cernía sobre esas tierras podía tener un ganador claro: el rey de Aragón. Era un guerrero implacable que disponía de luchadores expertos y perfectamente organizados, hecho que los trovadores no se cansaban de anunciar en las plazas. Más de uno había tenido que salir a la carrera, amenazado por lanzar proclamas en contra de los nobles castellanos y leoneses. Con todo, en el fondo el pueblo sabía que los trovadores estaban en lo cierto.

No obstante, Petro tenía la experiencia de haber pasado casi toda su existencia trabajando en territorios fronterizos. Además de en Córdoba, había estado en las taifas de Almería, Murcia, Granada y Morón sirviendo a los mercaderes. Con la caída del califato, los comerciantes de esas tierras habían visto como el territorio donde había reinado una paz tensa durante siglos se convertía en un polvorín, pese a lo cual, las relaciones comerciales continuaron fluyendo entre las taifas. Aquello le enseñó a Petro que la mayoría de las victorias bélicas importantes no acarreaban consecuencias para el pueblo. Por ello, a pesar de no tenerlas todas consigo, en el caso de que el rey derrotase a los condes de Lara y Salvadórez era probable que su vida no se viera tan afectada como pensaba Lisarda.

Reconocía haber cambiado mucho de parecer con respecto a lo que pensaba en un principio, cuando estaba casi decidido a volver a Córdoba y olvidarse de aquellas tierras. Quizá había sido por Lisarda. Estaba hecho un auténtico lío, pero de una cosa no había duda: se hallaba enamorado de aquella mujer hasta la médula, y no sabía cómo deshacerse de ella. Sospechaba que incluso estaba empezando a perder la perspectiva al analizar su situación en el conflicto. Lisarda se había convertido en la razón de su existencia, y así no podía pensar con claridad. Había intentado apartarla para siempre de su vida con aquellas palabras impropias de él, pero algo le decía que su historia con aquella misteriosa mujer todavía estaba por escribirse.

28

26 de octubre de 1110, Fresno de Cantespino

El día amaneció con el cielo de un color gris claro. Aún no habían llegado los rigores del invierno a las tierras de Sepúlveda. Las primeras luces del alba apenas se veían tras la espesa capa de nubes y soplaba un leve viento que pronto arreciaría e iría aclarando el día, por lo que se disiparían las probabilidades de lluvia. Era como si la naturaleza adivinara lo que estaba por venir en aquella jornada de sangre y dolor.

Don Pedro González de Lara y su ejército aguardaban estratégicamente situados tras una colina. La presencia del Romero y sus tropas en la contienda era uno de los ases que tenían guardados en la manga los nobles castellanoleoneses, por lo que era fundamental que se mantuviesen fuera de la vista de los aragoneses y los navarros. Era muy probable que el bando rival conociese la participación del ejército de los Lara, pues había informantes enmascarados en ambas facciones. Aun así, los condes habían pasado suficientes años en el campo de batalla para saber que era preciso esconder la jugada hasta el último momento, sobre todo porque nadie, salvo ellos dos, conocía el poderío de las tropas del Romero. En los últimos meses, este se había rearmado y su ejército doblaba al que poseía antes del verano.

El Romero notaba una zozobra interior que nada tenía que ver con la de batallas anteriores. Esperaba con impaciencia la llegada de sus dos lugartenientes, necesitaba saber de ellos antes de que el sol saliera por encima de la colina. Uno de sus hombres había ido a recibir las instrucciones para la batalla. Pese a la infinidad de reuniones celebradas para planificar el ataque, la estrategia definitiva no se conocería hasta momentos antes de entrar en acción, era lo prudente. La idea consistía en atacar todos a una cuando las tropas del rey estuviesen en la explanada, pero aún debían esperar la decisión final del conde Gómez por si había cambios de última hora.

El conde jamás asistía en persona a estos encuentros, ya que no eran lugar para discutir, y la mejor forma de no eternizarse y acabar dando ventaja al rival consistía en mandar a un secuaz. La ligera brisa se convirtió en un viento racheado cada vez más incómodo. Aunque la temperatura no era muy baja, el frío empezaba a tomar posesión del valle y de los hombres que esperaban en completo silencio, tal y como les había ordenado el Romero. Se veía el temor en sus rostros. Pronto, el miedo y el frío serían un martirio para las huestes que iban a encontrarse con las lanzas y las espadas de los hombres del rey. Muchos de los soldados eran expertos luchadores que conocían esa sensación de anteriores batallas, mientras que otros, los menos, eran muchachos barbilampiños que comenzaban a darse cuenta de que a su vida le podía quedar apenas un suspiro.

La mayoría de los hombres miraba al suelo murmurando oraciones. Algunos se apoyaban en sus compañeros, a menudo hermanos y primos, y se despedían con la mirada. En sus ojos había resignación y espanto, el pánico invadía a la tropa, pero todos, niños y no tan niños, sabían que ese era su destino, y no conocían otro. Trabajaban la tierra de sol a sol, y cuando sonaban tambores de guerra cambiaban las artes de labranza por las armas. Esa era la vida para la que habían nacido.

Uno de los lugartenientes del conde llegó a galope. El grueso de los hombres lo siguió con la vista tratando de adivinar qué nuevas traía, a sabiendas de que de nada les valdría, ya que el lugarteniente no estaba autorizado siquiera a mirar a la cara a nadie antes de departir con el señor.

—Señor conde.

—Habla.

—Siento comunicaros que al otro lado de la colina, en la parte del este, he visto los pendones del conde Enrique de Portugal.

—¿Estás seguro? Pueden ser hombres del rey ondeando estandartes lusos.

—No lo creo. Son soldados venidos de Francia. He llegado a rastras casi hasta donde se hallan y lo he comprobado.

—Los ha traído el borgoñés —dijo el conde pensando en voz alta.

—Eso me temo, mi señor.

El Romero le dio la espalda a su siervo y este se marchó hasta su regimiento para ponerse al mando. Era uno de sus guerreros más avezados, así que no había duda de que la información era veraz. De cualquier otro podría dudar, por eso lo había mandado a él a hacer las pesquisas. Se trataba de Fernando García, el de Palencia, compañero infatigable con el que había luchado contra los infieles en tierras lejanas durante lustros.

En fin, lo anunciado estaba dentro de lo previsto. El rey llevaba meses negociando con el conde Enrique. Le había prometido entregarle Galicia para anexionarla al reino de Portugal, y esta era una propuesta demasiado suculenta para dejarla pasar. Alfonso de Aragón no daba puntada sin hilo: ofrecía un regalo envenenado que no habría querido para sí. Enrique de Portugal se las tendría que ver con el obispo Gelmírez y los nobles gallegos si quería derrocar al hijo de la reina, al que habían nombrado heredero de esas tierras, pero esto era otro asunto. El conde Enrique andaba buscando el apoyo del rey y, a cambio, allí estaba, dispuesto a arroparlo con su ejército de borgoñeses.

Lo que de verdad le preocupaba al Romero era la información que esperaba del otro lugarteniente, al que había mandado a la reunión con sus aliados. Según la advertencia de Lisarda, su primo, el conde Gómez, lo traicionaría en el último momento y lo enviaría a una muerte segura, de esta manera quedaría como el único noble dueño de un ejército con suficiente entidad para convertirse en el comandante de los ejércitos de Castilla y León una vez muerto el rey. La victoria en el campo de batalla era muy importante, pero el verdadero objetivo era matar al emperador de Hispania, ya que un triunfo sin más solo valdría para constatar que a los sublevados los apoyaban las armas necesarias para obligar a los aragoneses a salir de Castilla y León, donde nunca debieron entrar. En cambio, si además conseguían matar a don Alfonso, el reino se quedaría sin comandante de los ejércitos, y ese era el puesto que deseaba ocupar el conde Gómez. Si se hacía con el mando de los ejércitos, se casaría con doña Urraca y se convertiría en el hombre más poderoso de Hispania.

Por último, una vez muerto el rey, al conde Gómez solamente le quedaría por limar un pequeño detalle. En el campo de batalla estaban las fuerzas vivas de Castilla y León. Así pues, todo sucedería ante los escrutadores ojos de la nobleza del reino. El conde no iba a poder mandar a un trovador de parte a contar los pasajes de la contienda a la corte: todo aquel que saliera con vida de ella podría atestiguar los hechos. El conde, además de ambicioso, era inteligente y sabía con quién se jugaba la partida. Su primo poseía un ejército que doblaba al suyo en efectivos y estaba formado por guerreros avezados, así que era un gran obstáculo para él cuando se eligiera al nuevo comandante de los ejércitos castellanoleoneses.

Si él caía en combate, el conde Gómez tendría para sí el reino. Esto era lo que más le dolía al Romero, que su primo lo traicionara mandándolo a la vanguardia, pues morirían él y su ejército al completo. Ir ellos solos por delante era un suicidio, y por mucho que estuviera dispuesto a morir en el campo de batalla, incluso a sacrificar a todo su ejército, no permitiría de ninguna manera dejarse matar en una treta para que los Salvadórez se hicieran dueños de la corte.

Mientras tanto, el tiempo pasaba sin que llegaran noticias de su subalterno. El reflejo del sol ya se adivinaba, a pesar de las nubes, en la cima de la montaña, y el conde sentía un dolor inmenso en el alma. Había hablado con sus lugartenientes sobre dos tipos de ataque. Si levantaba el brazo derecho, irían al frente de batalla a morir por la reina, pero si levantaba los dos brazos, irían al frente de batalla y, tras chocar con las fuerzas del rey, saldrían a la carrera por el vértice oriental del campo.

Sus hombres lo habían mirado extrañados al oír este plan. Habían luchado en innumerables batallas con el conde, y este jamás les había ordenado huir. Se habían retirado en alguna ocasión en que no hubo otra salida, pues el Romero era un gran guerrero pero no un inconsciente, y sabía hasta dónde había que sacrificar la vida de su gente; ahora bien, nunca había mencionado de antemano la posibilidad de escapar despavoridos sin apenas plantear batalla.

Durante la madrugada que había precedido a la plomiza mañana que despuntaba, el conde se sentó alrededor de una hoguera junto a los padres de familia más significativos de entre sus vasallos y les explicó sus intenciones. El conde decidió ayudar a sus mariscales de campo a transmitir el mensaje a la tropa. No dudaba de que su decisión aliviaría a los soldados, pero era una orden que debía dar él mismo al grueso del batallón, pues sabía que más de uno no daría crédito y podría sembrar el desconcierto.

Aquellos eran hombres que habían perdido a familiares y amigos batiéndose por el pendón de los Lara, y el conde, un guerrero, los consideraba, además de sus siervos, gente de su sangre, fieles servidores con los que había luchado codo con codo, que respetarían sus motivos y, por supuesto, sus intenciones. Les explicó las intrigas que lo habían llevado a tomar semejante decisión y las consecuencias que tendría el hecho de abandonar el campo de batalla. Al principio le costó vencer el escepticismo de algunos de ellos, pero no le importó dedicarles todo el tiempo que requirió convencerlos.

De pronto, el caballo de su lugarteniente subió el pequeño repecho donde esperaba el conde lanzando barro con las pezuñas posteriores; parecía que lo llevara el diablo.

—Señor conde.

—¿Y bien?

—No os equivocabais. La orden es que nos lancemos en vanguardia, y a continuación vendrán el resto de las hordas. Me han jurado que casi será un ataque simultáneo, pero que la entrada a la planicie es estrecha y un ejército debe ir de avanzadilla.

—¿Con quién has hablado?

—Con el mismísimo conde Gómez. Me ha dado su palabra de caballero cruzado.

El Romero tiró de las riendas de su montura y se encaró a sus ejércitos. Esperó a que todas las cabezas se girasen hacia el pequeño promontorio en el que se hallaba y levantó ambos brazos. Se dio la vuelta y marchó, al paso, comandando a sus tropas, que lo seguían a pie. El río de soldados que caminaban a buen ritmo tras él, en absoluto silencio, respiraba aliviado. No era momento de heroicidades: la inmensa mayoría de ellos llevaban toda la noche rezando por ver a su señor levantar ambos brazos, así podrían volver a sus míseras vidas, lo cual era mucho mejor que terminar mutilado o perder el pellejo en el campo que se extendía tras la colina.

El conde llegó a lo alto de la ladera, vio a las tropas enemigas apostadas para la batalla y sintió el rumor de las huestes castellanoleonesas que venían por el oeste. Cuando comprobó que la loma tras de sí estaba enteramente poblada por su ejército, levantó ambos brazos de nuevo y dio la orden.

La turba rugió y salió a la carrera colina abajo. Las tropas del rey y el conde Enrique de Portugal avanzaron en sentido contrario, al encuentro con el ejército del Romero. Este, faltando a su costumbre, no se lanzó al campo de batalla con sus lugartenientes, sino que se quedó en la cumbre observando cómo reaccionaba el resto de las tropas amigas, y por más que miró no las vio aparecer. Sus hombres habían chocado con la primera línea del ejército aragonés y no había ni noticias de las tropas del conde Gómez. El Romero cabalgó colina abajo y entonces vio que la turba de su primo empezaba a aparecer por el desfiladero que corría entre las dos colinas. El viento se había calmado y el tiempo cambió súbitamente, apuntando lluvia. El agua convertiría el campo de batalla en una trampa, pues los soldados se estancarían en el barro hasta que solo quedara el resto de uno de los ejércitos.

El Romero aminoró el ritmo de su cabalgada y, mientras, las huestes del conde Gómez alcanzaron la planicie de la parte baja del valle, donde se batía su ejército. Cuando el primer soldado de su primo llegó al frente de la batalla, el Romero arrancó al galope y pasó junto a su tropa seguido por sus lugartenientes. Estos vitorearon a los hombres, que de inmediato depusieron las armas y salieron a la carrera tras los jinetes.

El conde iba en su montura jurando en arameo. Sabía que en todos los reinos quedaría para la posteridad como un auténtico traidor. La batalla implicaba hasta al último feudo de la Península, desde los del centro hasta los del Pirineo, incluso a ejércitos venidos de Francia, por lo que un guerrero con su trayectoria nunca hubiera manchado su nombre de esta manera, ni siquiera en una circunstancia como la que se cernía sobre el reino. Pero, en realidad, en el campo de batalla sepulvedano se libraban dos guerras civiles: el levantamiento de Castilla y León contra el emperador y la disputa de la familia Lara contra los Salvadórez por el control del reino castellanoleonés.

El Romero sabía que dejaba al resto de las tropas de aquel ejército, hecho de retales venidos de todos los confines del reino, a su merced. No tenían posibilidad alguna de ganar una batalla tan desigual. El emperador, ayudado por el conde Enrique de Portugal, daría buena cuenta de ellos. Con la presencia en el combate de las tropas ahora huidas, la contienda habría estado casi nivelada, y aun así la ventaja se habría podido decantar del lado de las fuerzas fieles al rey, pero, sin duda, el conde Gómez, en cuanto llegó al campo de batalla y vio que su primo huía con su ejército, supo que solo le quedaba entregar a sus hombres y su propia vida en un campo que acabaría cubierto de sangre.

El conde Gómez reconocía que la maniobra que le había preparado al Romero era de todo punto desleal y traicionera, pero confiaba en que este, sorprendido en el último momento por la treta, demostraría que un hombre de armas era capaz de entregar la vida a una noble causa, por insostenible que fuera. Sin embargo, erró en su cálculo, en primer lugar porque no conocía tan bien como creía al jefe de la casa de los Lara, y en segundo lugar porque este ya llevaba días dándole vueltas a la traición que le tenía reservada. De hecho, el Romero, mientras se alejaba al trote, seguido de cerca por sus lugartenientes y la turba que defendía su pendón al ritmo que les permitían sus piernas, nunca hubiera abandonado el campo de batalla de haberse enterado sobre la marcha de la estratagema de su primo. Es más, hubiera luchado con ímpetu renovado y se hubiera dejado el pellejo para intentar conseguir la victoria y luego ajustarle las cuentas al conde Gómez, sin pensar que con seguridad esto le costaría la vida, pues era imposible que un ejército deslavazado y con esas cuitas internas sin resolver hiciera frente a las tropas del emperador.

Si estaba vivo y con la conciencia turbada por la escapada era gracias a Lisarda. Aquella mujer había logrado advertirlo a tiempo de la jugada que le tenía preparada su primo. Mientras cabalgaba alejándose del campo de batalla recordaba el escepticismo con el que la había despedido de su castillo. Había estado a punto de hacerla apresar para que el pueblo dispusiese qué hacer con esa alma descarriada después de la contienda, cuando la realidad era que estaba en lo cierto.

También le dio tiempo a pensar en la delicada situación

personal en que él mismo quedaba. No podía ocultar que había participado en el levantamiento contra el rey, ni evitar una fama de traidor entre los nobles castellanos que le costaría quitarse de encima. Había conservado la vida a costa de enemistarse con ambos bandos, y acababa de convertirse en un apestado al que nadie osaría acercarse.

Por muy inconcebible que pareciera, su único plan había consistido en confiar en los arriesgados consejos de una cortesana, pasada de edad para ejercer su oficio, que le había pedido que siguiera sus recomendaciones para llevarlo a dominar el reino. Se le hacía difícil de creer, pero su futuro, el de su linaje y el de sus vasallos estaban en manos de una mujer salida de la nada y que sin poder probar cosa alguna de las que le había ido a contar había sido capaz de hacerle recapacitar sobre su apoyo incondicional al conde Gómez. Jamás había conocido a una persona con tanta fuerza interior y determinación.

Su mente volvió al rey de Aragón y su poderoso ejército. En este momento ya debía de haber terminado con las huestes del conde Gómez. Seguramente, su primo estaba muerto y la sublevación, finiquitada. El emperador se haría de nuevo con el dominio de las tierras castellanoleonesas y era de suponer que la reina volvería con su marido, mientras que él en pocas horas se habría convertido en un traidor y probablemente en un desterrado, si no terminaba en la horca.

29

Las noticias llegaron al entorno de la emperatriz antes de ponerse el sol. La muerte del conde Gómez en el campo de batalla, la huida de las tropas de los Lara liderada por el Romero y la victoria aplastante del emperador cayeron como un jarro de agua fría en el séquito más íntimo de la reina, que se encontraba con ella en el castillo de Candespina.

Lisarda, por su parte, estaba en León, en la corte, con el resto de las cortesanas, que trataban de contener la zozobra con sus actividades habituales, aunque les resultaba imposible ignorar lo que estaba sucediendo en las inmediaciones de Sepúlveda y aguardaban noticias alrededor de la chimenea sin poder zurcir nada en toda la tarde.

La reina se había instalado en el castillo de Candespina para estar cerca del conde Gómez. Su séquito, que aguardaba en el salón principal, junto al fuego, mientras se batían los ejércitos, fue avisado con urgencia de la aplastante derrota para que acudiese a los aposentos que ocupaba la monarca en la planta superior de la fortaleza. Era obvio que saldría esa misma noche hacia Burgos, tenía que moverse si no quería acabar destruida por el emperador. En el séquito nadie era ajeno a las consecuencias de la batalla que acababan de librar los esposos, a través de sus ejércitos de fieles, y que había sido claramente ganada por don Alfonso.

Su esposo le había infligido toda clase de tropelías en el poco tiempo que llevaban de matrimonio, hasta el punto de encerrarla en un castillo, del que el difunto conde Gómez, con la ayuda de su primo, había logrado liberarla. Era el hombre más difícil con el que se había tropezado en su vida. En cambio, el conde la había servido con honor dentro y fuera de la alcoba, así que no era extraño que tuviese el alma rota por su pérdida. Sin embargo, no se podía permitir desfallecer, los duelos y las lágrimas no la iban a sacar del atolladero en el que se había metido.

Lo que más la intranquilizaba era la situación en la que quedaba su hijo. Estaba muy bien cuidado bajo la tutela del conde de Traba, que, junto al obispo de Santiago de Compostela y los nobles gallegos, tenía planes para él. Aunque era un niño de apenas siete años, pronto sería nombrado soberano de aquellas tierras, donde ya se preparaban los fastos para la proclamación. Con todo, doña Urraca no podía olvidar que el reino de Galicia figuraba en el trato entre su marido y el conde Enrique de Portugal.

A pesar de las fuerzas que aunaban el conde de Traba y el

poderoso obispo Gelmírez, su marido acababa de ganar una gran batalla, y esto lo haría todavía más poderoso. Los feudos del camino de Santiago que aún no dominase don Alfonso pasarían a engrosar la nómina de sus adeptos en cuanto se enterasen de su formidable victoria. El poder del obispo Gelmírez levantaba ampollas en algunos sectores de la nobleza gallega, por lo que los feudos del camino llevaban años apoyando al rey de Aragón, que los dominaba con menos intervención que el asfixiante prelado santiagués. Ese era el mayor peligro que corría su hijo.

Ciertamente, la reina estaba abatida por la muerte del conde Gómez y casi no podía dar crédito a lo que había sucedido. Además, veía con desaliento y una enorme incertidumbre el futuro de su familia y de su reino. Mientras abandonaba el castillo de Candespina junto a su corte, camino de Burgos, notaba el hondo desasosiego que le provocaba la distancia que la separaba de su pequeño, al que se veía incapaz de proteger. Lloraba de rabia y de impotencia bajo el capuchón de su túnica, aunque no permitiría que nadie viera sus lágrimas.

Este no era el plan que su difunta tía Urraca tenía preparado para ella, y le dolía en el alma no poder reinar sin estar atada a un hombre que la convirtiese en su ama de cría, pero a cambio del respeto por los fueros de su hijo estaba dispuesta a consentirlo. Era consciente de que la frontal oposición a su matrimonio por parte de la Iglesia, por cuenta de la consanguinidad con su esposo, no se calmaría con facilidad, pero la espada de don Alfonso era demasiado poderosa para que los prelados osasen levantarse contra él. Conocía demasiado bien a los obispos, que no eran unos incautos que entrarían en contiendas que no estuviesen seguros de ganar, al menos no cara a cara, ya que siempre habían sido más de trabajar en la sombra, y les iba muy bien. Sería muy extraño que los desafiasen a las claras.

Mientras la comitiva de la reina viajaba hacia Burgos sin perder tiempo, en León, la corte tragaba saliva sin saber quién sería pasado a cuchillo por los fieles al emperador tras su aplastante victoria en Fresno de Cantespino. Con la madrugada avanzada, Lisarda, que esperaba novedades, oyó un repiqueteo en su puerta. Sabía que no iba a tardar en aparecer el obispo: era uno de los primeros que temería por su cabeza. El conde Gómez, su valedor, había caído en el campo de batalla, y él quedaba desprotegido y a merced de los nobles leales al rey. La cortesana daba por hecho que no merecía la pena encerrarse en su pequeña casa: la puerta, por fuerte que fuese, acabaría cediendo a las llamas. Sabía que al prelado la soga le apretaba lo suficiente para atreverse a cualquier cosa.

—Buenas noches, Lisarda, acompañadme. —Era Petro el Cartaginés, un tanto atribulado. Lisarda se quedó estupefacta.

—¡Petro! ¿Qué sucede? ¿Dónde me llevas? No me llevarás a la muerte.

—No lo sé, pero creo que os necesitan con vida.

—Tú y yo todavía podemos llegar a entendernos —casi le suplicó mientras se ponía el sayo sobre el camisón.

—Por favor, daos prisa, el obispo os aguarda.

Lisarda subió en la parte trasera del carro sin hacer más preguntas y emprendieron la marcha. El trayecto no fue largo. Cuando apenas habían dejado la corte entraron en un sendero estrecho rodeado de campos de labranza, sortearon un riachuelo por un puente romano de no más de quince codos y se introdujeron en una vereda que se abría paso por un espeso bosque. Llegaron a una casa de piedra. No era grande, tenía la planta cuadrada y una sola altura. La puerta de la entrada daba directamente a una sala que ocupaba buena parte de la construcción, con una gran chimenea en el centro y un poyete de piedra que la rodeaba. Encontraron al obispo de Toro sentado en el poyete, calentándose las manos. Parecía estar solo en aquel lugar tan poco apropiado para alguien de su posición, o por lo menos de la posición que había disfrutado mientras el conde Gómez estuvo con vida.

—Nos volvemos a ver, jovencita.

—Buenas noches, vuecencia.

—He oído rumores.

—¿Qué rumores son esos? —Lisarda se quedó un tanto desconcertada por la urgencia con la que el religioso entró en el fondo del asunto.

—Rumores que te pueden costar la cabeza.

—Corren muchos rumores en la corte, todos estamos muy nerviosos. La reina ha salido al encuentro de su marido, nuestro emperador.

—No distraigas la conversación. Alguien me ha dicho que conspiraste para que el conde Pedro González huyera como una rata del campo de batalla.

—¿Cómo voy yo, una donnadie, a soñar con influir en las decisiones de uno de los caballeros más poderosos del mundo? Además, ¿qué interés podría tener en ello?

—¿Ves el cuchillo que cuelga del cinturón de Petro?

—Lo veo.

—Te voy a dejar con vida, pero quiero el apoyo del conde Pedro González y de la familia Lara. Si no me lo consigues, en el plazo de una luna notarás como la hoja afilada de esa daga te rebana el cuello. ¿Estamos de acuerdo?

—Estamos de acuerdo, señor obispo.

Petro abrió la puerta y la plebeya salió. La puerta se cerró, y ella entendió que la cortesía terminaba allí. No estaba demasiado lejos para regresar a pie, pero empezaba a temblar de frío. Por otro lado, le inquietaba la exigencia del obispo, que quería que se moviera rápidamente, mientras que ella no estaba segura de tener el ascendiente necesario sobre el conde para conseguirle protección al prelado. Había logrado que le hiciese caso en la batalla, pero eso era algo más fácil, toda vez que el conde Gómez los había dejado a los pies de los caballos y tanto él como su ejército se aventuraban a una muerte segura. En cambio, lo que ahora le pedía el obispo de Toro era algo de lo que no obtendría ventaja alguna. Además, estaba por verse si el conde sería capaz de salvar su propia vida.

El emperador había obtenido una victoria incontestable, pero todavía tenía que vencer la oposición del pueblo; era por eso por lo que tal vez concediera clemencia a los derrotados. De todos era sabido que el emperador estaba más centrado en su lucha contra el infiel que en aplicar su régimen con mano de hierro, de modo que a los sublevados aún les quedaba algo a lo que asirse. Lisarda, que habría pasado por las armas a todos los traidores, no entendía cómo el rey no estaba ya en la corte con su ejército cortándoles el cuello a los insurrectos, a ella la primera. El emperador tenía fama de ser más diestro en la guerra que en la paz y, pensaba la cortesana, estaba cometiendo un grave error que le podría costar muy caro: dejar la simiente en la tierra era una temeridad.

La comitiva de la reina era numerosa, pero doña Urraca se ocupó personalmente de que la apariencia de la caravana no resultase ostentosa. Quería llegar a Burgos ofreciendo la imagen exacta que precisaba dar. Por un lado, una emperatriz jamás debía perder la dignidad, pero por otro necesitaba limar asperezas con su hermana Teresa.

Era la primera vez en su vida que la condesa de Portugal creía estar por encima de su hermanastra; la reina lo sabía y preparó la entrada en Burgos con esmero. La realidad era que las tropas borgoñesas del marido de Teresa, junto a las del rey, le habían infligido una grave derrota, y le tocaba arrastrarse hasta la ciudad castellana a pedir ayuda. No obstante, tenía perfectamente organizado su plan y no le dolían prendas si debía asumir una humillación pasajera a cambio de garantizarle un reino a su hijo.

Los condes de Portugal no se dignaron a recibirla cuando llegó a la capital de Castilla. Tuvieron la cortesía de permitirle entrar en las estancias del castillo que siempre había ocupado, pero eso era todo lo que estaban dispuestos a ceder. La comitiva real había terminado su periplo a la caída del sol de la cuarta jornada de viaje. El recorrido había sido muy incómodo, pues no había dejado de llover de día, y por las noches la temperatura caía hasta el punto de que encontraban los caminos helados por las mañanas. La llegada a la ciudad fue una bendición. La reina estaba desesperada y de muy mal humor, pero reconocía su precaria situación política y decidió pedir audiencia con los condes de Portugal a la mañana siguiente. Los papeles estaban cambiados por mor de la derrota militar, aun así, la reina era sibilina y sabía qué resortes mover para darle la vuelta a la coyuntura. Además, conocía perfectamente a su hermana y al conde de Portugal. Había pasado largas temporadas con ellos cuando todavía vivía Raimundo de Borgoña, su primer marido, que era familia del conde Enrique, y sabía que ansiaban extender los dominios del reino de Portugal. Era por ahí por donde debía empezar a recomponer su figura.

La reina no durmió en toda la noche y antes del alba llamó a sus doncellas para que la vistiesen y la guiasen al patio del castillo. Allí se habían citado las partes: era la zona más fría de la corte, pero también la más neutral, y los gestos eran demasiado importantes. Ni el conde de Portugal ni la reina sabían a ciencia cierta quién tenía más derecho sobre aquellas tierras, si doña Urraca como esposa del emperador y, por tanto, emperatriz de Hispania, o el conde de Portugal como aliado del emperador en la batalla de Fresno de Cantespino.

—Buenos días, hermana —fue el distante saludo, sin la genuflexión esperada, por parte de la condesa Teresa.

—Buenos días, Teresa.

—Si no tenéis inconveniente, nos podemos ver en el salón de audiencias.

—No tengo inconveniente alguno. Y vuestro marido, el señor conde, ¿se encuentra indispuesto? —El trato de las hermanas era todavía más frío que la mañana.

—Salió a cazar antes del amanecer. Nos acompañará en breve.

La reina encontró a su hermana más metida en carnes que la última vez que la vio, y con mucha arrogancia en sus ademanes. Sin duda llevaba demasiados años esperando un momento como aquel. Doña Urraca estaba segura de que el ansia de doña Teresa por humillarla había sido clave para que el conde de Portugal diera su apoyo al rey de los aragoneses. Su hermana Teresa no sería capaz de ahorcarla por traición, ni mucho menos, pero si ella quedase viuda y a su merced, la encerraría en un castillo o un convento; era una mujer perversa y retorcida. Las dos estaban enfrentadas desde que eran unas niñas. Teresa nunca había aceptado que Urraca recibiera tantas atenciones de su tía, la infanta, a la que consideraba una mujer odiosa porque actuaba como la fiel consejera de su padre, el rey, y nunca consintió a sus esposas ocupar el lugar que les correspondía como reinas.

Tomaron asiento alrededor de la mesa central de la gran sala. En las chimeneas ardían fuegos vivos que calentaban el ambiente, y por las ventanas se adivinaba el amanecer de un día despejado y frío. Mientras aguardaban la llegada del esposo de Teresa, las hermanas, sentadas una frente a la otra, se limitaron a mirar las llamas del hogar que cada una tenía delante.

—Buenos días, señora —fueron las primeras palabras del conde.

—Buenos días. ¿Qué tal la caza?

—Ya sabéis, en estas tierras hasta alguien tan poco diestro como yo es capaz de hacerse con alguna pieza.

—No es eso lo que he oído sobre vuestra pericia como cazador.

Doña Teresa no parecía aprobar la afable conversación que comenzaron ambos cuñados. Carraspeó un par de veces y les indicó que tomasen asiento, pero la reina hizo caso omiso de la sugerencia de su hermana y permaneció de pie junto a la cabecera de la mesa.

—¿Tuvisteis buen viaje desde las tierras de Sepúlveda? —preguntó el conde.

—No me puedo quejar: me acogieron con el calor de siempre en cada morada. Llovió sin parar y tuvimos que hacer varios altos en el camino. Al menos, el firme no acusó demasiado las lluvias y los carros avanzaron sin quedar atrapados en el barro, gracias a Dios.

—He sabido, querida cuñada, que teníais la necesidad de hablar con nosotros de ciertos asuntos del reino. —El conde adoptó un rictus más serio.

—Traigo una propuesta que no vais a poder rechazar.

—No merece la pena que demoréis más la incertidumbre —la apremió su hermana.

Tomaron asiento en un extremo de la mesa. El conde se sentó en la cabecera y ambas hermanas lo flanquearon.

—Ya sabéis del poder militar del rey de los aragoneses y los navarros.

—Lo sabemos nosotros y mejor lo sabéis vos, que lo habéis sufrido en vuestras carnes. —La condesa no quiso dejar pasar la oportunidad.

—Así es —contestó la reina con gesto circunspecto—. Permitidme felicitaros por tan merecida victoria. Pero lo cierto es que conozco al rey mejor que nadie, no en vano todavía soy su esposa. Y creedme, no es buen vecino. Os propongo que unamos nuestras fuerzas y hagamos frente común contra el reino de Aragón.

—Vos, hermana, habéis debido de perder el juicio.

—Teresa, por favor, dejad hablar a vuestra hermana.

—Gracias, señor conde. Mi propuesta es que nos dividamos el reino. Portugal obtendría tierras de Castilla y, a cambio, nuestros ejércitos lucharían juntos.

—Estaríamos declarándole *de facto* la guerra al emperador —apuntó el conde Enrique.

—Cuento con muchos fieles en estas tierras, donde no se mueve ni una piedra sin que yo sea puesta al corriente. Tengo organizado un ejército que, junto con sus tropas borgoñesas, puede emprender hoy mismo la marcha hacia el castillo de Peñafiel para capturar a mi marido. ¿Qué me respondéis? Ha de ser ahora. La oferta vence cuando salgamos de esta sala.

—Nosotros ya tenemos lo que ansiábamos —dijo la condesa mirando a su marido.

—Lo tenéis ahora —se interpuso su hermanastra—, pero creedme, querida hermana —y se lanzó a salvar la distancia que las separaba—, entrará en Portugal, os arrebatará vuestro ejército y os pasará a cuchillo. No olvidéis que se trata de Alfonso el Batallador: su ambición imperialista es insaciable.

Teresa de Portugal se quedó callada por primera vez. Era ambiciosa y guardaba un gran rencor en su interior. Le costaba luchar contra el odio irrefrenable que sentía por su hermana, pero era una mujer inteligente y sabía que la reina no les mentía. Llevaba unos meses tratando al emperador y le había dado tiempo a reconocer en él y en sus misteriosos colaboradores la personalidad que les acababa de describir doña Urraca.

La reina se levantó de la mesa sin decir una palabra más y se sentó lo más cerca que pudo del fuego para calentarse las manos. Junto a ella había un pequeño tronco, lo lanzó a la lumbre y se dio de plazo para abandonar el salón el tiempo que tardase el leño en arder por completo. No tenía sentido mendigar comprensión. Si coincidían con ella en el diagnóstico que les había dado, la apoyarían, y si no, de poco le serviría esperar la clemencia de quien solo le deseaba lo peor.

isarda abandonó la corte la mañana después de la batalla. No sabía qué iba a ser de ella, pero encerrada entre aquellas cuatro paredes solo podía esperar que viniese a rebanarle el cuello algún secuaz del obispo o un emisario del emperador con ánimo de ajusticiar a los partidarios de la reina, a los que esta había dejado a su suerte e ignorantes de sus planes. Los miembros de la corte se dividían entre los que aventuraban una reconciliación matrimonial y los que vislumbraban en el apoyo de la reina a los condes de Portugal la única solución al conflicto.

Lisarda conocía la terrible relación de la reina y su hermanastra, y que el conde de Portugal, con quien había tenido varios encuentros de alcoba, era una persona muy ambiciosa. Las posibilidades de que prosperase esa facción eran muy remotas, más aún teniendo en cuenta la proximidad de Portugal con Galicia, pues los portugueses, antes o después, pondrían los ojos en el norte, pero doña Urraca jamás les daría el reino que le reservaba a su hijo Alfonso.

En cuanto a la reina y su marido, Lisarda estaba segura de que la reconciliación era imposible. Hacía tiempo que no veía al emperador, pero no era hombre con trato para merecer una reina, y menos una reina ambiciosa e inteligente. Necesitaba ir de manera urgente al castillo de Peñafiel, donde se había refugiado el emperador tras la victoria en Fresno de Cantespino. Era el momento de poner en marcha la última parte de su plan. Por lo visto, don Alfonso estaba allí reunido con sus hombres de confianza para tomar las riendas del reino de Castilla y León y volver a intentar el asalto a Galicia. Sus partidarios de Lugo y los señores del camino de Santiago le esperaban impacientes.

Lisarda llegó a media tarde al castillo de los Lara y detuvo su penco junto a una guardia formada por al menos quince hombres, que bloqueaban el camino de acceso a la muralla de la fortaleza. Le dio su nombre al primer soldado que se le acercó y pidió ver al conde.

La hicieron esperar hasta que fue noche cerrada en los campos de Castilla. Cuando ya daba por hecho que el conde no la recibiría, apareció un soldado montado en un percherón y le indicó que le siguiese hasta el interior de la fortaleza. El resto de la tropa se quedó inmóvil en su puesto mirando con resquemor a la plebeya. La reciente derrota y la huida del campo de batalla tenía desconcertadas a las huestes de don

Pedro González, y cualquier movimiento era escrutado con desconfianza.

El soldado que la guiaba no le dirigió la palabra ni una sola vez: se hizo entender con gestos que más parecían órdenes que invitaciones. En el castillo de los Lara, la tensión era patente. Lisarda fue conducida a un gran salón, donde encontró al conde sentado a la cabecera de una larga mesa con una chimenea enorme tras él. Su rostro reflejaba la soledad del momento que estaba viviendo, la resignación del guerrero vencido y humillado. A Lisarda no se le escapaban estos detalles, detectarlos era parte de su profesión, pero aun así no hacía falta ser muy observador para darse cuenta. La mirada perdida, el cerco amoratado alrededor de unos ojos que acusaban la falta de sueño y la barba crecida y descuidada le daban al conde un aspecto que nada tenía que ver con la vitalidad que solía desprender el bravo guerrero que Lisarda había conocido.

—Buenas noches. ¿Venís a recordarme que os debo la vida?

—Vengo a deciros que vais a ser vos el próximo rey de Hispania.

—No digáis disparates.

—No tendréis el título, ni desposaréis a la reina, pero me comprometo a conseguir para vos el lugar que ocupó vuestro primo, recientemente fallecido en la batalla de la que nunca querréis hablar.

—Por lo que tengo entendido, la reina ya ha encontrado en quién apoyarse. Su hermana y su cuñado van a repartirse

Castilla y León con ella y a cambio pretenden batallar contra el emperador.

—Si me lo permitís, señor conde —Lisarda iba con pies de plomo, el ánimo del noble no le toleraría el mínimo desplante, se le notaba francamente herido—, ahora sois vos el que ha ido muy rápido. Es cierto que ese pacto es muy probable, pero de momento la reina acaba de salir al encuentro del conde Enrique y de su hermana y está por formarse esa alianza aún.

—Sabéis que eso será así.

—Lo sé, pero por encima de los reinos, o mejor dicho, por encima de los reyes están las personas. Y no las personas que habitan sus reinos, estas no les importan; me refiero a ellos mismos.

—¿Qué me queréis decir?

—Sabéis de dónde provengo y a lo que me dedico, no me avergüenzo de ello, y gracias a este desdichado oficio he aprendido a ver a las personas por dentro.

El noble se levantó y miró a la cortesana a la cara. Tenía los párpados caídos y el gesto serio. Parecía haber envejecido diez inviernos en menos de diez días, y llevaba la barba tan larga que apenas se le adivinaban los labios tras ella. Le puso la mano en el hombro a Lisarda y la invitó a sentarse junto a la lumbre.

—Prefiero que no os molestéis en contarme cosas que ya sé. Si tenéis algo que decir, sed breve y marchaos, ahora mismo ni siquiera sé si merezco vivir.

—La reina no aguantará la alianza con los condes de Portugal, ya que estos le pedirán más de lo que ella estará dispuesta a darles y acabarán enfrentados. No solo van a querer más de lo razonable, sino que pretenderán humillarla, y aunque la intención de doña Urraca es llegar a un acuerdo con ellos, no se puede llegar a un acuerdo con quien te quiere ver bajo la suela de su sandalia.

—¿Y cómo sabéis tanto?

—Señor conde, me he criado en la corte, llevo haciéndole bordados a la familia real desde que tengo uso de razón. Mi boca está sellada con cera, pero siempre he mantenido los oídos abiertos y atentos. No es fácil conservar el pellejo entre las confortables paredes de palacio.

—Se ha hablado mucho de las fricciones entre las hermanas, pero no sabía que pudieran llegar a tanto —dijo el conde, sorprendido, aunque sin mostrar verdadero interés en la conversación.

—Señor, la infanta Teresa lleva toda la vida muy resentida con su hermana, y también lo estuvo con el difunto esposo de la reina, que siempre fue el favorito de su padre, el rey Alfonso, que Dios lo tenga en su gloria.

—Pues en esa pelea solo va a haber un beneficiado —concluyó el conde.

—El emperador.

—Exacto.

—Ahí es donde quería llegar. Me dirijo a Peñafiel a ver al rey. Dicen que a los enemigos hay que tenerlos cerca, así que debo empezar a trabajar para nuestra soberana. La reina saltará de los brazos de su hermana a los del rey, y de allí a los vuestros, señor conde.

—¿Qué disparates estáis diciendo?

—No pasarán dos inviernos antes de que esto ocurra. ¿No os dais cuenta? El entendimiento de la reina con el conde Enrique y su hermana no durará más que unos meses, y después doña Urraca no tendrá otra opción que volver con su marido, como vos mismo habéis dicho. Y tendrán una relación tormentosa; de eso me voy a ocupar yo, aunque sea lo último que haga en mi vida.

—¿Y cómo lo pensáis hacer?

—Por eso no os preocupéis, pero quiero sellar un pacto con vos, y perdón por el atrevimiento.

—Os lo debo, me salvasteis la vida, y por encima de todo se la salvasteis a muchos hombres.

—Pondré a la reina en vuestras manos. Sois un gran hombre y, permitidme, un gran amante, de eso entiendo más que nadie en este reino, así que sabréis conquistarla. Luego, cuando le deis vuestro primer hijo a la reina, a mí me dará un título y unas tierras con sus rentas para que viva holgadamente el resto de mi existencia. Quiero traer un hijo a este mundo, pero no lo haré a menos que esté segura de que tendrá una vida lo menos parecida posible a la de su madre.

El conde se quedó mirándola fijamente. Continuaba serio, pero con un rictus mucho más animoso que cuando Lisarda, al entrar en el salón, lo había encontrado con los ojos apagados e inyectados en sangre y asido a una pequeña jarra de vino, que ahora reposaba en el suelo junto a la silla de la que se había levantado. El silencio se prolongó, y mientras, el conde tenía la vista clavada en sus ojos. No parecía estar pensando una respuesta, sino simplemente dejándose llevar por aquellos hipnotizantes ojos verdes. Lisarda le aguantó la mirada y el conde ni siquiera parpadeó.

—Tenéis mi palabra.

—Pues bien, haced lo que os digo, con todo mi respeto. Id a ver a la reina y poned vuestro ejército a su entera disposición.

—Mi ejército siempre estará a su servicio.

—Después del movimiento que hicisteis en la batalla, permitidme pensar que doña Urraca tal vez lo dude. Pero no os preocupéis, ella no tiene opción, así que hacedle saber que continuáis apoyándola y comandad personalmente los ataques. Que note vuestro aliento. Aunque os duela, deberéis luchar junto a los condes de Portugal hasta que la reina separe su destino del de su hermanastra.

Esto fue lo último que dijo la cortesana. A continuación se levantó, hizo un gesto afirmativo con la cabeza a modo de despedida y salió del castillo en su penco, con buen tranco, camino de Peñafiel. Si los condes de Portugal y la reina cerraban definitivamente el acuerdo, irían a por el emperador sin dejarle tiempo para saborear su victoria. Le convenía llegar al castillo donde se refugiaba el emperador antes de que lo hiciesen las tropas de asalto de doña Urraca.

No tenía conocidos en el reino de Aragón, pero había frecuentado las fiestas de la casa real en esta tierra y en Navarra cuando todavía estaba en el trono Pedro I, hermano del rey Alfonso, y había hecho buenas migas con alguna cortesana aragonesa. Aunque el tiempo había pasado y era muy difícil que todavía siguieran en la corte, no le quedaba otra opción que ir e improvisar según viniesen los acontecimientos.

Llegó a la ciudadela del castillo a la mañana siguiente, cuando el sol estaba en su cenit. Había pasado parte de la noche cabalgando con marcha tranquila y el resto, resguardada en un claro no muy lejos del camino. A pesar de las muchas pieles que portaba tuvo frío y apenas pegó ojo. No quiso encender fuego para no atraer a los curiosos que merodeaban por los senderos, y aun así estuvo todo el tiempo aferrando su daga y con el pequeño puñal en la pantorrilla.

Los pendones aragoneses y navarros ondeaban orgullosos en las almenas. Los soldados del emperador se arremolinaban en la plaza del castillo, donde un trovador ponía al día al populacho. Los siervos castellanos continuaban con sus mercadillos y sus labores diarias como si la batalla de Fresno de Cantespino nunca se hubiese producido. El emperador nada tenía contra su pueblo, y lo que más le interesaba era que imperase la normalidad en el reino; una vez ganada la batalla le tocaba ganar la paz.

Lisarda dejó su montura en la plaza y llegó al castillo a pie. Una vez allí rodeó la robusta construcción en busca de las cocinas, pues las huestes aragonesas llevaban poco tiempo en la plaza y nadie repararía en una cara nueva. No le fue difícil dar con la zona de servicio del castillo, donde encontró el panorama previsto: gran cantidad de mujeres y algún hombre, todos atareados y dando voces. Era evidente que tras la toma de la plaza por parte de los aragoneses se había reunido una aglomeración de manos en las tareas domésticas de aquel fuero, ya que se habían juntado los siervos del castillo con los que acompañaban a la corte de Aragón.

Lisarda se entremezcló con los sirvientes y al poco rato se encontró bajando al río con un grupo de mozas a llenar cántaros. A la vuelta siguió la estela del grupo, sin ser interpelada por nadie, y ayudó en la tarea de vestir las mesas de los salones y a encender las lumbres para cocinar; se había criado en las cocinas de la corte y sabía exactamente qué actitud debía adoptar para pasar desapercibida. Unos por otros, todos los criados dieron por hecho que la cortesana formaba parte del cuerpo de servicio, o bien del rey o bien de aquel fuero.

Al caer la noche fue a acostarse con unas cuantas de sus compañeras en la nave aledaña a las cocinas. Tras repartirse los restos de la cena que habían servido al séquito de don Alfonso, establecieron turnos para encargarse de que el fuego no se apagara en toda la madrugada. Nada había cambiado, se sentía como en casa.

Los rumores sobre los movimientos de las tropas de la reina y del conde don Enrique llegaron al día siguiente. El trovador advirtió a los burgueses que estaban reclutando campesinos en las tierras de alrededor y que harían bien en ir recogiendo todo lo que pudieran de sus campos. No era época de cosecha, pero el asedio al castillo podía ser largo.

Lisarda era consciente de que el tiempo apremiaba, por lo que la segunda noche, después de dejar la lumbre bien atizada en su turno de guardia, se marchó hacia las cocinas del castillo. Desde allí subió a la planta noble. El rey no era partidario de las cortesanas, pero tampoco era tan santo como pretendía mostrar, y en su corte era sabido que tenía dos amantes que probablemente andarían por los pasillos igual que Lisarda hizo en sus tiempos mozos en la corte de Alfonso de León.

Los aposentos del rey estaban en la planta superior de la torre, al final de un corredor largo repleto de huecos que daban a estrechos ventanucos. De las paredes de piedra del corredor colgaban lámparas de sebo que emitían una luz tenue. Lisarda se aventuró por el pasillo, y enseguida un guarda le salió al paso.

—Deteneos ahora mismo. ¿Cómo habéis llegado hasta aquí? —le espetó, sorprendido, el centinela.

—No habléis tan alto, que vais a despertar al rey —le susurró la joven tras agarrarle con delicadeza la entrepierna.

—Salid de aquí —insistió el soldado, apartándole la mano sin demasiado empeño.

—¿Y si me decís a dónde debo ir? Me he perdido en este castillo tan grande.

El soldado aragonés se dejó arrinconar por la cortesana, que ya le había levantado los ropajes y lo agarraba por el miembro con mimo. El chico se sentó en los peldaños que subían al cerco de una ventana, y la plebeya aprovechó para levantarse el sayo y sentarse a horcajadas sobre él en la penumbra del pasillo, tapándole la boca con la mano para que no gimiera. El centinela estaba absolutamente desarmado, recostado en la pequeña escalera de sillares, incapaz de oponer resistencia al avance de la cortesana que había vuelto loca a la nobleza castellanoleonesa durante tantos años. Tras el encuentro con el soldado, Lisarda regresó a la nave, donde sus compañeras dormían, y se acostó en su jergón.

A la mañana siguiente fue al río con varias ayudantes a lavar útiles y ropajes de la corte. El ambiente era muy distendido, e incluso algunas de las mozas, especialmente dos hermanas que provenían de Toledo, se dedicaban a cantar mientras remojaban la ropa en las heladas aguas del río. De pronto observó que dos de las criadas la vigilaban y chismorreaban a cuenta de ella. Entonces se alejó del grupo y caminó entre la maleza. Anduvo río abajo hasta que no se veía un alma y dejaron de oírse las amenas conversaciones de las lavanderas.

Tardó poco en oír movimiento en las jaras: las dos mozas andaban buscándola.

—Aquí. ¿Me estáis buscando? No temáis, estoy bien.

—Bien, zorra, como te vuelvan a ver por los pasillos del rey te rajaremos como a un cochino.

—Pero bueno, ¿a qué viene esto?

—Esto viene a que, aquí, las mancebas del rey somos las aragonesas, y no permitiremos que venga una buscona de León a meterse en su camastro.

Lisarda se acercó a ellas y agarró por la espalda a la que había estado callada. Sacó la daga y le rebanó el pescuezo. La sangre salió a borbotones, así que se apartó y lanzó a la muchacha al suelo. A continuación fue a por la otra, que tenía los ojos abiertos como platos y la mano en la boca, le apartó el brazo de un golpe y le puso el puñal en el cuello.

—A tus amigas, las que están en la puerta de la alcoba del rey, les dices que quiero hablar con ellas esta noche. Que estén calladitas y se porten bien. Para la siguiente que me tosa ya sabes lo que hay.

Limpió el puñal en la ropa de la chica acuchillada y se marchó a seguir su labor con las demás lavanderas: las tropas de la reina estaban cerca y debían hacer toda la colada posible porque no iban a tener oportunidad de salir al río en varios días, o incluso varias semanas.

31

El soldado parecía estar esperando a Lisarda en la misma ventana donde se habían encontrado la noche anterior; era evidente que le había gustado. Lisarda no tenía tiempo de andarse con explicaciones y fue directamente a por él, le levantó los ropajes, le agarró con maña el miembro y lo acarició con delicadeza mientras el joven le manoseaba el pecho por dentro de la túnica. Era un chico muy inexperto, y le aferraba con torpeza los pechos con unas manos sudorosas y temblorosas a la vez.

Cuando terminó de calmar las ansias del joven, Lisarda, sin molestarse en preguntarle, siguió por el pasillo mientras el chico, que hizo un amago de cerrarle el paso, desistía al momento y se iba escaleras abajo. Llegó a la antesala de la alcoba real, donde aguardaban las dos cortesanas sentadas en un banco de madera. No parecía reinar la violencia que había conocido ella en la corte de Sahagún: las chicas cuchicheaban con complicidad a la espera de que alguien las avisara para entrar a visitar al monarca.

—No temáis, no os haré daño si me sois de ayuda —les informó Lisarda a modo de presentación.

—Yo no temo a nadie —se le encaró la más alta de las dos.

—Sí me temes, si no ya me habrías intentado acuchillar. Yo no le perdonaría la vida a una ramera que hubiera matado a una amiga mía sin motivo, pero sois dos cobardes que haréis lo que os diga. ¿Cuánto tiempo lleváis en la corte?

—Mucho —respondió la cortesana alta—, desde antes de que el rey se desposara con doña Urraca. Hemos viajado con esta corte por todo el norte de la Península.

—¿El rey ama a mujeres o a hombres?

—Pero ¿qué barbaridad es esa? ¿Ves aquí algún hombre?

—A muchos. Hay siervos y soldados por todos lados.

—El rey es un hombre, y muy hombre —saltó la que no había abierto el pico—. Ya nos hemos enterado de que te gustan los soldados jovencitos. Normal, esa cara de ramera que tienes lo dice todo de ti.

Las cortesanas se sentían humilladas y atacadas en lo más hondo de su ser por Lisarda, que había matado a sangre fría a una de sus amigas, y lo mínimo que esta esperaba era que la insultaran, pero mientras la cosa no pasase de ahí estaba dispuesta a consentirlo.

—¿Y cómo es que no tiene descendencia? ¿Alguna de vosotras ha quedado preñada alguna vez?

—El rey es hombre, pero nunca ha dejado preñada a mujer alguna. Eso no quiere decir que no sepa amar —volvió a insistir la misma mujer.

Este asunto era la comidilla del reino, pero Lisarda necesitaba información de primera mano, ya que las habladurías eran falacias la mayor parte de las veces.

—¿Está el rey en sus aposentos?

—No puedes entrar en la alcoba: tiene que ser a petición del rey, y nunca preguntará por otra moza que no sea alguna de nosotras. Nuestro rey no se fía ni de su sombra, y hace bien, porque esto se está llenando de gente indeseable.

—Descuidad, no tengo intención de entrar en la alcoba. El rey es todo vuestro.

—Ahora no está —dijo la primera que le habló al llegar al rellano—. Pasa la mitad de la noche en la capilla. Es un hombre de honor, que ha entregado la vida a las armas y la religión. Reza durante horas y solo se deja aconsejar por su confesor y sus confidentes.

—Hablan de un hechicero —quiso saber Lisarda.

—Magos, hechiceros, sí. Necesita ayuda divina. Ha venido a este mundo a librarnos de los ataques de los infieles, y el Altísimo tiene una gran influencia sobre nuestro rey.

Las cortesanas parecían hipnotizadas por el monarca. Le tenían una devoción que rozaba el fervor religioso. A Lisarda le venía muy bien lo que le estaban contando. Deducía que el rey era un hombre muy fácil de influenciar y que estaba en manos de sus consejeros espirituales. La conversación con las cortesanas le había puesto en bandeja el punto débil del Batallador, que encajaba perfectamente con lo que había sido su vida. Ahora Lisarda sabía que don Alfonso se rodeaba de una camarilla que lo manipulaba a su antojo, de manera que tendría que estudiar a sus consejeros, y si lograba llegar hasta ellos, podría tratar de manejar su voluntad. Ya vería cómo.

En cualquier caso, no podía olvidar que don Alfonso se había dejado su juventud en el oriente de Europa luchando contra las tropas musulmanas, tras la conquista de Tierra Santa por parte de los infieles. La caída de Jerusalén provocó la reunión de Clermont, a la que acudió el entonces aspirante al trono. En Clermont, el papa Urbano II pidió a nobles y prelados que fueran a reconquistar las tierras que les habían arrebatado las hordas sarracenas. Don Alfonso no lo dudó y se embarcó en la honorable y arriesgada expedición que atravesó toda Europa para luchar contra el infiel. Su convicción religiosa era tan fuerte que no vaciló en poner su vida al servicio de Dios. Vivía rodeado de religiosos y hombres místicos que velaban por su alma, pues para él era más importante lo que sucedería en la siguiente vida que lo que ocurría en la existencia terrenal. Morir luchando contra tropas musulmanas, bien en el este de Europa, bien en las taifas que asediaban sus reinos, le serviría para limpiar definitivamente su alma, por esto se había convertido en un vigía permanente de las fronteras con los territorios de los emires vecinos. Su reino estaba situado en un lugar muy conflictivo de la Península, rodeado de taifas poderosas y con la infranqueable presencia almorávide en Zaragoza, por lo que no le faltaba tarea, y empuñaba las armas con tal asiduidad que tenía más que merecido el sobrenombre del Batallador.

Al amanecer del día siguiente, el acoso por parte de los seguidores de la reina y de los condes de Portugal había comenzado. Los soldados sacaron a las criadas del pabellón a gritos y las condujeron hasta unas cuadras. El olor era inmundo, la paja estaba mezclada con barro y estiércol. Había varios pencos y una remesa de caballos de mejor raza en la parte posterior de las caballerizas. Unas treinta mujeres del servicio se apelotonaron en un rincón. Permanecieron allí toda la mañana, y luego los soldados volvieron a por ellas. El primer ataque había sido repelido y todas las entradas a la ciudad amurallada estaban protegidas. Las cocineras y limpiadoras retomaron sus quehaceres. La nave donde pernoctaban habitualmente había sido ocupada por las tropas, y Lisarda entendió que mientras durase el asedio, el rey querría a la guardia cerca del castillo y dejaría a las sirvientas a merced de las huestes de la reina. No obstante, las murallas eran altas y estaban bien defendidas, por lo que confiaba en que no acabarían masacradas por las tropas del conde.

El asedio fue largo y penoso. En los últimos días apenas comieron ni bebieron. Las provisiones escaseaban y, a pesar del frío, los cadáveres de las personas y los animales caídos bajo las flechas que llovían sin parar por encima de las almenas empezaban a ocasionar enfermedades al resto de los ciudadanos de la fortificación, por lo que se decidió lanzar los cuerpos por encima de la muralla en vez de enterrarlos cristianamente: no había espacio ni fuerza humana suficiente para malgastarla cavando hoyos. Con los animales no hubo problema; el hambre empezó a ser tan acuciante que los que no los mataron las flechas enemigas los mataron los ciudadanos para poder echarse algo caliente a la boca. El fuego estaba racionado, y, aun así, durante la parte más severa del asedio la leña escaseó. Desmontaron todos los establos salvo los de los caballos del rey y sus adláteres, y con los maderos hicieron fuego.

Se comieron todos los jamelgos de la parte anterior de las cuadras, pero el rey no consintió que las monturas de sus caballeros predilectos fueran convertidas en carne para el pueblo. De hecho, los caballos del rey y de sus lugartenientes comían antes que sus súbditos, y no les podía faltar paja ni agua. Los encargados de cuidar de los equinos agraciados se vieron obligados a recorrer toda la ciudad amurallada vaciando establos y cuadras de la comida para el ganado que quedase. Los pocos ciudadanos que se opusieron fueron apresados y paseados por toda la ciudadela esposados para que los demás se lo pensasen bien antes de oponerse a cualquier orden procedente del rey. En todo caso, los insurrectos no fueron demasiados: el pueblo estaba del lado del rey y en el tiempo que duró el asedio aguantó con paciencia las salidas de tono del monarca a cambio de contar con su protección.

Por otro lado, las tropas de don Alfonso estaban perfectamente organizadas y cubrieron los puntos débiles de la muralla con gran número de hombres y las barricadas que consiguieron improvisar antes de que llegasen las tropas de la reina. Los ciudadanos de Peñafiel se volcaron en la defensa del castillo y se ofrecieron al rey, al que sirvieron con lealtad y valor, sabedores de que si la reina y los condes de Portugal rompían su resistencia los juzgarían como traidores. Gracias a la destreza para el combate de los hombres del rey y a la gallardía de los ciudadanos que se pusieron a sus órdenes, la fortaleza se volvió inexpugnable, y con el paso de las jornadas la intensidad de los ataques fue disminuyendo hasta quedar reducida a tres o cuatro andanadas al día, que más parecían un recuerdo para que los sitiados fueran conscientes de que el asedio continuaba que un intento de entrar en la fortaleza.

El castillo estaba situado en una colina y disponía de una doble muralla, a la que había que añadir las barricadas construidas alrededor de las almenas más accesibles para los asediadores, que facilitaron mucho la labor a los defensores. Además, durante el tiempo que transcurrió desde la llegada del rey hasta que la reina y las tropas de los condes de Portugal arribaron para comenzar el asedio, la villa de Peñafiel se vació casi por completo, y los ciudadanos subieron al castillo para apoyar al rey en la defensa.

Cuando amainaron las hostilidades, la vida dentro de las murallas fue recuperando la actividad habitual antes del sitio. Varios grupos de ciudadanos incluso se atrevieron a bajar a la villa e instalarse en sus casas, y ninguno de ellos sufrió daño alguno por parte de las tropas de la reina, que nunca tuvo la intención de atacar a su pueblo.

El rey no cabía en sí de gozo, una vez más había demostrado a todo el reino quién era el guerrero al que debían rendir pleitesía. Lisarda imaginaba que, en cambio, la moral de la tropa opresora estaría por los suelos, y que la relación tensa de las hermanastras estaría derivando en una batalla dentro de la batalla, así que decidió que era el momento de actuar.

Un día que no cayó siquiera una andanada sobre la fortaleza esperó a que pasase la hora de la comida del rey y su séquito y salió del castillo al caer la tarde, como empezaban a hacer muchos de los ciudadanos que habían perdido el miedo al asedio. Además, el reparto de dádivas a los guardas castellanos por parte de los mercaderes que necesitaban hacer negocios en la corte funcionaba a pleno rendimiento desde que el ataque había decaído casi por completo. Solo faltaba la orden de retirada para que la reina abandonase el asedio al castillo de Peñafiel.

La corte de doña Urraca estaba instalada en unas carpas plantadas aproximadamente a un tiro y medio de ballesta de la muralla sur de la ciudad. La carpa de la reina era blanca y tenía varias estancias separadas por cortinas de tela. La comodidad de la tienda, con el suelo cubierto de alfombras y decorada con parte del mobiliario que se desplazaba junto a la corte itinerante, nada tenía que ver la insalubridad de las innumerables tiendas destartaladas donde pernoctaba su guardia pretoriana.

El resto de la tropa ni siquiera disponía de un toldo andrajoso para refugiarse de los rigores de las noches castellanas y dormía al raso, lo cual enrarecía un tanto el ambiente entre los soldados fieles a la reina. Estos solían pasar las noches en vela, bebiendo alrededor de las hogueras, y las trifulcas entre ellos eran frecuentes. El asedio no parecía dar sus frutos, y la moral estaba más baja cada día que pasaba. Al reclutarlos, a muchos de los hombres les habían hablado de una escaramuza de no más de una semana, y la demora en tomar la fortaleza, que pasaba ya de las tres semanas, había provocado enfrentamientos con los mandos de las tropas y deserciones.

Esto le venía de perlas a Lisarda, que seguía con su plan. Buena parte del ejército de la reina procedía de León, así que a la cortesana no le resultó muy difícil dar con varios de los guardias reales a los que conocía muy bien. Enseguida consiguió que alguien la acompañase hasta la tienda de doña Urraca. Antes de la hora de la cena había logrado su cita con la reina. Estaba frente a ella en su tienda, y doña Urraca pidió que las dejasen a solas.

—Querida Lisarda, eres como el corcho de los alcornoques, siempre sales a flote.

—Muchas gracias por el cumplido, alteza.

—¿De dónde procedes?

—Vengo del castillo.

—No esperaba menos —le confesó la reina con sinceridad—. El conde Pedro González me dio recuerdos de su parte y me hizo saber que mediaste para que prestase su pericia y sus ejércitos en esta causa.

—El conde estaba decidido, no me hizo falta convencerlo.

—Voy a ser sincera contigo, pues al fin y a la postre estás informada de todo. Me hallo en una encrucijada entre mi cuñado y mi marido. Tengo una corona, pero no tengo reino, y lo que es peor: ambos anhelan el reino de Galicia, que creo que es lo único que le quedará a mi pobre hijo Alfonso.

—El reino es grande. Si conseguís que vuestro marido vuelva a Aragón, tendréis media Hispania para repartiros el conde de Portugal y vos, mi señora. —Lisarda quería provocar a la reina.

—Sabes igual que yo que mi hermana no cejará hasta que me quite el último reducto de tierra que me quede.

—Entonces solo hay una solución. Pactad con vuestro marido.

—No va a querer.

—Sí va a querer. Haré que llegue a oídos de vuestro marido que el conde Pedro González de Lara está de su lado. Lo conoce bien de las cruzadas en Tierra Santa.

—Soy consciente de ello —le recordó la reina, a la que no le gustaba que la tomasen por nueva.

—El rey sabe que, uniendo sus designios a los vuestros, no tardaría en derrotar a los condes de Portugal con la ayuda del conde de Lara. Y una vez que todos los reinos vuelvan a su dominio, será el momento de llegar a un pacto de disolución.

—¿Un pacto de disolución?

—Cada uno tendrá su reino, y el matrimonio se disolverá. Esto es algo que el obispo Gelmírez casi tiene acordado con el Vaticano.

—No quiero anular el matrimonio con el rey Alfonso para que venga otro monarca de otra casa real y se haga con los derechos de mi hijo. Pero imagino que ya has pensado en ello, y no creo que te haya sido muy difícil encontrar cómo evitarlo. —La reina era consciente de que Lisarda no dejaba cabos sueltos.

—Ciertamente. ¿Habéis conocido al conde de Lara?

—Ya te he dicho que sí.

—¿Lo habéis conocido íntimamente, mi señora? Perdonadme por la indiscreción. —No había tiempo que perder en formalidades, las dos sabían lo que se estaba jugando la reina, y esta era la primera que quería llamar a las cosas por su nombre.

La reina se quedó callada y afirmó con un gesto casi imperceptible con la cabeza mientras clavaba los ojos en la alfombra. La cortesana comprendía que su porvenir dependía de esta última pregunta. Había corrido por la ciudadela algún rumor sobre la cordial relación que el conde Pedro González estaba manteniendo con la monarca, y se daba por hecho que había sustituido a su primo en todas las servidumbres que este tenía en la corte.

—No te puedo ocultar nada —dijo por fin la reina mirándola altivamente.

—El conde es un hombre poderoso, dudo que se acerque a la corte pretendiente alguno mientras estéis junto a él.

—En eso estoy de acuerdo. El problema es que entre medias tendré que entregarme a mi marido.

—Ese precio, majestad, tendréis que pagarlo, no creo que haya otro remedio.

—No tengo inconveniente alguno en volver a ejercer de esposa de mi marido. Soy consciente de que es la única forma de luchar con garantías contra los condes de Portugal, pero me preocupa mi hijo Alfonso.

Lisarda había sido paciente y por fin había llegado su oportunidad. Lo que más le quemaba por dentro era no poder sacarle nada a cambio a aquella señora a la que cada día odiaba con más ahínco. No soportaba que fuera el centro de todo y de todos, que tantas personas se estuvieran jugando la vida por proporcionarle un reino limpio de enemigos y con los límites bien definidos. Detestaba que tantas buenas gentes hubieran perecido en la batalla de Candespina y en tantas otras con el objeto único de que su majestad moviese los hilos para asegurarse la corona del reino sin haber visto ni de lejos la sangre de los desgraciados que la habían derramado por ella.

Ahora que debía proporcionarle la información que la tranquilizaría para el resto de su vida, a Lisarda le pasaba por la cabeza no decirle nada y dejarla en ascuas, con la incertidumbre y la zozobra de pensar que su querido hijo pudiese acabar sus días sirviendo al hijo del rey Alfonso. Sin embargo, ella hacía lo que hacía por su propio interés, así que continuó adelante. La reina no dudaría en dar el siguiente paso en cuanto le deslizase las palabras que iban a salir de su boca.

—Mi querida reina, podéis estar tranquila.

—¿A qué os referís? —preguntó doña Urraca, desconcertada. Le habló de vos, como hacía siempre que se veía en manos de la plebeya.

—Vuestro hijo Alfonso no va a tener problemas dinásticos.

—Gracias por tus palabras, hija —volvía a tutearla; la desilusión se hizo patente en el gesto triste de la reina—, pero mi padre, nuestro amado rey Alfonso, lo dejó bien claro en su testamento.

—Pero...

—No hay pero. Volveré con mi marido, y una de las consecuencias que debo asumir es que engendre el hijo que reinará en Hispania.

—Esto no va a suceder —dijo decidida Lisarda—. El rey no puede tener hijos. Disculpadme, señora, pero he estado en la corte de Aragón y lo he sabido de primera mano.

La reina se quedó mirándola fijamente. La plebeya le aguantó la mirada, hizo un gesto afirmativo muy leve y luego bajó los ojos y pegó la barbilla al pecho. Sin duda había osado entrar en temas tan delicados e íntimos que, de no ser por encontrarse ante una mujer tan avanzada a sus tiempos como era doña Urraca, su cabeza podría haber acabado rodando por el suelo esa misma noche.

Lisarda besó el anillo de la reina y se marchó. Estaba hecho. Anduvo un tanto atribulada por el asentamiento. Las piernas le temblaban de tal manera que tuvo que apoyarse durante un largo rato en uno de los postes que sostenían los cables de una tienda para tomar aire.

No tardó mucho en encontrar lo que andaba buscando: los pendones de la casa de Lara. Debía dejarlo todo arreglado antes de volver al castillo, ya que ignoraba si se le presentaría otra oportunidad para hablar con el conde. Así que pidió verlo, y este se aprestó a recibirla.

Cenaron juntos. Lisarda agradeció la comida casi tanto como la escueta conversación. El conde ya conocía los planes de la cortesana, por lo que la charla no duró demasiado. Estuvieron de acuerdo en todo, aunque el conde puso objeciones a acercarse íntimamente a la reina, cuyo honor quería salvar. Lisarda le dejó claro que todavía no había llegado el momento, pero debía prepararse. No estaba dispuesta a modificar ni un detalle de su estudiada estratagema.

—Insisto. La reina es una mujer casada, y esto que me estáis insinuando, y que ya me comentasteis la anterior vez que hablamos, no tiene sentido.

—Señor conde, la reina era la amante de vuestro primo, vos lo sabéis igual que lo sabe todo el mundo. Pero hay una cosa que no sabe nadie, y que yo, que vengo de la carpa de la reina, conozco de buena fuente, ¿me entendéis?

—Creo que estamos mezclando las cosas, no deberíamos ir tan rápido.

—Señor conde, nos estamos jugando algo más que lo de comer. Nos estamos jugando mantener la cabeza sobre los hombros, así que, con todo el respeto, os pido que sigáis el plan tal y como lo hemos previsto.

—Parecéis muy segura de vos misma.

—Si vos no ocupáis, con perdón, la alcoba de la reina, lo hará otro, y sus esfuerzos militares serán en vano, creedme.

El Romero no dio opción a la cortesana y le plantó un muro en ese campo. Lisarda no le contó que eso que se guardaba con tanto celo ya lo proclamaban a los cuatro vientos los trovadores, y que a ella se lo había confesado la propia reina. No le iba a ayudar en nada decírselo al noble, de modo que se despidió de él sin volver sobre el asunto.

Era evidente que el conde necesitaba la colaboración de Lisarda para llevar adelante la maniobra que él mismo había preparado, a pesar de ser un hombre hermético que parecía no dar importancia a la posibilidad de convertirse en el caballero más poderoso del norte de Hispania. La cortesana no ignoraba que todo el mundo ansiaba poder y notoriedad, no había conocido a nadie que no hubiese estado dispuesto a matar por situarse en el puesto en el que se iba a colocar el conde. De hecho, el mismo conde no había tenido reparos en dejar a su primo a los pies de los caballos en la batalla de Candespina para gozar de la oportunidad de ocupar su lugar. Sin embargo, a ella, por mucho que hubiera aportado a su plan, la seguía viendo como una pordiosera salida de un barrio de rameras de León, y por eso no estaba dispuesto a permitirle entrometerse en la relación íntima que pudiese tener con la reina.

Esto le importaba muy poco a Lisarda, que actuaba con las miras puestas en su futuro. Futuro en el que no entraban ni la reina ni el conde Pedro González. Ella también tendría que luchar por atrapar a su hombre, aunque todavía no tenía claro cómo lo iba a hacer. De algún modo se las apañaría para que Petro el Cartaginés volviera a su vida, aunque tuviese que remover el reino entero. En este momento ni siquiera sabía si seguía con vida, se estaban produciendo muchos movimientos en las altas esferas de la Iglesia y el obispo de Toro y sus fieles podían haber sido depurados por los condes de Portugal. Con todo, a falta de noticias, mantenía las esperanzas.

Mientras tanto, continuaría usando a la reina y al conde de Lara para alcanzar sus objetivos. Al conde le tenía cierto aprecio, le parecía un tipo honesto y de fiar. En cambio, a la reina la odiaba cada vez más. Por su parte, doña Urraca la miraba con recelo y parecía no haberle perdonado que se hubiese metido en la cama con ella, con el difunto conde Gómez, con el conde Pedro González y con su padre; estaba al corriente de todo. Aun así, el recelo de la reina estaba a muchos inviernos de ser tan grande como el que le tenía ella; en los últimos meses, Lisarda le había cogido tanta ojeriza que no pensaba dejar que el conde de Lara se librase de sus encantos. Cuando se presentase la ocasión lo visitaría de nuevo en su alcoba y lo conquistaría. Sabía cómo hacerlo, y además se aseguraría de que la reina se enterase. Esta iba a ser su forma de despedirse de una señora que se creía por encima del mundo por ser de noble cuna.

Lisarda estaba desarrollando la parte más arriesgada de su plan. Se encontraba a medio camino entre el rey y la reina y en cualquier momento podía ser la cabeza de turco si algo salía mal, pero estaba tan acostumbrada a vivir al filo del abismo que no acusaba el desgaste de la presión. Era el momento de conservar la calma y mostrarse segura de todo cuanto iba proponiendo a las tres partes en liza. La estrategia que les había planteado tenía demasiadas aristas y ella parecía ser la única que confiaba en un plan al que le faltaban demasiadas piezas por encajar, así que era fundamental que no titubease si quería mantener la confianza de cada uno de los implicados en el conspicuo triángulo formado por el rey, la reina y el conde Pedro González.

En definitiva, Lisarda estaba segura de volver a la ciudadela con los deberes hechos. No le costó entrar en el castillo: el asedio había terminado *de facto*. Las tropas de la reina seguían a las puertas de la muralla, pero los ataques llevaban dos días siendo meramente testimoniales y parte de las tropas del conde de Portugal habían abandonado el sitio, camino de Palencia. Los condes de Portugal parecían ir por libre, y en todas las decisiones que iban tomando se percibía la mano de la querida hermanastra de la reina. No estaban dispuestos a darle un respiro a la soberana, lo cual tenía a esta enfurecida, es más, la hizo cambiar de bando sin dudar. Doña Urraca sabía que su cuñado y su hermana organizarían en cuanto les fuera posible un ejército con los siervos de Castilla que estaban bajo su dominio y arrebatarían Galicia a los nobles de aquella tierra, que andaban tras la coronación de su hijo Alfonso. De ningún modo iba a consentirlo.

Otra cosa era volver con su marido: se trataba de la mejor medida que podía tomar por su bien y, sobre todo, por el de su hijo. Con todo, no uniría su reino al de Aragón aún. Había pasado muy poco tiempo desde que se habían batido en Fresno de Cantespino y la prudencia aconsejaba esperar unos meses para que cicatrizaran las heridas. La reina era muy hábil y sabía manejar los tiempos políticos como nadie. La decisión estaba tomada y era irrevocable, solo le faltaba esperar el momento oportuno para llevarla a efecto.

Por su parte, el conde de Portugal era un gobernante inteligente y sagaz, pero la infanta Teresa guardaba en su interior demasiado resentimiento para dejarle tomar decisiones coherentes. La reina tenía la certeza de que su hermanastra no descansaría hasta arrebatarle la corona. Era muy peligroso dejar a los condes de Portugal consolidar su dominio del extenso territorio que le habían arrebatado, pronto formarían un ejército con el que marchar sobre Galicia, y cuando la tuviesen bajo su poder junto a Portugal y la parte occidental de Castilla irían a por el resto del reino. Doña Urraca conocía a la perfección a su hermana y no albergaba dudas respecto a que esto sería así, y la unión con su marido era fundamental para luchar contra la amenaza de los condes de Portugal.

También estaba convencida de que nadie se esperaría su

reconciliación con el rey de los aragoneses. La presión que ejercía el obispo Gelmírez, auténtico valedor de su hijo Alfonso, para que la Iglesia anulara su matrimonio y el carácter duro y violento de su marido, con innumerables muestras de su falta de respeto por ella —que nunca le perdonaría que la hubiese encerrado en una torre—, eran motivo suficiente para que nadie confiara en que esta alianza se pudiera producir. Pero la reina era una mujer madura y segura de sí misma, y conocía a su marido mejor de lo que nadie podía sospechar. Sabía que, a pesar de sus formas insoportables, era la mejor baza con la que podía contar para enfrentarse a las tropas que sin duda estarían reuniendo los condes de Portugal para expandir los límites de sus territorios.

32

Pasaron dos días sin novedad en la ciudadela. La animación del mercado de la plaza volvía a ser la habitual, y los trovadores vociferaban todo tipo de insidias sobre la reina y los condes de Portugal. Sin duda, que el final del asedio estaba próximo.

Algunas familias se permitieron enterrar en el cementerio, fuera de la muralla, a los seres queridos que perecieron durante los días más violentos del sitio. No eran pocos los cadáveres que los plebeyos habían ocultado a los soldados del rey para que estos no los lanzasen desde las almenas, pues al pueblo le daba pavor que los muertos fuesen inhumados fuera del cementerio. Avanzaba el mes de noviembre y en los campos de Peñafiel el frío era terrible. La tercera mañana después de la visita de Lisarda a las carpas de la reina, los pendones comenzaron su lento desfile, alejándose de la fortaleza a paso lento. El asedio había terminado.

La noche anterior, doña Urraca se había reunido en su tienda con el jefe militar de la ciudad, Álvar Fáñez, y el conde Pedro González. Los tres sabían cuál sería el resultado de la reunión antes de sentarse y que la soberana ordenase a sus colaboradores que abandonasen la carpa. La salida apresurada de los condes de Portugal con sus hombres reducía el número de efectivos para continuar con el asedio, y a esto había que añadir que la resistencia del rey era tan solvente como el primer día. Veían asombrados que dentro de la fortaleza no parecían faltar los víveres ni los hombres para defender las almenas.

Llevaban más de tres semanas sin permitir el paso de agua, comida y leña, y aun así los fieles al rey no emitían la menor señal de levantamiento contra su señor, mientras que las tropas fieles a la reina mostraban signos de agotamiento cada vez más evidentes. Doña Urraca estaba segura de que ninguno de sus generales iba a admitir la derrota, preferían morir bajo aquellas inexpugnables murallas antes que ser señalados como los causantes de la retirada, pero a ella no se le caerían los anillos si debía dar un paso atrás. Y en efecto, tenía tan clara la estrategia para hacerse con el dominio del reino que les dio la orden de repliegue sin vacilar.

La oposición de sus hombres de armas no fue difícil de vencer. Compartían la tesis de su señora: no tenía sentido seguir hostigando a la población para dar un escarmiento al rey. La decisión supuso un gran alivio para don Álvar, toda vez que los sitiados eran sus conciudadanos, y cada día que pasara iba a ser más complicado restañar las heridas del asedio.

Las huestes aragonesas encendieron hogueras en la plaza principal y asaron carne para el pueblo. El rey eximió a los campesinos de sus obligaciones durante dos días y repartió toneles de cerveza y vino barato. No debía faltar nada para la celebración, cuanto más sonados fuesen los fastos más importancia se le daría al logro. Había estado siempre tan seguro de su triunfo que una semana antes del final del asedio había mandado a un grupo de sus fieles que salieran para acopiar comida y bebida. La celebración de las victorias era tan importante como las victorias en sí.

Además, el agradecimiento del Batallador al pueblo de Peñafiel por su titánica resistencia era sincero e inmenso. Los partidarios de su esposa se llevaban el segundo varapalo tras la batalla de Candespina, y la moral de los castellanoleoneses quedaría tocada. Por fin, don Alfonso se sentía el gran emperador de Hispania que había planificado ser tras las nupcias con doña Urraca. Era, pues, el momento de crear el ejército que expandiera el cristianismo a toda la Península e incluso más allá de los Pirineos. Aquel era sin duda el día más feliz de su vida. Se sentía invencible.

Hacia el mediodía, el rey tomó asiento con sus más cercanos lugartenientes en el centro de la plaza principal del castillo, situado en el patio de armas a la vera de la torre del homenaje. Sus ojos irradiaban felicidad, y los cabezas de familia de la zona formaron una larga fila frente a él para rendirle pleitesía uno a uno. Todos le juraron lealtad y prometieron pagar sus rentas. La espada del bravo rey aragonés era la mejor garantía para sus tierras. Lisarda llegó hasta la comitiva y logró llamar la atención de uno de los caballeros que flanqueaban al monarca. Se trataba de un hechicero muy próximo al rey que tenía como principal cometido calmar sus inquietudes sobre la fe. Rara vez era posible acercarse a los consejeros del monarca, pues estos se movían en las sombras e infundían un respeto al pueblo que tenía más que ver con sus silencios que con sus palabras.

—A sus pies, mi señor —le susurró Lisarda al brujo, oculta tras la capucha de su túnica.

—¿Qué deseáis?

—El rey está amenazado de muerte.

—Ramera deslenguada, ¿qué pretendéis? —la reprendió el hombre, desairado, pero tratando de no levantar revuelo.

—Luego no digáis que no os lo he advertido.

—Haré que os apresen —replicó finalmente el consejero real, intentando, en vano, ver la cara de aquella desvergonzada.

Lisarda abandonó la bulliciosa plaza apresuradamente y se perdió por uno de los callejones. Regresó a las cocinas del castillo, donde suponía que habría un ajetreo frenético: los nobles de Aragón y Navarra y los partidarios que el rey tenía en Castilla, muy numerosos, llegarían al caer la tarde para el homenaje a la victoria. No intercambió palabra alguna con los criados y se puso manos a la obra. Fue a los salones y se afanó con los que allí estaban en la preparación de los fastos.

La celebración se prolongó durante tres días, en los que

Lisarda trabajó sin descanso. Vio en varias ocasiones al rey y sus lugartenientes; entre ellos estaba el consejero que la había amenazado con apresarla, pero no la reconoció ni cuando la tuvo enfrente. Ella se preocupó de que la viera claramente y le ofreció vino, carne y patatas para cerciorarse de ello. El consejero real estuvo amable con ella y la miró a los ojos con detenimiento, por eso ella se convenció de que el hombre no sabía quién era. Nadie que hubiera visto sus ojos aunque fuera una vez los olvidaría.

Lisarda estaba atenta a los movimientos que se producían en las entradas del castillo. A cada instante, desatendiendo sus funciones, se marchaba a revisar las tres puertas de la fortaleza. Intuía que la reina no tardaría en mandar un emisario. Doña Urraca estaba absolutamente convencida de que la única forma de conservar su reino era unirse a su marido. El tiempo que había pasado junto a su hermanastra Teresa le había servido para darse cuenta de que no había en Hispania amenaza más hostil para ella que los condes de Portugal. Lisarda también estaba convencida de ello, por eso esperaba la llegada del emisario en cualquier momento.

La cortesana conocía a la reina mejor que nadie en todo León. Llevaba muchos años siguiendo sus pasos y había escuchado infinidad de conversaciones en las que sus más íntimos colaboradores conspiraban a favor y en contra de ella. La posibilidad de que su hermana armara un ejército y avanzara hacia el norte la tenía desquiciada, y era el principal motivo por el que quería aliarse de nuevo con el rey. Temía asimismo que su cuñado y su hermana avanzaran hacia el este anexionando territorios castellanos que en este momento le pertenecían a ella, pero lo que de verdad la asustaba eran las ambiciones de los condes de Portugal respecto a Galicia. Así que la llegada de alguna noticia procedente de los condes de Portugal, que seguían instalados en Palencia, era inminente, y la reina tenía olfato político suficiente para no ignorar que reaccionar con celeridad era tan importante como acertar con el aliado escogido.

Tras el segundo día de fastos, de madrugada, cuando la fiesta llegaba a su fin por agotamiento de los invitados, que habían bebido y comido hasta caer por los suelos, Lisarda vio a un emisario de la reina hablando con uno de los lugartenientes del rey en la entrada de poniente del castillo. No había duda: el tipo no traía ninguna enseña, pero el caballo estaba agotado y él, embarrado y absolutamente empapado, cuando hacía horas que no llovía en Peñafiel. La reina movía pieza.

A la mañana siguiente, la corte del rey emprendió viaje rumbo a Sahagún. Pese a que reinaba la confusión, Lisarda tenía información de primera mano y sabía que este era el destino de la caravana. Lo que no averiguaba a través de las cortesanas reales, temerosas de su daga, lo conocía a través del soldado de los aposentos del monarca, por quien siempre era bien recibida.

La cortesana se añadió a la caravana y salió con los demás a los caminos, a pesar del frío, que era casi insoportable. Por los campos de Castilla corría un viento gélido que cortaba la cara. Hicieron varias paradas en el trayecto, y en todas las plazas donde pernoctaron recibieron los parabienes de sus moradores, que se declaraban siervos del emperador don Alfonso. El viento soplaba literalmente a favor del monarca aragonés. La batalla de Candespina y el asedio al castillo de Peñafiel habían sido movimientos muy importantes para las monarquías del norte de la Península, pues habían dejado clara la posición de las diferentes facciones que apoyaban a una u otra casa real, pero para el pueblo el verdadero enemigo, el que arrasaba sus tierras y mataba a sus hombres, era el que procedía de las taifas que rodeaban a la Hispania cristiana, y los ecos de las victorias del rey Alfonso eran el reclamo que atraía a los siervos de esas tierras para entregarse al Batallador.

Lisarda llegó a Sahagún dos días después de que lo hiciera el ejército. Los sirvientes habían marchado a paso lento, mientras la avanzadilla armada había salido a matacaballo para intentar tomar la corte por sorpresa. Por las habladurías de los ciudadanos, la cortesana supo que la condesa Teresa, a punto de ser apresada por las huestes del rey, había abandonado la ciudad a la carrera gracias a las advertencias de algunos fieles a la reina que vigilaban los caminos. Así pues, doña Urraca aún pretendía guardar las apariencias con los condes de Portugal.

La llegada de la caravana a Sahagún despertó en Lisarda recuerdos que ya había logrado apartar de su mente. Aquella ciudad la había visto crecer y la había visto sufrir, pero por alguna extraña razón al pisar de nuevo sus calles no encontró en su interior la memoria de aquellos días de su niñez en los que vivía despreocupada y segura de sí misma; solo le venían a la mente los traumáticos tiempos después de que sus padres desaparecieran de su vida. En los primeros dos inviernos sin sus padres, hasta que se decidió a salir del pozo en el que había caído su existencia, se formó el carácter duro y desconfiado que la había mantenido con vida.

En efecto, la había mantenido con vida, pero a su vez le había impedido mirar en su interior y pararse un segundo a comprobar en qué se había convertido: era una proscrita de sí misma que luchaba en un mundo agresivo y sórdido por salirse con la suya y abandonar este valle de lágrimas dejando tras de sí algo que nadie esperaba de ella. Aquellos dos inviernos le enseñaron que no le hacía falta nadie para salir airosa de las agresiones que el mundo le tenía preparadas, una chica rubia con cara de ángel a la que quien la veía por primera vez consideraba una víctima propiciatoria de la que sacar partido. Desde entonces no tuvo mejor compañía que la de su daga. No volvió a confiar en nadie, ni pensaba volver a hacerlo.

33

Comienzos del año 1111, Sahagún

l emperador decidió quedarse ese invierno en la corte. Era buena época para descansar, ya que las taifas vecinas solían dejar para los meses de calor las escaramuzas en las fronteras. El invierno dificultaba las aventuras en los campos de batalla, el barro y la nieve eran grandes enemigos de las tropas opresoras, desconocedoras de las zonas embarradas y anegadas por las aguas, en las que se habían llevado más de un disgusto a manos de lugareños desarmados pero perfectos conocedores del terreno. Esto les había hecho perder a los musulmanes un buen número de hombres, caballos y armas en estériles intentonas por conquistar tierras cristianas.

Mientras, el rey se había visto con la reina a escondidas de prácticamente todo el mundo. Su encuentro solo lo conocía el grupo de colaboradores más estrecho de ambos. Para el rey la discreción era importante, pero para la reina era absolutamente crucial: si su hermana o el conde Enrique se hubieran enterado de la reunión, de que ese encuentro se había producido, todo su plan se habría ido al traste.

Los reyes quedaron de noche, en un paraje arbolado que había en la confluencia del arroyo de la Cueza con el río Carrión. El encuentro fue planificado con apenas una semana de antelación, y la reina no informó ni siquiera al conde Pedro González, que entonces era el hombre que ocupaba su alcoba y que defendía sus intereses militares. La Temeraria, como la empezaban a llamar, no estaba dispuesta a depender de nadie. Iba a ver a su marido y a entregarse a él sin reservas mientras el Romero la esperaba en Palencia, porque en realidad no le importaban ni el uno ni el otro, simplemente los necesitaba para sacar adelante su plan. No obstante, sabía que los hombres nunca permitirían que los tratase como piezas de su estratagema, y por ello se había convertido en una experta en callarse lo que le convenía.

A decir verdad, el invierno transcurrió en paz y por fin los siervos pudieron respirar. Estaban extenuados, y muchos mutilados, tras tantas luchas, en las que habían muerto infinidad de hombres. Las taifas que rodeaban el reino parecían haberse hecho eco de las victorias del Batallador y se mantenían tranquilas: apenas llegaban a la corte noticias de escarceos en las tierras fronterizas. Lisarda adoptó un papel discreto y dejó pasar un tiempo hasta que fuera el momento de seguir con su plan. Durante aquellos meses apenas salió del castillo y se limitó a ayudar en las tareas que le iban encomendando mientras trataba de obtener cualquier información que le sirviera para saber cómo avanzaba el acercamiento de los monarcas.

Después de varios meses al cobijo de la corte, Lisarda se decidió a emprender una serie de movimientos. Tenía que bajar al barrio para ponerse al día. Hacía años que no frecuentaba el lugar en el que se crio, desde que se marchó a León casi no había vuelto a Sahagún, ni siquiera en verano, cuando la corte se instalaba allí por espacio de varias semanas. Muchos de los hombres de la ciudad habían tenido que enrolarse en los ejércitos, tanto del rey como de la reina, y la profesión estaba de capa caída, según le informaron, aunque los últimos meses se había notado cierta mejoría con la llegada del emperador y su ejército.

Entró en el tugurio donde había pasado buena parte de su juventud y vio que, a pesar de todo, las cosas seguían más o menos igual.

—¿Ahora sirves al rey de los aragoneses?

—¿Y tú a quién vas a servir esta noche, Piedad?

—Al que mejor me pague —le contestó, casi sin mirarla, su antigua compañera de turno.

—Entonces ¿a qué viene esta pregunta? —Lisarda sabía que en el barrio lo más recomendable era no arredrarse.

—A nada. ¿Qué se te ofrece?

—Estaré en las cocinas del castillo mientras no abandonemos la plaza. Entérate de dónde despachan las chicas con los miembros de la guardia más próximos al rey.

—En las alcobas reales, ¿dónde va a ser?

—Estos son diferentes, así que es probable que busquen compañía fuera del castillo. A ojos del rey son casi santos.

—¿Qué me darás a cambio?

—Tú piensa en lo que no te haré.

Lisarda salió de la mancebía con la misma discreción con la que había entrado, pasó por delante de la que fue su casa y se encontró con que la puerta estaba entreabierta. De pronto salieron cinco niños a la carrera y la encimaron con descaro en busca de una moneda. Tras quitárselos de encima con bastante dificultad, emprendió el regreso a las cocinas del castillo. Definitivamente, el barrio había cambiado muy poco.

Cada paso que daba en Sahagún estaba cargado de los recuerdos que tenía pegados a la piel. Aquellas cocinas la habían visto crecer, y por azares de la vida allí estaba de nuevo. Habían pasado cuatro o cinco años desde que abandonó su pueblo, no lo recordaba con seguridad, pero le parecía como si hubiesen pasado cinco lustros. Los últimos inviernos vividos en Sahagún habían sido tan traumáticos que se negaba a pensar en ellos. Ni pisando aquellas calles ni trabajando en la cocina que casi formaba parte de su ser estaba dispuesta a rememorar su pasado. Al final siempre llegaba a los mismos recuerdos, y le costaba varias semanas quitarse de la mente las negras imágenes.

Dos mañanas después de su encuentro con Piedad, esta se presentó en las cocinas.

—¿No te sobrará algo de comer? No tenía hambre, pero el olor de la carne en las brasas siempre hace que me suenen las tripas.

—Las sirvientas no comemos hasta que haya comido la corte, pero luego te conseguiré un pedazo de pan. Lo acabamos de traer de los hornos.

—¿Tú crees que tendrían lugar para una servidora en este sitio?

—No, eso olvídalo. Bueno, cuenta.

—En las casas del barrio bajo hay una fulana, la Juliana, seguro que la recuerdas. Tiene un buen puñado de mozas, y hace lo menos tres o cuatro inviernos que es en su casa donde paran los nobles de la zona. Me han dicho que están llegando aragoneses con dineros, pero al rey no se le ha visto por allí.

—Eso es lo que quería saber. Muy agradecida, Piedad.

—Muy bien. ¿Y el pan?

Lisarda la despachó con un buen trozo del pan caliente guardado en las alacenas para la comida de la corte y siguió a lo suyo, esperando con ansia a que cayera el sol para presentarse en casa de la Juliana.

—Aquí tú no pones un pie. —Juliana tenía buena memoria y, además, no era de las fáciles de amedrentar.

—No vengo a quedarme con nada que no sea mío. Necesito ver a un hombre, y luego me marcharé.

La noche había caído sobre Sahagún y los clientes estaban a punto de llegar al serrallo.

—Esa daga que llevas en la manga no me da ningún miedo; como no des media vuelta ahora mismo, vas a tener la suerte de morir en tu pueblo.

Un tipo blandía un mazo a apenas cinco codos de la puerta de la casa, y miraba a Juliana fijamente esperando que esta le hiciera un gesto para emplear la tranca.

—Déjate de monsergas, necesito que me dejes ver a un hombre, tú dirás cómo lo hacemos.

—Pocas cosas hay en este mundo que no compre el dinero.

—Sabes que nunca he tenido dinero. Vivo en la corte sin asignación. Hace años que no gano una moneda, el día que no me den de comer como al resto de las cortesanas tendré que salir a los caminos a mendigar. —Había mucha verdad en lo que le acababa de confesar a su vieja amiga.

—No sé cuándo vendrá ese al que andas buscando, pero puedes entrar y esperar. Mitad y mitad. Cuando se vaya el que quieres ver, te marchas para siempre.

Lisarda no tenía opción, y Juliana no era de las que daban segundas oportunidades, así que apartó la cortina de esparto y se introdujo en la casa. Había varias chicas, al menos diez años más jóvenes que ella, sentadas en el poyete de piedra adosado a la pared. Se acomodó junto a la que estaba más cerca de la puerta y permaneció en silencio. Conocía el oficio de sobra.

Las chicas la miraron y bajaron la vista. Lisarda era muy guapa, y sus ojos verdes llamaban la atención. Se quitó el sayo y dejó ver un blusón de color crudo tan fino que permitía mostrar sus atributos con claridad. Tenía el trasero generoso y el pecho grande, su piel era blanquecina y la melena rubia le caía en tirabuzones sobre los hombros. Además, se había lavado el pelo con esmero antes de bajar al serrallo; sabía dónde iba y cuál era la única moneda con la que podía pagar lo que andaba buscando. Las chicas se dieron cuenta de que su rival les quitaría trabajo, pero las tranquilizó el hecho de que fuera una mujer mayor, algo que le restaría ventaja.

No tardaron en llegar clientes. La casa estaba muy concurrida. Lisarda entró en las habitaciones del fondo dos veces, y en ambas ocasiones los hombres que quisieron estar con ella eran soldados de las huestes de Aragón que apenas contaban veinte años. Disfrutó viendo que era la favorita de todos los parroquianos, aunque le dolió tener que compartir las monedas con la madama.

Finalmente llegaron los lugartenientes del rey, para quienes Juliana reservaba una sala lúgubre en el ala este de la casa, con una chimenea como única iluminación. La madama se acercó al cuarto donde estaban las chicas e informó a Lisarda, tras lo cual esta salió a la entrada de la mancebía con ella y le dio la mitad de las monedas que había recaudado. La dueña de la casa la acompañó junto a otras tres chicas a la sala, donde esperaban los confidentes del rey.

Las chicas entraron vestidas completamente y con la capucha de la túnica cubriéndoles la cabeza. La sesión que ofrecerían era diferente del juego que se desarrollaba en el cuarto donde las chicas se mezclaban con los soldados y oficiales del ejército. Sobre la mesa de madera que ocupaba el centro de la sala había barricas y jarras con vino y cerveza, y también comida, pues las veladas de los gerifaltes aragoneses solían ser largas. Las chicas permanecieron discretamente sentadas en un banco de madera junto a la chimenea, que estaba encendida más que nada para dar luz, mientras los hombres bebían y hablaban en voz baja sobre asuntos militares. Les convenía ser prudentes, estaban en tierras conquistadas que en cualquier momento podían convertirse de nuevo en un lugar hostil para ellos.

Lisarda no tenía muy claro si serían los hombres los que se arrancarían a intimar con ellas o si debían dar el primer paso ellas, pero no podía permitirse esperar, así que se levantó y se fue directa a por el hechicero con el que había intercambiado unas palabras en la plaza del castillo de Peñafiel, le pasó la mano por la espalda y luego por la nuca y lo besó en el cuello. El tipo se levantó, y Lisarda se fue con él a una habitación. El cuarto estaba a oscuras. La meretriz sabía perfectamente cómo ocuparse de aquel hombre, que ya no era joven. Le quitó la ropa, lo masajeó y después se desnudó ella. Dejó que el tipo la recorriese con sus manos y su lengua, juntaron sus cuerpos brevemente y luego el mago se abrazó a ella y se quedó dormido. Durmió poco pero profundamente, incluso roncó, hasta que de pronto se despertó de un sobresalto, se vistió deprisa y se dispuso a salir del cuarto. Parecía arrepentido de estar allí, sin embargo, no se trataba de esto: simplemente prefería salir al salón para seguir bebiendo y conspirando.

—No os marchéis tan rápido.

—¿Y eso quién lo dice?

—¿No me reconocéis?

—En absoluto.

—¿No recordáis el encuentro que tuvimos en la plaza del castillo de Peñafiel?

—¡Vos sois la ciudadana que se me acercó!

—Esa misma.

—¿Cómo os atrevéis?

—Debo deciros algo. Dejadme hablar, por favor.

—No tengo nada que escuchar de una plebeya. Haré que os apresen.

—He sido cortesana de la reina, pero, creedme, para mí mi señor es nuestro rey, don Alfonso.

—Salid inmediatamente de este cuarto.

—Escuchadme, por favor. La reina se está aproximando al rey. Como vos debéis saber, va a romper los lazos con su hermana y el conde de Portugal.

—Y eso ¿cómo lo sabéis vos?

—No dejéis que el rey se confíe. —Lisarda no quiso responderle y siguió con su guion—. Hay algo en esto que no me gusta. Ahora sirvo en la corte del rey, entré hace poco. Iré con vos y, mientras, intentaré buscar información en el séquito de la reina.

El consejero se quedó pensativo. Tenía que asimilar la información que acababa de recibir de la cortesana. Esta, para hacer creíble su maniobra, necesitaba terminar de captar su interés, así que continuó:

—Permitidme que me aventure, pero soy una mujer sin nada en la vida, y dentro de poco no me querrán ni en las cocinas. No tengo grandes pretensiones: apenas aspiro a poder comer.

—Lo último que me esperaba era una ramera pidiendo limosna.

—No os equivoquéis, señor, lo que os pido son unas monedas a cambio de una revelación que puede salvar la vida de nuestro rey.

El tipo abandonó el cuarto de malos modos y volvió a la sala contigua con el resto de los nobles aragoneses. Lisarda había conseguido su objetivo. El venerable consejero no la hubiera dejado con vida de no haber creído sus palabras, y al menos esperaría a ver los movimientos de la reina antes de rechazar sus advertencias y ayudas. Era un tipo sagaz. Tenía el trato de hechicero por su capacidad para predecir las calamidades que acechaban a la corona, y el rey lo consideraba de su entera confianza; por tanto, comprendía que la cortesana no le había venido con un cuento. En la corte, nadie, a excepción de las tres o cuatro personas más próximas al monarca, tenía conocimiento del acercamiento de los reyes, por lo que la chica a la que había dejado en la penumbra de la habitación tenía que ser alguien con acceso a los más íntimos círculos de la reina. De eso no había duda.

La ruptura de la reina con los condes de Portugal se hizo oficial cuando el verano empezaba a mostrar su cara. Doña Urraca, fiel a su intuición política, no se lo pensó dos veces y se fue a Sahagún en busca de su marido. No tenía opción. La llegada de la reina causó una gran conmoción entre los ciudadanos, desconcertados ante aquella maniobra, pero la hija de Alfonso VI siempre había contado con el apoyo de su pueblo, y estos la aceptaron antes incluso que el mismo rey, que apenas tardó un día en abrazar a la reina a la vista de todos los presentes en el salón principal de palacio.

Así, el rey y la reina se reconciliaron al día siguiente de la entrada de doña Urraca en la ciudad y volvieron a su papel de emperadores de Hispania. La corte estuvo instalada en Sahagún todo el verano; los monarcas volvían a compartir alcoba y despachaban juntos en el gran salón del castillo. Había una gran actividad y las misivas firmadas por ambos salían a diario para poner al reino al tanto de la nueva situación.

Mientras, continuaban llegando noticias del obispo de Santiago de Compostela, que seguía intentando romper la unión eclesiástica de los reyes. Tenía muy avanzadas las gestiones en la Santa Sede. El obispo Gelmírez estaba decidido a poner palos en las ruedas del matrimonio real, de ello dependía su control de la corona de Galicia. Había trabajado muy duro para conseguir el dominio absoluto sobre el hijo de la reina, a través del conde de Traba, y no iba a permitir que un posible descendiente de los monarcas estropeara su plan.

Las maniobras del influyente prelado gallego pronto dieron sus frutos y extendieron una sombra sobre la pareja real, que notaba la presión de la Iglesia. Crecía la tensión en el matrimonio, que además acusaba el hecho de pasar tantos días juntos; no era un matrimonio bien avenido. La reina era una mujer con las ideas claras, y el rey, un hombre muy rudo y desconfiado.

En esta crisis, que apenas tardó unas semanas en producirse, y en el carácter suspicaz del monarca, Lisarda vio una gran oportunidad. Pidió ver al hechicero: era el momento de avanzar, había evidencias de que en la corte arreciaría el malestar en cualquier momento. Daba la impresión de que los monarcas no se planteaban dividir el reino ahora que lo habían unificado. Parecía más bien que cada uno tenía en mente arrebatarle al otro su parte.

A decir verdad, se habían juntado dos caracteres demasiado parecidos en la misma alcoba. Las tropas fieles a cada uno eran similares en número, y las dirigían los dos mejores estrategas del reino: por un lado el rey, y por el otro el conde Pedro González de Lara. Además, las infidelidades de la reina con el conde habían empezado a correr de boca en boca. Por si esto fuera poco, los nobles castellanos y leoneses estaban cada vez más cerca de la reina, a la que habían considerado su soberana desde la cuna, y su marido iba a ser invitado a abandonar esas tierras y volver a Aragón.

Lisarda decidió ir a casa de Juliana cuando todavía faltaba un buen rato para que cayera el sol, que en las tardes de verano parecía no querer bajar nunca. Salió de la ciudad y anduvo hasta el barrio donde se encontraba el serrallo. Los campos estaban llenos de labradores que se afanaban en sus labores aprovechando los meses en los que el terreno no estaba enfangado.

—¿Cómo tienes la desvergüenza de volver por aquí? Tenía que haberte matado el día que te vi aparecer. ¿Te crees que se me ha olvidado lo de mis sobrinas, la Jimena y la Juanita?

—Tus sobrinas eran unas ladronas, y si no las hubiera matado yo, ya las habría matado otro.

—¿Y te atreves a decirme eso?

—Juliana, no me hagas hablar. —Era conocido en el barrio que Juliana había tenido que ajustarles las cuentas a sus sobrinas días antes de que Lisarda las matara.

—Ya te lo he dicho dos veces: no te quiero ver por aquí.

—Juliana, creo que no sabes con quién estás hablando.

—Sí que lo sé. Con una ramera del tres al cuarto que ni recuerda cuánto tiempo lleva vendiendo su cuerpo.

—No te voy a decir que mientes, pero la que esté libre de pecado que tire la primera piedra. Tú no eres tonta y sabes que te conviene llevarte bien conmigo. El otro día accedí a tus peticiones porque quería que nos entendiéramos, pero si te empeñas en ponerme dificultades, lo vas a pagar caro. Conoces perfectamente el ambiente en el que me muevo.

—Déjate de discursos.

—Cuando caiga la noche voy a recibir a un hombre en el mismo cuarto que utilicé la otra vez que vine.

Juliana le hizo un gesto al tipo que las miraba apoyado en la amenazante estaca de madera, como si fuera un cayado, y este se retiró hacia el interior de la casa. La anfitriona se dio la vuelta y entró también. Lisarda se alejó y esperó la caída del sol a la sombra de un roble. La tarde no era sofocante, pero sin duda se estaba mucho mejor a resguardo de los rigores del calor veraniego.

Sentía que estaba tocando con la punta de los dedos el final de su vida de penurias. Si conseguía que el rey abandonase la corte, el conde de Lara ocuparía su sitio en la alcoba real, y a partir de ahí lo demás vendría rodado. En el reino nadie cuestionaba la capacidad del Romero como jefe de las tropas, este asunto no hacía falta negociarlo. Tras la muerte del conde Gómez había surgido alguna duda, motivada por su huida del campo de batalla junto a su ejército, pero en las más altas esferas se hizo de la necesidad virtud, y aquel malentendido fue quedando relegado al olvido a pesar del interés del rey en convertirlo en un recuerdo permanente en la memoria del pueblo.

Lisarda vio un grupo numeroso de hombres que discurrían por la vereda en dirección a la mancebía de Juliana. Era indudable que se trataba de los lugartenientes del rey, acompañados de una pequeña guardia.

La cortesana entró en la casa, pasó de largo frente a las mozas que esperaban en paños menores en la entrada y se fue a la habitación acordada, junto a la sala reservada. Estaba vacía, y el catre tenía las pieles perfectamente ordenadas; era obvio que Juliana no quería problemas con la cortesana y lo había dejado todo preparado para que Lisarda hiciera lo que había ido a hacer y saliera de allí lo antes posible. Incluso le dejó una lámpara de sebo, que daba una luz tenue, junto al camastro.

—Buenas noches. —El tipo no miró a Lisarda a la cara al saludarla.

—Buenas noches. Gracias por venir raudo. Es de vital importancia que hable con vos.

Lisarda se sentó en el camastro y se hizo a un lado para dejarle sitio al consejero. El aragonés, sin embargo, se quedó de pie frente a ella y por fin consintió en mirarla de frente. La cortesana se llevó el dedo índice de la mano derecha a la oreja y miró de reojo hacia la puerta. El brujo se sentó de mala gana junto a ella y se prestó a que esta le hablase al oído.

—La reina planea matar a vuestro señor.

—De eso estamos todos enterados, pero sabe Dios que no lo hará: su cabeza correría peligro.

—Nadie lo va a poder demostrar. El rey anda con mareos y problemas de vientre estos días, no me lo negaréis.

—A estas alturas del verano los ríos vienen con el agua muy sucia, así que todos andamos mal del vientre, sobre todo los que ya no somos niños. ¿Qué pretendéis decirme, sucia mujer?

El hechicero quería poner distancia entre la cortesana y él, pues caer en vicios tan mundanos no era una situación cómoda para un hombre espiritual y con aura de mago.

—La reina está envenenando al rey.

—Esto es una calumnia que os puede costar muy cara.

—Esto es una información que espero que me paguéis muy bien. Os invito a que vayáis a las cocinas e investiguéis quién está cocinando para su majestad.

—Sabed que no quiero volver a veros jamás, y que si encuentro falsa esta difamación, lo pagaréis con vuestra vida.

Lisarda sabía que el hombre que tenía junto a ella no era un mago ni un hechicero, y mucho menos un brujo. Simplemente, formaba parte de una cuadrilla de religiosos y advenedizos que pululaban en torno al rey y conocían el empeño de este por salvar su alma, de manera que se aprovechaban de la fe ciega de don Alfonso para vivir a su costa y manejar el reino. El monarca había arriesgado su vida y la seguiría arriesgando por cristianizar el mundo, lo único que realmente le importaba. Había llegado hasta las puertas de Jerusalén luchando contra los infieles, y en la Península, al frente de sus ejércitos junto al Cid, los había hecho retroceder hasta el Mediterráneo. Eran logros que llevaba a gala y que esperaba que el Señor le tuviera en cuenta cuando se presentara en el juicio final.

El rey era un ferviente católico y un hombre de rezo diario. Apenas dormía, pasaba las noches en vela orando por su pueblo y para que la mano del Altísimo no le fuera esquiva en el campo de batalla, y sobre todo para que velase por su alma cuando abandonase este mundo. Las decisiones las tomaba siguiendo paso a paso los consejos de los religiosos y hechiceros que compartían con él las noches de plegarias y ruegos. Por eso, Lisarda sabía que había llegado al lugar adecuado para asegurarse el éxito de su plan.

La cortesana era consciente de que su último movimiento acabaría con el matrimonio real. La relación de los reyes pendía de un hilo, y no gustaba a los consejeros del rey. La influencia de la reina y su corte les restaba poder, por lo que conspiraban con tiento para que el rey abandonase Sahagún. La cortesana les acababa de dar la clave para convencer al monarca: el envenenamiento de su comida. Y en el momento en que la comitiva de don Alfonso saliera de palacio, Lisarda habría conseguido el sueño de su vida. Algo que sabía que era seguro que sucedería, pues los consejeros más próximos al rey iban acusando el desgaste del entorno de la reina, que cada vez los incomodaban más con sus continuos rumores sobre la vida libertina de los miembros del círculo más próximo al monarca, algo que don Alfonso no estaría dispuesto a consentirles.

Solamente faltaría una cosa, pero eso era algo que un hombre de palabra como el conde Pedro González cumpliría sin lugar a dudas.

—No os molestéis en marcharos, mi señor, ya me voy yo —le dijo Lisarda al anciano.

—No sé qué insinuáis, a este lugar he venido exclusivamente para veros.

—En ese caso podemos volver juntos a la ciudad.

—Con vos no iría ni a besar el anillo del papa.

Lisarda abandonó la casa de Juliana y regresó ensimismada a la corte. Reconocía que necesitaba un hombre. No un señor que la dominase y le dijese cómo tenía que llevar las tierras que le corresponderían en cuanto el conde cumpliese con su palabra, sino un marido con el que envejecer y disfrutar de lo que habría conseguido. Nadie la apartaría ya de su sueño.

Las ganas inmensas de ser madre seguían en su interior. Quería tener un hijo, quería abrazarlo y verlo crecer. Hasta entonces nunca había creído posible hacer realidad su sueño, su existencia había sido tan dura que solo había pensado en sobrevivir. Pero mientras abandonaba la mancebía de Juliana, dejando allí a los consejeros del rey de Aragón y Navarra urdiendo un plan para salir a la carrera de tierras leonesas, estaba completamente segura de lo que vendría. Y tenía ganas de gritar a los cuatro vientos lo feliz que se sentía, aunque no se atrevía por miedo a que todo se esfumase de la misma manera en que había venido.

34

La salida de las tropas aragonesas de la corte de Saha-gún fue abrupta. No hubo despedida ni negociacio-nes, y el rey partió al galope con la plana mayor sin previo aviso. El ambiente estaba muy enrarecido en contra de los súbditos aragoneses, sin contar con la amenaza de Lisar-da, a la que los consejeros del monarca vieron decidida a abrirle los ojos a don Alfonso con respecto a ellos. Este fue uno de los motivos por los que aconsejaron al rey que no du-dase en marcharse enseguida de las tierras de Sahagún.

A Lisarda, la jugada le salió exactamente como la había planeado. Consiguió que reinara el desconcierto y una des-confianza absoluta entre el personal más próximo a don Al-fonso, al que impidieron probar bocado de cuanto se cocinó en la corte. El rey, además, estaba deseoso de volver a Aragón para poner orden en las sublevaciones de los infieles, en espe-cial en las que se fraguaban en Zaragoza, por lo que el caldo de cultivo de la ruptura del matrimonio real estaba creado, y con sus palabras Lisarda consiguió el resto.

A lo anterior había que añadir la mala relación de los monarcas, que hacía semanas que no habían vuelto a compartir alcoba, influidos por la constante presión del Vaticano. Presión que empezaron a aprovechar los asesores del rey para aconsejarle a su señor que no prolongara ni un día más aquel matrimonio pecaminoso y contrario a los designios del Altísimo.

Tras la marcha del rey, Lisarda fue muy explícita en sus recomendaciones tanto a la reina como a don Pedro González. Ambos recibían gustosos sus consejos, la habían visto acertar demasiadas veces para desestimar sus hábiles sugerencias. Aunque no le correspondía a ella presionar a las dos cabezas visibles de la corona, quiso que ambos tomaran conciencia de la nueva situación, pues se mostraban timoratos a la hora de arrogarse las responsabilidades recién adquiridas. La reina no parecía creerse que podía volar en solitario otra vez, y el conde de Lara no era ni por asomo tan ambicioso como el difunto conde de los Salvadórez. La reina quedaba como monarca con poder omnímodo sobre Castilla y León, y el conde de Lara, como jefe supremo de las tropas de todos los feudos del reino. Esa era la nueva situación, y en ellos estaba la potestad de vestir los cargos que ostentaban y liderar el reino.

El mismo día de la partida de los aragoneses, Lisarda había ido a visitar a la reina y la había conminado a llamar a sus más fieles y poderosos servidores. Salieron emisarios hacia todas las tierras donde la reina tenía adeptos, y en la misiva que les hizo llegar a cada uno rezaba una orden muy clara: debían presentarse en Sahagún en persona, y no había excusa para no acudir. Para algunos de los nobles, esto significaba emprender un largo viaje, ya que doña Urraca tenía adeptos en toda la mitad norte de la Península. Entre ellos, nobles gallegos, asturianos, leoneses y castellanos, junto a los más importantes prelados de Hispania. Todos acudieron a la llamada. No era común que respondieran con aquella unanimidad, pero la reina logró su propósito y consiguió tenerlos a todos sentados alrededor de una mesa.

La presencia de las fuerzas vivas del reino en pleno venía a constatar el apoyo a la separación de los reinos de nuevo: Aragón y Navarra por un lado y Castilla y León por otro, algo por lo que muchos de los presentes habían peleado con saña desde el mismo momento en que se conoció el testamento del rey Alfonso, que unía ambos reinos en contra de la voluntad de la mayoría de sus súbditos.

Sentado a la cabecera de la mesa estaba el obispo Gelmírez, cuya influencia en la Santa Sede era conocida por los allí reunidos. La reina se había inclinado ante él y le había besado el anillo al verlo entrar en palacio, por tanto, el prelado presidía a los amos del reino congregados. Dándole ese privilegio al religioso gallego, la sagaz doña Urraca le hacía un gran favor a su hijo.

No faltaron a la llamada de la reina los nobles que más se habían sacrificado por mantener la influencia de esta sobre los territorios periféricos, los más heroicos y a los que más les debía la monarca. La situación en aquellas tierras animaba a decantarse por el rey Alfonso, un auténtico baluarte en la lucha contra las agresivas taifas que rodeaban el reino, pero en esos feudos la reina había tenido la suerte de contar con caballeros honorables que habían arriesgado su vida y sus rentas por seguirla. El caso más reseñable era el de don Álvar Fáñez, que tenía sus feudos en una tierra tan conflictiva como Toledo, y aun así estuvo siempre del lado de doña Urraca. Para el noble toledano, la situación había llegado a ser casi insostenible. A los continuos ataques de tropas procedentes de las taifas limítrofes se había sumado la presión del arzobispo de Toledo, que se había posicionado del lado del rey prácticamente desde el primer momento. La reina le estaba infinitamente agradecida por su fidelidad numantina.

Junto al obispo Gelmírez se sentaba Pedro Froilaz, conde de Traba, una de las personas más importantes sobre la tierra para la reina; en sus manos estaba la crianza y la educación de su hijo Alfonso. Llegó sin el niño, lo cual entristeció a la reina, que intentó esconder su decepción. No obstante, el conde la puso al día de los avances de su hijo, e incluso la consoló con unas notas que el pequeño había escrito de su puño y letra para su madre.

En el otro extremo de la mesa, al lado de sus lugartenientes, estaba el conde Pedro González de Lara, que constituía la facción armada del reino. En unas circunstancias como las que vivía Hispania en aquella época, las tropas fieles a la corona eran tan fundamentales como la propia corona. El reino estaba constantemente en guerra, y los presentes sabían que el conde de Lara les ofrecía la garantía para que todos ellos pudieran conseguir sus pretensiones.

—Tras las plegarias, me gustaría que tuviésemos unas sosegadas palabras sobre el futuro de este nuestro reino. —El obispo Gelmírez quiso demostrar su hegemonía en la reunión y se decidió a romper el hielo.

—Para ello os he esperado en esta vuestra casa. —La reina era demasiado sibilina para querer estar por encima de nadie, algo que no le hacía falta demostrar.

—El reino está amenazado en todos sus flancos. Supongo que en esta mesa somos conscientes de ello. —Álvar Fáñez fue directamente a la raíz del asunto.

—Si no os importa, don Álvar —intervino el obispo—, me gustaría hablar primero de un asunto que no puede demorarse más. Alfonso Raimúndez, hijo de nuestra soberana aquí presente, será nombrado rey de Galicia antes de que llegue el verano.

Las palabras del religioso sonaron totalmente extemporáneas en aquella reunión. No hubo felicitaciones ni muestra alguna de júbilo; por el contrario, se levantó un pequeño murmullo. El obispo compostelano estaba asumiendo un papel que en otras circunstancias podría haberse visto como una afrenta al reino de León. Los nobles de la mesa miraron a la reina, que no alteró su gesto: estaba segura de que Galicia sería para su hijo, al igual que el resto del reino cuando ella faltase. No pensaba alterarse, y lo único que tenía claro era que cuando el niño fuese nombrado rey lo llevaría consigo allá donde fuere. Entonces se le acabaría al obispo el contacto directo con el nuevo monarca de sus tierras, pero cada cosa a su tiempo.

—La fecha no se ha decidido todavía, pero estáis todos invitados a la coronación.

—Las amenazas al reino son numerosas —intervino por primera vez el conde Pedro González, que quiso acabar con aquella tensión que a nada llevaba—. Sin duda tendremos la frontera con la corte de Aragón y Navarra alterada hasta que se pacten los límites de los reinos.

—Esto por el este, pero hay otros problemas.

—Aguardad, señor Fáñez, que ahora prosigo con el resto. Tendremos tropas prestas para intervenir en Toledo, Extremadura y la frontera portuguesa. Por supuesto que no olvidamos quién es nuestro verdadero enemigo en estos tiempos.

Cuanto se hablaba en la reunión era del agrado de la reina, que veía como se iban colocando todas las piezas en el tablero. Mientras, repasaba mentalmente los asuntos pendientes necesarios para conseguir la estabilidad de su reinado, y por cómo había empezado la reunión y el ánimo con el que habían acudido sus acólitos, se daba cuenta de que por fin llegaría el sosiego a sus tierras. Era la única que estaba tranquila, los demás no las tenían todas consigo con respecto al rey de Aragón, y sospechaban que antes o después volvería a aparecer con su poderoso ejército para desbaratar de nuevo el reino.

En otras palabras, solo la reina, a pesar de la abrupta ruptura con su marido, sabía que no tendría problema para establecer la frontera con el rey Alfonso. Con el paso de los meses y tras un largo tiempo alejados el uno del otro, le sería más fácil negociar. No era la primera vez que se veía en una de estas. Su marido era más inteligente de lo que aparentaba y distinguía los frentes que no le convenía atacar. Sus asesores, además, lo animarían a no volver a poner los pies en León jamás y encaminarían todos sus esfuerzos en la lucha contra el infiel, que siempre había sido su enemigo predilecto.

—No os preocupéis por la frontera con Aragón y Navarra, de eso me ocuparé personalmente cuando llegue el momento.

—Pero mientras tanto estamos perdiendo muchas rentas en las tierras fieles a don Alfonso —apuntó el obispo de Palencia.

—Cierto es, pero solo el tiempo puede ayudarnos en esa campaña, mi querido obispo.

—Majestad, contad con nuestra paciencia.

—¿Y cómo pretendéis, majestad, arreglar el entuerto de la frontera de Portugal? —De nuevo el obispo de Santiago tomaba la palabra.

—Voy a ser generosa con vos. Veréis que en esta mesa nadie ha discutido el nombramiento de mi querido hijo como monarca de las tierras gallegas, pero vos sí que nos pedís explicaciones sobre cómo llevaremos a efecto nuestras tareas.

El prelado se quedó callado. De su boca no salió disculpa alguna: su condición de señor de Galicia y representante máximo de la Iglesia en el reino lo revestía de una autoridad que no permitiría que se resquebrajase. La reina aceptó de muy buen grado el reto y agachó la cabeza; necesitaba al obispo para dominar su reino.

Sabía que el ufano religioso disfrutaba viéndola bajar la cabeza delante de las fuerzas vivas del reino. Era fría y calculadora, y ninguno de sus gestos era regalado. Las misivas que el prelado había intercambiado con el Vaticano para anular su matrimonio le habían venido muy bien para situarse al frente del reino en solitario. Ahora, en su nueva situación, con el conde Pedro González de Lara, que no le quitaba ojo desde el otro lado de la mesa, calentándole la cama, necesitaba tener al obispo de su lado para que no alterase las conciencias de los gerifaltes de la Santa Sede. Si osaba enfadar al obispo, este podría pedir incluso la excomunión para ella por las relaciones extramatrimoniales que todo el mundo conocía.

—Señor obispo, seamos francos —dijo la reina adoptando un tono afectuoso—, en la frontera con Portugal hay un asunto que trasciende los meros deseos de expansión de cualquier reino. Se trata de la animadversión de los condes de Portugal, que quizá vos tengáis más fortuna que yo misma tratando de solventar.

—Lo siento, mi señora. Hace algún tiempo sí tuve la oportunidad de ser escuchado por vuestra señora hermana y vuestro cuñado, el conde Enrique, pero en las actuales circunstancias las relaciones están rotas.

—No os preocupéis, señor obispo, la frontera estará perfectamente guarecida.

Las palabras firmes del conde de Lara acabaron con la conversación.

Lisarda recordaba sus tiempos mozos mientras esperaba apostada en las inmediaciones de la alcoba de la reina. Ese era el lugar donde se ganaba la vida entonces, esperando durante noches enteras a que se abriese la puerta que tenía enfrente. Tras la reunión, los nobles, la curia y la misma reina habían estado en los salones comiendo y bebiendo durante horas. Parte de la comitiva había abandonado ya la velada, e incluso algunos nobles habían emprendido el viaje de regreso a sus fueros, pero la reina permanecía junto a los últimos invitados. Había alboroto en la estancia, donde se proferían proclamas en favor de la monarca cada vez con más frecuencia y en un tono más exacerbado. Era evidente el efecto del alcohol en los presentes.

La cortesana sabía que la reina y el conde de Lara habían intimado, pero todavía no lo había visto con sus propios ojos. No podía apartar de su mente la idea de que se había jugado el pellejo para conseguir tener la vida que quería para ella y para el hijo que deseaba engendrar. Se había propuesto cerrar el círculo esa noche. La cabeza le daba vueltas y Petro el Cartaginés estaba en cada uno de sus pensamientos. Se había acercado a él de una manera tan desastrosa que cada vez veía menos posibilidades de robarle el corazón. Esto le producía una gran ansiedad, que trataba de calmar diciéndose que siempre había hallado la manera de solucionar los inconvenientes que se le habían presentado, y a buen seguro encontraría la forma de conquistar al Cartaginés.

De pronto se oyeron pasos y risas procedentes de la escalinata por la que se accedía a las dependencias reales. La reina hablaba en voz baja, por lo que Lisarda no entendía lo que decía. Tampoco oía bien a su acompañante. El pasillo estaba en penumbra, pero una vez que se abriera la puerta de la habitación, la luz de las lámparas de sebo iluminaría la entrada de la alcoba. No sería una luz cegadora precisamente, pero después de pasar toda la tarde apostada en las sombras, le bastaría. La pareja pasó frente a ella sin apercibirse de su presencia y entró en la habitación. Los vio con total claridad: el conde don Pedro González de Lara era definitivamente el amante de la reina. La invadió una felicidad que no había conocido en toda su vida: por fin iba a conseguir su sueño. Y en la oscura soledad de aquel pasillo no pudo contener las lágrimas.

35

Lisarda llegó a su celda con un nudo en la garganta. Se quitó el sayo y se metió en el catre. Puso la daga a su izquierda, en el lado de la pared, como llevaba haciendo desde que el mundo le dejó claro que nadie la iba a defender, y se acostó bocabajo. Alargó la mano derecha y hurgó entre las pieles y la paja que formaban el lecho en el que reposaba. Se le cortó la respiración al no encontrar el pergamino que tenía allí escondido. Siguió hurgando con la mano entre la paja y dio con algo duro: era el sello de la misiva. Espiró con tranquilidad y se quedó dormida.

No durmió demasiado, y antes del alba ya tenía los ojos abiertos como platos y la misma sensación de falta de oxígeno que había notado por la noche. Le costaba respirar, y el corazón le latía con tanta fuerza que le parecía que en cualquier momento se le iba a salir por la boca.

Había mujeres con más años que ella que se quedaban embarazadas. Algunas parían con la misma facilidad con que lo haría una moza, pero muchas morían al dar a luz a sus hijos. Lisarda no temía a la muerte, pero sí que su hijo quedase abandonado como quedó ella cuando era una niña. Petro el Cartaginés era un buen hombre, un hombre fuerte y fiel, lo había visto jugarse la vida por servir al obispo, y por ella también; lo había visto con sus propios ojos. Así que era imposible dar con un padre para su hijo mejor que él. Lisarda, además, contaba con el apoyo seguro del conde de Lara, que no solo le facilitaría unas tierras para vivir, sino que se ocuparía de instruir a su hijo en el caso de que fuera un varón. Lo había puesto por escrito, aunque ella no pudiera leerlo, en el pergamino que escondía en su jergón. Tenía su palabra de que a los diez años se lo llevaría con él y lo formaría para que fuese un infante del rey de León.

Si lo que le mandaba Dios era una hija, la educaría para que supiese valerse por sí sola, no le permitiría que se convirtiera en la sumisa mujer de cualquier déspota. Intentaría que se casara y tuviera una familia, una familia como la que ella nunca tuvo. Las tierras que le prometió el conde le servirían de dote para aspirar a un buen hombre de la nobleza. La cortesana esperaba que la salud le durase lo suficiente para ayudar a su hija a elegirlo, y sobre todo para enseñarle a no perder su sitio.

Por la mañana, el conde salió junto a la mayor parte de sus tropas con rumbo al este. En las plazas de la corte corrió como la pólvora el romance de la reina con el conde. Durante todo el verano había sido lo más comentado, siempre en voz baja, pero tras la huida del rey y la toma del mando sobre todas las tropas del reino por parte de don Pedro, los trovadores dieron rienda suelta a sus lenguas afiladas.

La noticia circuló deprisa. Los juglares salieron a los caminos dispuestos a llevar las nuevas al resto de las urbes del reino: León, Burgos, Palencia y todas las ciudades recibirían cumplida información antes de que salieran dos lunas. La crónica llegaría en muy poco tiempo también a Asturias y a Galicia, en ese momento no había nada más importante en el reino. Los amoríos de la reina alimentaban al pueblo, y la corte no lo impedía.

Los consejeros más próximos a doña Urraca eran conscientes de que unir su nombre al del admirado conde Pedro González los beneficiaba a todos, especialmente a ellos, pues era un modo de disuadir a cualquier casa real de mandar a un pretendiente que pudiese acabar con las prebendas de ellos que disfrutaban.

Además, la situación en el reino era muy complicada. Se habían sucedido varias malas cosechas y las guerras eran continuas. Dadas las circunstancias, los consejeros más hábiles de la corona se encargaban de ir filtrando chismorreos en torno a la reina, que servían para mantener al pueblo con la mente apartada de la miseria que asolaba sus vidas.

Sin embargo, los trovadores no se dejaban nada en el tintero y a veces no se dejaban manejar por la corona. La huida del conde en la batalla de Candespina y la facilidad con que la reina había cambiado a un primo por el otro, tanto dentro como fuera de su alcoba, fueron los episodios más morbosos de sus romances y los que más entusiasmaron a los asistentes a las plazas, que las llenaban hasta que no cabía un alfiler. Hubo actuaciones en todas las ciudades del reino.

—¿Y decís que este conde de Lara era el primo del conde Gómez? —preguntaba a voz en grito un espectador compinchado, situado en medio del tumulto.

—Es más: ¡primo hermano! —bramaba el trovador.

—Contádselo a los leoneses, que no lo creen. Contadles lo que hizo en Fresno de Cantespino nuestro valeroso conde de Lara.

—Mandó al conde Gómez a la muerte y salió huyendo con el rabo entre las piernas. Y aquí todos sabemos hasta dónde fue el noble señor, ¿¡verdad!?

Se hizo el silencio en la plaza frente a la colegiata de San Isidoro de León. El juglar no había tenido tanto público en su vida. Media ciudad de León lo observaba, subido en lo alto de la escalinata, con la fachada de la colegiata a su espalda. Era uno de los juglares que más plazas había pisado de cuantos se desparramaban por el reino, pero este día entraba en terrenos fangosos y su voz, aunque tenía la fuerza y la convicción de otras veces, dejaba escapar un pequeño titubeo al inicio de algunas de las proclamas. El conde Pedro González era el hombre más poderoso del reino, y hubiera sido mejor para su porvenir pasar por alto determinados detalles, pero no podía soslayarlos, pues el respetable vaciaba la bolsa de las monedas con garbo cuando en los relatos se mezclaban amoríos, traiciones y sangre.

Tenía que sacarle partido a esa historia, no había un chisme morboso que hubiera estado más en boca del vulgo que los pasajes del triunvirato formado por la reina y los condes de Lara y Salvadórez. Exprimiendo aquella historia con maestría podría vivir en la abundancia hasta el verano siguiente. Los días eran cada vez más cortos, pronto llegarían el otoño y el invierno, y las plazas de Castilla y León serían asoladas por el frío y la nieve, como cada año. Así pues, por muy peligroso que fuera para su vida, debía contar hasta el final los detalles más cruentos que pudiese encontrar, porque lo que de verdad significaba un peligro para él era llegar al invierno sin las suficientes monedas de plata en la bolsa con las que pagar un lugar donde dormir y comer caliente.

—¡Bueno! Ya que no lo decís, lo diré yo. El conde huyó de las tierras de Sepúlveda para refugiarse en las cálidas pieles del camastro real.

—Eso son calumnias. —Esta vez no había sido un compinchado el que gritó desde el público.

—¿¡Calumnias!? ¿Y a dónde fue entonces? Porque si algo sabemos es que la cama de la reina estaba vacía.

—¡Estaba ocupada por el rey! —Otro compinche le dio el pie de la siguiente estrofa.

—¿El rey de los aragoneses? Ese no ha visto la cama de la reina ni de lejos. Si no, ¿dónde están los frutos del amor? Porque que yo sepa no se conoce que hayan tenido descendencia. ¿O es que la han tenido y yo no me he enterado? Me extrañaría, porque todos sabéis que soy una persona muy bien informada.

—Tampoco hay descendencia de ninguno de los primos —replicó una voz surgida de entre el gentío.

—Eso, nuestra reina nada más que le dio hijos al borgoñés —bramó enseguida un compinche.

El juglar sabía que era el momento de abrir las bolsas de su público, mejor dicho, el momento de vaciarlas completamente. Levantó las manos y trató de calmar a las masas. No solo estaba repleta la plaza, sino también las calles y callejones que daban acceso a San Isidoro. El gentío era formidable, los ciudadanos se agolpaban incluso en algunas plazas aledañas, y se alimentaban de lo que iban repitiendo los afortunados que oían de primera mano la voz del trovador.

Había compinches del juglar por todo el centro de León haciéndose eco de cuanto se decía en la plaza principal, atentos a no dejar escapar ni una sola moneda. Debían rentabilizar las jugosas historias que habían comprado a precio de oro en la corte de Sahagún. Las corruptelas de la corte eran la principal fuente de información de la que vivían.

Las noticias que les despachaba la corona para que las proclamaran a los cuatro vientos las conocía el pueblo, la mayoría de las veces, desde hacía semanas. Estas las trovaban al empezar la declamación, pero no les servían ni para atraer a los rateros que desempeñaban su labor aprovechando los tumultos. Eran las mordidas en la corte lo que de verdad les servía para obtener detalles jugosos, esos que llenaba las plazas a rebosar.

—Me habéis preguntado por la descendencia de la reina y el conde, y aquí tenéis la respuesta. —El trovador se quedó callado observando la cara de impaciencia de su público, consciente de que debía esperar a que todo el mundo estuviese absolutamente en silencio para dar la gran noticia—. ¡La reina está esperando un hijo del Romero! Esta información viene directamente de la corte, la reina y el conde Pedro González van a ser padres.

El trovador no dijo una palabra más y sus secuaces se ocuparon de cobrar a precio de oro la novedad que acababan de difundir en León. Lo que al principio fue un murmullo pronto se convirtió en un griterío ensordecedor y en un ir y venir de los ciudadanos por los corrillos, preguntándose si habían oído bien y si era posible que ya estuviera encinta la reina. La gente reía, gritaba, corría hacia sus casas y hacia sus tierras a dar la noticia. El bullicio en el centro de la urbe era el mismo que en los grandes acontecimientos.

Este comportamiento de la reina era visto por el pueblo como una forma de contestación a la Iglesia, el modo en que doña Urraca le demostraba al obispo de Santiago de Compostela que no iba a ser una regenta que esperase sentada en la corte de Sahagún a que su hijo tuviese edad para ceñirse la corona. Sin contar con que era una osadía tener descendencia fuera del matrimonio, y más estando todavía casada, ya que la nulidad papal, si bien parecía inminente, todavía no era una realidad.

Asimismo, los siervos veían en este asunto una amenaza clara al reino de Aragón. En la frontera con el reino vecino había mucha confusión, con territorios históricamente pertenecientes a Aragón y Navarra que en este momento estaban bajo el dominio de la corona de Castilla y León, y viceversa.

Las batallas por la fidelidad de esos feudos eran continuas, y ahora había que añadir la tensión que generaría la otra infidelidad, la conyugal. El de los reyes era un matrimonio roto *de facto*, pero eso no parecía que fuera a evitar las consecuencias del asunto.

El pueblo tenía motivos de sobra para estar alborotado. El reino era un auténtico polvorín, y doña Urraca daba la impresión de volver a ser la joven atrevida y sin miedos que había heredado la corona de su padre para reinar a su modo y según su forma de entender el mundo. Este punto de rebeldía la hacía estar en boca de todos. Los apegados al patriarcado y a la Iglesia la veían con muy malos ojos, pero para la inmensa mayoría de los súbditos era una mujer intrigante a la que respetaban, y no ponían en duda su legitimidad para llevar la corona a su manera.

36

La noticia del embarazo de la reina no cogió desprevenida a Lisarda; de hecho, lo supo antes que nadie. Tenía trato directo con las siervas que se ocupaban de la alcoba de la reina, y ni siquiera estas se dieron cuenta tan rápido como la plebeya. Le tenía contados los días del mes y la observaba con minuciosidad a diario. Sabía que engendraría un hijo del conde. Don Pedro González, además de ser un hombre fiable en el campo de batalla, era un gran amante y una persona que generaba mucha confianza. El noble castellano y la reina se necesitaban el uno al otro. El conde de Lara era la mejor baza de doña Urraca para reinar en solitario y así manejar las ajetreadas fronteras, que en el fondo era lo primordial para tener al pueblo contento.

En estas circunstancias, al amanecer de uno de los primeros días del otoño, Lisarda salió de Sahagún llevando bajo el sayo el pergamino lacrado en el que el conde de Lara se comprometía a procurarle una vejez tranquila y segura, algo que este tenía todavía pendiente de cumplir.

Cabalgó hasta las tierras de los Lara sobre el penco que consiguió a cambio de casi todas las monedas que le quedaban escondidas entre la paja de su camastro. Confiaba en que el conde estuviera en su castillo o en las inmediaciones, ya que no se conocía ninguna campaña militar en la frontera y no paraba en palacio desde hacía una decena de días. Además, el noble era un hombre de bien, y aunque su esposa nunca osaría interponerse entre él y la reina, Lisarda sabía que no la dejaría de lado, y menos cuando le había dado un hijo varón estando él en Sahagún.

Lisarda llegó sin problema hasta la misma puerta del castillo. El sello del pergamino que llevaba consigo le sirvió de salvoconducto, y, de hecho, el primer guarda que la paró en la entrada se encargó de acompañarla hasta el pie de la escalinata que daba acceso al palacete. Allí la recibió una mujer que la condujo a una sala más bien desangelada que se abría junto a la rancia entrada. En la sala había cuatro sillas de madera alrededor de una mesa. La ventana que iluminaba el cuarto era estrecha y alta. Había pasado el mediodía y la luz era insuficiente, así que la mujer salió con una lámpara de sebo que recogió del alféizar de la ventana y volvió enseguida con la mecha prendida.

La cortesana estaba nerviosa. No tenía miedo, pero no ignoraba que se estaba excediendo en sus pretensiones. Los nobles solían tener una noción del tiempo que rara vez coincidía con la de los siervos, que sentían el hambre y el frío. Era habitual que pospusiesen el cumplimiento de sus obligaciones sin motivo alguno, y este parecía ser el caso. Le costaba dar crédito a lo que estaba haciendo, se había presentado en el hogar del conde de Lara, donde había nacido su primer hijo no hacía ni un mes, para exigir que cumpliese lo pactado con ella. Y el suyo no era un pacto que se solventase con unos doblones, lo cual habría sido hasta cierto punto comprensible, pues una persona con una situación económica tan paupérrima como la suya podía verse en la necesidad de pedir unas monedas para pasar el recio invierno castellano. No, estaba allí para que el conde le adjudicase unas tierras de cuyas rentas vivir el resto de su vida.

Esperaba que por la puerta entrase el conde, o alguno de sus colaboradores, y le explicara cuándo pensaba cumplir su palabra, pero no era ajena a la probabilidad de que apareciese alguien con la orden de deshacerse de ella. Era sin duda la forma más sencilla de quitarse una incómoda molestia de encima. Lisarda se había presentado en el castillo sin pensarlo demasiado, y el paso del tiempo en aquella sala estaba haciendo que su cabeza empezase a barajar todas las posibilidades.

Por fin se abrió la puerta y entró la mujer que la había llevado allí. Era una mujer baja y metida en carnes, que la miraba con unos diminutos e inexpresivos ojos negros.

—¿Me podríais informar de cuál es el motivo de vuestra visita?

—Ya os lo he dicho al llegar: tengo una misiva para el conde.

—Me temo que el conde no se encuentra en palacio en este momento.

—Me lo imaginaba. ¿Vos lo vais a ver?

—Ya os he dicho que no se encuentra en palacio; por tanto, es imposible que lo vea.

—Decidle cuando vuelva que han venido a visitarlo.

—No podré hacerlo si os empeñáis en no darme vuestro nombre.

—Estoy segura de que sois buena fisonomista y sabréis describirme con detalle.

Sin más, se levantó y salió de la sala. La mujer le franqueó el paso y avisó al mozo que había junto al portón para que se lo abriese a la plebeya.

Lisarda llegó a su celda de la corte cuando ya había anochecido y cayó rendida en el catre. Estaba destruida física y mentalmente. Guardó el pergamino en el lugar que tenía reservado para él en el camastro y se durmió agarrada a su daga, la única compañía que jamás le había fallado. Necesitaba hacerle cumplir su palabra al conde. Ella había hecho su parte y ahora le tocaba a él. Si se tratase de otra persona, sabría muy bien cómo persuadirla para que terminase lo empezado, tenía en la mano derecha el puñal que la había ayudado a superar la mayor parte de los obstáculos que se le habían presentado en la vida. Pero este asunto no podía resolverlo de esta guisa.

El noble la había sorprendido y decepcionado. Estaba acostumbrada a que las personas le fallaran. De hecho, la mayoría de la gente con la que se había topado la había dejado en la estacada o incluso la había traicionado, pero solía tener muy buen ojo para ver venir a las personas que le pensaban dar esquinazo, y por el conde hubiera puesto la mano en el fuego.

Pasó el día siguiente dándole vueltas a la forma de obligar al amante de la reina a cumplir su palabra mientras se afanaba con el resto de las cortesanas en coser ropa para doña Urraca y su nuevo hijo. Había un gran ajetreo entre las bordadoras, que se dedicaban la mayor parte del tiempo a hacer cábalas sobre el sexo del bebé.

Al caer la noche volvió a su celda, exhausta y con los dedos llenos de heridas. Había cosido a destajo, y a pesar de los callos de tantos años en el oficio, el trabajo le pasaba factura.

—Observo que las tardes en la corte dan para mucho.

—¡Señor conde! —Lisarda se sobrecogió al ver a don Pedro González sentado a los pies de su camastro.

—Imagino que ya tendréis hasta el nombre para el hijo que espera la reina.

—La lista es larga, pero primero habrá que ver si es niño o niña —acertó a decirle al conde mientras cerraba la puerta y notaba que su corazón se iba calmando.

—Creo que vinisteis a hacerme una visita.

—Sí, mi señor, fui a daros la enhorabuena. He sabido que vuestra mujer ha dado a luz a un varón.

El conde se levantó, fue hasta donde se hallaba la cortesana, junto a la puerta, y la besó. Había tantas mujeres en su vida que le costaba entender lo que sentía por ellas, pero tenía una cosa clara: la mujer a la que estaba besando en ese momento le había hecho perder la cabeza desde el mismo instante en que la conoció.

Llevaba meses fingiendo tener una relación interesada con ella, guardándose las ganas las veces que se habían visto, pero esta noche no tenía que reprimirse ni adoptar una pose fingida. Podía dar rienda suelta a sus fantasías y poseer a la mujer que deseaba desde hacía tanto tiempo. Llevaba meses sin pegar ojo pensando en ella. Sabía que nadie podía sospecharlo, pues la imagen que ofrecía era la de un guerrero con innumerables victorias a sus espaldas, amante de la reina y patriarca de la todopoderosa familia de los Lara, pero la realidad era que la mujer que había entrado en ese corazón que el reino entero imaginaba de piedra era la que lo apretaba contra sí en ese momento.

Cuando firmaron el pergamino guardado en el jergón de aquella celda, la cortesana le había prometido una noche de lujuria con ella el día que preñase a la reina. Lisarda no quería al Romero para sí, pero por el enconado rencor que le tenía a la familia real disfrutaba robándoles el corazón a los hombres de la soberana. No podía evitarlo, había pasado demasiados años al servicio de una familia a la que odiaba.

El conde cogió a la plebeya en brazos y la llevó hasta el catre. Le levantó el sayo sin quitarse él sus ropajes y le hizo el amor sobre las pieles de la cama. Lisarda se dejó llevar limitándose a seguir a su amante, que por momentos la besaba con pasión, algo que la pilló de improviso, y por momentos la apretujaba contra sí con ambas manos y le besaba el cuello haciéndole cosquillas con su poblada barba.

Cuando acabaron de amarse, el conde se quedó tumbado en la cama. Ella se bajó el sayo y permaneció en silencio. Le tocaba hablar al noble, tenían un acuerdo y todavía no sabía hasta qué punto estaba dispuesto a cumplir el fornido guerrero. En lo concerniente a los asuntos carnales sí había ido a cobrar su parte. La experimentada cortesana se daba perfecta cuenta de que el conde de Lara estaba loco por ella y no abandonaría su catre fácilmente. No obstante, tenía una cosa clara: no quería ser la tercera mujer en la lista de nadie, ni siquiera en la del Romero. Le gustaba tenerlo a sus pies, pero su vida solo la compartiría con Petro. Sabía que su momento estaba por llegar, y si no, esperaría a tener esas tierras para ir a por él.

—¿Tenéis familia? —Don Pedro rompió el silencio en la oscuridad del cuarto.

—Me sorprende vuestra pregunta, señor conde.

—¿Y bien?

—Estoy sola en el mundo.

—Entonces no os costará mucho dejar este lugar. Esta va a ser la última noche que paséis en la corte. Mañana vendrán a recogeros en un carro y os llevarán a unas tierras a la vera del río Bernesga. Hay una gran casona cuidada por una familia fiel y leal a mi persona. En esta casona se cobran las rentas de las tierras de cultivo que se extienden junto al río hasta una ensenada que sabrán mostraros mis siervos. Son vuestras tierras.

—¿Me habláis en serio?

—Partiréis a la salida del sol. Haceos acompañar del pergamino que llevasteis a mi castillo hace dos días. En ese pergamino aparece el sello de mi casa, así que tenedlo siempre a vuestro lado.

—No soy persona confiada. Dejar la corte y marchar sin

más con unos desconocidos no es algo que estuviera en mis planes. —Una situación como la que planteaba el conde era difícil de asimilar para alguien como ella.

—Haréis lo que le os mando, o pondré fin a nuestro acuerdo.

El conde no dijo una palabra más. Se levantó del jergón y salió de la celda sin despedirse.

37

Lisarda apenas concilió el sueño en toda la noche. Con la primera luz del día se levantó y recogió las pocas cosas que poseía. Con las pieles de la cama hizo un hatillo y metió en él la ropa y los enseres que usaba para comer: un par de cazos, unos cubiertos y una pequeña jarra. Después de tantas fatigas, no tenía nada más. Siempre se había dicho que el apego a las cosas materiales solo servía para entorpecer la vida de una persona sin arraigos como ella, pero sabía que no era verdad: no había reunido nada más porque a pesar de vivir en la corte y relacionarse con la nobleza y la corona, no era sino una rastrera que hacía mucho que habría pasado a mejor vida de no ser porque dormía con un ojo abierto y la daga como almohada desde que tenía memoria. Y porque contaba con la vigilancia de Petro el Cartaginés, que llevaba dos lustros velando por su seguridad oculto en las sombras.

Una mujer llamó a su puerta. Había tenido que aguzar tanto sus sentidos para sobrevivir que era capaz de diferenciar si quien golpeaba la madera con los nudillos era un hombre o una mujer. Abrió y, como había intuido, se encontró con la sonrisa de una mujer de aproximadamente la misma altura que ella, oronda y con grandes pechos, que llevaba un pañuelo en la cabeza y exhibía una dentadura con más huecos que dientes. Tras ella había un carro en el que esperaba un hombre sentado.

Los siervos del conde tenían más o menos sus años, según calculó Lisarda, pero la vida de los labradores era dura y expuesta a los rigores del tiempo, por lo que ambos parecían doblarle la edad. Tenían el aspecto de dos ancianos, sin serlo.

—Hola, soy Francisca, para serviros.

—Buenos días. Yo soy Lisarda. No necesito nadie que me sirva, con que seáis gente honrada y respetuosa es suficiente.

—Lo que vos mandéis, señora.

El hombre bajó del carro, cogió el exiguo equipaje de la cortesana sin mirarla a la cara, lo metió en la parte posterior del carruaje y volvió a subir al pescante. Lisarda se sentó delante con los dos y emprendieron el viaje hacia su nuevo hogar.

Dejó la puerta de su celda entornada y no dijo a nadie que abandonaba la corte. No era extraño que las mozas desaparecieran de esta manera. La mayoría de las cortesanas que no acudían por la mañana a los maitines volvían a ser vistas a los pocos inviernos con una colección de hijos. Algunas contaban las dichas que habían encontrado junto al hombre con el que se habían escapado, y otras regresaban pidiendo un catre y algo de comer para sus pequeños. En general se trataba de mujeres mucho más jóvenes que ella. Las últimas dos costureras que habían desaparecido de la corte, justo antes del verano, tenían la mitad de años. No quiso advertírselo a nadie, pero adivinó que se iban a marchar, pues había visto el ir y venir de dos soldados de las tropas del conde, que se colaban cada noche, aprovechando la oscuridad, en las celdas de las mozas. Lisarda pensó en avisarlas de lo diferente que era la vida fuera de los muros de la corte, pero sabía que perdería el tiempo.

A decir verdad, conforme se alejaban de palacio, la cortesana iba notando el peso de su nueva vida sobre los hombros. Tenía lo que siempre había deseado, pero no le gustaba la idea de depender del conde de Lara. Cuando había planificado con tanto esmero su tranquilidad no había contemplado que el conde pudiese enamorarse de ella, y ahora su vida quedaba en sus manos. En el reino había pocas mujeres que supieran más de hombres que Lisarda, que había visto claro que lo sucedido unas horas antes en su celda no era el cumplimiento de un acuerdo. Nunca se había parado a pensar cómo sería el momento en que el conde la poseyera. Ella se lo tomaba como una simple venganza contra la altiva reina, sin más. Don Pedro era un hombre casado y amante de la reina, con el que había pactado un acuerdo; sin embargo, las cosas no siempre salen como se planifican, y había visto a demasiados hombres perder la cabeza por ella. Tenía que haberlo previsto.

Llevaba un tiempo retirada de las fiestas de sociedad y las casas de la nobleza. Había cambiado completamente de vida.

Los últimos meses pasados en la corte le habían servido para serenarse y sentirse otra persona. Se había reencontrado con la costura y, aunque no se lo hubiera dicho a nadie, había disfrutado sobremanera con ello. Sin duda seguiría cosiendo allí donde la llevasen los dos siervos del conde, que parecían ser unas buenas personas. En cuanto al conde, la actitud que mostró en su celda le había recordado al encaprichamiento de tantos otros nobles en la época en la que se dejaba caer por los salones de las casonas más rancias del reino. Ahora solo esperaba que las muchas ocupaciones del conde lo mantuvieran alejado de ella. La cortesana ya había satisfecho su deseo de robarle a la reina el corazón de su amante y no tenía ganas de volver a ver a aquel hombre entre las pieles de un jergón. De hecho, tenía bastante con que respetase su derecho sobre las rentas de las tierras que le había asignado y se ocupase de su hijo, como habían acordado, en el caso de que llegase a tenerlo y fuese un varón.

Se le agolpaban demasiados pensamientos en la cabeza. Lo mejor iba a ser centrarse en el día a día. Por de pronto debía llegar a las tierras y empezar a sentirlas como suyas. Eran el lugar donde pensaba vivir hasta que se fuera de este mundo. La decisión estaba tomada, aunque todavía no había puesto un pie en aquel sitio y quizá se estuviera precipitando al dar tantas cosas por sentadas. Siempre había sido una mujer práctica, y así debía seguir siendo. Su objetivo era llegar, conocer sus tierras y a los siervos del conde, y a continuación ir haciéndose una vida y creando un hogar.

38

Dos años más tarde

Él sol calentaba cada día un poco menos y las tardes se iban acortando. Pronto llegarían las lluvias y el frío. A Lisarda le gustaba salir a pasear con la pequeña Elvira. La niña había aprendido a andar al principio de los calores y ya caminaba agarrada de la mano de su madre por la senda que conducía al casón desde la aldea. Los labradores las miraban con disimulo desde los campos mientras se afanaban en sus labores.

La cortesana se había ganado a los siervos de aquellas tierras gracias a su generosidad y su trato afectuoso. No había tenido reparo en rebajarles una parte de la renta a los más afectados cuando a finales del verano anterior un granizo con piedras del tamaño de un huevo de gallina arruinó buena parte de la cosecha, a lo cual se añadía que al día siguiente de llegar a su nuevo hogar hubiera salido a conocer las aldeas que abarcaban las tierras que le habían sido concedidas. Francisca y su marido, Nemesio, la llevaron a inspeccionar hasta el último rincón de su tierra; quería conocer a todos los siervos de su pequeño feudo y se esforzó en aprenderse sus nombres e interesarse por sus problemas. El molino estaba en buen estado para la muela, pero era un lugar frío y tenía la techumbre en muy malas condiciones, así que se ocupó de hacer una pequeña construcción que sirviera a sus siervos para guarecerse de las inclemencias del recio invierno.

La plebeya era una mujer inteligente que sabía de primera mano por dónde sangraban los pobres. Quiso estar al día de cuando alguna de las campesinas se quedaba en estado, y se ocupaba de que no faltase cereal en su casa; eran acciones poco costosas y le servían para ayudar a la gente que la rodeaba. Simplemente, se ponía en el lugar de sus siervos, de manera que le resultó muy sencillo metérselos en el bolsillo. Conocía muy bien al pueblo, pertenecía a él, y sabía que los siervos solo la percibirían como amiga o enemiga. Sentada en la casona esperando para recibir los frutos del sudor de la frente de los campesinos, iba a convertirse en el blanco de las iras de todos ellos, ya que no era noble ni de la familia de los Lara; la verían como una simple ramera que les esquilmaba los bolsillos, así que en el mismo momento en que llegó se puso manos a la obra, consciente de que en esta vida todo había que ganárselo con inteligencia y esfuerzo.

El conde pasó a visitarla cinco veces durante el primer mes; estaba absolutamente desesperado por ella. En una de las ocasiones se quedó tres días: no podía alejarse de Lisarda, que lo tenía embelesado. Acabó por dejarla embarazada, cosa que hizo a sabiendas y rogándole a la plebeya que le permitiese darle un hijo; parecía obsesionado con ella. Sin embargo, Lisarda sabía que antes o después se aburriría de ir a encontrarla, ya que era un hombre al que cortejaban muchas mujeres y encontraría alguna que le hiciese olvidarse de ella, por lo que no se molestó en ahuyentarlo. No se equivocó en su pronóstico: el mes siguiente solo fue a verla una vez, y desde entonces no había vuelto por allí. Ni siquiera conocía a su hija, aunque sí sabía de su existencia.

Así, por las tardes le gustaba pasear con Elvira, sobre todo desde que la pequeña había empezado a andar. La niña se agarraba de su dedo índice y caminaba por el carril dando pasos cortos. Un día vieron una polvareda a lo lejos: tenían visita. Madre e hija se detuvieron y esperaron en el sendero a que la comitiva que avanzaban hacia ellas las alcanzase. Lo primero que pensó Lisarda fue que se trataba del conde de Lara, y se le encogió el corazón. Hacía casi dos años que no lo veía. La emoción la sobrecogió: el conde no conocía a su hija, y al parecer, el momento había llegado.

Miró a la niña y vio que esta le clavaba sus ojos color aceituna, levantando la vista con la boca abierta y riéndose a carcajadas, como si hubiera percibido la emoción de su madre. Mientras, permanecía agarrándola con su mano suave y pegajosa y daba saltos de alegría.

A la cortesana no le gustaba ser positiva, pues nunca le había dado buen resultado, pero se contagió del entusiasmo de la niña y se agachó a peinarle los pocos rizos castaños que le caían por la frente para sorprender a su padre con la belleza de su risueña hija.

Cuando el convoy, compuesto por un carruaje, un carro y cuatro jinetes, estaba casi a la altura de Lisarda y su hija, a la cortesana se le encogió el corazón aún más. No se trataba del conde, sino del obispo de Toro. Su vehículo era inconfundible. Casi lo había relegado al olvido, apenas había vuelto a oír hablar de él desde la batalla de Candespina. Al perder a su valedor, el conde Gómez, en aquella contienda, había quedado en una posición muy delicada. Se rumoreó que lo destituirían de su diócesis, cosa que al final no sucedió, pero había dejado de ser el consejero predilecto de la corte que había sido antaño.

A Lisarda la congoja le recorrió el cuerpo, y a la vez la inquietó la posibilidad de ver a Petro el Cartaginés. Llevaba muchos años sin tenerlo delante, y aunque los dos últimos habían pasado muy rápido entre la crianza de su bebé y los quehaceres del feudo, había tenido tiempo de fantasear con un reencuentro que quizá estaba a punto de producirse.

La polvorienta comitiva llegó hasta donde se encontraban Lisarda y su hija, y el carro en el que viajaba el obispo se paró junto a ellas. El cochero bajó y le abrió la puerta al prelado, que descendió con dificultad; parecía haber envejecido mucho. Miró con rostro serio a madre e hija, que se habían quedado frente a él, petrificadas. A continuación, el religioso alzó la vista y observó con cara de aprobación cuanto había a su alrededor.

Debajo de la túnica morada del obispo se percibía una barriga prominente, y en su gesto se adivinaba la pesadumbre de los reveses que le había asestado el devenir de los acontecimientos en los últimos años.

—Buenas tardes, señora. Cuánto tiempo.

—Buenas tardes, excelencia —contestó Lisarda, y rápidamente le besó el anillo.

—Veo que vuestra situación ha cambiado mucho.

—Excelencia, estoy sorprendida por vuestra visita.

—No lo estéis tanto, recordad que me encomendaron ocuparme de vos.

—Os presento a mi hija, apenas tiene algo más de un año.

—Sí, ya veo. Es tan apuesta como sus padres. ¿El conde no se encuentra en las tierras?

—El señor conde tiene ocupaciones que lo mantienen en la corte la mayor parte del tiempo.

—Pues si no os importa, me gustaría que vuestra hija y vos subierais conmigo a mi carruaje.

Lisarda quiso dar un paso atrás, pero notó el aliento de uno de los hombres del obispo a su espalda. No se molestó en contestar: cogió a su niña en brazos y entró en el carruaje. Conocía el interior del coche del religioso, que todavía olía al carbón que ardía en los braseros durante el invierno, a pesar de que estos llevaban todo el verano apagados. La madera del asiento corrido estaba desgastada, y las cortinillas, totalmente echadas para que no se distinguiera a los ocupantes desde fuera. Junto al obispo se sentó un tipo con cara de pocos amigos, cicatriz en la frente, barba de varios días y mirada desafiante.

La cortesana no daba crédito a lo que estaba sucediendo. El obispo la iba a sacar de sus tierras, en presencia de todos sus siervos, y ella no podía hacer nada para evitarlo. Su niña era un ser demasiado delicado para sacar el cuchillo que llevaba en la pantorrilla y hacer una escabechina en el carruaje delante de ella. Al obispo le atravesaría el cuello sin darle tiempo a respirar, pero el tipo que tenía enfrente parecía leerle los pensamientos; era tan parecido a ella que no podía sorprenderlo. Debía tener paciencia; el prelado había utilizado la astucia para raptarla a plena luz del día sin que nadie sospechase lo que estaba sucediendo, y ahora le tocaba a ella conservar la calma y ser lista para salir de aquello sin levantar una polvareda.

El viaje fue largo. Lisarda tuvo que amamantar a su niña, ante la atenta mirada del esbirro del obispo, dos veces antes de que se detuviese la diligencia. Bien entrada la madrugada pararon junto a un casón aislado. Lisarda bajó del carro con su hija en brazos y comprobó que no había rastro de vida humana hasta donde alcanzaba su vista. Lo único que se oía era el croar de las ranas en una charca al otro lado del sendero.

El secuaz del obispo abrió la casa y se adentró en ella para abrir las alcobas y encender las lámparas de sebo. El obispo se quedó sentado en el carruaje mientras Lisarda se acomodaba en el poyete que había junto a la entrada del casón. El resto de la comitiva se quedó a cierta distancia, y los observaba gracias a la claridad de la noche y las lámparas que el hombre del prelado había dejado junto al carro.

Lisarda estaba tranquila. Sabía que el padre de su hija era demasiado poderoso para que el religioso pudiera pensar en hacerles algo. Confiaba en poder volver pronto a sus tierras. Pasó lo que restaba de madrugada en un cuarto de la planta superior de la casa junto a su hija. El secuaz del obispo estuvo todo el tiempo en una silla vigilándolas mientras dormían. El obispo todavía se acordaba de cómo la cortesana le machacó la cara a Petro el día que la conoció. No se había olvidado de su fiereza, así que era mejor andarse con ojo. Le advirtió a su sicario que no se dejase engañar por la belleza de la mujer y estuviese atento a cada gesto, y se aseguró de que Lisarda lo escuchara.

Por la mañana, en el momento en que empezó a despuntar el día, reemprendieron el viaje. Cuando Lisarda subió de nuevo al carruaje, el obispo ya estaba apoltronado en su mullido cojín, en el banco de madera, con cara sonriente, dispuesto a continuar el trayecto. El sicario se sentó frente a las invitadas del religioso y les volvió a clavar los ojos. Esta vez, el tipo tenía los párpados alicaídos, y la mirada fría del día anterior se fue tornando desviada y dubitativa. Le pesaba la falta de sueño que arrastraba.

Lisarda pensó en intentar huir en cuanto esos párpados se terminasen de cerrar con el traqueteo del carro por el sendero, pero era consciente de que, aunque lograra salir del carruaje, nunca conseguiría dar más de dos pasos sin que la apresara cualquier otro de los secuaces de su captor. Si no llevase a su niña en brazos, podría tratar de escapar entre las ruedas del carro y desmontar a alguno de los guardianes que los seguían en sus pencos, pero en su circunstancia habría sido casi imposible.

Después de tres días llegaron al monasterio donde residía el obispo. Las llevaron a una celda de una torre y allí descansaron. Una mujer se encargaba de proporcionarle pieles para el camastro y comida. La celda era cómoda y tenía ventanas en las cuatro paredes, pero escapar resultaba imposible: las ventanas tenían barrotes de hierro y la puerta de entrada era una trampilla maciza de madera que atrancaban desde fuera con un listón de hierro parecido al que Lisarda usaba en su casa del barrio.

Poco después del amanecer del tercer día apareció el obispo por la trampilla. Venía precedido por la mujer que se había ocupado de Lisarda y su hija desde que habían llegado.

—Buenos días, espero que os encontréis cómoda en nuestra humilde morada.

—Os colgarán por esto. ¿Sabéis quién es el padre de mi hija?

—Observo que no sois muy agradecida.

—¿Cuándo nos vais a soltar?

—Pensad que con ese tono y esas preguntas es verdaderamente difícil que lleguemos a entendimiento alguno.

—Francisca y su marido, los ayos de mi casa, me estarán buscando. Os aseguro que habrán avisado al conde, y pronto tendréis noticias del padre de esta niña.

—No os preocupéis por ello. Les hice llegar una comunicación a través de un correo de la diócesis, de vuestra parte, informándolos de que vos estaríais en un retiro hasta el invierno por recomendación del físico que atiende a vuestra hija.

Lisarda sabía que viniendo de un obispo nadie dudaría de la certeza de esas palabras, así que se disolvía toda esperanza de que alguien fuera a buscarlas.

—Decídmelo de una vez, ¿qué demonios es lo que queréis de mí?

—Ahora parece que empezamos a entendernos. He oído rumores sobre cambios en la cúpula de la Iglesia, cambios instigados por la reina.

—¿Y eso qué tiene que ver con mi hija y conmigo?

—Vos y yo sabemos —le dijo al oído para que sus palabras no llegasen hasta la sierva— que hubo una conspiración para que el conde Gómez cayese en la batalla de Candespina.

—Eso pasó hace más de dos años, y no creo que le queden muchos partidarios a alguien que ya no está en este mundo.

—Es cierto, mi querida Lisarda, pero no es menos cierto que la ley es la ley, y la conspiración se paga con la horca.

—Me estáis pidiendo que intermedie por vos en la curia.

—Creo que al fin nos hemos entendido.

Lisarda no tenía nada que hacer en un asunto de tal calibre: el conde no había ido a verla en casi dos años, y con la reina no había tenido ningún contacto desde que salió de la corte. Tenía un pequeño feudo que esperaba conservar y una hija a la que sacar adelante. No poseía nada más ni era capaz de influir en nadie que fuera tan poderoso que pudiera alterar una decisión concerniente a la cúpula religiosa; seguramente, ni el mismo conde lo habría conseguido. Después de tantos años en la corte había aprendido que el obispo de Santiago de Compostela era el único con el poder necesario para ello, y ella jamás llegaría al todopoderoso obispo Gelmírez, pero aun así decidió darle esperanzas a su captor como única forma de salir de aquel castillo.

39

Lisarda no supo más del obispo en todo el día. Cuando cayó la noche, uno de sus secuaces entró en la torre y las bajó a ella y a su hija al carruaje en el que habían llegado allí. Lisarda, que creía haber convencido al religioso con sus palabras tranquilizadoras, dio por hecho que las llevarían a su casa, y que de alguna manera el obispo controlaría a distancia los pasos que ella diera en pos de sus intereses, pero no fue así.

En el carro le taparon los ojos con una cinta y le ataron pies y manos, y emprendieron la marcha. Estuvieron viajando toda la noche y buena parte del día siguiente. La niña iba abrazada a ella y buscaba su pecho cuando tenía hambre. No se oían voces ni los cascos de otros caballos a su alrededor, lo que significaba que viajaban sin la compañía de la guardia montada del obispo. El que sí iba con ellas era el religioso, Lisarda oía su respiración y de vez en cuando sus plegarias, aunque no le dirigió la palabra en todo el trayecto.

Llegaron a un lugar donde el firme era de piedras. La cortesana llevaba suficiente tiempo montada en aquel carruaje para ir diferenciando cuándo el sendero estaba embarrado, cuándo estaba seco o cuándo lleno de maleza que aplastaban las ruedas. El carro se detuvo y el obispo se dirigió a Lisarda:

—Bueno, hemos llegado a vuestra morada.

—Esto no es lo que hablamos ayer.

—Yo no recuerdo haber hablado nada con respecto a dónde viviríais este invierno.

—¿Cómo queréis que interceda por vos con una cinta en los ojos y en un lugar en el que no me hallo?

—Por eso no os preocupéis. Cuando estéis dentro de vuestro nuevo hogar os quitaré la cinta. Este sitio solo lo conocemos el cochero y yo, y no conviene que le desvelemos a nadie su existencia. Estad tranquila, tenemos pergamino y tinta para que me dictéis una misiva con destino a la corte y podáis empezar a cumplir nuestro acuerdo.

—¿Cuándo nos pensáis soltar?

—Antes iremos comprobando cómo prosperan las gestiones.

Lisarda agradeció librarse de la cinta que le cubría los ojos. Al principio notó un picor incómodo, pero enseguida se le pasó y se dedicó durante un rato a hacerle carantoñas a su hija, que parecía encantada de estar tanto tiempo en brazos de su madre. Entró con la pequeña en la casa y se sentó al fondo de la estancia en una silla de madera maciza junto a una chimenea, que estaba apagada. Le dio la vuelta a la silla y comenzó a amamantar a la niña mirando hacia fuera. Por la ventana veía un bosque frondoso y un río que discurría con poca agua. El final del verano era un momento delicado para los ríos de Castilla. La ventana estaba orientada a levante y entraba una luz mortecina. Era media tarde y el sol iluminaba con fuerza en la otra parte del casón, en la zona de la entrada.

De pronto, el portón de la casa se abrió a su espalda y Lisarda se dio la vuelta, sobresaltada. El obispo entró trastabillando y cayó de bruces al suelo. El sol se colaba por la puerta y le daba directamente en los ojos, por lo que no pudo distinguir al tipo que había empujado al prelado. El individuo cerró de un portazo, y a Lisarda se le encogió el alma al ver la cara de Petro. A la cortesana le había extrañado que no diera señales de vida en el monasterio, por lo que había imaginado que ya no figuraba en la nómina de sicarios del prelado.

Sin perder tiempo, Petro se abalanzó sobre el obispo y lo acuchilló. Primero le clavó la daga en la prominente barriga y luego le rebanó el cuello. La sangre manaba a borbotones y la túnica morada enseguida empezó a tornarse negra. El Cartaginés actuaba como si Lisarda y su hija no estuvieran allí: ni las miró ni les dio opción a que abandonasen la estancia para evitarse el sangriento espectáculo. Parecía fuera de sí, como si estuviera descargando la frustración de muchos años en aquel ser corrupto y manipulador. Entonces se agachó y le cortó el dedo en el que portaba el anillo. Lo tenía tan hinchado que era imposible sacárselo. Acto seguido miró a Lisarda y a su hija y se dirigió a ellas.

—Vámonos de aquí.

—Sois consciente de que esto está penado con la horca, ¿verdad?

—¿Y quién lo va a saber?

—Alguien acabará por enterarse, pero descuidad, que yo me llevaré el secreto a la tumba, eso lo sabéis.

—Venga, salid, rápido.

—Hay cosas que no se olvidan. Lo que estáis haciendo por mi hija y por mí nunca os lo podré pagar lo suficiente.

Mientras Lisarda salía con su hija, Petro fue pringando de sebo los cortinajes, el suelo y todo cuanto podía arder. Luego fue a coger matas secas y ramas por los alrededores. Lisarda se puso manos a la obra y le ayudó sin mediar palabra. No tardaron demasiado en hacer los preparativos para encender una hoguera gigantesca dentro de la casa.

A continuación, el sicario trepó al tejado sujetando un mazo y consiguió abrir dos huecos enormes en la cubierta de maderos para que las llamas no se ahogasen. Prendieron fuego a la leña amontonada dentro y emprendieron la huida a lomos de los dos pencos que habían tirado del carruaje, que también formaba parte del material fungible que avivaba las llamas. Unas llamas que se tornaron poderosas en un momento dentro de la casa, con el cuerpo del obispo en el centro.

Sin duda, Petro le guardaba un resentimiento atroz al obispo, que había convertido su existencia en el norte de la Península en un infierno. Lo odiaba por la cantidad de familias a las que había tenido que extorsionar y las innumerables ocasiones en que se había visto obligado a aguantar sus desprecios y amenazas a cuenta de su desliz con aquella novicia, a la que el obispo había vestido con los hábitos para meterla en su cama y así poder chantajearlo luego durante casi un decenio.

—No era un hombre de Dios —dijo Petro mientras se alejaban de la casa en llamas.

—Gracias, Petro. El obispo no hubiera descansado hasta verme colgando de una horca en la plaza pública. Desde el día que me conoció quería verme de esa guisa.

—Su ambición no tenía límites. Era capaz de cualquier cosa. Ciertamente quería que acabaseis en la horca, os odiaba con toda su alma.

—Petro, sabéis que tenéis un sitio en nuestra morada.

—Iré con vos, pero me quedaré solo el tiempo necesario para saber que nadie sospecha de vos.

—¿Y luego?

—Luego volveré a Córdoba, a mi hogar.

Lisarda asió a su hija contra su pecho y dejó estar la conversación. Por dentro se moría de ganas de convencer al Cartaginés para que se retirase con ella en los dominios que le había dejado el conde. No era un feudo demasiado grande, pero contaba con tierras fértiles que daban muy buenos réditos. Los cerca de cincuenta campesinos que tenía bajo su tutela, y sus familias, eran gente buena y muy trabajadora. El día que el conde le dio a conocer las tierras que le daría como compensación por sus movimientos en la corte insistió en esto. Ella no dio demasiada importancia a esas palabras, pues nunca había tenido gente a su cargo y daba por hecho que todos serían buenos trabajadores, pero después de dos inviernos al mando del feudo habían cobrado todo el sentido.

Las familias de los campesinos se desvivían por ella y por su hija, y era raro el día que no apareciese alguno por la senda que conducía a la casa solariega portando los frutos de su esfuerzo en las huertas. Y en cuanto al pago de las rentas, había tenido que ser ella la que generosamente se lo perdonase cuando había hecho falta; los siervos habían cumplido religiosamente con ella cual si fuera el conde en persona.

A Francisca y Nemesio no podía más que agradecerles cómo la habían tratado desde el mismo momento en que fueron a recogerla para llevarla a su nuevo hogar. Francisca casi era una segunda madre para su hija, y no era raro que en las noches de tormenta la niña corriera a los faldones de la oronda mujer cuando el aparato eléctrico se empeñaba en hacer zozobrar toda la casa. Lisarda no era celosa y agradecía que la niña se acurrucara en el regazo de su aya; la vida le había enseñado lo cruel que podía llegar a ser, y así como a ella sus padres la dejaron sola en el mundo siendo una niña, a su hija bien le podía pasar lo mismo. El calor de Francisca era sincero, y Elvira encontraría unos brazos en los que refugiarse si a ella le sucediera algo. Lisarda hubiera matado por tener una Francisca el día que fue a buscar a sus padres y no los encontró.

No podía olvidar lo sola que se había sentido, sin una persona que se apiadara de ella ni supiera darle una explicación de lo que había sucedido. Simplemente, sus padres no estaban, y al cabo de días buscándolos se dio cuenta de que no volvería a verlos. Y no pudo contar con nadie cuando no tuvo ni para comer y se encontró su casa, que había sido su hogar y su seguridad, ocupada por una gente que la sacó a empujones y la dejó tirada sobre un charco de inmundicia.

En parte era por eso por lo que, en el otoño de su existencia y con la tranquilidad de que tendría un plato para su hija y otro para ella cada día, anhelaba la compañía de alguien para sentirse completamente arropada. Nunca le había hecho falta un hombre a su lado, y de hecho no deseaba que entrase en su vida uno cualquiera, pero quería al matón a sueldo que cabalgaba justo delante de ella y de su hija, quería a ese hombre que se parecía tanto a ella y al que apenas conocía de unos pocos encuentros, lo cual no le impedía reconocerlo como su hombre.

Al cabo de un rato de cabalgar, Petro se giró y observó que madre e hija lo seguían a unos siete codos de distancia. Al fondo se veía la cortina de humo que sobresalía sobre el espeso hayedo que ocultaba el casón en llamas. Ya no se oía el crepitar debido a la distancia, pero se adivinaban las proporciones descomunales de la hoguera. El sicario y la cortesana se habían ocupado de poner buena yesca, pues la hojarasca y los arbustos secos estaban en su punto justo después del caluroso verano. En el campo, solo hacía falta acercar un poco de lumbre a las matas para que todo ardiera en un suspiro.

En la casa, los montones de plantas secas, la pringue de sebo, las buenas troneras en los tejados y el viento que azotaba la zona le iban a proporcionar al obispo una incineración que a buen seguro borraría todo vestigio de su existencia.

40

media mañana del tercer día de trayecto llegaron a unas tierras que le eran familiares a Lisarda. Petro y ella hablaron escasamente durante el viaje y las pocas conversaciones que mantuvieron fueron acerca de la descripción de las tierras de la cortesana. El Cartaginés se devanaba los sesos intentando dar con el camino de vuelta, necesitaba todas las pistas que Lisarda le pudiera facilitar. Gracias a los detalles sobre los montes que rodeaban la casona y el curso que seguía el río Bernesga al pasar justo al lado de las huertas, acertaron por fin la dirección. Antes habían errado un par de veces al tomar una calzada, pero tras llegar incluso a discutir sobre el sendero por el que debían avanzar, encontraron la vereda adecuada después de preguntar a un labriego que conocía las tierras del conde Pedro González. Lisarda tenía claro que aquellas tierras figurarían de por vida como predios de los Lara, cosa que no le preocupaba lo más mínimo.

No comentaron en todo el camino lo ocurrido con el obispo. Lisarda había dicho, cuando huyeron de la casa en llamas, que jamás hablaría con nadie de aquello, y así sería: ni siquiera se lo mencionaría a Petro, salvo que él tuviese interés en volver sobre el suceso.

Aparte de las observaciones sobre el camino de regreso, solo tuvieron una conversación. La segunda noche que pasaron al raso, tras conseguir dormir a la pequeña, Lisarda se acercó a Petro y le pidió que le contase cuanto sabía de ella. No soportaba que hubiera esa laguna entre ellos dos.

—No sé a qué os referís, señora.

—Sí sabéis a qué me refiero. Estuvisteis años siguiéndome, fuisteis mi sombra, de alguna manera me protegisteis. —Prefirió empezar tratándolo de manera formal, pues de algún modo se había dado cuenta de que así se sentía más cómodo.

Petro apartó la mirada y se centró en la hoguera que habían prendido, más bien escueta para no llamar la atención de los salteadores de caminos. Obviamente, la cuestión no le resultaba agradable, pero para Lisarda era muy importante, y estaba dispuesta a llegar hasta el final. Ese hombre que tenía sentado junto a ella y su hija, bajo el manto de estrellas que cubría el cielo, era el elegido para compartir el resto de su vida, y necesitaba conocerlo y ponerse al día sobre lo que supiera de ella.

—¿Quién os dijo tal cosa? —preguntó en tono defensivo el sicario.

—Me lo dijo el obispo de Toro, y me explicó además que era un encargo personal de la tía de la reina, la difunta infanta

Urraca. El obispo, como vos sabéis mejor que nadie, me visitó en innumerables ocasiones y fue dándome la información según le fue conviniendo.

—Sé que sois de Sahagún y que un buen día hicisteis un hatillo y os marchasteis a León. Muy poco más.

—No me voy a enfadar ni nada por el estilo, no tendría sentido, pero comprended que para mí es fundamental saberlo. —Lisarda probó un discurso paciente.

—Bueno, imagino que ya no sirve de nada que guarde secreto alguno sobre esto: el mismo obispo lo aireó.

—Exactamente —le animó Lisarda.

—No creáis que sé mucho de vos. Sé más por las pocas veces que nos hemos visto que por las veces en las que os he visto yo sin que vos os apercibierais de mi presencia.

Aquello ruborizó un poco a Lisarda. Buena parte de su vida había transcurrido en las habitaciones de las mancebías, de eso estaban ambos al tanto, pero recordar la forma tan burda en la que se había acercado a él en el serrallo de Teresina hizo que en esta ocasión fuera ella la que mirase las ascuas del moribundo fuego para intentar esconder la vergüenza que sentía.

—Es verdad que os seguí durante años, pero no penséis que iba detrás de vos día y noche. El obispo me mandaba vigilaros solo cuando lo veía conveniente.

—Todavía no me habéis dicho lo que conocéis de mí. No sé. ¿Os metíais en mi casa? ¿Me veíais dormir? ¿Escuchabais mis conversaciones con otras cortesanas cuando bajábamos al río a bañarnos?

—A veces.

—¿Cómo a veces?

—El obispo me obligaba a seguiros al río, lo que vos pudierais hablar con otras personas era lo que más le interesaba. Estaba obsesionado con la posibilidad de que le hablaseis a alguien de él.

—¿Y yo qué iba a hablar de aquel ridículo señor que me tenía sometida casi como a una esclava? Parecía que mi vida le perteneciese. En los últimos años de mi existencia solo recuerdo haber hecho cuanto me obligó a hacer.

—Debía de tener miedo a que aireaseis el asunto que os encargó la anciana infanta.

—Eso que me contáis la verdad es que no me importa en absoluto, pero sobre mí, ¿qué sabéis? Me habéis estado siguiendo durante años.

—Sé que sois una mujer que sabe defenderse y que ha sufrido mucho. Os he visto llorar y maldecir vuestra vida tantas veces que casi no lo podía soportar. Habéis llevado una vida perra que en nada se ha parecido a la que os hubiera gustado llevar.

Lisarda se quedó de piedra. Hasta ese momento había pensado que el sicario la consideraba una mujer de vida alegre y moral desviada que, siguiendo sus instintos, había elegido su camino, pero el hecho de que la considerase una mujer que andaba en aquel oficio por desventuras de su existencia significaba que la veía como una persona decente atrapada en sus circunstancias, y de pronto atisbó la posibilidad de que hubiese algo entre ellos.

Los ojos se le llenaron de lágrimas y los cerró. Se tumbó de lado, se abrazó a su niña y le dio la espalda a Petro, que no le dijo una palabra más y se echó a dormir a apenas tres codos de ellas.

Solo tuvieron un percance en todo el trayecto. Sucedió al poco de emprender la marcha, y el resto del camino lo hicieron plácidamente, aunque con la intranquilidad propia de todo viajante. La presencia de salteadores y alimañas escondidos en los recovecos de los senderos convertía los desplazamientos por las calzadas del reino en una aventura de final incierto.

Unas leguas después de salir del casón donde incineraron al prelado, un grupo compuesto por dos hombres desgreñados y una mujer, con la melena desaliñada también y el sayo rasgado, que dejaba con descaro buena parte de su torso al descubierto, se interpusieron en su camino. Aparecieron en mitad del sendero como surgidos de la nada e interrumpieron el paso lento de los pencos. Era gente experta, y por eso habían elegido un repecho en el que los jamelgos reducían tanto el paso que avanzaban casi al ritmo al que lo haría una persona que anduviese contemplativa por los caminos.

La mujer se acercó a Petro, tratando de despistarlo mostrándole su cuerpo semidesnudo, mientras los otros dos tipos rodeaban a Lisarda y a su hija. Tanto Petro como Lisarda sabían perfectamente que aquellos tres desgraciados querían sus caballos y todas sus pertenencias. Si desmontaban y salían a la carrera, no irían a por ellos, pero si se oponían, desenvainarían las armas y los acuchillarían allí mismo.

Lisarda rabiaba de ira. De no haber llevado a su hija en sus brazos, se habría lanzado sin pensarlo sobre el cuello del malnacido que tenía a su derecha y que acariciaba el lomo de su montura mientras la miraba mostrándole sus pocos dientes amarillos de forma amenazante.

Petro saltó de su penco y le hincó la daga en el cuello al otro tipo, que estaba justo delante del potro de Lisarda. Le arrancó la daga y el individuo clavó las rodillas en el suelo con las manos en la herida intentando taponar la hemorragia mientras trataba en vano de respirar. Lisarda, al ver el movimiento de Petro, azuzó a su jaco y este arrancó. El ratero que estaba a su derecha quedó enfrente de Petro, pero para cuando el sicario quiso abalanzarse sobre él, la mujer desgreñada y desaliñada se movió con rapidez y le arreó con un palo en las costillas y luego en la cabeza. Petro se desplomó, y Lisarda descabalgó, dejó a su niña en el suelo, rogando por que no se metiera en mitad de la trifulca, y se lanzó a por el salteador. Se le tiró encima y fue a clavarle su puñal, pero el tipo se giró y ella solo consiguió hundirle el cuchillo en el brazo. Aun así, lo dejó fuera de juego, retorciéndose de dolor en el suelo. Miró a su hija y vio que se entretenía con la hojarasca que bordeaba el camino. Entonces le vino a la mente la vida en soledad y miseria que le esperaba a la criatura si no lograban salir airosos del trance.

La pordiosera se le echó encima y la agarró por la cabellera. Le tiró del pelo con rabia, y Lisarda notó un dolor que le llegó hasta las muelas. La forajida la dobló hacia atrás hasta tumbarla en el camino para tenerla a su merced. Mientras, el tipo con la herida en el cuello había dejado de respirar, pero el otro se había incorporado y se arrojó sobre Lisarda con los ojos desencajados por la rabia y el dolor. La cortesana se defendió con las piernas, desde el suelo, y logró lanzarlo de nuevo al zarzal. Sabía que eso haría que volviese absolutamente encendido y con ganas de descuartizarla, pero cada segundo que pospusiera este momento era tiempo que ganaba.

Con el rabillo del ojo veía a su hija ajena a lo que sucedía a su espalda; era lo que más le importaba y lo que de verdad la estaba matando. La mujer vestida con harapos, delgada pero fuerte y fibrosa, la agarraba de tal forma que le resultaba imposible moverse. Notaba como el peso de su escuálida rodilla le aprisionaba el cuello, a tal punto que casi no la dejaba respirar, mientras la agarraba del pelo con saña.

Vislumbró la sombra del tipo al que había mandado a la zanja cubierta de zarzas arremetiendo de nuevo contra ella y tuvo claro que le había llegado el momento, así que miró a su niña y pidió al Señor que cuidara de ella. Se le empaparon los ojos de lágrimas y la imagen de su hija se le volvió borrosa. Creyó ver otra sombra que se superponía a la del pordiosero que se disponía a acabar con su vida y oyó un grito tras un golpe seco. Sabía perfectamente lo que había sucedido. Oyó otro golpe seco y la rodilla de la mujer le soltó la garganta mientras sus dedos huesudos se aflojaban en su melena.

Se dio la vuelta y vio a Petro blandiendo el palo con el que le había reventado las costillas y la cabeza la mujer, ahora tumbada en el suelo retorciéndose de dolor junto al otro tipo, que sangraba abundantemente por el brazo. Petro hizo ademán de marcharse, pero Lisarda agarró la daga y les rebanó el cuello a la mujer y al hombre. Por nada del mundo iba a permitir que aquellos dos rateros buscasen ayuda para tenderles otra emboscada.

Cuando por fin entraron en las tierras de Lisarda, los labriegos de las huertas dejaron sus labores y se acercaron hasta la senda al verlos llegar. Por el fuero había corrido la voz de la desaparición de la señora, y a pesar de que Francisca trató de tranquilizar a los campesinos diciéndoles que había ido a un retiro, los lugareños no eran ingenuos y supieron desde el principio que algo raro sucedía. Un viaje para un largo retiro de meses se planificaba con tiempo, y la señora no había hecho ni siquiera un mísero hatillo para ella y para su hija. La salida de la finca en aquel carruaje desconocido, sin despedirse de nadie, no había sido nada propia de doña Lisarda.

Lisarda fue agarrando las manos de sus siervos y devolviéndoles los deseos de buenaventura. Petro seguía adelante sin girar la cabeza, ajeno al recibimiento, observando el lugar e inspeccionándolo para ver posibles entradas a las tierras aparte de la que estaban utilizando ellos. Aunque hubieran destruido las pruebas, a él, puesto que había salido con el obispo de la abadía, lo buscarían al menos durante un tiempo para pedirle explicaciones, explicaciones que no le servirían para salvarse de la horca. Lo único que tenía a su favor era la poca popularidad que se había ganado el obispo desde la muerte del conde Gómez, por tanto, confiaba en que, en cuanto nombrasen a su sucesor en la diócesis, el recuerdo del prelado y su vasallo cartaginés fuera diluyéndose hasta quedar en algo borroso sobre lo que nadie tuviera interés en profundizar.

Durante los primeros meses debía estar lo más alejado posible del mundo, pasar desapercibido y no dar demasiadas explicaciones a nadie. Había acordado con Lisarda que se limitaría a presentarlo como un hombre de armas procedente de Córdoba, lo cual era cierto y no les costaría mantenerlo, pero su periplo a las órdenes del obispo de Toro debía ser un secreto de por vida.

La figura oronda de Francisca corriendo carril abajo hacia Lisarda y su hija fue lo primero que vieron cuando divisaron el casón al final del sendero. La mujer bajaba haciendo aspavientos, alzando los brazos al cielo como muestra de agradecimiento, mientras su marido miraba desde lo alto del carril.

—¡Hija mía, alabado sea Dios por escuchar mis plegarias!

—Tranquilizaos, Francisca, que va todo bien.

—Andad y dadme a esa niña, que necesita agua tibia y un buen descanso —dijo arrancándole a Elvira de los brazos.

—No os falta razón. —No tuvo más remedio que seguirle el hilo al aya, que no admitiría otra cosa.

—Y para vos también, por Dios, parece que os haya pasado por encima un carruaje.

—No os preocupéis.

La mujer dio media vuelta con la niña en brazos y subió la

cuesta hacia la casa. Lisarda no pudo evitar que se le cayera una lágrima de felicidad al ver a su hija protegida por el abrazo de aquella poderosa mujer.

Nemesio caminó a paso rápido hasta el penco que montaba Lisarda y lo agarró por el bocado. Acto seguido saludó a la señora con un gesto respetuoso de la cabeza, inclinándola levemente hacia delante, y tiró del jamelgo hacia el casón.

Para Lisarda, los siervos de las tierras, y sobre todo aquel matrimonio, que vivía en una choza junto al casón, eran su familia, la familia que siempre había añorado y que ahora parecía manar a borbotones de la tierra. Tenía una hija que iluminaba su vida cada mañana, unos siervos que la adoraban y un hombre, el que la seguía montado en su jaca, al que no deseaba apartar de su lado. Necesitaba tanto estar de nuevo entre sus fuertes brazos que temía acabar precipitándose y alejándolo torpemente de ella.

Por su parte, Petro seguía haciendo cálculos mentales. Aquellas tierras eran tal y como se las había imaginado. Lisarda no le había hablado demasiado de ellas, pero en las pocas conversaciones que tuvieron para encontrar el camino de vuelta le había descrito tanto el lugar como sus gentes. A él no le interesaba lo que le pudiese contar de los campesinos, ni de la fenomenal relación que tenía con ellos, ni del matrimonio que cuidaba de la casa y de su hija y ella; sabía que Lisarda era la señora de las tierras y que difícilmente le habrían mostrado su verdadera cara. A Petro, por su profesión, no se le daba bien confiar en las personas, prefería esperar a tener su propia opinión. Pero los relatos de Lisarda le sirvieron para hacerse una imagen mental del lugar donde estaba llegando y donde tenía pensado refugiarse hasta que se calmasen las aguas.

Había muerto un obispo, y en la diócesis la gente ataría cabos y serían pocos los que dudaran que él había tenido algo que ver con ello. Había salido con el prelado sin dar parte a nadie de sus intenciones, y nunca más se supo de ellos. Antes o después se descubrirían los restos calcinados de la casa del bosque, y se averiguaría que el incendio había sido intencionado, bastaría con ver cómo habían cortado matojos alrededor de la casa. Todo tenía mala pinta en torno a la desaparición del obispo y su sicario, así que los buscarían hasta debajo de las piedras para saber qué había sucedido. Conocía perfectamente cómo funcionaban esas cosas: en los primeros días, la búsqueda sería concienzuda y no descansarían ni de día ni de noche, pero con el paso de las semanas la intensidad iría disminuyendo hasta que las indagaciones quedasen reducidas a meros formalismos. Aunque el asunto se olvidaría prácticamente por completo cuando hubiese nuevo obispo en la diócesis, él nunca podría descansar del todo.

n el feudo de Lisarda, la vida volvió a la normalidad. Petro descansaba de día y pasaba las noches al raso vigilando la entrada del casón. A veces bajaba todo el sendero hasta el río, donde no era raro que los animales de gran envergadura como ciervos o jabalíes que rondaban la zona moviesen las cañas de la orilla. El Cartaginés lo sabía, pero aun así le gustaba ir a comprobar que no se trataba de un intruso que aprovechase la oscuridad de la noche para sorprenderlos. La alargada sombra del obispo de Toro pesaba sobre su cabeza, pues aunque el religioso fuera un hombre con muy poco predicamento entre los gerifaltes religiosos y la nobleza que imperaba en Castilla y León, no era conveniente menospreciar a estamentos tan poderosos como la diócesis de Toro.

Era notorio que Petro había abandonado el palacio episcopal sin dar explicaciones a nadie, y entre su guardia solo lo echarían en falta a él, por lo que estaba señalado. Además, tal como él conocía la casa en la que había ardido el obispo podían conocerla otros compañeros suyos. Había tenido la precaución de llevarse consigo el anillo y tirarlo a un río caudaloso cercano a la casa. No sabía cómo se llamaba, pero sí que sus aguas corrían con fuerza. Esperaba que nadie pudiese identificar el cadáver; con todo, debía ser precavido porque antes o después alguien saldría a buscarlo hasta debajo de la tierra para darle justicia.

Algunas noches despertaba a uno de los hombres a los que había reclutado para hacer las guardias y lo dejaba en la puerta de la casona mientras él iba hasta los montes más cercanos para dar una vuelta e inspeccionar los caminos. Lo hacía sobre todo las noches de lluvia, en las que le gustaba ir a ver si encontraba pisadas en las veredas aledañas a la casa. Sabía que su vida y la de Lisarda dependían de lo despierto y atento que estuviera para detectar cualquier anomalía que se pudiese producir en los alrededores.

Lisarda lo había informado de que las tierras eran una donación del conde Pedro González. Él sabía que el Romero era contrario a casi todo lo que tuviera que ver con su primo, y el obispo de Toro había sido precisamente un protegido del difunto conde Gómez. En cualquier caso, el asesinato de un obispo estaba muy perseguido. La nobleza y la Iglesia eran dos fuerzas que se complementaban en el dominio de los siervos del reino, y el conde de Lara, ni siquiera habiendo sido el obispo de la cuerda de su primo, jamás permitiría que ese crimen quedase sin castigo, por lo que Petro sabía que era fundamental que sus antiguos compañeros de armas en el cuerpo de la diócesis de Toro no lo relacionasen con Lisarda. Repasó mentalmente sus encuentros con la cortesana, y no recordaba que hubiese llegado noticia alguna de estos a oídos de ninguno de sus compañeros. Por fortuna, Petro era un tipo reservado que no andaba jactándose de sus conquistas amorosas, no como los otros, que a fuerza de pasar días enteros mano sobre mano acababan hablando de más.

A Petro nunca le había gustado airear estos temas, y jamás se le oía decir una palabra innecesaria; lo consideraba una de las peores imprudencias que podía cometer una persona. Y lo que más tranquilo lo dejaba en este aspecto era la seguridad de que si el obispo hubiese tenido la menor sospecha, jamás lo hubiera elegido a él para salir con Lisarda a la casa del bosque.

Se preocupó de formar lo mejor que pudo a los hombres que lo ayudaban en la vigilancia. Lo primero que se propuso fue que estuviesen tan concienciados como él del peligro que corrían. Los advirtió de que el reino estaba en una situación de gran inestabilidad y debían andar con ojo. No les desveló mucha información, pero sí les ordenó que lo avisaran inmediatamente cuando vieran a gente desconocida por los alrededores.

Apenas coincidía con Lisarda, porque durante el día o bien descansaba, o bien trataba de que los vigías diurnos no se relajasen. Las tardes las solía dedicar a la caza, que le servía para conocer mejor el entorno y a las gentes que habitaban los campos aledaños a la casa.

Quería dejarlo todo bien atado. La decisión estaba tomada. Emprendería el camino de regreso a Córdoba, pues el tiempo prudencial que se había propuesto permanecer escondido hacía días que había terminado, y su presencia en aquellas tierras ya no era necesaria, al contrario, más bien comprometía a Lisarda, pues podían relacionarla con la desaparición del religioso por el simple hecho de tener allí al sicario.

Unos días atrás se había encontrado con Lisarda cuando esta volvía con la niña de dar su habitual paseo vespertino y él llegaba con tres conejos en el zurrón tras una larga caminata por los campos del otro lado del río. Era evidente que la señora había procurado coincidir con él, pues el sol hacía un buen rato que se había puesto y el frío era demasiado severo para la pobre niña. De hecho, Francisca había aparecido por el carril que llevaba al casón profiriendo todo tipo de exabruptos y le había arrancado a Lisarda la niña de los brazos.

Petro estaba seguro de que la señora tenía algo que decirle, desde luego el encuentro no había sido casual, pero no había querido saber de qué se trataba por no tener que ponerse en la tesitura de llevarle la contraria o declinar el ofrecimiento que esta le hiciese. Su presencia allí estaba siendo plácida para ambos, y lo más sencillo para Lisarda sería contar con él por tiempo indefinido, así que se había adelantado a lo que tuviera que decirle la señora y fue franco y directo con ella: la informó en pocas palabras de que su estancia en el feudo estaba llegando a su fin. La diócesis de Toro ya tenía nuevo obispo y ni la vida de Lisarda ni la suya propia corrían peligro. Él necesitaba recuperar su mundo en Córdoba y era hora de emprender el viaje de retorno. Lisarda ensombreció el gesto, le dio las buenas tardes y, tragándose sus palabras, se marchó de vuelta al casón con paso cansino y la barbilla pegada al pecho. Mientras subía la cuesta notó como se le resquebrajaba el alma. Desde entonces no habían vuelto a cruzarse palabra alguna.

Una noche, cuando el otoño ya era una realidad y el frío empezaba a ser incómodo, Petro oyó ruidos dentro del casón. Estaba sentado en una silla de madera junto a la entrada de la casa. Tenía puesto un sayo grueso y, encima, unas pieles que le ayudaban a pasar los rigores de las noches estrelladas, que eran las más severas. La puerta del casón se abrió y Lisarda salió sosteniendo una lámpara de aceite.

—Buenas noches.

—Buenas noches, señora ¿No conseguís dormir?

—No es eso. Hace mucho frío y, como ya me advertisteis, empieza a ser innecesaria tanta prudencia. Deberíais venir dentro y descansar.

—No, señora, soy un hombre de armas, no me hace falta descansar ni ponerme a buen recaudo. Mi obligación es esta puerta y ese territorio que la luna ilumina a nuestros pies.

—Pero...

—No hay pero —la cortó—, aunque entrara en vuestra casa y me echara sobre el jergón más confortable que hubiera en todo vuestro feudo, no lograría dormir mientras las tierras quedasen a merced de cualquier malhechor que tuviera a bien hacernos una visita.

—Petro, yo no he bajado para hablar de malhechores. He bajado para hablar de vos y de mí. No es propio de una dama cortejar a un caballero, no hay nada más rastrero y humillante.

La cortesana cerró los labios y le dio la oportunidad al sicario de continuar la conversación. No iba a permitir bajo ningún concepto que aquel hombre se fuera de sus tierras y la abandonase. Era capaz de hacer una locura antes de consentirlo. Desde el día que habían regresado esperaba una señal por parte de Petro, una señal que no se había producido y que no parecía que fuera a hacerlo. De hecho, con el paso de los días, su relación, en lugar de estrecharse, se había ido enfriando. El encuentro que habían tenido en el carril casi la había convencido de desistir de su empeño, pero tras unos días pensándolo se había decidido a cambiar de estrategia.

Al principio creyó que el sicario bebía los vientos por ella, tal y como le había sucedido con tantos hombres. Le daba la impresión de que el asesinato del obispo no había sido planificado, sino fruto de una decisión en caliente, y que tras ello el sicario había entrado en estado de pánico, algo lógico teniendo en cuenta las consecuencias de un acto como aquel, por lo que achacó a este suceso su actitud distante.

Más tarde cambió de parecer y sustituyó estos pensamientos por la posibilidad de que Petro estuviera enamorado de ella pero no se decidiera a confesárselo por miedo al rechazo. Pensaba que prefería estar seguro antes de dar el primer paso, pero tras escuchar sus decididas palabras la tarde que lo abordó en el carril, no le quedaba más remedio que ser ella la que intentase algo si no quería verlo marchar.

Era una paradoja cruel, se dijo. Casi todos los hombres con los que se había cruzado en su vida la habían cortejado y perseguido hasta exasperarla, y precisamente el hombre con el que quería pasar el resto de su existencia le negaba su amor. No sabía muy bien cómo actuar, jamás habría imaginado que le podía ocurrir algo así. Ella, que había manejado a su antojo a infinidad de nobles pretendientes, ahora estaba a merced de un sicario de poca monta que se ganaba la vida asesinando por encargo y no tenía ni una mísera chabola donde caerse muerto.

—Ya os dije, mi señora, y disculpadme por ello, que en breve saldré de vuelta hacia Córdoba, donde tengo asuntos que resolver, y de paso recalaré en Cartagena, donde, Dios mediante, me esperan un hermano y un sobrino a los que hace mucho que no veo.

—Levantad la mirada y observad a la mujer que tenéis delante de vos. Observadme bien, porque soy vuestra mujer y la madre de vuestros hijos, ¿o es que no os dais cuenta?

Lisarda le dijo estas palabras mirándolo fijamente y esperando que el poder hipnotizador de sus grandes ojos verdes la ayudase a convencer a aquel tozudo individuo, que alzó sus ojos grises y le sostuvo la mirada con gesto serio. No cambió el rictus ni un segundo. A Lisarda le pareció que el tiempo se detenía y permaneció inmóvil. Le dio pánico hasta respirar, por si al expulsar el aire de sus pulmones rompía la magia de aquel momento. Guardó silencio y notó que las piernas empezaban a temblarle. El frío se mezclaba con el tormento de su corazón, la vista se le nubló. El sicario permaneció sentado, bajó la mirada al suelo y Lisarda espiró. Le faltaba el aire y se sentía mareada, pero por fin le dio tiempo a pensar. Le había lanzado su propuesta, no tenía nada más que decir, su discurso se acababa ahí, y si aquel hombre, al que deseaba con todo su ser, no reaccionaba pronto, significaría que no aceptaba su proposición desesperada. No le importaba lo que pudiese pensar de ella. Si se iba a marchar, de poco le valdría que la tuviese en alta o en baja estima. Lo quería con ella, lo demás no le interesaba.

Petro se levantó, reunió el valor preciso para mirarla a los ojos unos instantes más y pensó que no tenía escapatoria. La deseaba más que a nada en el mundo, pero aquella maravillosa mujer no se merecía a alguien como él, un tipo que acabaría cansándose de la vida hogareña y decepcionándola, esa era la auténtica verdad. Se había propuesto no dejarse convencer por Lisarda, y, a pesar del momento de debilidad que estaba sacudiendo su mente, con todo el dolor de su alma se mantuvo frío y firme.

42

A la mañana siguiente, Petro emprendió el regreso a Córdoba. Habló con la terna de ayudantes que formaban el grupo de vigilancia del feudo y dejó a Gastón, el hijo mayor de Francisca y Nemesio, como jefe de la pequeña guardia. Le aconsejó que fuese severo con sus compañeros y no dudase en reprender al que osara desafiarlo. Recorrió con él el carril, casi hasta el final del fuero, y ambos repasaron uno a uno los peligros a los que se enfrentaban y los puntos de la finca que Gastón debía vigilar con más atención. Por último le explicó lo útil que resultaba inspeccionar los caminos aledaños en busca de huellas y gentes que no fuesen habituales de la zona.

No tuvo valor para despedirse de la señora. Suponía que Lisarda estaría avergonzada por haberle abierto su corazón de par en par y haber recibido la más humillante de las respuestas. Petro era consciente de que huía de aquella mujer porque no se sentía a su altura y porque conocía su naturaleza de hombre infiel y pendenciero. Podría impostar el comportamiento de un hombre de familia durante un tiempo, pero su compañía no era algo que pudiera ofrecerle para siempre a la señora de aquellas tierras, pues no era otra cosa ahora la cortesana. Sin embargo, a buen seguro que Lisarda no querría saber nada de esas excusas de truhan de feria y sentiría la rabia de la mujer despreciada por un donnadie que había tenido la osadía de rechazarla en su propia casa. Así que Petro le dejó encargado al bueno de Gastón que se despidiera de su parte de la señora y le diera las gracias por hospedarlo durante su estancia en el feudo.

Quiso poner distancia con las tierras de Lisarda cuanto antes; era como si le quemara el suelo que pisaba. Normalmente cabalgaba a un trote muy tranquilo cuando emprendía viajes que podían durar semanas e incluso un mes, pero esta vez sentía tanta necesidad de dejar atrás todo aquello que azuzó su montura y cabalgó al galope hasta que el caballo no pudo más y tuvo que bajar el ritmo de su huida.

Cuando cayó la noche había avanzado lo que en otras condiciones le habría llevado dos jornadas de viaje. El caballo estaba exhausto, y él también. Paró en una taberna que había en la entrada de una aldea. Era una construcción de piedra, de una sola planta, y el olor de las gachas que se cocinaban en el fuego le había llegado incluso antes de verla. El humo salía denso por la chimenea, la noche era clara y se veía perfectamente.

Dentro encontró a cuatro hombres y al tabernero. Los

cuatro hombres estaban sentados alrededor de una mesa de madera maciza mientras el tabernero atizaba las llamas del fuego que había al fondo de la pequeña estancia. Todos se giraron hacia él y cortaron de golpe la ruidosa conversación que mantenían.

—¿Qué se os ofrece? —preguntó el tabernero.

—Cerveza y un plato de esas gachas.

El tipo se levantó con desgana y se acercó a un barril que había junto a la mesa en la que el resto de los clientes parecían volver a lo suyo, llenó una vasija y se la sirvió a Petro. Este se sentó en el banco corrido de piedra adosado a la pared de la taberna y esperó a que el tabernero le llevara el plato de gachas con trozos de cerdo.

—¿Os habéis perdido vos también? —le preguntó sin mediar saludo uno de los individuos de la mesa.

—Y eso ¿por qué lo preguntáis? —respondió Petro intrigado.

—Aquí no nos gusta la gente de fuera —insistió el hombre, desdentado y con una escasa cantidad de pelo rojo, tirando a pajizo, sobre la cabeza.

—No os preocupéis, no estaré mucho tiempo.

Petro no quería problemas, pero seguía intrigado por el comentario del lugareño, que había dado a entender que alguien merodeaba por aquellas tierras, probablemente buscándole a él y quizá también a Lisarda. Una mente como la suya, siempre alerta, no podía pensar otra cosa, de manera que necesitaba sonsacar a aquellos tipos.

—Si me dais norte de hacia dónde fueron mis compañeros me terminaré las gachas y continuaré en pos de ellos.

—Iban a las tierras del conde, pero imagino que eso ya lo sabéis, si es que veníais con ellos.

—Tuve un problema y me separé de la terna.

—¿Y qué problema fue ese? —preguntó el tipo, al que el poco pelo le dibujaba una especie de tonsura rojiza en la cabeza mientras masticaba con la boca abierta.

—Había un serrallo, y mi poca voluntad no me dejó salir de allí en dos días.

Los tipos se alborotaron y enseñaron sus encías sucias pobladas por apenas tres o cuatro dientes negros. Petro se dio cuenta de que había acertado con el comentario.

—Solo tenéis que seguir la senda y preguntar por las tierras del conde a quien encontréis por las veredas; no tiene pérdida, en un par de días estaréis allí. Y andaos con cuidado, que esas tierras las lleva ahora una querida del amo que no consiente que nadie husmee por los alrededores; por lo visto tiene un sicario guardando aquello.

Petro no se terminó ni las gachas ni la cerveza, dejó unas monedas sobre el poyete y salió raudo a por su montura.

Al montar en el caballo y azuzarlo en dirección a las tierras de Lisarda, fustigándose mentalmente por haberla abandonado, cayó en un detalle que le rondaba la cabeza desde la noche anterior. Su subconsciente le avisaba de un peligro que hasta ese momento no había logrado identificar. Mientras Lisarda se sinceraba y le declaraba su anhelo de pasar el resto de su vida junto a él, su mente no había dejado de darle vueltas a un pensamiento difuso, y ahora sabía de qué se trataba. ¿Cómo se le había pasado por alto algo así?

Volvió a hacer memoria de la noche anterior, y por más que pensaba en el tiempo que había estado junto a la puerta de la casona escuchando los argumentos de Lisarda, no conseguía recordar el sonido que había acompañado sus vigilias desde que había empezado a hacer guardia en aquella entrada. De la charca que había en la parte baja del camino, en la ensenada del río, no subía ningún ruido; se concentró con toda su atención, y no tuvo ninguna duda. Algo extraño sucedió, pero hasta que los parroquianos de la taberna no le advirtieron de la presencia de los secuaces que lo buscaban no se dio cuenta del sospechoso silencio de los sapos de la charca.

Eso quería decir que fuera quien fuera el que andaba tras sus pasos, ya se escondía allí la noche anterior. Era muy posible que tanto Lisarda como los siervos estuvieran muertos o sometidos a la tortura de los cazarrecompensas que andaban tras él.

El caballo aguantó la cabalgada de regreso a las tierras de Lisarda, a pesar del ritmo endiablado al que desanduvieron el camino, y antes de la primera luz del día Petro llegó a las inmediaciones de la casona. La montura del sicario se quedó pastando dócilmente al otro lado del río, y este alcanzó la casa desde la parte posterior arrastrándose entre la hierba. Rodeó la construcción, presto, agarró a un tipo que estaba apostado en el lugar donde había hecho guardia él durante los meses precedentes y lo degolló sin apenas hacer ruido. A continuación se coló dentro sigilosamente. Había un grupo de hombres junto a la chimenea, y se valió de la sombra que proyectaba la columna de la entrada a la casa para ocultarse.

Los hombres eran cuatro. Reconoció, por su cicatriz en la frente, a uno de los secuaces del obispo. Era inconfundible, estaba claro que habían llegado hasta allí en busca de la recompensa. De Lisarda, la niña o el servicio no había ni rastro. Imaginó que estarían en las habitaciones de la planta superior.

Petro agarró con fuerza su espada y se lanzó sin miramientos a por los soldados de la diócesis de Toro. Los pilló por sorpresa y logró eliminar a dos de ellos con sendos movimientos rápidos, pero el tipo de la cicatriz en la frente no era un recién llegado y reaccionó lo suficientemente rápido para soltarle un mandoble con un tronco incandescente del fuego y, acto seguido, lanzarle un golpe con su espada que Petro consiguió parar. Sin embargo, el cuarto sicario de la reunión le clavó una daga en el costado. Petro notó un dolor que lo dejó paralizado y cayó al suelo casi de inmediato.

Una sacudida de frío le heló la cara. Fue a incorporarse, pero un agudo dolor en el costado izquierdo se lo impidió. Miró a su alrededor y vio a Lisarda amordazada y atada en el suelo junto a Francisca, Nemesio y la niña. Frente a él, lanzándole una mirada de desprecio y una sonrisa de satisfacción que era la viva imagen del demonio, se encontró a los tipos que lo habían dejado postrado en el frío suelo de aquel cuarto y que le acababan de lanzar un cubo de agua a la cara. Vio que su herida tenía muy mala pinta: la piel que la rodeaba estaba empezando a tomar un color azulado, además había perdido gran cantidad de sangre. La niña de Lisarda ponía cara de miedo y era evidente que el trapo que tenía en la boca le hacía mucho daño. No sabía cuánto tiempo llevaba allí, inconsciente, pero debía de ser bastante, pues ya era pleno día.

Todos estaban atados de pies y manos salvo él, que solo tenía atados los pies, pero apenas reunía fuerzas para moverse. Advirtió que Lisarda lo miraba fijamente. No trataba de hablar con él ni le hacía gesto alguno, pues la inquisitiva mirada de sus guardianes hubiera detectado cualquier insinuación, pero era evidente que aquellos ojos querían decirle algo. Iba vestida con el sayo que usaba cuando salía de casa, y Petro sabía perfectamente lo que significaba aquello.

—Agua —consiguió decir entre dientes.

—Una coz en la boca, para que no pidas más, eso es lo que te voy a dar.

—Agua o no llegaré a Toro y no podrás cobrar tu recompensa —añadió con el poco resuello que le quedaba.

Con un gesto despectivo, el tipo de la cicatriz mandó a su compañero a por agua y se quedó a solas con los rehenes.

—No me importáis ninguno de vosotros —le dijo a Lisarda, a su hija y al matrimonio que estaba tumbado en el suelo amordazado a conciencia—, pero me voy a llevar a este para cobrar lo que me he ganado, y los demás, por mí como si os pudrís aquí.

—Suéltalos, por lo que más quieras, ya me tienes a mí.

El tipo le dio una patada en las costillas y Petro se retorció mientras se acercaba disimuladamente a Lisarda. La cortesana jamás salía de su casa desarmada, así que le metió la mano en el sayo, sacó la pequeña daga que llevaba en la pantorrilla, se giró hacia el soldado del obispado con sus últimas fuerzas y, a la velocidad del rayo, le lanzó el cuchillo con la destreza que le había hecho acreedor de portar el nombre de Petro el Cartaginés en la megalópolis cordobesa. El puñal se incrustó en la tráquea del secuaz y este no tardó en caer de rodillas y rodar frente a Lisarda, su hija y el resto de los maniatados. Petro le arrebató la espada y se hizo cargo del otro tipo cuando entró de vuelta en la estancia. A continuación, cayó desplomado y no volvió a levantarse.

43

Tres lunas llenas después

P etro acababa de perder la enésima partida de tabas con la hija de Lisarda. Solo había conseguido ganarla en tres ocasiones después de haber jugado tantas rondas que ya no era capaz de recordarlas. El sicario notaba que en su interior algo estaba cambiando, pues por primera vez en su vida disfrutaba de la compañía de una familia. Se había encariñado de aquella niña y aquel hogar, se daba perfecta cuenta, y no quería poner nada de su parte para evitarlo.

Después del asalto a la casa, durante varias semanas lo habían dado por desahuciado. Según le habían contado, Lisarda no se separó de su cama en todo aquel tiempo, pero desde que consiguió abrir los ojos apenas le había vuelto a hacer caso. Hacía dos semanas que se encontraba casi en perfecto estado, salvo por los mareos que sufría cuando se empeñaba en caminar hasta el final del carril y de vuelta a la casa sin parar a descansar: necesitaba recuperarse y sentirse útil.

Gastón había sido una gran elección como alférez del pequeño grupo de labriegos que vigilaba las tierras. Le daba un parte diario y escuchaba sus explicaciones con atención. Le contó que se había deshecho de los cadáveres de los asaltantes que tomaron la casa y que nadie más que sus padres, la señora y la niña eran conocedores de lo que había sucedido. Era un joven discreto, inteligente y prudente por naturaleza. Petro celebró escuchar aquellas palabras, pues estaba convencido de que cuanto menos se hablara del incidente menos probabilidades había de que se volviera a repetir.

Gastón le explicó que había sido su padre, Nemesio, quien le había aconsejado que guardaran el suceso en secreto, con el mayor celo posible, para evitar que llegara a oídos inconvenientes. Los guardeses sabían que aquel escabroso asunto, que no acertaban a comprender, tendría que ver con la misteriosa desaparición de la señora y su regreso acompañada por Petro, pero solo atañía a la señora y ellos no eran quiénes para entrometerse.

Cuando por fin se hubo recuperado del todo, Petro empezó a salir a cazar por las tardes. Un día, cuando iba de regreso hacia la casona, coincidió con Lisarda en el carril. Anduvieron juntos tras apenas intercambiar un escueto saludo; era tarde y las chimeneas estaban ya encendidas, el frío del invierno era crudo en aquellos días previos a la Navidad. Al llegar a la casa, Petro dejó las piezas cobradas junto a la entrada y, sin decir nada, acompañó a Lisarda hasta su habitación, dejándose llevar por un impulso. Cerró la puerta tras de sí y abrazó a la mujer a la que había deseado desde el mismo momento en que la conoció, en aquellas lejanas noches en el barrio de los cortesanos de Sahagún.

Se besaron de pie apoyados en la misma puerta y se desnudaron mutuamente, sin hablar, ansiosos el uno del otro. Hicieron el amor a la luz de la chimenea como si no hubiese nada más en el mundo fuera de aquellas cuatro paredes. Ambos eran conscientes de que el camino recorrido hasta llegar a ese instante había estado tan lleno de espinas que ese amor forjado a sangre y fuego no se podría romper jamás.

Nota del autor

Al final del siglo xi y el comienzo del xii, Hispania era un territorio convulso. La mitad sur de la Península estaba ocupada por las taifas musulmanas, que convivían con aparente cordialidad con los cristianos y las demás comunidades que las habitaban.

En el oeste, el reino de Portugal ya era una realidad que ambicionaba extender su territorio hacia el norte y el este. Mientras, en la mitad norte, los reinos cristianos mantenían una relación verdaderamente tensa.

En Galicia, una figura dominaba casi todos los ámbitos de la sociedad: el obispo de Santiago de Compostela, don Diego Gelmírez. La intención de este influyente prelado no era otra que coronar rey de aquellas tierras a Alfonso Raimúndez, hijo de la reina Urraca I de León.

En el extremo opuesto de la Península estaba el reino de Aragón, en manos de Alfonso I el Batallador, rey poderoso que jamás cesó en su lucha contra las hordas musulmanas; de hecho, en su juventud combatió como cruzado contra los ejércitos infieles en los confines orientales de Europa.

Entre el reino de Aragón y el Mediterráneo se encontraban las Marcas, dominadas por Ramón Berenguer, conde de Barcelona.

Y finalmente, ocupaban el centro de la Península desde el Tajo hasta la cornisa cantábrica los reinos de Castilla y León. Reinos que consiguió unir Fernando I el Magno, tras una vida entera en el campo de batalla, para luego separarlos en su testamento, como antes había hecho su padre, Sancho Garcés III. La lucha entre los tres hermanos que heredaron los reinos de Galicia, Castilla y León no se detuvo hasta la muerte y encierro de los perdedores, dependiendo del caso.

Alfonso VI fue a la postre el vencedor de las batallas fratricidas que enfrentaron a los tres hijos varones de Fernando I: Sancho, Alfonso y García. Don Alfonso, con la inestimable colaboración de su hermana mayor, la infanta Urraca, su fiel consejera, unificó de nuevo los territorios separados por su padre en sus últimas voluntades.

Sin embargo, como ya había sucedido anteriormente, tras la muerte del rey Alfonso, en el testamento que este dejó escrito Hispania tampoco salió bien parada, pues el rey determinaba que su hija Urraca, la heredera del reino, contrajera matrimonio con el rey de Aragón y Pamplona, Alfonso I. Esto provocó una guerra civil entre el nuevo monarca y los nobles castellanos y leoneses, partidarios de Urraca. A ello hay que añadir la intervención del obispo de Santiago de Compostela, que movió cuanto estuvo en su mano para anular el matrimonio de doña Urraca y don Alfonso por motivo de consanguinidad.

Por todo ello, al comienzo del siglo XII la Hispania cristiana se había convertido en un avispero, en el que las ambiciones de los condes de Portugal, el rey de Aragón, los nobles partidarios de la reina Urraca y el obispo de Santiago de Compostela como valedor de don Alfonso Raimúndez no permitieron un momento de sosiego a los siervos de los esquilmados reinos. Las guerras intestinas se sucedieron sin fin, mientras las taifas musulmanas se frotaban las manos a cuenta del debilitamiento de los cristianos por el desgaste al que los sometían las muchas contiendas que mantenían entre ellos.

El pueblo no podía más. Las continuas guerras que asolaban los reinos eran sufragadas con elevados tributos, que vaciaban la bolsa de los labriegos, a los que apenas les quedaban unas míseras monedas para comer. Los siervos, pese a trabajar sin descanso, pasaban penurias mientras los frutos de su esfuerzo se derrochaban en campañas bélicas, en las que, además, eran precisamente ellos los que guerreaban en el campo de batalla y perdían la vida o volvían a sus tierras con terribles heridas.

Tras la muerte de Alfonso VI, en 1109, la reina Urraca se convirtió en la base sobre la que giró toda la política de los reinos cristianos de la Península. Consiguió reinar con mando y no como consorte de un rey, que era lo habitual hasta entonces, pero para lograrlo tuvo que luchar contra los cánones de una sociedad retrógrada en la que las mujeres estaban predestinadas a criar hijos y rezar mientras sus hombres se batían en el campo de batalla.

El primer marido de doña Urraca, Raimundo de Borgoña, murió cuando todavía reinaba el padre de la infanta, Alfonso VI. Este eligió como nuevo consorte para su hija a Alfonso I de Aragón y Pamplona, contra el cual se levantó, furibundo, todo el norte de Hispania.

Los nobles castellanos y leoneses se oponían radicalmente al matrimonio de doña Urraca y don Alfonso y a la consiguiente unión de los reinos, por lo que las batallas, alianzas y traiciones no finalizaron hasta que el reino de Castilla y León se separó de nuevo del reino de Aragón y Pamplona.

El conde Gómez González y luego el conde Pedro González ocuparon la alcoba de la reina y ostentaron el control militar del reino tras la salida del rey. Ambos primos se aliaron primero y se traicionaron después, en lo que fue un reflejo del comportamiento que había tenido la familia real durante decenios.

La reina Urraca era una mujer inteligente y sagaz que no necesitaba a un hombre a su lado para manejar el reino, pero sabía que para ahuyentar a posibles pretendientes de otras cortes la mejor estrategia era hacerse acompañar de un hombre poderoso al que jamás osara desafiar rey alguno, y este caballero no fue otro que el Romero, el conde Pedro González, de la poderosa familia de los Lara, uno de los caballeros cruzados más legendarios de la época, con el que la reina tuvo una hija y un hijo, pero sin derechos dinásticos, lo cual era el principal objetivo de doña Urraca.

A la reina la sucedió su hijo Alfonso Raimúndez, fruto de su matrimonio con Raimundo de Borgoña. Durante toda su vida, la obsesión de la reina había sido que su hijo Alfonso llegase a reinar. Mientras estuvo casada con Alfonso I de Aragón sufrió lo indecible ante la posibilidad de que el rey aragonés le diera un hijo que privase a Alfonso de la corona, pero esto no llegó a suceder y doña Urraca se fue dichosa de este mundo el 8 de marzo de 1126.

Agradecimientos

Gracias a Pablo Álvarez por darme la oportunidad de formar parte de Editabundo y a David de Alba por su formidable trabajo.

Gracias a María Terrén, de la editorial, por su fenomenal aportación, y a todos los amigos que me han apoyado durante años leyendo mis novelas y animándome a seguir.

Y gracias a ti, lector, por todo.

«Para viajar lejos no hay mejor nave que un libro».

EMILY DICKINSON

Gracias por tu lectura de este libro.

En **penguinlibros.club** encontrarás las mejores
recomendaciones de lectura.

Únete a nuestra comunidad y viaja con nosotros.

penguinlibros.club

Penguin
Random House
Grupo Editorial

penguinlibros